쾌락과
공포의
유사성에
대해

쾌락과 공포의 유사성에 대해 1권

초판 1쇄 인쇄일 | 2018년 03월 30일
초판 1쇄 발행일 | 2018년 03월 26일

지은이 | 예파란
펴낸이 | 박성면
펴낸곳 | (주)동아

출판등록 | 제406-2007-000071호
주소 | 경기도 파주시 문발로 115, 세종출판벤처타운 201-A호
전화 | (031)8071-5201
팩스 | (031)8071-5204
E-mail | bear6370@hanmail.net

정가 | 9,500원

ISBN 979-11-6302-004-2 (03810)
ISBN 979-11-6302-003-5 (Set)

쾌락과 공포의 유사성에 대해

예파란 장편소설

THE SIMILARITY
BETWEEN
JOY AND FEAR

동아

프롤로그

아빠가 소리 죽여 울었다. 대체 무슨 일이 생긴 건가 싶었다. 왜 이런 컴컴한 밤에 아빠는 그녀를 품 안에 안고 우는 걸까?

"미안하다, 지안아……."

아빠는 고개를 돌려 잠든 동생 지령을 안타깝게 쳐다보더니 동생의 뺨을 연신 어루만졌다. 마치 곧 떠날 사람 같았다. 잠시 후 벨소리와 함께 쾅쾅 무섭게 문 두드리는 소리가 들렸다.

"지안아, 동생을 잘 부탁한다. 이제 이 하늘 아래 네 동생을 보살펴 줄 사람은 너뿐이야. 어린 너한테 이런 부탁을 해서 정말 너무 미안하다. 사랑해. 지안아……."

"아빠……."

고작 여섯 살 밖에 안 된 그녀에게 아빠는 그렇게 말했다. 문이 열리고 시커먼 옷을 입은 사람들이 경찰 어쩌고 하더니 아빠를 데리고 나갔다. 잠시 후, 한 사람의 여자와 남자가 안으로 들어와 지안과 지령을 이리저리 살피더니 입양이 어쩌고 했다.

아빠가 사라진 그 밤, 지안과 지령 남매는 낯선 부부의 자식으로 입양이 되었다. 지안, 지령 남매는 처음 보는 남자와 여자의 가족으로 입양이 되었다. 하지만 남매가 그 사람들을 아빠 엄마라고 부를 일은 전혀 생기지 않았다. 왜 그랬는지는 한참이 지나서야 알게 되었다.

감옥에 가게 되면서 아빠는 그들의 친권을 포기했다. 덕분에 입양 절차를 밟아 남매에게는 새로운 부모가 생겼다. 하지만 그 사람들은 법적인 부모일 뿐 어째서인지 모습을 드러내지 않았다.

여섯 살 지안의 눈앞에서 아빠가 사라진 그날 밤 남매는 국회의원인 감운식의 화려한 대저택으로 인도되었고 그날부터 남매의 끔찍한 감금 생활이 시작되었다.

남매의 방은 가사도우미나 집사, 운전기사 등이 머무는 별관의 한쪽 공간이었다. 남매는 감운식의 고용인들과 함께 식사를 하고 같이 출퇴근도 해야만 했다. 남매가 하는 일은 주로 감운식의 두 아들들의 잔심부름이었다.

장남인 태일은 남매에게 관심을 보였지만, 차남인 태경은 남매에게 아무런 관심이 없었다. 그러다 보니 자연스럽게 지안과 지령은 태일의 장난감이 될 수밖에 없었다. 문제는 태일의 성격이 폭군같이 제멋대로에 잔혹함까지 지녔다는 것이었다. 태일은 수시로 남매를 불러들여 괴롭혔다.

태일은 주로 지령을 밑도 끝도 없이 때리는 일로 하루를 시작했다. 지안이 필사적으로 그걸 막으려 하면 보란 듯이 지안도 때렸다. 한번은 너무 화가 나서 태일을 머리로 들이받은 적이 있었다. 그 일로 지안은 감운식에게 죽도록 맞은 후 닷새간 감금당했다. 감금당한 곳에서 먹을 수 있는 건 오직 물뿐이었다. 물만 마시며 가까스로 살아 돌아와도 달라진 건 하나도 없었다. 학대는 더욱 심해졌고, 제 아비가 모든 걸 감싸 주니 태일은 나날이 기고만장해졌다.

보복하고 싶었다. 하지만 남매가 나란히 굶어 죽을지도 모를 상황이 계속 이어지니 방어하는 것 외에는 할 수 있는 일이 없었다. 아무도 두 사람을 도와주려 하지 않았다. 고용인들은 모두 짠 것처럼 남매를 유령 취급했다. 그리고 지안이 열 살이 지났을 즈음 왜 그렇게 이 집안 사람들이 남매를 미워하는지 알게 되었다.

살인……

아빠는 이 집안의 안주인을 잔혹하게 살해했고, 그것 때문에 무기징역을 선고받았다고 들었다. 무기징역이 뭔지 몰라 찾아보았다. 그리고 그것이 평생 감옥에서 살아야 하는 형벌이라는 사실을 알게 된 그녀는 절망했다.

그들이 그렇게 하는 데는 그만한 이유가 있었다. 지안은 점차 받아들여야 한다고만 생각했다.

그렇게 10년의 세월이 지났다. 남매는 학교를 가는 대신 집에서의 홈스쿨링으로 초등학교 졸업이 검증되는 검정고시만 치렀다. 그 외에 감운식은 남매가 외부와 접촉하는 건 절대로 허용하지 않았다.

지안이 열여섯 살, 지령이 열네 살 때였다.

* * *

태경은 형을 한심스럽게 쳐다봤다. 지안보다 다섯 살이나 연상인데도 하는 짓은 딱 철딱서니 없는 양아치 같았다. 스물한 살이나 되어 놓고도 왜 저렇게 치졸하게 구는 걸까?

"오늘은 내 허벅지 위에 앉아서 밥 먹어라!"

태경이 눈살을 찌푸리며 형을 쳐다봤다. 그런데도 형은 멈추지 않고 지안에게 실실 웃으며 말했다.

"왜, 싫어? 너는 내 말을 안 들으면 어떻게 되는지 알면서 왜 그렇게 말을 안 들어. 꼭 그렇게 한 번씩 브레이크를 걸더라?"

지안은 거의 말이 없는 애였다. 열여섯 살답게 이젠 제법 어른스러운 몸매와 외모를 갖게 된 지안은 어릴 때부터 예상은 했지만 싸늘한 미인 스타일이었다. 그 예쁘장한 얼굴에 깃든

차디찬 감정이 되레 남자의 무언가를 묘하게 자극하는 여자로 자라고 있었다.

어릴 때 그렇게 지안을 못살게 괴롭히던 형도 지안이 점차 아름답게 성장하는 걸 보더니 슬슬 사람대접을 해 주기 시작했다. 그 대신 성희롱에 가까운 짓을 일삼기 시작해서 더 꼴보기 싫었다.

"여기 앉으라고!"

이제 슬슬 한계다. 태경이 형에게 한마디 했다.

"그냥 밥이나 먹지?"

형이 눈에 쌍심지를 켜고 태경을 노려봤다.

"네가 뭔 상관이야? 넌 애초에 애들한테 내가 뭘 하든 관심도 없었잖아!"

"아직 어린애야! 형은 이제 성인이고. 애 데리고 대체 뭘 하려는 거야?"

"애든 뭐든, 애들은 그냥 우리 집에 있는 물건 같은 존재라고. 그런 애들한테 인권이 어디 있어서 그렇게 존중해 주려는 거야?"

"형도 대학이라는 걸 가면 배우는 게 있을 거 아냐? 대체 대학은 왜 다녀?"

"하아, 참! 너 뭐냐? 너 혹시 애한테 관심 있어? 관심 꺼라, 내 장난감이다!"

"장난감이든, 애완동물이든, 난 관심 없어. 그런데 제발 그런

11

식으로 치졸하게 사람 괴롭히는 짓은 이제 그만 좀 하지?"

"너만 성인군자인 척하는 거야? 내 참! 듣기 싫어서!"

형이 지안의 팔목을 잡아끌어 자신의 방으로 올라갔다. 태경은 피곤한 표정으로 눈살을 찌푸리다가 뒤를 돌아봤다. 잔뜩 겁에 질린 지령이 서 있었다.

이제 겨우 열네 살, 태경은 지금 열여덟 살이다. 사춘기를 지나야 할 남매는 이 집안에서 이골 나도록 하도 맞으며 자라서 사춘기를 지날 여력도 없다. 그저 저렇게 주인 눈치를 살피는 개처럼 전전긍긍하며 살아갈 뿐이었다. 학교도 다니지 않고 홈스쿨링으로 검정고시만 보고 있는 남매의 사회성은 나날이 떨어져 가고 있었다. 물론 그렇다고 해서 저들을 동정하고 도울 마음은 조금도 없었다.

살인자의 자식들이다. 그에게서 어머니를 빼앗아 간 자의 자식들이었다. 어떤 면에서는 형이나 아버지의 폭력이 조금은 이해가 되기도 했다. 한 번씩 어머니에 대한 그리움과 미안함이 떠오를 때면 분노가 뾰족하게 날을 세우고 저들에게 향했다.

하지만 나이가 들면서 그런 건 아무런 의미도 없다는 걸 깨닫게 되었다. 그런다고 달라지는 건 아무것도 없으며, 저 어린애들에게 폭력을 행사해 봤자 몹쓸 자책과 자괴감에만 빠져든다는 걸 깨달았다. 그래서 그는 아예 상종을 하지 않기로 했다. 그가 식사를 마치고 일어나자, 뒤에서 지령이 울먹거리며 말했다.

"허엉…… 도와주세요."

고개를 돌리자 지령이 울면서 말했다.

"밤마다…… 태일 형이…… 누나 방으로 와서 괴롭히는데……
누나가 너무 힘들어해요."

"뭐?"

"누나 몸에 자꾸 손을 대서……."

미친 새끼!

"매일 오니?"

지령이 고개를 끄덕거렸다. 태경의 눈에 시퍼런 안광이 뿌옇
게 번졌다가 사라졌다.

"알았어. 몇 시쯤이야?"

"새벽 1시에서 3시 사이에요."

"기다려."

그가 방으로 올라가 책상을 뒤졌다. 그리고 지령의 손에 펜
슬 형태로 만들어진 플래시를 쥐여 주었다.

"형이 오면 이걸 몰래 창가에 올려놔. 불을 켜 둬야 해. 그래
야 내가 알아볼 테니까. 화장실 창가면 들키지 않겠지."

지령이 아랫입술을 꾹 물고 고개를 끄덕거렸다. 태경은 곧장
형의 방으로 향했다. 아무래도 아까 지안을 데리고 방으로 간
게 마음에 걸렸다. 그는 노크도 없이 곧장 형의 방문을 열고
안으로 들어갔다. 그러자 형이 후다닥 의자에서 일어나며 바지
지퍼를 올렸다.

"뭐, 뭐야!"

태경은 사납게 인상을 구기며 제 뒤에 있는 책상 옆 의자에 앉은 지안을 쳐다봤다. 지안은 무표정한 얼굴로 컴퓨터 모니터를 보고 있었다. 뭘 보고 있나 싶어서 다가가보니, 포르노 동영상이 돌아가는 중이었다.

"이런 미친 새끼!"

태경이 주먹으로 형의 얼굴을 갈기려고 하자, 태일이 소스라치게 놀라며 외쳤다.

"너! 가만 안 있어?"

"야, 임지안! 당장 방에서 나가. 앞으로 이 방에 절대로 들어오지 마! 형이 널 데리고 들어오려고 하면 나한테 말해."

지안이 천천히 일어나더니 밖으로 나갔다. 태경은 185cm에 어깨가 넓고 체격도 건장했다. 그에 비해 워낙 어릴 때부터 음식을 가려 먹은 데다 병치레까지 잦았던 형은 174cm밖에 되지 않았다. 그래서 마른 체구에 키도 태경에 비하면 작은 형은 태경이 주먹을 쥐고 위협하면 무서워했다.

"아, 알았어! 야! 안 한다잖아!"

"한 번만 더 걸려! 아버지한테 다 말할 테니까!"

"그건 좀 아니지! 절대 말하면 안 돼! 내 체면이 뭐가 되냐?"

"재도 이방에 들이지 마! 이거 자칫 잘못 걸리면 형도 문제지만, 아버지 체면에도 그리 좋을 게 없어. 알겠어? 그동안 재네들 학대한 것만으로도 충분하잖아. 그런데 미성년자 성폭행으로 잡혀 들어가고 싶어?"

"그쯤 해 둬라. 안 한다잖아! 내가 뭘 했다고."

물론 태경도 형이 지퍼를 올리는 것까지만 봤지, 정확히 뭘 했는지는 보지 못했다.

"하아, 정말 미쳤구나. 빌어먹을! 제발 형답게 좀 굴어라. 좀!"

"알았다고. 아버지한테는 절대로 말하지 마라! 엉?"

"조심해, 제발!"

태경은 문을 쾅 닫고 그 방을 나왔다. 계단 끝자락에 지안이 서 있었다. 지안은 말 대신 꾸벅 인사를 했다.

"잊어버려. 형이 무슨 짓을 했든…… 앞으론 못 하게 할 테니까."

지안은 아무런 말도 하지 않고 그를 뚫어져라 쳐다보기만 했다. 새카만 눈동자가 텅 비어 있었다. 감정 한 올 읽히지 않는 폐쇄된 눈동자였다. 나이도 어린 애가 왜 저렇게 담담한 걸까? 무섭지 않은 걸까?

"가 봐."

태경은 지안이 계단을 내려가는 걸 가만히 쳐다봤다. 이미 성숙한 몸이었다. 168cm의 키에 마른 체형. 팔다리는 가늘고 긴 편인 데다 피부도 새하얗다.

그러고 보니 조폭 출신인 지안의 아버지가 유명한 영화배우와 연애를 해서 두 명의 아이를 낳고 헤어졌다는 얘기를 들었다. 그래서일까, 지안의 얼굴을 보면 언뜻 영화배우이자 탤런

트인 어떤 배우가 떠올랐다. 지금은 한 남자의 아내가 되어 간간이 CF에서만 모습을 비추는 배우였지만. 이건 어디까지나 혼자 상상하는 추측일 뿐, 진짜 그렇다는 건 아니다.

진흙탕 같은 이곳에서도 지안의 미모는 나날이 화사하고 아름답게 변하고 있었다. 불안스럽게도.

새벽 1시 45분, 별관 끝자락 화장실 쪽에서 새파란 불빛이 켜졌다. 태경이 준 라이트 불빛이었다.

'개새끼! 기어이!'

빠득 이가 갈렸다. 위험하니까 그만두라고 하는데도 형은 도무지 멈추지를 않는다. 약에라도 취한 것처럼 자기 하고 싶은 대로 다 해야 직성이 풀리는 놈이었다.

태경은 서둘러 별관으로 달려갔다. 안으로 들어가는 문을 열자 복도 끝 벽에 등을 기댄 지령이 쪼그려 앉아 울고 있었다. 태경은 코에 검지를 대고 지령에게 조용히 있으라는 제스처를 취한 뒤 천천히 남매의 방문 손잡이를 꽉 쥐었다. 문고리를 천천히 열자, 안에서 끙끙거리는 소리가 들려왔다.

미묘하게 거칠고 급박한 숨소리였다. 그는 문을 닫은 후 지안의 몸 위에 올라타서 뭐라도 하려는 듯한 자세인 형의 셔츠 뒷자락을 세게 움켜쥐었다.

"헉!"

형은 소스라치게 놀라 뒤를 돌아보더니 재빨리 바지를 추스르기 시작했다.

"뭐, 뭐야!"

"미친놈!"

태경의 주먹이 날아가 가차 없이 형의 상판에 꽂혔다. 형이 뒤로 넘어간 사이 헝클어져 있던 제 옷을 주섬주섬 수습한 지안은 무표정한 얼굴로 한쪽에 얌전히 앉아 있었다.

"넌 왜 소리도 안 질러?"

지안이 고저 없는 목소리로 나직하게 대답했다.

"지령일…… 가만 안 두겠다고……."

"하!"

형이 입술이 터져 흘러나오는 피를 팔뚝으로 거칠게 닦아 내더니 바지춤을 추어올리며 자리에서 일어섰다. 바지 아래로 빳빳하게 선 아랫도리가 고스란히 드러나 추잡스러웠다.

"꺼져. 그리고 앞으로 임지안 앞에 얼쩡대지 마! 오늘부로 앤 내 거니까."

"그게 무슨 소리야!"

"아버지한테 다 일러바쳐야 그 입 닫을 거야?"

형은 그제야 주먹을 꽉 말아 쥐었다 놓고 다시 바지춤을 수습했다. 수습이 끝난 뒤 형은 흘끗 지안을 한번 쳐다보고는 아쉽다는 듯 입맛을 다시며 말했다.

"그럼 지령이는 내 거다. 공평하게 하나씩 나눠 가짐 되겠네."

"지렁이한테 허튼수작 부려 봐. 가만 안 둘 테니까!"

"쳇, 정의의 사도 나셨네!"

형이 시부렁거리면서 방 밖으로 나가는 걸 가만히 지켜보던 태경은 다시 고개를 돌려 지안을 쳐다봤다.

"무슨 짓을 당한 거야?"

"……밀가루 반죽이라도 주무르듯 막 만졌어요."

"하아, 미친 또라이 새끼!"

그는 기가 막혀서 더 이상 아무것도 묻지 못했다.

"이 집안에서 너희 남매를 두고 정상적인 사고를 할 수 있는 사람은 사실 몇 없어. 너도 알다시피 네 아버지가 우리 어머니를 그렇게 살해한 일 때문에 너희 남매에게 이런 짓을 하는 게 너무도 당연하다는 분위기거든. 아무런 죄책감도 없이 너희에게 보복하고 있는 거지. 하지만 이거 하나는 약속할게. 네가 스무 살이 될 때까지 형이든 아버지든 적어도 너를 성적으로 학대하는 일은 없게 해 줄게. 이제 내가 더는 못 보겠다. 모두 할 만큼 했어. 더는 안 돼!"

지안은 인형처럼 텅 빈 얼굴과 공허한 눈빛으로 먼 곳을 바라보며 고저 없는 목소리로 물었다. 그녀의 목소리는 마치 눈이 내리는 설원의 풍경과도 닮아 있어서 한 마디만 꺼내 놔도 몸에 한기가 느껴졌다.

"……저희 남매한테 왜 이렇게 해 주는 건데요?"

"배울 만큼 배웠고, 머리가 크니까 이젠 해도 되는 일과 안 되는 일의 분간이 되기 시작했을 뿐이야. 그게 다야. 형이 하는 짓은 절대로 해선 안 되는 짓이거든."

"……그동안 봐도 못 본 척해 놓고선……."

비난하는 듯 느껴지는 지안의 발언에 그는 조소했다.

"맞아. 그건 일부러 뒀어. 여태까진 내 안에 있는 정의보다는 어머니의 죽음에 대한 복수심이 더 컸으니까. 하지만 이제 그만두게 해야겠다고 나 스스로 날을 정했을 뿐이야. 꼭 정의 때문만은 아니야. 오해는 하지 마. 당장 너희 남매를 구하기 위해 아버지와 형을 경찰에 신고할 마음은 결코 없거든. 다만 내가 정해 놓은 선을 넘지는 못하게 하겠다는 것뿐이야."

"전…… 사람을 죽이지 않았어요!"

단단하고 결기가 느껴지는 당찬 음성에 놀란 그가 말없이 지안을 쳐다봤다. 불 꺼진 방 안쪽으로 푸르스름한 달빛만이 스며들어 오고 있었다. 그녀의 하얀 얼굴에 푸른 달빛이 드리워져 있었다. 새하얀 흰자위에 빛이 서려 번뜩이는 듯 보였다. 앙다문 입술엔 억울하다는 심정이 고집스럽게 드러나 보였다.

"그럼 감옥에 간 네 아비를 꺼내 와 눈앞에서 죽여야 할까?"

지안이 파들파들 아랫입술을 떨면서 그를 노려봤다.

"그보단 너희 남매를 학대하는 게 좀 더 인간적이고 관대하지 않겠어?"

"……결국 똑같은 사람이군요."

"다를 거라 기대라도 했나?"

태경이 천천히 일어나 방문을 열었다. 방 안으로 지령이 후다닥 달려 들어와 지안의 품 안에 와락 안겼다. 지안은 말없이 동생의 등을 쓸어내리며 나직하게 말했다.

"괜찮아. 누나, 아직 살아 있잖아!"

"으어어엉, 으어어엉…… 미안해, 누나!"

"괜찮아. 이만 자자."

지안의 품 안에 안겨 있던 지령이 눈물이 맺힌 얼굴로 그에게 말했다.

"형, 고마워요. 정말……."

태경은 그저 무정한 얼굴로 먼 곳을 응시하고 있는 지안을 뚫어져라 쳐다봤다. 그와 절대로 눈을 마주치지 않겠다는 듯 외로 꼰 옆얼굴이 차갑기 그지없었다. 마음 같은 건 애초에 몸속에 존재하질 않는 사람 같다. 그는 천천히 문을 닫으며 입술 끝을 휘었다.

'어린 게 제법이네!'

#1

여름방학이 시작됐다. 졸업뿐만 아니라 군대 연기를 위한 대학원 입학이 예정되어서 가뜩이나 태일은 마음이 싱숭생숭했다. 하지만 요즘 더 싱숭생숭해 미칠 일이 생겼다.

임지안!

지안이 부엌에서 가사도우미와 나란히 서서 설거지를 하고 있었다. 태일의 시선은 계속 지안의 뒤태에 꽂혀 있었다. 저 서늘하고 창백한 애가 점점 이상야릇한 분위기를 풍기며 갈수록 아름다워지고 있었다. 고작 열아홉 살밖에 안 된 애가 농염하고 신비로운 분위기를 자아낸다는 게 말이나 되나? 새카맣고 숱 많은 검은 머리카락은 폭포처럼 어깨 아래로 흘러내렸다. 게다가 몸매는 왜 저렇게 육감적인지 모르겠다. 풍만한 가슴과 대비되는 잘록한 허리 그리고 다시 굴곡진 골반 아래로 쭉 뻗은 날렵하고 기다란 각선미.

태일은 성적인 자극 때문에 아래로 힘이 실리는 걸 애써 외면하면서 입맛을 다셨다. 가뜩이나 점점 예뻐지는 지안 때문에 머리가 지끈거리는데, 저녁 식사를 마친 아버지의 전화 통화가 심상찮았다.

"음, 애 하나 괜찮은 게 있는데 한 번 키워 볼래?"

아버지가 만나는 여자가 하나 있는 것 같은데, 그 여자한테 지안을 보낼 모양인 듯했다. 태일은 아버지가 전화 통화를 끝내기를 인내심을 갖고 기다리다가 슬며시 아버지에게 다가갔다.

"지안일 어디로 보낼 거예요?"

아버지가 침실로 들어간 새 쪼르르 쫓아가 묻자, 아버지는 무심한 얼굴로 재킷을 벗어 던지며 말했다.

"아마도."

"왜요?"

"뭐 하러 저렇게 다 큰 애를 계속 데리고 있어? 이제 고등학교 검정고시도 다 치르게 해 줬으니 내가 더 이상 쟤한테 해 줄 건 없지. 그러니 이제 내보내는 게 맞아."

"그러니까 어디로 보낼 거냐고요."

"네놈이 알면 뭐가 달라지냐?"

"그런 건 아니지만……."

"알 거 없다."

아버지는 항상 저런 식으로 그의 물음에는 또렷한 답을 주지 않았다. 태경에게는 하나하나 세세한 설명을 해 주는 사람이 유난히 태일에게만은 쌀쌀맞았다. 물론 태경이 더 영리하고 뭐든 하는 족족 성공적이었다. 그러니 아버지 입장에서는 태경이 훨씬 믿음직할 수도 있다. 태경이 변호사나 검사를 할 마음이 없다며 그냥 경영학과를 택했을 때도 그랬다. 초반엔 영 마뜩잖아했지만 태경이 무섭게 공부하는 모습을 보더니 지금은 매우 흡족해했다.

하여간에 태경이 뭘 한다면 아버지는 항상 적극 찬성이었다. 그는 그게 못마땅했다.

"결국 알게 될 건데, 꼭 아버지는 그런 식으로 말씀하셔야겠어요?"

아버지가 미간을 좁히며 아들을 쳐다봤다.

"뭐가 그렇게 궁금하냐?"

"그래도 우리 집에서 오래 같이 살았으니까, 걔가 어디로 가는지는 궁금할 수도 있잖아요. 하루 이틀 산 것도 아니고……."

"술집에 보낼 거야."

잠시 멍해진 태일은 입을 딱 벌리고 아버지를 쳐다봤다.

"아버지! 걔를 왜 그렇게……."

"타락의 끝이 어디인지 보게 해 줄 거다. 제 아비 놈이 네 엄마에게 무슨 짓을 했는지도 뼈저리게 느끼게 함과 동시에 죽을 때까지 저주하기를 바라는 마음으로…… 그 애를 텐프로에 넘겨 교육시킬 예정이야. 그리고 내 필요에 의한 용도로 권력가들이 사용하는 애첩으로 만들 거다."

정치적으로 약점이 필요한 자에게 이런저런 교육을 시킨 지안을 미끼 삼아 던진다. 지안의 미인계로 유혹한 사내의 섹스 동영상을 만들어 놓은 뒤, 그걸 약점으로 원하는 걸 갖는다? 실로 대단한 사람이라는 생각밖에는 들지 않는다.

"알았어요."

괜히 기운이 쭉 빠졌다. 결국 그렇게 될 애였다면 진즉 한 번은 취했어도 되지 않았나? 괜히 쓸데없이 태경에게 들키는 바람에 이게 뭐람. 결국 그게 제 발목을 잡는 치명타가 되어서 현재는 10미터 이내 접근금지 상태지만, 영 아쉬웠다.

그는 슬며시 태경의 방으로 향했다. 대부분의 시간을 자신의 방에 처박혀 공부하는 데 투자하는 놈이었다. 다른 공부하는 놈들도 도서관이다 뭐다 하며 집보단 외부로 돈다던데. 아무래도 태경은 그 사건이 있던 밤 이후 태일 때문에 밖으로 나가기보다는 집안의 경비견이 되기로 했나 보다.

덕분에 태경의 눈치를 보느라 이날까지 지안의 근처는커녕, 말도 한 번 걸어보지 못했다. 그는 태경의 방문 앞에 서서 노크를 했다.

"왜?"

다짜고짜 왜다. 그날 이후로 태경과의 사이는 계속 극악이었다.

"할 말이 있어서."

문을 열고 고개를 내밀자, 책상에 돌부처처럼 앉아 있던 태경이 뒤를 돌아봤다. 여전히 눈 돌아가게 잘생긴 동생이었다. 어쩔 때 보면 같은 배에서 태어난 게 맞나 싶어 열등감까지 생길 정도였다. 왜 저렇게 잘생긴 건지. 그것뿐이라면 무시하겠지만, 타고난 재능까지 팔색조다.

"뭐하냐?"

"보면 몰라?"

까칠하기는.

"아버지가 임지안 팔아 치울 모양이더라."

"뭐?"

무표정하던 태경의 짙은 눈썹이 슬며시 휘어져 올라갔다. 종종 궁금할 때가 있었다. 태경은 대체 왜 임지안을 그렇게 싸고도는 걸까. 아무리 생각해도 답이 나오질 않았다.

그렇다고 둘이 함께 있는 동안 연인처럼 지낸다거나, 말 한마디 친근하게 오가는가 하면 그것도 아니었다. 둘의 관계는 그저 충성스러운 하녀와 주인, 그 이상도 이하도 아니었다. 태경이 뭘 시키면 지안이 바로 그것을 수행하는 식의 패턴이 3년째 이어지고 있을 뿐이었다. 둘 사이에서 인간적인 대화나 수다가 넘치는 모습을 태일은 본 적이 없었다.

아무리 봐도 태경이 지안에게 어떤 마음을 품어서 빼앗아 갔다고 말하기는 어려워 보였다. 그렇다면 왜 태경은 지안을 옆에 끼고도는 걸까? 그는 정말 금방이라도 태일이 그녀를 어찌하기라도 할 것처럼 태일에게서 철저히 거리를 두었다.

그런 태경이 이번엔 아버지가 그 애를 팔아 치우려 한다고 들었을 때, 어떤 반응을 보일지가 궁금했다.

"어디에 판다는 건데?"

"술집."

"하아, 정말…… 최악이네."

"꽃뱀으로 키울 모양이더라."

공부하느라 자리에 앉아 있던 태경이 자리에서 일어나더니 허리춤에 손을 얹고 잠시 허공을 쳐다봤다.

"대체 왜 그렇게까지 해야만 하는 건데?"

"바닥까지 내려가야 한다고 하시더라. 아버지가 경험한 지옥을 그 사람의 자식들에게도 다 느끼게 해야 한다면서……."

"어머니를 그 애가 죽인 거야? 왜 그 애가 그렇게 잔혹한 벌을 받아야 하는 건데?"

"그걸 나한테 따져 뭐해? 아버지한테 가서 해! 나한테 이런다고 무슨 답이 나오는 건데?"

"정말 인간적으로 이해가 안 가서 그래. 형도 그 애를 무슨 물건처럼 다뤘잖아. 그러니 아버지의 마음을 누구보다 더 잘 알 거 아냐?"

"나야 임지안이 여자로서 예쁘니까, 마음이 동했던 거지. 아버지랑 그게 어떻게 같냐?"

금세 태경의 눈에 혐오감이 차올랐다.

애초에 그런 눈빛으로 볼 거면 질문을 하질 말든가!

"형은 여전하구나. 인간 말종이네."

"뭐?"

"학교에서도 엄청난 여성 편력으로 유명세를 누린다는 소문을 들었는데, 그렇게 하고도 모자라서 임지안까지 노리는 거야?"

"누가 그런 소리를 해?"

"어디 하나하나 따져 볼까?"

윽, 의표가 찔린 태일이 입을 꾹 다물었다. 태경의 말이 맞긴 했다. 6개월 동안 서너 명의 여자를 한 번에 사귀면서 흥청망청 돈을 써 댄 건 사실이었으니까. 하지만 그게 뭐 그리 대수랴. 아버지가 유력한 정치인이라 돈도 풍족한 데다, 티 나게 노는 것도 아니고 은밀하게 알아서 잘 감추며 노는데. 그게 대체 무슨 문제가 될까?

게다가 아버지에게도 숨겨 놓은 여자는 있다. 아버지도 하는데, 아들이라고 못할 이유가 없는 것이다.

"너, 아버지한테 여자 있는 거 알아?"

"아니까, 더 이상 자세히 말하지는 마. 사람이 혐오스러워지려고 하니까. 그리고 임지안한테는 딴소리하지 말고."

"아버지가 그러는데, 걔도 이제 곧 성인이 되기 때문에 어차피 이 집을 나가는 게 맞대. 그래서 아버지가 적절한 직업을 알아봐 주시는 건데, 너무 그렇게 성내지는 마!"

태경이 기가 막힌 얼굴로 그를 한번 노려봤다. 형이어도 한 대 패 주고 말겠다는 분노가 태경의 눈빛에 어른거려서 태일은 재빨리 그 방을 후다닥 빠져나왔다.

태경은 테라스에 나와 난간에 엉덩이를 기댄 채 담배에 불을 붙였다.

"후우……."

술집 호스티스로 보낸다고? 그는 지안의 무전기에 호출 신호를 보냈다. 그러자 바로 답이 돌아왔다.

[5분 뒤에 올라갑니다.]

지안이 다른 일을 하고 있는지 몇 분 뒤에 올라올 수 있다는 답을 줬다. 지안과 그는 항상 이런 식으로 얘기를 주고받았다. 그렇게 담배 한 대를 다 태우고 그는 방 안으로 들어가 소파에 앉은 채 지안이 들어오기를 기다렸다. 잠시 후 노크 소리와 함께 검은 치마 정장과 하얀 블라우스 차림의 지안이 들어왔다. 지안의 새카만 머리카락이 등 뒤에서 넘실거렸다. 지안은 특유의 냉랭한 표정으로 그의 앞에 서서 눈을 살며시 내려뜨고 두 손을 다소곳이 모은 채로 말했다.

"시키실 일이라도……."

"너, 하고 싶은 거 없어?"

그제야 지안이 눈을 들어 그를 똑바로 쳐다봤다. 분명 둘의 관계는 철저히 명령과 복종이 오가는 수직적 관계였다. 하지만 그녀가 저렇게 바라볼 때는 그들 사이의 우월 관계가 다 허물 어지는 것 같았다.

"장래희망이 뭐냐고 묻잖아."

순간 그녀의 입가에 싸늘하고 가느다란 선이 한 차례 그어 졌다가 이내 사라졌다.

"그런 게 있을 턱이 없잖아요."

"아버지가 스무 살이 되면 널 독립시키려고 하신다."

지안은 어안이 벙벙해져서 그를 쳐다봤다.

"뭔가 하고 싶은 게 있을 거 아냐?"

"여기서 나간다고 해도 당장 손에 쥔 종잣돈이 없는데, 뭘 해서 먹고 살란 말인가요?"

"그건 내가 몇백만 원이라도 대 줄 수 있어. 그러니까 할 수 있는 게 있다면 뭐든 말해 봐."

"이 나라에선 제대로 된 대우를 받으려면 대학엘 가야 하는 거 아닌가요? 가뜩이나 아버지가 살인자인 제가 대학도 안 나 와서 대체 뭘 할 수 있겠어요?"

"대학엘 간다면 뭘 배우고 싶은데?"

"영어든, 수학이든 공부해서 학원을 차리고 싶어요. 아이들 을 가르치는 일을 하고 싶어요."

"그렇다면 대입 시험을 준비해야 해야 할 텐데?"

"뭐든…… 그런데 누가 제 뒷바라지를 해 주는데요?"

"나."

태경이 내린 답은 간단명료했다. 아버지가 지안을 술집에 내동댕이치는 걸 볼 바에는 그가 지안의 후원자가 된다. 그래서 지안이 이 사회의 구성원으로서 제대로 살아갈 수 있도록 돕는 게 정답 같았다.

"왜 이러세요?"

"뭐가?"

"돕지 않는다, 관심 없다, 이러면서 한 번씩 결정적인 순간이 오면 도련님은 이런 식으로 구제할 만한 방법을 마련해 주잖아요."

"왜일까?"

"죄책감인가요?"

"뭐든 상관없잖아? 넌 그걸 붙들고 잘 이용하기만 하면 돼. 똑똑해질 필요가 있다고 생각하지 않아?"

지안이 입술을 꾹 다문 채 서늘한 눈매로 그를 한번 쳐다봤다.

"의원님께서 저를 다른 데 보내려 한다고 들었어요."

"무슨 소리야?"

"이미 운전기사님을 통해 얘기는 들었어요. 술집에 보내질 거라고……. 정치인들의 비밀을 캐 오는 꽃뱀이 되는 게 제 역할이라고 하더군요."

"그래서, 네 생각은 그게 낫다는 거야?"

"저 같은 애의 삶엔 가장 잘 어울리는 결론이잖아요."

"너 같은 애가 뭔데?"

"살인자의 딸…… 이 집안의 노예. 인격이 파괴된 인형……."

가슴이 쿡 찔려 왔다. 여과 없이 그녀의 입에서 나온 말들을 듣고 나니 견딜 수 없이 치욕적으로 느껴졌다. 태경 역시 남매가 폭행당하고 고문 비슷한 걸 당하는데도 방조했던 사람이었다. 처벌받아 마땅한 죄인이었다.

"그래, 잘 어울리긴 하네. 그래서? 네 인생에 아무런 여지를 주지 말라는 거야?"

"빠져나갈 수 있기는 한가요?"

"내가 움직인다면 가능하지."

지안이 이번엔 노골적으로 피식 웃었다. 대놓고 자신을 비웃는 것 같아 태경의 눈살이 확 찌푸려졌다.

"아버지를 이길 배짱이 된다구요?"

미간을 좁힌 태경은 소파에서 일어나 그녀의 앞에 섰다. 그는 천천히 고개를 숙여 지안을 위협적으로 내려다봤다.

"무슨 소리를 하고 싶은 거지? 지금 날 의심하는 거야? 그게 아니면 대놓고 조롱을 하고 싶은 건가?"

지안이 시선을 확 돌렸다. 태경은 재빨리 지안의 턱을 잡아 꽉 움켜쥐고 그녀의 눈을 똑바로 쳐다봤다. 매섭게 노려보자,

그녀의 눈동자가 빠르게 다른 곳으로 도망치듯 허공을 더듬었다. 태경이 턱을 흔들어 다시 자신을 보게 했다. 그러자 지안이 처음으로 미간을 구기며 그를 쳐다봤다.

"잘 들어! 난 뭔가 해야겠다고 정하면 어떻게든 해내고 마는 사람이거든. 네가 생각하는 사람들과 같은 카테고리에 날 넣어두지는 마. 매우 불쾌하니까. 게다가 네가 아는 사람들이라고 해 봤자 전부 이 집에서 만난 사람들뿐 아닌가? 네가 아는 정보라고 해 봤자 텔레비전이나 신문에서 본 게 전부일 테고. 그게 뭘 의미하는지 알잖아? 우물 안 개구리 소녀!"

지안이 아랫입술을 부르르 떨면서 그를 노려봤다. 표정이 살아나니 제법 사람 같아 보이기는 했다. 그는 신경질적으로 그녀의 턱을 내동댕이치듯 던지고 한 걸음 뒤로 물러섰다.

"이제 선택권 같은 건 없어. 술집에 보내기엔 네가 아까워. 그러니까 내가 시키는 대로 해."

"뭘 어쩔 생각인데요?"

그는 휴대폰을 갖고 와서 그녀의 모습을 사진에 담았다. 화장도 하지 않았고, 꾸민 티도 없다. 하지만 사진에 담긴 그녀는 상당히 묘한 신비감을 지닌 아가씨의 모습이었다.

그는 곧장 여러 기획사에 그녀의 사진을 보냈다. 요즘은 각 기획사마다 홈페이지가 있어서 이메일이나 자체 게시판에 지원자들이 사진을 올리는 게 쉬워졌다.

그 외에도 아는 친구에게 부탁해 기획사 측에 사진 한 장만

빨리 확인해 달라고도 말을 전했다.

"이제 연락을 기다리면 되겠지."

"뭘 한 거죠?"

"네 예쁜 얼굴을 이용하는 거야. 아버지가 널 절대로 건드릴 수 없게 세상이 다 널 알게 하면 되는 거잖아?"

지안이 고개를 갸우뚱거렸다. 도무지 모르겠다는 표정이었다.

"내일 두고 보자고."

그녀의 매력을 알아본 곳에서부터 다급하게 먼저 연락을 해 올 것이다.

지안이 묵례를 하고 밖으로 나갔다. 그는 휴대폰에 남은 그녀의 사진을 가만히 쳐다봤다. 열아홉 살밖에 안 된 애가 어쩌면 이렇게 지적이고 우아해 보이는 걸까? 언뜻 보면 눈빛이 스물다섯 살쯤 되어 보인다. 깊고 그윽하며 맑은 사진 속의 그녀는 열아홉 살 소녀처럼 보이지 않았다.

그리고 정확히 두 시간 만에 대형 기획사에서 그에게 전화를 걸어왔다. 그 기획사는 친구가 압력을 행사한 곳이었다.

신기하게도 다음 날이 되자, 다른 기획사에서도 연락이 왔지만 발 빠르게 먼저 그들에게 계약을 운운한 곳이 먼저 지안과의 미팅을 잡을 수 있게 되었다.

"바로 계약 가능합니까?"

―바로 말인가요?

"네, 계약서는 이메일로 주고받았으면 좋겠군요. 사실 저 애를 집안에서 강제로 유학을 보내려고 하는데, 그걸 막으려면 어떻게든 붙들 만한 이유가 필요해서요. 연예인으로 빨리 데뷔한다면 해외 유학이 보류될 수도 있거든요."

─아…… 그렇다면 내일 오전 중에 개인적으로 만났으면 하는데요. 잠깐 만날 수 없을까요? 이미지가 너무 좋던데요. 사실 곧 크랭크인 들어가는 영화가 한 편 있는데, 아직 여자 주인공이 결정되질 않았거든요. 그런데 감독님이 마침 이 사진을 보시더니, 꼭 이 사람을 쓰고 싶다고 하더군요. 저도 갑자기 내민 사진에 감독님이 너무 강하게 반색해서 뭘 어째야 할지 모르겠는데, 어쨌든 한번 봅시다. 너무 큰 기대는 하지 않는 게 좋을 수도 있어요. 그저 감독님의 변덕으로 저러는 걸 수도 있으니까요.

천재일우의 기회가 찾아왔다. 그는 입가에 미소를 띠며 말했다.

"약속 장소 알려 주세요. 내일 당장 계약이 가능하다면 우리도 무조건 했으면 좋겠군요."

─당연합니다. 기왕 이렇게 된 거 기획사로 바로 오시죠. 만난 김에 카메라 테스트와 감독님과의 일대일 면담도 했으면 해서요.

"그러죠."

한도 엔터테인먼트 대표 윤광식은 그에게 소속사 주소를 알려 줬다. 윤 대표는 올 때 본인의 도장과 통장 계좌번호가 있어야 하며 그 외에도 주민등록등본 등 자신을 증명할 것들이 몇 가지 필요하다고도 말했다.

그는 곧장 지안을 불러들였다. 지안이 안으로 들어오자마자 그가 말했다.

"내일 아침에 나랑 같이 나가야 돼."

"어딜 가시죠? 전 외출이 엄히 금지되어 있잖아요."

"내일은 나랑 나가니까 상관없지. 아버지한테 미리 양해는 구해 놓을게."

"알겠습니다."

지안이 꾸벅 인사를 하고 나가자마자 그의 입가에 음흉한 미소가 올라왔다. 그는 앞으로 연쇄적으로 벌어지게 될 집안의 여러 일들을 떠올려 보았다.

* * *

지령이 걱정스럽게 지안을 쳐다봤다.

"정말 외출하는 거야?"

지안은 지령이 왜 저렇게 심약한 아이로 자랐는지 걱정스러워졌다. 그녀는 지령의 손을 쥐며 말했다.

"누나, 멀리 안 가. 곧 올 거야."

"응, 아는데도 불안해. 미안."

"네가 미안할 게 뭐 있어. 괜찮아. 미안해하지 마. 지령아, 지금은 그냥 공부만 열심히 해. 우린 학교도 다니지 못했으니 검정고시로 졸업증은 다 갖고 있어야 돼. 그래야 이 집안에서 버려졌을 때 인간의 도리를 하며 살아갈 수 있게 돼. 밖으로 나가면 너와 나뿐이야. 알잖아."

"응, 누나 말대로 열심히 하려고 노력은 하는데, 태일 형이 자꾸 불러 대니까."

순간 울컥해서 주먹을 말아 쥐게 되었지만 지안은 마음을 짓누르며 말했다.

"그 사람의 비위는 잘 맞춰 줄 필요가 있어. 그러니까 끔찍하게 싫어도 찍소리 하지 말고 비위는 다 맞춰 줘. 그래야 얻어맞지 않아."

"알아. 누나보다 더 잘 알아. 그래서 맞춰 주려고 해도 태일 형이 변덕을 부리면 감당이 안 돼서…… 우울해져. 저런 놈의 비위나 맞추며 살려고 내가 태어난 건 아닐 텐데…… 아버지가 미치도록 원망스러워. 왜 하필 우리는 조폭 따위의 자식으로 태어나 이 고생을 하는 걸까? 아버지의 사랑을 더 받으면서 자랐다거나 어떤 혜택이라도 누렸음 억울하지나 않지. 이게 뭐야?"

지안은 동생의 머리를 쓰다듬었다. 그의 불만에 동조하기 때문에 딱히 할 말이 없었다. 아버지의 사랑을 받은 기억이라고 해 봐야 단 6년. 이미 그 기억보다 잔혹하고 끔찍한 기억만이 더 짙고 음침하게 심장을 도려내고 있다.

잠깐의 행복한 기억에 기대어 지내기엔 모든 기억이 너무도 고생스럽고 힘들고 고통스러웠다. 이제 임성운이라는 사람을 더 이상 아버지라 부르고 싶지 않을 정도였다.

"이만 가 봐야겠다."

무전기에 붉은 불이 들어오며 짧게 신호음이 울어 댔다. 준비가 끝난 태경이 그녀를 찾는단 신호였다. 그녀는 바로 답을 했다.

[1분 뒤에 나갑니다.]

지안은 지령에게 인사를 하고 별관을 나와 대문 쪽으로 향했다. 심장이 미친 듯이 뛰었다.

이 집의 대문 밖을 나가 본 게 얼마 만인가!

이 집에 들어온 이후, 밖으로 나간 건 검정고시를 볼 때와 주민등록증을 만들던 날 외에는 없었다. 아파도 대부분 집에 온 주치의가 치료를 했고 모든 예방접종도 집에서 전부 끝냈다. 그 외에 딱히 밖으로 꼭 나가야만 하는 일은 없었다. 대부분 집 안에서 해결이 가능한 일들이 전부였다.

그녀는 설레는 마음으로 문을 열고 나갔다. 대문가에는 진보랏빛 스포츠카가 세워져 있었다. 요란스러운 진동음을 내며 선 차의 차창이 열리더니 태경이 말했다.

"안 타고 뭐해?"

"네."

지안이 차 문을 열고 차에 오르자, 그는 말도 없이 바로 차를 몰고 어딘가로 빠르게 달리기 시작했다.

참으로 이상한 사람이다.

지안의 시선이 자연스럽게 그에게 닿았다가 이내 차창 쪽으로 돌아갔다. 너 같은 애한테는 관심 없다는 식의 태도로 일관하면서도 어떤 순간에는 나아갈 방향을 정해 준다. 왜 그러는 걸까? 그 이유를 알 수가 없다. 이유를 물어도 그는 또렷하게 답을 해 주려 하질 않는다. 그렇다고 그가 그녀를 좋아해서 이러는 것 같지는 않았다.

하지만 지안은 요새 그가 미치게 신경 쓰였다.

그녀에게 사춘기는 열여덟 살 봄에 찾아온 것 같았다.

별일도 아니었다.

목련이 피어나더니 개나리를 비롯해 온갖 꽃들이 넘쳐나던 날이었다. 묵직한 겨울옷을 입고 다니던 그가 어울리지 않게 밝은 베이지색 계열의 롱코트를 입고 나타난 게 화근이었다.

대부분 새카만 색상의 옷을 입는 편이었던 그가 그날따라 잘 입지도 않던 색상의 롱코트에 밝은 색상의 바지를 입고 나타났다. 게다가 누군가와 전화 통화를 하면서 환하게 웃는 그의 모습을 보는 순간 지안은 숨이 쉬어지질 않았다.

태경이 옆을 스쳐 지나가자, 어쩐 일인지 숨이 쉬어지질 않았고 그의 체취 때문에 심장이 두근두근 뛰기까지 했다.

무슨 일인가 싶어서 자신의 심장을 누르기도 했다. 아마도 그날부터인 것 같다. 몹쓸 병이 시작된 건.

그래서 찾아보니 사춘기에 시작된다는 짝사랑 열병이 하필 오만하고 도도한 태경에게서부터 시작된 것이다.

그를 보면 마냥 좋았다. 그의 목소리에 심장이 넘실대고 그와 함께 같은 공간에 있다는 것만으로도 포만감이 느껴졌다. 이런 이상한 매일이 반복되었다.

하지만 그녀의 입장이 너무도 명료해서 태경에게 마음을 드러낼 수 없었다. 사실 드러낸다고 뭔가 달라질 상황도 아니었다. 차라리 꽁꽁 묻어 둬야만 하는 감정이 맞았다. 그래서 더 대놓고 그에게 차갑게 굴었다. 하지만 그래 놓고 되돌아오는 반응이 더 차가워지면 정작 마음에 상처를 입는 건 그녀였다.

무던해질 줄 알았는데, 그런 감정은 절대로 무던해지는 게 아니었다. 점차 이 마음은 강해지기만 하고 사라지지를 않았다. 너무 가까운 곳에서 시작된 마음이었다. 손만 뻗으면 닿을 거리에 있는 사람이었지만, 마음이 드러나는 순간 자신이 어떤 대접을 받게 될 줄 알기에 드러낼 수도 없었다.

그를 바라보는 일이 처음에는 행복했다. 하지만 시간이 흐르면서 점차 고통스러워졌다.

갖고 싶어도 갖지 못하고 말하고 싶어도 말하지 못하는, 처절한 상황이 속상했다. 그렇게 열아홉 살이 되도록 짓눌리기만 한 지안의 감정은 이제 곪아 터지기 직전이었다.

그런 태경이 그녀를 태우고 어딘가로 가는 것이다. 다른 건

다 모르겠고, 태경에게 사귀는 사람이 있는지, 그가 좋아하는 여자 스타일은 어떤지, 연애를 하게 되면 어떤 식으로 상대를 대하는지 등이 궁금해 견딜 수가 없었다.

"대학은…… 어떤 곳이에요?"

마침 차가 신호에 걸려 정차 중이었다. 그는 흘끗 그녀를 쳐다봤다.

"쓰기 나름이겠지. 대학이라는 곳 자체를 어떤 용도로 사용할지를 정하기 나름이라는 소리야. 4년 내내 놀면서 화끈하게 보낼 건지, 스펙 쌓기에 전념하면서 공부에 집중할 건지, 아니면 해외여행에 매진하면서 알바만 하며 보낼 건지. 저마다 개성에 맞게 확실한 목표를 잡고 움직이는 애들이 많아. 나 같은 경우엔 무조건 학업 수준을 최고로 높이는 게 목표지. 영어는 물론이고 중국어도 원어민과 대화가 가능한 수준으로 끌어올릴 거야. 물론, 학업 성적도 마찬가지야. 목표는 수석 졸업이고."

연애에 대한 얘기가 궁금해졌다.

"그런 거 외에도 연애를 하는 사람들도 있지 않나요?"

"뭐? 지금 그 질문, 네 머리에서 나온 거야?"

지안은 또 상처를 받았다. 태경은 은연중에 한 번씩 그녀를 로봇 취급했다. 원래 심장 같은 건 없는 애처럼 자신을 대하는 그의 말투에 한 번씩 크게 상처를 받곤 했다. 마음을 드러내지 않기 위해 필사적으로 자신을 단속한 것뿐인데, 이런 식으로 핀잔까지 받게 될 줄이야.

그의 입장에서야 충분히 그렇게 볼 수밖에 없었다. 하지만 지안은 한편으로는 안타까웠다.

태경과 밖에서 마주쳤더라면 어땠을까?

지금과는 전혀 다른 첫 만남이 이루어졌겠지. 어쩌면, 동등한 입장에서 서로를 대하게 되지 않았을까?

동등한 관계…….

눈물이 차오를 것만 같은, 낯설고도 어려운 단어였다. 지안은 입가에 애써 냉소를 머금고 말했다.

"그냥 궁금해서요. 드라마 같은 것도 연애 중심인 게 많고, 도우미 아주머니들이 남녀상열지사에 열광하는 걸 많이 보거든요. 그게 뭐 그리 중요한가 싶은데, 다들 연애 얘기에 정신없이 빠져들어서 보니까……. 신기하기도 하고요."

"요새 대학생들은 먹고사는 게 너무 바빠서 연애보다는 자기관리에 많은 시간을 투자하는 편이야. 학비도 스스로 벌어야 하는 데다 성적도 우수해야 취업문이 열려. 그러니까 대학 때 허투루 시간을 낭비하면 손실이 크지."

"그쪽 세상도 정말 치열하군요."

"아무래도. 뒷바라지를 다 해 주는 데다 해외 유학까지 도와주는 집안이라면야 아등바등 살 이유가 없지. 공부만 하면 되니까. 그런데 세상사람 전부가 다 그런 삶을 사는 게 아니거든."

현실적인 이야기를 하는 태경의 얼굴이 짐짓 진중했다. 그는 좋은 집안과 명석한 두뇌를 가진, 어찌 보면 보통 사람들과는 확연히 다른 삶을 살고 있는 특별한 케이스였다. 그럼에도 불구하고 그는 다른 이들이 어찌 살아가는지에 대해 관심이 많은 것 같았다. 자기 인생 외에는 관심 없어 보이던 사람이 타인의 삶에 대해 말하는 걸 보고 있자니 만감이 교차했다.

　괜찮은 사람인 것 같았다.

　지안은 분명 그리 많은 사람을 접해 본 건 아니었다. 하지만 태경이 외부에서 볼 땐 상당히 괜찮은 사람일지도 모른다는 예감이 들었다.

　그렇다고 그가 과거에 그의 아버지와 형이 지안 남매를 학대하는 내내 외면했던 걸 용서할 마음은 없다. 그리고 태경이 이렇게 그녀를 돕는 이유를 이해할 수 없긴 하지만 그 역시 감 씨 일가였다. 언제 다른 얼굴을 보여 줄지도 모를 일이었다.

　긴장감을 놓아선 곤란하다. 아직 어린 동생이 감씨 일가에 남아 있었다. 그녀가 나간다고 해도 안심할 수 없는 이유가 그것이었다.

　"동사무소야. 내려. 네 신분증 갖고 따라와."

　동사무소에 그녀를 데려간 태경은 신분을 증명할 수 있는 모든 자료를 수집하고 다시 차로 갔다. 대체 뭘 하려나 싶어서 의아했지만 관심을 갖지 않기로 했다. 그는 그 나름의 방식으로 감운식에게서 그녀를 구할 방도에 골몰하는 것 같았다.

이후 그가 그녀를 차에 태우고 간 곳은 굉장히 큰 연예인 기획사였다. 회사 건물 한 면이 연예뉴스에 자주 등장하는 배우나 아이돌 가수 등의 얼굴로 채워져 있었다.

"여긴……."

능숙하게 차를 주차한 그가 그녀에게 내리라고 했다. 차에서 내리자 경비가 다가왔다. 그는 이것저것을 확인하더니 출입을 허가했다.

로비로 들어서자 여비서가 기다리고 있었다. 비서는 그에게 다가와 인사를 한 뒤 앞장서서 안내를 시작했다. 지안은 어안이 벙벙해진 얼굴로 처음 와 본 기획사 내부를 두리번대며 구경했다.

비서가 엘리베이터 안으로 들어가 웃으며 층수 버튼을 눌렀다. 둘은 엘리베이터 안에 나란히 서 있다가 엘리베이터의 문이 열리자 비서를 따라 내렸다. 긴 복도를 지나 도착한 대표실 앞 단말기에 비서가 보안카드를 대자 문이 열렸다. 비서는 안으로 들어가 불투명 유리문 앞에서 노크를 했다.

"손님 오셨습니다."

"들어와요."

태경이 지안과 같이 안으로 들어갔다. 그러자 윤광식 대표가 바로 지안을 알아보더니 반갑게 다가왔다. 그는 인사를 하자마자 태경을 신기하게 쳐다봤다.

"와아, 소개해 주시는 분도 외모가 장난 아니게 멋지신데요?

43

모델이신가요?"

"아니오. 저는 평범한 대학생입니다. 저는 이쪽에 관심이 없고요. 제 사촌동생인 이 아이를 소개하고 싶어서요."

"아아, 사촌이구나. 앉으세요."

지안은 이게 다 무슨 소린가 싶어서 가만히 태경을 쳐다봤다. 그러자 그는 입을 다물라는 듯 깊어진 눈빛으로 잠시 그녀를 쳐다보았다. 하지만 곧 그는 언제 그랬냐는 듯이 바로 윤 대표를 바라보며 선한 미소를 지어 보였다.

"계약에 대해 구체적으로 얘기를 해 볼까요?"

"네."

#2

계약이 성사됐다.

사실 지안은 뭣도 모르고 멍하니 있을 뿐이었다. 태경과 윤 대표가 계약서의 세부 내용을 확실히 확인했다. 그리고 태경이 몇 가지 요구사항을 말하면 윤 대표가 그 내용을 계약서에 넣었다. 그 내용을 정리한 최종 계약서가 지안에게 왔다.

태경은 지안에게 무조건 도장을 찍으라 했다. 지안은 어안이 벙벙해져서 할 수 없이 도장을 찍었다. 윤 대표는 바로 그녀의 통장을 하나 만들어 주고 계좌로 계약금을 이체해 주었다. 신인배우이기 때문에 큰돈은 주지 못하지만, 그래도 파격적인 대우라는 점은 알아 달라고 거듭 윤 대표가 말했다.

한 시간 뒤, 태경과 지안은 윤 대표와 함께 영화감독이 기다리고 있다는 제작실로 향했다.

제작실 내부는 한 면 전체가 거울이었고 내부는 텅 빈 공간이었다. 방 한편엔 대형 화면이 있고 다른 쪽엔 오디오와 카메라 등 각종 장비들이 놓여 있었다.

차태전 영화감독은 지안을 보더니 입에 침이 마르도록 칭찬을 아끼지 않았다.

"처음 보는데 실물이 훨씬 좋군요. 바람이 불어올 것 같은 서늘한 이미지인 데다 뭔지 모르게 슬픈 눈빛도 좋고요. 완벽해요. 무엇보다 이런 신선한 마스크가 나타났다는 사실 자체에 심장이 터질 것 같군요. 일단 카메라 테스트 후에 대본을 갖고 직접 연기를 해 보는 게 좋겠죠?"

"그런데 지안이 연기는 한 번도 해 본 적이 없어서, 아마도 처음엔 상당히 서투를 겁니다. 양해 바랍니다."

마치 매니저처럼 태경이 나서서 한마디 했다.

"물론이죠. 연기야 우리 쪽에서 연기 독선생을 붙여 가르치면 그만입니다."

곧장 카메라 테스트가 시작되었다. 차 감독이 지안에게 옆얼굴과 뒷모습, 앞모습 등 다양한 각도에서 허공을 쳐다보는 장면을 연출하게 했다. 카메라로 직접 지안을 들여다보던 그는 감탄을 연발했다.

"희한한 얼굴이네. 서구적인 마스크인데 동양적인 우아한 아련함도 있고…… 한복을 입혀도 예쁘겠어."

차 감독이 매우 흡족하다는 듯 윤 대표에게 말하자 두 사람은 신이 나서 그녀의 장점에 대해 계속 이야기를 주고받았다. 다들 한껏 격양된 분위기여서 지안은 조금 불안해졌다. 저들의 기대만큼 자신이 뭔가를 제대로 해 낼 수 있는지가 의문이었기 때문이었다.

잠시 후 해외에서 상을 받았다는 영화감독의 대본이 그녀의 손에 쥐어졌다. 지안은 찬찬히 내용을 읽어 내려갔다. 이 영화를 직접 본 게 아니어서 어떤 분위기로 시작되는지는 알 수 없었다. 하지만 일부만 읽었는데도 여주인공의 슬픔이 느껴졌다.

차 감독이 여주인공의 트라우마와 아픔에 대해 세세히 설명을 해 줬다. 지안은 이야기를 들으며 전체적인 배경을 머릿속으로 정리했다. 또한 여주인공의 감정이 되어 보기 위해 홀로 대사를 몇 번 읽어 봤다. 저들의 기대 이상까지는 아니더라도 조금은 그 기대에 부응해 주고 싶었다.

"액션!"

차 감독의 외침과 동시에 그녀는 천천히 호흡을 가다듬었다. 그러면서 여주인공의 감정에 몰입하기 위해 잠시 허공을 쳐다봤다.

"오빠가…… 오빠가 나한테 뭘 해 줬다고 그래. 내가 어떤 사람인지 알기나 해? 나하고 얼마나 같이 있었는데? 아무것도 모르면서 나에 대해 다 아는 척하지 마! 난 이미 마음에서 오빠를 버렸어."

지안은 부들부들 떨면서 차갑게 허공을 노려보며 한 마디 한 마디 꼭꼭 눌러 씹어 뱉었다. 다음 대사가 계속 이어지는데도 차 감독이 그만하라는 소리를 하지 않아서 계속 대본을 읽어 내려갔다. 그렇게 두 페이지를 다 읽고 나서야 차 감독이 '그만!'을 외쳤다. 아무래도 되게 못한 모양이다. 하긴 첫술에 어찌 배가 부를 수 있을까?

"대단하군요."

지안의 심장이 쿵 하고 내려앉았다.

"첫 연기 맞나요?"

지안이 고개를 끄덕거렸다.

"대체 어떤 삶을 살아왔던 거죠?"

지안은 아무런 말도 할 수가 없었다. 그녀는 그저 몇 마디 대사를 읊조렸을 뿐인데. 아무래도 사람의 감정을 깊게 들여다볼 줄 아는 차 감독은 용케 그녀의 깊은 슬픔까지도 들여다본 모양이었다.

"어떻게 그 나이에 삼십대 중반쯤에나 내놓을 수 있는 내공을 끄집어내는지 정말 모르겠군요. 지안 씨는 장래가 촉망되는 배우가 될 거예요. 일단 이번 영화에서 대박이 날 것 같아요. 기대됩니다."

계약을 따낸 윤 대표는 차 감독의 말에 입이 귀에 걸렸다.

"그럼 바로 작업 들어가면 될까요?"

가만히 인내심을 갖고 지켜보던 태경이 물었다.

"네, 크랭크인했으니, 영화 촬영 중인 전라도 섬마을로 같이 가야 합니다. 이틀 내로 그쪽으로 가서 일정을 같이 소화해야 할 텐데, 가능하겠어요?"

지안은 태경을 빤히 쳐다봤다. 그녀의 모든 스케줄은 이제 그에게 맡겨진 셈이었다.

"물론입니다."

태경이 자신만만한 얼굴로 답했다.

"그럼 오늘은 이쯤에서 헤어지고, 조만간 주소지로 대본을 보내 드리죠. 내일 오전에라도 바로 퀵으로 받을 수 있도록 조치할게요."

윤 대표가 연기 선생을 붙이는 것과 앞으로 그녀가 머물러야 할 오피스텔을 따로 구해 주고, 그리고 로드 매니저를 붙여주는 것 등에 대해 몇 가지 더 논의를 하자며 둘을 붙었다. 그쪽에서는 워낙 영화 자체가 거액의 제작비가 투자되는 만큼 그 영화의 주연배우가 되면 누리게 될 주연배우 특수를 기대하면서 여러 특혜를 제공해 주겠다고 했다.

"그 부분에 대해서는 지안의 부모님과 협의해야 해서요. 내일까지 따로 연락을 드리도록 하죠."

그 얘기는 곧 감운식의 승인이 필요하다는 얘기였다. 감운식이 지안을 놔줘야만 차후 모든 일들이 태경의 뜻대로 풀린다. 만약 그게 어긋난다면 감운식은 자기가 원하는 대로 그녀를 술집 꽃뱀으로 만들어 정보를 수집하는 수집책 정도로 부려먹을지도 모른다.

인기스타가 될 것인가, 정치인들의 더러운 치부를 수집하는 호스티스가 될 것인가, 지안은 지금 선택의 기로에 놓였다.

"그럼 연락 부탁드립니다."

윤 대표는 자기보다 훨씬 어린 태경에게 시종일관 굽실거리며 예의를 지켰다. 그도 그럴 것이 태경에게선 어딘지 모르게 무시할 수 없는 무언가가 느껴졌다. 그래서 윤 대표도, 다른 어른들도 그를 함부로 대할 수가 없는 것이다.

그런 것조차도 지안은 괜히 흐뭇했다. 어른들마저 압도하는 카리스마를 그가 갖고 있다는 사실이 마냥 좋았다.

지치지도 않고 매 순간 그녀의 연애세포는 뜨겁게 신호를 보내고 있었다. 하지만 영원히 감태경은 그녀의 것이 될 수 없다는 것도 잘 안다.

자기 어머니를 살해한 남자의 딸에게 그가 어찌 마음을 품겠는가! 있을 수 없는 일이다.

집 앞에 차를 세운 태경이 손가락으로 톡톡 핸들을 두드렸다.

"너…… 안에 들어가면 무조건 내가 시키는 대로 해야 한다."

"미리 힌트라도 줘야……."

"됐고. 무조건 넌 내 말대로 해야 아버지의 희생양이 되지 않아. 저녁 식사 후에 내가 아버지를 찾아갈 거야. 아마도 그 일로 아버지가 널 불러 확인도 하겠지. 그때 넌 무조건 맞다고만 해. 그래야 이 집안에서 나갈 수 있게 된다."

"하지만 지령인요."

"그건 염려하지 마. 내가 지키는 동안은 아무도 못 건드릴 테니까. 내가 해외에라도 나가지 않는 이상, 네 동생이 위험할 일은 없어. 게다가 네 동생은 남자야. 형이 설마하니 남자인 네 동생까지 어쩌겠어?"

지안은 더 이상 아무런 말 없이 그의 말에 고개만 끄덕거렸다.

"내려서 들어가."

지안은 차에서 내려 대문을 통해 안으로 들어갔다. 그가 온 걸 확인하고 안에서 벌써 문을 열어 놓았다.

마당을 가로질러 들어가는데, 태일이 바지 주머니에 손을 찔러 넣은 채 나타났다. 태일은 그녀를 위아래로 훑으며 말했다.

"어디 갔다 와?"

"태경 도련님께서 함구하라는 명령을 내리셨습니다."

"뭐? 하여간에 마음에 안 들어. 너 말이야. 태경이가 싸고돈다고 너무 안심하지는 마!"

소름이 끼쳐 왔다. 태일은 지안의 곁에 바싹 붙더니 그녀의 목 선을 손가락 끝으로 슥 어루만지며 말했다.

"나는 널 어떻게 하기 전까지는 절대로 너 안 놔, 명심해!"

태일이 킬킬거리며 한 걸음 뒤로 물러서는 사이 주차를 마친 태경이 다가왔다.

"임지안! 들어가지 않고 거기서 뭐해."

꼼짝없이 얼어붙어 있던 지안은 흠칫 놀라 허겁지겁 별관으로 향했다. 저녁때가 다 되었기 때문에 식사 준비를 도와야 했다. 별관을 향해 가는 중에 뒤에서 태일이 투덜거리는 소리와 태경의 목소리가 들렸다.

"어딜 갔다 온 거야?

"알아서 뭐하게. 뭐가 그렇게 매일 궁금해?"

"뭐, 그렇지 않겠어? 네가 너무 임지안을 끼고도니까."

"나가려고 했음 갈 길 가라."

"넌 너무 형을 무시해! 나 좀 기분 나쁘다?"

"적당히 놀아. 대학원도 갈 거면서."

"잔소리는!"

듣기 싫다는 듯 태일이 곧장 주차장으로 향했다. 지안은 흘끗 뒤를 한번 돌아보고 종종걸음 쳐 별관으로 들어갔다. 지령이 어찌 있었는지 궁금해서 방으로 갔는데, 다행히 별일 없이 혼자 공부를 하는 중이었다.

"누나, 어딜 갔다 온 거야?"

"아주 좋은 곳!"

"누난 좋겠다. 태경 형은 그래도 사람대접을 해 주잖아."

"그러게. 그렇다고 해서 경계심을 늦추진 않을 거야."

그를 좋아하는 주제에 지령에겐 이런 말도 참 잘한다. 가증스럽게도.

"음, 나도 그래. 내가 믿을 사람은 누나뿐이지."

"그런데…… 미안해. 지령아……."

"응?"

"만약에 누나가 여길 나간다고 해도 절대로 겁내지 말고 버텨야 해. 알겠지?"

"무슨 소리야?"

겁에 질린 지령이 그녀에게 달려와 소리를 지르듯 캐물었다.

"아주머니들과 기사들 사이에서 의원님이 날 내보내려 한다는 얘기가 돌아. 내가 스무 살이 되면 더 이상 이 집에 들여놓을 이유가 없다더라."

사실 이면에 더 많은 저의가 감춰져 있겠지만, 차마 어린 동생에게 그런 것까지 일일이 설명하고 싶지는 않았다. 이미 일찌감치 이 세상이 얼마나 잔혹한 지옥인지를 경험한 동생이었다. 그런 애한테 지옥 맛을 끝까지 보여 주겠다는 감씨 일가의 참혹성과 잔인성에 대해 굳이 말하고 싶지 않았다. 굳이 다 알 필요가 있을까?

나이가 들어 하나씩 알게 되는 것에 대해서야 할 수 없다. 하지만 남매는 이 어린 나이에 이미 보지 말아야 할 눈치까지 봐 가며 가까스로 살아남았다.

"그나마 노예생활이 스무 살이면 끝이라는 얘긴 거네."

아니, 저들은 우리를 놔줄 마음이 전혀 없어. 그나마 인간에 대한 존엄성이라는 것을 생각하기 시작한 태경은 나았다. 하지만 그를 제외한 감씨 일가는 집안의 안주인을 죽인 아버지에 처해진 무기징역을 자식들에게도 고스란히 물려줄 작정인 듯했다.

"마음의 준비는 하고 있어야겠네. 그래도 누나가 있어서 정말 큰 도움이 됐는데……."

"누나는 네가 나오기를 기다리면서 자리를 잡아 놓을게."

"응, 가기 전에 태경 형한테 내 얘기 좀 잘 해 줘. 아줌마들이 그러는데 태경 형이 누나를 조금 예뻐하는 것 같다고 하더라."

"날?"

"응, 크게 부려 먹지를 않는 걸 보면 그렇대. 그냥 보더라도 태일 형이랑 태경 형이 우리를 다루는 게 완전히 다르잖아. 잔심부름 외에는 누나에게 아무것도 안 시킨다던데? 빨래며, 방정리 등은 대부분 가사도우미가 다 하고 있고……."

그러고 보니 태경은 그런 일보다는 사소한 심부름을 잘 시켰다. 갑자기 배가 고프니 간식을 갖고 올라오라는 둥, 아버지 서재에 가서 책을 갖고 오라는 둥, 사소한 심부름 외에는 시키지 않았다. 밥때를 놓치게 되면 종종 간식을 갖고 올라오라고 해서 그녀에게 먹으라고 하나쯤은 내밀기도 했다.

다정하지 않은 사람이라고 생각했는데, 지금 생각해 보면 다정한 사람이었다.

"그건 그 사람들이 착각한 거야. 태경 오빠는 절대로 그런 사람이 아니야. 나 같은 것에게 조금도 관심이 없어."

딱 잘라 말했다. 괜히 오해에 불을 지르고 싶지 않았으니까.

"그런가? 그래도 누나가 말해 주면 태경 형이 날 여러모로 돕지 않겠어? 그러니 말 좀 잘 해 줘. 누나 없음 정말 무서울 것 같아."

"알았어. 지령아, 강해지자! 이렇게 계속 약하게 살아선 안 돼. 우리가 약해질수록 저들이 우리를 호구로 알고 더 못되게 괴롭힐 거야. 반박할 수 있는 힘을 키워야 해."

"응, 노력할게."

지안은 지령의 손을 꽉 잡았다. 열일곱 살이나 됐는데도 여전히 나약하게만 보이는 동생이었다. 사육당하는 동물원의 짐승처럼 자란 데다 험한 학대를 당해 온 탓에 늘 겁에 질린 표정이었다.

스무 살이 되어 지령이 밖으로 나오게 된다고 해도 금세 저런 모든 것들을 털어 낼 수 있을까?

그 전에 동생이 한 명의 인간으로서 자립할 수 있을지도 지안은 염려스러웠다.

그녀는 동생 때문에 강인해졌지만, 오히려 동생은 겁만 더 많아진 듯했다. 아무리 울고불고 도와 달라 외쳐도 아무도 도와주지 않는 이 사방이 벽으로 막혀 있는 곳에 갇혀 있다 보니 지령에겐 패배감만 가득했다.

　식사를 마친 후 태경은 아버지의 서재에 들어가 지안의 거취에 대해 얘기를 하기 시작했다.

　"그건 안 됩니다."

　"그걸 왜 네가 이래라저래라 하는 거냐?"

　"임지안…… 한도 엔터테인먼트와 오늘 계약했습니다. 방금 인터넷에 기사도 떴어요. 임지안이 차태전 감독의 작품에 여주인공으로 등장한다고요. 사진도 올라갔습니다."

　이건 태경이 소속사 측에 요구한 부분이었다. 자료는 금방 배포되었고, 기사는 저녁이 되기도 전에 인터넷에 게시되었다. 뿐만 아니라 소속사의 홈페이지를 비롯한 각종 SNS에도 임지안의 프로필 사진이 빠르게 게재되었다.

　"뭐?"

　아버지가 기막힌 얼굴로 태경을 쳐다봤다.

　"그 애는 놔주세요."

　"너 대체! 무슨 생각인 거냐? 그 애는 네 어머니를 죽인 놈의 자식이야!"

　"이미 그자는 죗값을 치르기 위해 감옥에 가 있고, 그렇게 자신의 평생을 버렸어요. 그런데 그 자식들에게까지 죄를 물려 줘서는 안 되는 거잖아요."

　아버지가 콧방귀를 뀌더니 입가를 비틀었다.

"너는 네 어머니가 그렇게 된 일이 아무렇지도 않아?"

"그럴 리가 없잖아요. 하지만 아무리 이성적으로 생각해 봐도 이건 아니에요. 임지안은 성인이 되면 내보내 주는 게 맞습니다. 여섯 살 때 들어와 이제 13년이에요. 그 애도 당할 만큼 당했어요."

"기가 차서! 안 된다, 절대로!"

"누굴 위해서 안 된다는 거죠?"

"그냥 안 돼!"

화가 치밀었다. 국민의 혈세로 부귀영화를 누리는 아버지가 한 사람의 인격을 파탄 내기 위해 독을 품은 모습이라니!

그런 아버지의 모습이 태경은 그리 좋게 보이지 않았다. 이제 복수는 끝내야 할 때가 됐다. 이 이상 얼마나 더 해야 한단 말인가.

"아버지, 그럼 얼마나 더 데리고 있겠다는 건데요?"

"네 어머니가 살아 있을 나이만큼!"

"네?"

"네 어머니가 건강하게 살아 있다고 치고 족히 30년은 그 애들을 우리 집안의 노예로 써야 계산이 맞다 생각한다."

말이 안 통하겠다. 이렇게 된 이상 이젠 막 던지는 수밖에.

"……내보내요. 아버지…… 저…… 임지안하고 잤습니다."

아버지가 청천벽력이 떨어진 듯한 표정으로 그를 쳐다봤다.

"뭐?"

"미성년자예요. 그런 애와 섹스를 했다구요. 제가 꼬셔서 했습니다."

아버지는 태경을 잡아먹어도 시원찮을 얼굴이 되어 그를 노려봤다.

"그 애는 차기 대권 후보 중 가장 유력한 의원에게 선물로 바칠 예정이었다! 그런데 어떻게 네가!"

결국 그런 의도였나? 숫처녀라는 점을 미끼로 지안을 그런 자에게 안기게 한 뒤 그 장면을 영상으로 남긴다. 그다음 자신에게 불리한 순간이 오면 그 영상을 빌미로 협박이라도 하겠다는 건가? 어쩌다 아버지는 이 지경으로 추잡한 정치인이 된 것일까?

"잤어요. ……책임을 질 수 있게 해 주세요."

"무슨 책임!"

"제가 건드렸으니, 그에 따른 책임이겠지요."

"당장 임지안한테 내려오라고 해!"

아버지는 밖으로 나와 윤 집사에게 지안을 데려오라 말하고 다시 서재로 돌아왔다. 아버지가 위스키를 온더록스 잔에 채워 단숨에 들이켰다. 화가 치밀어서 견딜 수가 없는 모양이었다.

"건드린 걸로도 모자라 그 애 얼굴을 언론에 유포해 세상 사람에게 알려 버리고…… 거기에 지금 세계에서 주목받고 있는 영화감독의 작품에 주연까지 시킨다고? 어이가 없어서…… 빼내고 싶어도 절대로 건드리지도 못하게 확실히 박아 넣었구나.

내 자식이지만 이 정도로 치밀하게 나올 줄이야."

아버지는 배신감에 치를 떨며 이마를 싸쥐고 고통스러워했다.

"도구라면 다른 애를 찾아보세요."

그때 노크 소리와 함께 지안이 들어와 아버지 앞에 묵례를 했다. 태경은 아버지가 그녀에게 다가가 다짜고짜 따귀를 치려는 걸 재빨리 막아서며 말했다.

"배우 얼굴에 함부로 손대지 마세요. 곤란합니다. 차라리 절 치세요."

아버지가 분노를 누르느라 숨을 거칠게 몰아쉬었다.

"개망나니 같은 놈! 이런 식으로 내 뒤통수를 쳐?"

아버지가 혐오와 분노를 담은 얼굴로 지안을 노려보며 물었다.

"잤냐?"

지안이 눈을 휘둥그렇게 뜨고 태경을 쳐다봤다. 태경이 입가에 쓴웃음을 지으며 말했다.

"아버지가 아신다. 그냥 대답해."

지안은 대충 눈치를 챘는지 고개를 한 차례 끄덕거렸다.

"나이도 어린 게, 무슨 생각으로 그런 짓을! 네년이 내 아들과 잤다고 내가 널 우리 집안에 들여놓을 것 같아? 너 따위야 결혼 후에도 정부로 실컷 써 먹으면 그만이야, 이 벌레만도 못한 것. 버러지 주제에 내 아들을 넘보지는 말거라! 알겠어? 그리고 네가 이 집을 나간다고 해서 안심하지 않는 게 좋을 거야. 네 동생 명줄은 내가 쥐고 놓지 않을 테니까."

"아버지, 그게 무슨 소리예요?"

"임지령인 우리 집안의 충견으로 키울 작정이다. 겁이 많고 소심해서 조금만 협박을 해도 말귀를 알아들을 놈이야. 게다가 은근히 똑똑하니 공부를 계속 시키면 대학은 가겠더군. 대학까지 보내고 집안의 비서로 키울 작정이니 그렇게 알아라. 허튼 짓 말라는 소리다. 네년이 세상 밖으로 나왔다고 해서 우리 집안을 만만히 보고 여태까지 당한 일을 고소하겠다는 둥 허튼 짓을 하려고 하면 네 동생 놈은 그날로 생매장시켜 버릴 테니까!"

"아버지!"

듣다 못한 태경이 혐오스러운 얼굴로 아버지를 쳐다봤다. 아버지는 이제 만사가 귀찮아진 표정으로 둘에게 나가라는 손짓을 했다.

"이제 너희 맘대로 해!"

태경이 꾸벅 인사를 하고 밖으로 나오면서 넋이 나간 지안의 팔목을 잡아끌었다. 밖으로 나오자마자 지안의 눈가에 물기가 가득 차올랐다.

"울어?"

지안이 고개를 저으며 눈가를 닦더니 이내 무표정한 얼굴로 말했다.

"지령이…… 저 때문에……."

"내가 지켜볼 테니까, 염려 말고 너라도 나가서 잘 살아. 수시로 아버지한테도 찾아가 보도록 해. 감금된 이후 한 번도 간적이 없잖아. 수감생활 동안 그래도 한 번씩은 찾아가는 게 좋다고 하던데."

그러자 지안이 싸늘하게 얼굴을 굳히며 말했다.

"그런 아버진 이미 오래전에 제 안에서 사형선고를 받고 죽었어요."

피눈물도 없는 사람처럼 서슬 퍼렇게 말하는 지안을 보자 그는 섬뜩함을 느꼈다. 그녀의 안에 잠자고 있는 분노와 증오의 크기가 어느 정도인지 보였기 때문이다.

"나는 윤 대표하고 통화해서 앞으로 너의 거취에 대해 의논하도록 할게. 넌 이제 나갈 채비나 해. 갖고 나갈 짐은 좀 있어?"

지안이 고개를 저었다. 옷은 집안에서 해 준 몇 안 되는 옷이 전부였다. 개인적으로 갖고 있는 거라고 해 봐야 고작 속옷 몇 벌이 전부일 테고. 애초에 지안은 이 집안에 있는 동안 사적으로 뭔가를 소유해 본 적이 없었다. 그러니 딱히 짐을 쌀 것도 없을 것이다.

태경은 어쩐지 남매의 인생이 애잔하게 느껴졌다. 처음엔 저들이 폭력을 당하는 게 너무도 당연하게 여겼는데 이젠 그 모든 것에 대해 죄책감을 느꼈다.

"그럼 가서 지령이 마음이나 잘 달래고. 넌 당장 내일 나가. 소속사에는 내가 데려다줄 테니까."

지안이 한 차례 꾸벅 인사를 하더니 가만히 그를 쳐다봤다.

"왜?"

"……이제 끝인가요?"

"무슨 소리야?"

"도련님을 뵙는 일이…… 내일로 끝인가 해서요."

"딱히 볼 일은 없지 않겠어? 나중에 휴대폰이 생기면 네 연락처나 알려 줘. 내 번호는 너한테 따로 줄 테니까. 지령의 소식을 전하는 역할 정도는 해 줄게."

지안의 표정이 잠시 매우 복잡해졌다. 그 표정은 그녀가 이집에 온 이래 가장 사람다운 표정이라 그는 오래도록 그녀를 쳐다봤다.

"네, 감사해요."

"가 봐."

지안이 다시 인사를 하고 복도 중간으로 사라졌다. 태경도 뭔가 기분이 착잡하고 묘해졌다. 지안이 이 집에서 나가 이젠 하나의 인격체로서 새로운 삶을 살아간다니. 믿기지도 않았고 실감 나지도 않았다.

그래도 다행이다. 몸을 뉘일 공간과 도움을 줄 사람들이 있어서.

　　　　　*　　*　　*

　지령은 밤새 울었고, 지안은 그런 지령 때문에 마음이 꼬챙이로 파 대는 듯 아파 잠을 설쳤다.

　지령에게 휴대폰이 생기면 언제든 연락하라고 했지만, 이 집에서는 전화 통화를 자유롭게 할 수가 없었다. 하려면 결국 태경을 통하는 수밖에 없다. 여러모로 답답한 상황이었다.

　아침이 되었을 때까지도 지령은 눈이 퉁퉁 붓도록 울며 가지 말고 여기 같이 있자며 매달렸다. 하지만 가야만 했다. 나가서 지령을 빼 올 궁리를 해야만 했다.

　"누나가 자리 잡히는 대로 널 데리고 갈 방법을 생각해 볼게."

　"스무 살이 되면 나갈 수 있다고 했는데, 왜?"

　"아니, 그게 그렇지가 않게 되었어. 내가 나가는 걸 트집 잡아서 의원님이 널 놔주지 않겠대. 내가 나가서 이 집안에 대해 모든 걸 밝히고 피해를 줄까 봐 겁나겠지. 하지만 누나는 널 여기에 버려 두지 않을 거야. 어떻게든 널 데리러 올게. 그러려면 누나가 밖으로 나가서 크게 성공해야만 해. 가장 높은 곳까지 올라가야 아무도 누나를 건드리지 못해."

　"그러려면 시간이 많이 걸리겠지?"

　지령의 말에 지안은 고개를 한 차례 끄덕거렸다. 그래도 영리하고 눈치 빠른 지령은 한참 만에야 눈물을 거두고 다부지

게 말했다.

"버틸게. 누나가 데리러 올 때까지!"

"미안해. 누나 때문에 네가 이런 피해를 입게 돼서……."

"아니야. 저 사람들이 원하는 대로 뭐든 할게. 대신 이 안에 내가 있다는 것만 잊지 말고 살아 줘."

지안의 눈에 눈물이 차올랐다.

"어떻게 내가 잊니? 넌 나야. 나와 다를 게 없는 나의 분신……."

지령이 눈물을 참으며 등을 돌렸다.

"이제 그만 가! 누나를 보고 있으면 계속 잡고만 싶어져서 안 되겠다."

하지만 지안은 동생에게 미안한 마음에 발걸음이 떨어지질 않았다. 지안은 오래도록 동생의 뒷모습을 바라봤다. 이대로 동생의 손을 잡고 나가고 싶었다. 하지만 당장 둘이서 할 수 있는 게 아무것도 없었다. 이대로 동생을 여기 두고 가는 것 외에 지안이 할 수 있는 게 없으니까, 무능하게 돌아서는 것이다. 지안은 울지 않기 위해 어금니를 힘껏 사리물었다.

돌아선 동생에게 아무런 말도 하지 않고 천천히 둘이 함께 살던 방을 나왔다. 짐이라고 해 봐야 쇼핑백에 몇 장의 속옷과 세면도구를 챙긴 게 전부였다.

밖으로 나오자 이미 마당엔 태경과 태일이 나란히 서 있었다. 그녀는 슬며시 인상을 썼다. 태일이 대체 여기 왜 나와 있는지 이해가 되지 않았다. 태일이 히죽이며 지안에게 말을 걸었다.

"야! 축하해. 너, 영화배우로 데뷔한다면서? 어제 인터넷 뉴스 보고 내가 얼마나 놀랐는지 알아? 대단하다! 너, 갑자기 스타가 됐어!"

이게 무슨 소리지?

"인터넷이 발칵 뒤집어졌다더라. 네가 누군지 궁금하다고 난리가 났어."

이번엔 태경이 간단한 설명을 덧붙여 주었다. 그 모습을 가만히 지켜보던 태일이 재밌는 농담이라도 하는 것처럼 말했다.

"그런데 함정이 있지 않나? 네 아버지가 살인자이자 조직폭력배를 이끌던 두목이었다는 걸 알면 사람들이 널 어떻게 보려나?"

지안 대신 태경이 태일에게 싸늘하게 대답했다.

"그 소리가 나오면 제일 먼저 난 형을 의심하겠어. 그땐 가만 안 둬."

태일이 기가 막히다는 듯 주머니에 손을 찔러 넣으면서 겸연쩍은 미소를 지었다.

"야! 뭘 또 그렇게까지. 그리고 너 종종 내가 네 형이라는 걸 잊어버리나 본데…… 내 위신 좀 세워 주라. 매번 정말 이럴 거야?"

"그 위신, 형이 어떻게 하느냐에 따라 달려 있어."

태일이 눈살을 찌푸리며 짧게 칫, 혀 차는 소리를 내뱉더니 그녀에게 다가와 악수를 청했다. 지안은 가만히 그 손을 내려다보기만 할 뿐, 손을 내밀 수가 없었다. 그러자 태일이 다가와 그녀의 손을 억지로 잡고 악수를 했다.

"잘 가라!"

그녀는 벌레라도 닿은 것처럼 그의 더러운 손을 당장이라도 떼어 내고 싶었지만 참았다.

"동생 지령일…… 부탁드릴게요."

태일이 입가에 비릿하게 혐오스러운 미소를 띠었다.

"물론이지. 네 유일한 혈육이잖아. 나야 최선을 다한다고 해도 그 애가 만족을 할지 잘 모르겠네."

그때 태경이 곁으로 다가와 한마디 했다.

"이제 그만 손 좀 놓지?"

그제야 태일이 슬며시 손을 놓더니 입맛을 다시며 미소를 지었다.

"지안이 보통 인물이 아니긴 한가 봐. 인터넷이 발칵 뒤집어진 걸 보면. 고작 프로필 사진 하나에 그렇게 많은 사람들이 달려들어서 광분할 일인가?"

"그만큼 지안이 예쁘다는 거겠지. 대중적인 신비감을 가진 마스크라는 얘기도 될 테고."

태경이 그녀의 손을 잡아끌었다.

"이제 그만 가자. 굳이 작별 인사를 하고 갈 필요는 없어. 당장 내일부터 넌 여기와는 완전히 다른 삶을 살아야 해. 그러니까, 여기서 벌어졌던 일들은 싹 잊어."

그녀는 고개를 돌려 지령이 있는 방 쪽을 쳐다봤다. 창문에 어른거리는 그림자 하나를 얼핏 본 것 같았다. 또 지령의 울음소리가 들리는 것 같아서 마음이 좋지 않았다. 지안의 속도 모르고 태일이 뒤에서 한마디 했다.

"종종 생각나면 연락해. 내가 지령이 데리고 나올 테니까."

지안은 태일을 한 차례 쳐다보고 이내 고개를 돌렸다. 이미 태일에게 그녀의 가장 아픈 약점 하나를 들킨 셈이었다. 기분이 좋을 리 없다.

대문 밖으로 나오자 이미 태경의 차가 대기 중이었다. 먼저 운전석에 앉은 태경이 얼른 타라고 그녀를 독촉했다. 보조석에 앉아 안전벨트를 하자마자 지안은 다시 시선을 돌렸다.

"마음 쓰지 마. 이 기간을 어떻게든 버텨야 돼. 그러지 않고서는 미래는 없어."

"네…… 아는데, 지령이 마음에 계속 걸려서요."

"성공해! 지령일 데려갈 수 있을 만큼…… 그래도 우리 아버지를 상대하기엔 버겁겠지만."

지안은 입가에 쓴웃음을 지었다.

"내 휴대폰 번호 불러 줄 테니까 외워."

지안은 볼펜을 꺼내 팔뚝에 태경이 불러 주는 번호를 새겼다. 번호는 금세 지안의 머릿속에 저장되었다. 지령과 연결될 유일한 구명줄이었다. 절대로 기억에서 지워져선 안 된다.

태경은 바로 지안을 데리고 한도 엔터테인먼트가 있는 빌딩으로 향했다. 이미 윤 대표가 그녀의 스케줄과 앞으로 살 집, 로드 매니저 등을 대기시켜 놓고 기다리는 중이었다.

"바로 전라도 쪽으로 내려가야 합니다. 로드 매니저하고는 같이 가면서 인사를 하도록 하고요. 감태경 씨는 앞으로 지안 씨가 살 집을 저와 같이 가서 확인하고 돌아가시면 됩니다."

"한 가지, 앞으로 제가 지안이의 후견인이 될 겁니다. 지안이의 아버지와 어머니가 저에게 모든 걸 일임하셨어요. 그러니 지안이에게 무슨 일이 생기면 제게 의논 부탁드립니다. 뭐든 지안이에게 불리한 일이 생기면 저한테 연락 주세요. 수습할 수 있는 방법을 찾아보도록 노력하죠."

"그렇게 해 주신다면 저희로서는 마다할 이유가 없죠. 감사합니다."

윤 대표는 지안에게 이만 목적지로 떠나라는 손짓을 했다. 지안이 태경을 쳐다보자, 그는 짤막한 고갯짓으로 그녀에게 인사를 했다. 그게 다인가? 이제 앞으로 얼마간 만나지 못하게 될지도 모르는데, 정말 그 인사가 마지막이란 말인가.

"그럼 잘 다녀올게요."

"건강 조심하고. 무슨 일 생기면 내 휴대폰으로 연락해."

"네, 그럴게요."

인사를 하고 지안이 밖으로 나오자 삼십대 중반의 로드매니저가 말했다.

"아직 열아홉 살밖에 안 됐다며? 나를 부를 때는 이 팀장이라고 부르면 돼."

"네, 팀장님."

"혹시 특별히 못 먹는 음식이나 알레르기가 나타나는 약 같은 건 있니? 어떤 지병 같은 건 없고?"

"네, 튼튼하고 다 잘 먹는 편이에요."

"그렇다면 다행이네. 음식도 그렇고 혹시라도 병원 가서 급히 처방을 받아야 할 경우에 그런 걸 모르고 갔다가 낭패를 보는 일이 잦거든. 그래서 미리 물어보는 거야. 동물에 대해서도 알레르기는?"

"없어요."

"키와 몸무게 가슴둘레, 속옷 사이즈 등 나한테는 모든 걸 상세하게 다 알려 줬음 해. 아직 스타일리스트가 붙은 게 아니기 때문에 의상 쪽도 내가 알아서 해 줘야 하거든. 생리주기와 날짜도 미리 말해 주는 게 좋아. 그래야 그에 맞춰서 생리대를 미리 준비시킬 수도 있거든…… 혹시 생리통은 없고?"

"없어요."

지안은 어안이 벙벙해졌다. 심지어 여자도 아닌 남자에게 그런 세부적인 것까지 다 말해야 하다니.

엘리베이터를 타고 주차장으로 가는 동안 이제 첫발을 내딛는 그녀를 위해 이 팀장은 쉼 없이 대중들 앞에서 조심해야 할 사항에 대해서 알려 주었다.

이 팀장은 꽤나 경험이 많은 매니저 같았다. 그게 아니라면 이렇게까지 능숙하게 초보 연예인을 다루지 못하겠지. 지안은 조금 안도했다.

"차는 네가 인기가 더 많아지면 점점 좋은 차로 바뀌겠지만 당장은 카니발이야. 일단 타."

안에 오르자 이 팀장은 바로 에어컨을 켜고 차를 움직이기 시작했다.

"피곤할 거야. 미리 잠을 자 두는 게 여러모로 유리해. 밤샘 촬영이 이어질 수도 있거든. 그리고 잠은 많이 자 둬서 아까울 게 없지. 목소리 보호를 위해 마스크를 하든가, 아니면 목에 수건이라도 두르렴. 감기 걸리면 큰일 나니까. 그리고 물은 되도록 자주 마시도록 하고."

"네, 팀장님."

미니밴이 소속사 빌딩을 빠져나와 좁은 골목길 사이사이를 헤집더니 이내 2차선 도로를 쭉 달리기 시작했다. 얼마 지나지 않아 미니밴은 바로 고속도로를 달리고 있었다. 잠이 올 것 같지 않았지만 이 팀장의 말도 일리는 있어서 지안은 슬며시 눈을 감았다.

잠과 함께 이 시간이 좀 더 빨리 지나가기를 진심으로 바라면서······.

#3

영화가 개봉되었다.

해외에서도 인정받는 유명한 영화감독이라는 명성에 걸맞게 영화는 빠른 속도로 사람들의 관심을 끌었고, 입소문이 퍼지기 시작하면서 순식간에 500만 관객 동원에 성공했다. 그야말로 티켓파워를 입증한 감독이었다.

신인 여배우와 연기 경력이 1년밖에 안 되는 남자 배우를 주인공으로 내세웠음에도 불구하고 영화는 순풍에 돛 단 듯 흥행세를 이어 갔다.

덕분에 주연 여배우인 지안의 이름까지 세간에 널리 퍼지기 시작했다. 그녀의 몸값이 치솟으며, 새로운 드라마와 영화 대본들이 쏟아져 들어왔다. 소속사에서는 그녀가 계속 영화에서만 인지도를 쌓는 게 좋을지 드라마 쪽에서도 활동하는 게 좋을지를 두고 심각하게 고심했다.

그리고 그녀의 나이 스무 살을 맞으면서 그해 가을, 그녀의 첫 번째 드라마 계약이 성사됐다. 지안은 처음으로 로맨틱 코미디라는 드라마 장르에 도전해 영화에서와는 180도 다른 캐릭터를 완벽하게 소화해 냈다. 더 많은 팬들을 끌어모은 그녀는 일약 스타덤에 올라 CF퀸으로 등극했고 순식간에 수십억 원의 소득을 낸 소속사는 그녀만 보면 덩실덩실 춤을 추며 좋아했다.

소속사는 그녀에게 강남 한복판에 새로 지어져 가장 비싸다는 아파트 단지 내에 그녀의 거처를 마련해 줬다. 지안은 당장에라도 이 집에 동생 지령을 데려오고 싶었다.

그리고 그해 겨울, 지안은 태경에게 처음으로 연락을 했다.

―여보세요?

"저…… 임지안이에요."

―……1년하고도 반 만인가? 오랜만이네?

"지령이…… 잘 있나요?"

―잘 지내. 생각했던 것보다는 씩씩하게 잘 버티고 있어. 열여덟 살이고 검정고시도 합격해서 대학 입시 준비 중이야.

"정말 대학에 보낼 생각인가 보군요."

―음, 아버지는 한번 목표를 세우면 확고부동하시니까. 지령

이도 대학에 보내 준다니까 큰 불만이 없는지 열심히 공부하고 있고. 내가 일주일에 세 번씩 짧게 공부를 봐주고 있기는 해.

"고마워요. 신경 써 줘서……."

─무슨 일로 전화를 했어?

"이제 지령이…… 제가 데리고 살고 싶어서요."

─그건 안 될 소리야. 지금은 아버지를 자극하지 않는 게 좋아.

"하지만……."

─네 욕심이 뭔지는 잘 아는데…… 언젠가 형도 말했듯이 너한테는 치명적인 약점이 있어. 네가 살인자, 그것도 조폭의 우두머리 딸이었다는 사실이 밝혀지면 너한테 유리할 건 하나도 없어. 우리 집안사람들이야 내 눈치를 보느라 함부로 입을 놀리지는 않는 것 같지만 누군가 너를 아는 사람이 하나라도 있다면 너의 성공을 조용히 응원만 하겠어?

결국 이 모든 건 신기루 같은 거라는 의미인가.

─돈이나 열심히 모아 두는 게 현재로서는 최선이야.

"그게 무슨 의미가 있죠?"

─나중을 대비해서……. 네가 아무것도 할 수 없게 됐을 때, 적어도 무서운 유혹을 떨치려면 돈이라도 쥐고 있어야 하지 않겠어? 생활비가 없어서 같잖은 유혹에 넘어간다는 건 너무 불쌍하잖아.

지안을 입을 꾹 다물었다. 돈은 허투루 쓰지 않고 모으고 있긴 했다. 워낙 소득이라는 게 없던 인생이었다. 어디에 나가 소비를 해 본 적이 없으니, 지금도 돈을 어떻게 쓰는 게 합리적인지 잘 모른다.

회사에서는 꾸준히 다이어트를 해야 한다며 식단을 짜 주고 그에 맞는 식사량을 그녀에게 제공해 주고 있었다. 그래서 따로 식비가 들어가질 않는다. 게다가 옷 역시 협찬이 많이 들어와서 그 옷만 입어도 부족함을 모른다. 화장품 역시 그랬다. 헤어스타일은 헤어숍에 가면 따로 전담 디자이너가 붙고 그에 들어가는 비용 전체는 소속사에서 지불한다.

그래서 지금까지 그녀의 통장에서 따로 돈이 나간 적이 없었다. 들어오기만 할 뿐. 기본적인 생활비 역시 소속사에서 전부 지원해 주고 있다. 차량과 집도 회사 소유로 되어 있기 때문에 그녀가 내야 할 돈은 없다.

쉬는 날엔 종일 집 안에 처박혀 나가지 않으며 온전히 쉬기만 했다.

애초에 학교를 나오지 않아 친구가 없기도 했다. 게다가 누군가와 사귈 만한 성격도 되지 못해 스타일리스트와도 데면데면하고 매니저와는 사무적인 거리를 유지할 뿐이었다.

지안은 사람을 어떻게 사귀는지 몰랐다. 잘할 줄 알았는데, 또래들과 소통을 하지 못한 채로 자라 와서 그런지 상대방을 어떤 식으로 대해야 호감을 얻는지도 전혀 알 수 없었다. 친구

사귀는 것보다 쉬운 건 없는 줄 알았는데. 스무 살이 되어서야 처음 친구를 사귀려니 여간 어려운 게 아니다.

배운 적도, 해 본 적도 없어서 낯설기만 했다. 그래서 멀찍이 거리를 두고 지켜보기만 할 뿐이었다. 명령을 받고 움직이는 게 편한 사람에게 동등한 관계는 애초에 힘든 일인가 보다.

"물어볼 게 있어요."

―뭐?

"사람을…… 어떻게 만나야 하는지 잘 모르겠어요."

―그게 무슨 소리지?

"대인관계를 맺는 법에 대해 아무것도 몰라요. 전…… 항상 하라는 것만 해 왔잖아요. 그렇다고 학식이 있는 것도 아니고…… 책을 두루 섭렵한 것도 아니라서요. 사회생활 자체가 처음이라 어수룩하기 짝이 없고…… 이대로 예능에 나갔다간 엄청난 실수를 하게 될까 봐 겁이 나요. 그러니까 사람 사귀는 법을 알려 줘요."

―네가 그런 걸 하나도 모른다는 것도 어느 정도 이해되긴 해. 하지만 그 이후의 것에 대해서는 네가 알아서 깨우쳐야지. 지금 너와 내가 만나서 서로에게 이로울 건 없어. 스캔들만 터질 게 뻔한 데다 괜히 사람들의 이목을 끌게 되지. 데뷔한 지 2년도 안 되어서 안티팬만 늘리고 싶은 거야?

"그건 아니지만……."

―지금 당장 궁금한 게 뭔데?

"책을 인터넷에서 구입하는 방법에 대해 알려 주세요. 뭔가를 한 번도 사 본 적이 없어서 어떻게 하는지 잘 모르겠어요."

—노트북 있어?

"네."

—그럼 화상 채팅을 하자. 말로 일일이 설명하려면 끝도 없어.

지안은 노트북을 열어 두고 동영상이 가능하도록 카메라를 자신을 향해 켜 놓은 뒤 그가 접속하기를 기다렸다. 그가 카톡으로 화상 채팅이 가능한 사이트 주소를 알려 주면 그녀가 가입해서 그와 화상 채팅을 하는 방식이었다.

그는 휴대폰으로 앱 하나를 깔고 이후 로그인과 장바구니에 원하는 책들을 넣는 장면 등을 동영상으로 보여 줬다. 그다음 결제하는 법을 알려 주던 그가 물었다.

—신용카드 있어?

"네, 회사에서 지급한 카드가 있어요."

—그 카드 번호를 여기에 전부 입력한 다음 사용하면 돼. 이 앱도 따로 깔아 두면 여러모로 편리해.

신용카드 앱까지 깔아 카드 번호를 저장해 사고 싶은 책들을 몇 권 고른 후 시험 삼아 첫 번째 결제를 했다.

"이게 다 된 건가요?"

—맞아. 그게 끝이야. 곧 네 집으로 택배가 배송될 거야. 그걸 받으면 돼. 그 외에 더 궁금한 건?

"지령이한테 선물을 하고 싶은 경우엔 어떻게 하면 되죠?"

—선물을 사서 우리 집으로 보내. 그럼 내가 지령이한테 전해 줄게. 물론 수신인은 내 이름으로 하는 게 좋을 거야. 지령이 이름으로 했다가 괜히 압수당할 수도 있으니까.

"네, 고마워요. 그리고 은행 일을 휴대폰으로 보려면……."

—네 통장을 들고 은행으로 가. 신분증과 도장은 꼭 가져가고. 거기서 네 전용 체크 혹은 신용카드를 만들면 돼. 직원한테 물어보면 앱 까는 법 등을 알려 줄 거야.

"네, 그렇게 사용하면 되겠네요. 은행을 한번 다녀와야겠어요. 시선이 좀 불편하긴 하겠지만…… 한 번은 겪어야겠죠. 제돈은 제가 관리를 제대로 해야겠죠?"

—아무래도 그렇지. 아무도 믿지 마. 남한테 맡겨 놓고 좋게 끝난 경우를 못 봤으니까. 넌 믿을 만한 가족도 친구도 없으니, 오직 너만 믿고 행동하도록 해.

"네, 그리고 가끔 이상한 제안이 들어오는데 이런 경우엔 어떻게 해야 하는 거죠?"

—어떤?

"만나고 싶다는 둥, 식사를 같이 하고 싶다는 둥, 시간 언제 되느냐는 식의 질문을 하는 경우엔 어떻게 에둘러 거절하면 될까요?"

—그런 경우엔 소속사 계약 기간 동안은 연애 금지 조항이 있어서 안 된다고 말해 둬. 그래도 계속 집적거리면 매니저에

게 말하는 편이 좋아. 직접 거절하다가 괜히 원한을 살 수가 있거든.

"네, 고마워요. 궁금했던 것들이 전부 해소된 것 같아 시원해졌어요."

―다행이네.

"저…… 도련님……."

―이젠 그 호칭은 좀 아닌 것 같으니 이름에 씨자를 붙이도록 해. 누군가 통화를 엿들어도 어색하지 않게. 그게 힘들면 오빠라고 해도 돼. 어차피 너와 나의 관계를 사촌이라고 소개해 뒀으니 그렇게 부르는 게 가장 자연스러울지도 모르겠다.

"그럼…… 오빠……."

―뭔데?

"가끔 이런 거 물어도 되나요? 혼자서는 도무지 답이 안 나와서……."

―상관없어.

"감사해요. 이렇게 관심 가져 줘서……."

―내가 뿌린 씨앗이니까.

제대로 스타가 되기 전까지는 그에게 전화를 하지 않을 작정이었다. 하지만 많은 사람들에게 인정을 받기 시작하자, 너무 오랫동안 그에게 전화를 하지 않아 어색해져서 더욱 전화를 걸기 애매해졌다.

지령이 어찌 지내는지 궁금하기도 했다. 하지만 어정쩡한 채

로 전화를 걸어 안부를 묻는 게 더 지령을 힘들게 하는 것 같
아서 연락을 계속 미뤘다.

그렇게 차일피일 미루다 이제야 연락을 할 수 있게 되었다.
이 또한 엄청난 용기를 쥐어짜 내 한 것이었다. 어쩌면 그의
목소리가 너무 듣고 싶어서였는지도 모른다.

이젠 모든 준비가 되었는데, 그는 아직 지령을 불러내선 안
된다고 말하고 있다. 지금으로서는 그가 하는 말이 전부 맞겠
지. 지안은 그에게 이제 그만 끊어야겠다며 채팅창을 닫으려
했다.

—조만간 한번 보자. 지령이랑.

가슴이 두근두근 설레었다. 그 때문에 이러는 건지, 지령이
때문에 그러는 건지 알 수가 없었다.

"정말이요?"

—너, 곧 해외 일정 있지?

"네, 이태리에서 화보 촬영 일정이 잡혀 있어요."

—지령이 데리고 갈게. 거기서 보자.

"네?"

—지령이 외국에 한 번도 안 가 봤잖아? 내가 데리고 나가
주려고. 기분 전환 삼아서. 네가 지령이한테 잘 말해서 지금
하는 공부에 목적을 갖게 해 줘. 사춘기가 이제 왔는지, 좀 헤
매는 것 같더라.

"아…… 네, 알았어요!"

―그럼 조만간 만나자.

"네, 그럼 기다릴게요."

감사 인사를 하듯 그녀는 몇 번이나 그에게 고개를 숙여 인사했다. 생각지도 못하게 지령이까지 해외로 데리고 나와 주겠다고 하니, 고마운 마음에 눈물이 맺힐 것 같았다.

채팅이 끊어졌고, 더 이상 화면에 그는 나오지 않았다. 하지만 오랜만에 그렇게라도 그의 얼굴을 봐서인지 가슴이 계속 두근거리고 양 볼엔 홍조가 번졌다. 몸이 뜨겁게 달아올라 한참 동안 가라앉지를 않았다.

그를 좋아하는 마음이 자꾸만 거대한 산처럼 커져 가는 것 같아 두려웠다. 감운식의 아들을 향해 커져만 가는 마음이 미치도록 불안했다. 감운식이 절대로 허락할 관계도 아니지만, 태경이 그녀를 받아 줄 거라는 확신도 서지 않았다.

"하아……."

지독한 쓸쓸함이 몰려들었다. 혼자는 너무 외롭다. 그 지옥 같던 곳이 지금 왜 이렇게나 그리운지 모르겠다. 적어도 그곳엔 지령과 태경이 함께 있었다. 여기처럼 적막하진 않았다.

손안에 쥔 하얀 젖가슴을 입 안 가득 머금고 있던 태일이 도저히 못 참겠다는 듯, 빳빳이 서 버린 페니스를 여체의 가장 은밀한 삼각지에 갖다 대더니 천천히 밀어 넣기 시작했다.

"하아, 하앗!"

깊게 밀고 들어가던 그가 그녀의 목덜미에 입을 맞추며 말했다.

"그 드라마…… 임지안이 주인공이라면서?"

"하아, 하아…… 응, 어떻게 알았어?"

"왜 모르겠냐. 조금만 쑤시면 알 수 있는 게 그런 뒷소문인데. 넌 거기서 무슨 역할인데?"

"하아, 하아…… 글쎄? 맞혀 봐."

영화배우 이시연은 입가에 음흉한 미소를 띠더니 그의 엉덩이를 어루만지며 말했다.

"그런 거…… 웃, 맞힐 기분 아니야."

그가 허리를 흔들어 대며 움직이자, 여자의 확대 수술을 한 커다란 젖가슴이 위아래로 사정없이 흔들렸다.

"임지안의 친구 역할로 들어가게 될 거야. 하아, 하아…… 오빠아…… 내 가슴 좀 빨아 줘. 오빠아……."

그가 고개를 숙여 유두를 혀로 할짝거리며 움직이자, 그녀는 허리를 튕기며 열락에 젖은 신음성을 야하게 뱉어 냈다. 그는 더욱 강하게 그녀의 안으로 몸을 들썩거리며 움직였다. 빠듯하게 채워진 안쪽에서 물기가 정신없이 쏟아져 나오기 시작했다.

그는 페니스를 좌우로 흔들거나 위아래로 돌리면서 그녀의 안쪽을 넓게 확장시켜 나갔다. 야금야금 그녀의 안쪽에 먹히는 쾌락에 젖은 채 그는 상상했다.

깔고 누운 이 몸이 임지안의 몸이라고.

한 번쯤은 안고 싶었다. 아니, 언젠가는 지안을 자신의 것으로 만들고 말겠다는 생각 외에는 아무 생각이 없었다.

그날 밤이 떠올랐다. 하얗게 드러난 그녀의 허벅지 위에 자신의 페니스를 문지르던 순간 말이다. 덜 자란 듯 아직 채 피어나지도 않았던 유두도 눈앞에 선명했다. 풍만한 유방과 하얀 설원 위에 피어난 꽃처럼 발갛게 빛을 내던 유두는 수시로 그를 들끓게 했다.

"하아, 하아…… 꼭 갖고 말겠어!"

"오빠아…… 뭘?"

"원래 내 것이었던 것!"

"하아, 하아…… 오빠아아…… 더 세게!"

태일이 강하게 허리를 튕기자 요란하게 남녀의 살이 섞이는 소리가 사방을 적셨다. 그가 그녀의 안에 사정을 하고 천천히 몸을 떼어 내며 그녀의 귓가에 말했다.

"임지안의 아버지는 살인자야."

"그게 무슨…… 소리야? 오빠?"

"힌트는 던졌으니 그다음은 네가 직접 알아보도록 해!"

"하아, 하아……."

시연이 입가에 미소를 띠더니 아직 정액이 묻은 그의 페니스를 닦아 내고는 입 안에 받아들여 빨기 시작했다.

"하아, 핫!"

혀 놀림 하나는 일품이었다. 그는 머리를 뒤로 젖히며 시연을 가만히 쳐다봤다. 그녀는 빳빳하게 솟구친 태일의 페니스를 입 안 가득 머금고 목구멍 안쪽까지 깊게 밀어 넣었다.

"욱!"

토악질이라도 할 듯한 소리를 내면서도 그녀는 도무지 멈추려 들지 않았다. 그녀는 그렇게 해서 잠시 숨이 끊어질 듯한 순간에 더 큰 쾌락을 느끼는 변태였다. 그의 페니스를 입에 문 그녀의 손가락이 자신의 속살을 애무했다. 곧이어 손가락 두 개가 천천히 살 속 깊은 곳으로 밀려들어 가기 시작했다. 다리를 벌린 그녀는 자위를 하면서도 연신 빨고 있는 그의 페니스를 놓아주지 않았다. 급히 움직이는 동작에 속도가 가해질수록 그도 더 이상 참기 힘들어졌다.

"읏!"

그녀의 목구멍 안에 정액이 뿜어져 나갔다. 그러자 그녀가 그걸 꿀꺽 삼키며 미소를 지었다.

"흐음, 고열량 단백질을 흡수했네. 피부에 좋은 콜라겐이나 잔뜩 있음 좋겠는데 말이야."

태일이 혀를 쯧쯧 찼다.

"넌 너무 밝혀서 문제야! 나 말고 일주일에 몇 놈이랑 붙어먹는 거야?"

"아마, 일곱? 후후후…… 다들 각자의 섹스 스타일이 있어서 재밌거든."

시연은 섹스중독이었다. 하루라도 섹스를 쉬면 미치는 여자였다. 만약 일 때문에 하지 못하면 그녀는 자기 매니저의 아랫도리라도 입에 물어야 직성이 풀리곤 했다. 어쩌다 저 지경이 된 건지 모르겠다. 어쨌든 태일의 평생의 반려가 될 사람도 아니니 아무래도 상관없었다.

"그런데 그 얘기 흥미롭네? 그거 탄로 나게 되면 임지안은 어떻게 되는 거야?"

"추락하는 새에게 날개가 의미 있긴 할까?"

"오호호호, 오빠! 정말 멋있네! 매력적이야. 그런 의미로 한 번 더 어때?"

시연이 엉덩이를 뒤로 빼고 다리를 살며시 벌렸다. 그리고 자신의 그곳을 손가락으로 부드럽게 어루만지며 그를 유혹했다. 하지만 그는 어째 별로 당기진 않았다. 어차피 그에겐 이 시연 말고도 만나는 여자가 둘이나 더 있었다. 딱히 한 사람에게 올인할 생각은 없었다.

"이제 그만 가 봐야겠다."

"칫, 너무 아끼네. 정말!"

"너한테만 다 줄 수는 없잖아. 공평하게 나눠 줘야지."

"어련하시겠어요! 먼저 가, 난 씻고 갈게!"

태일이 인사를 하고 그녀의 오피스텔을 빠져나와 엘리베이터를 탔다. 그가 던진 패 하나가 어떤 파장을 몰고 올지는 좀 더 두고 보면 알겠지.

*　*　*

윤 대표가 대본들 중에 가장 많은 관객을 동원할 것이라 자부하는 영화 시나리오 한 편을 지안에게 읽어 보라고 했다. 그녀는 일주일 내리 그 원고만 몇 번이고 반복해서 읽었다. 하지만 아무리 읽어도 여주인공의 심리가 확 와닿지를 않았다.

여주인공의 남편이 살해당한 이후 아이가 실종되었다. 그런 와중에 물리학 박사인 여주인공의 명예를 바닥으로 추락시킬 만한 표절 시비가 터진다. 거기에 그녀가 해서는 안 되는 실험에 참가했다는 증언까지 나오며 여주인공은 점차 밑바닥 아래까지 떠밀려 내려가기 시작한다.

그런 끝에서 그녀는 실종된 아이를 닮은 아이를 만나게 된다. 여주인공은 자연스럽게 그 아이에게 접근하고 아이와 차츰 친해지면서 아이의 집안으로 스며들어 가기 시작한다.

영어와 수학에 천부적인 재능을 가진 여주인공은 아이의 독선생이 된다. 그렇게 아이와 하루 종일 같이 붙어 지내게 되고, 여주인공은 점차 그 아이가 자신의 아이인 것 같은 착각에 빠지게 된다. 결국 그녀는 그 집안의 안주인을 점차 위험한 상황으로 몰아붙여 죽음에 이르게 한다.

이후 자연스럽게 그 집안의 남편을 유혹해 자신이 안주인의 자리를 차지하게 되지만 그녀는 여전히 공허하다. 그런 와중에 실종된 딸이 살해된 채 발견되었다는 소식을 접하고 여주인공은 정신적으로 완전히 무너지게 된다.

여주인공은 자신의 딸인지, 남의 딸인지 이제는 분간이 되지 않는 아이를 용의자의 집 앞으로 데려다 놓은 뒤 그 모습을 지켜본다. 먹잇감을 발견한 용의자는 한동안 아무런 움직임을 보이지 않지만 아이를 보면서 점차 광기에 휩싸이게 된다. 그 과정을 모두 동영상으로 촬영해 세상에 내보낸 여주인공은 용의자를 죽이게 되지만 아이도 결국 죽고 만다.

영화는 아무것도 손에 남은 게 없는 여주인공이 한적한 바닷가에 홀로 앉아 먼 곳을 바라보는 눈으로 죽은 아이의 유골을 뿌리며 우는 장면으로 막을 내린다.

지안은 이걸 대체 어떻게 표현해야 할지 쉽게 감이 오지 않았다. 자신의 아이가 납치됐는데, 사람들 앞에선 아무렇지도 않게 일을 해야만 한다. 포커페이스를 유지하는 냉철한 여성 캐릭터였다. 모성애가 심히 결여됐다고밖에는 볼 수 없는 문제점이 분명히 존재한다.

"하아…… 어렵네……."

"감정 부분에 대해서는 걱정하지 말라고 하더라."

"뭘요?"

"감독님이 하나하나 세세히 집어서 연기 포인트를 알려 주실 거라고 하셨대. 워낙 완벽을 추구하는 감독님이시라 배우에게 연기를 백 퍼센트 맡겨 놓지는 않는다고 하더라고. 자신이 원하는 장면을 나오게 하기 위해서 상당히 섬세하게 감정을 끄집어 올리는 감독으로 유명하신 분이니까, 넌 걱정 말고 그냥 촬영에 임하면 된다더라. 그리고 이미 인터넷에 네가 여주인공으로 발탁됐다는 얘기가 돌고 있어서 이젠 빼도 박도 못하게 생겼어."

노심초사하는 그녀를 보다 못한 이 팀장이 한마디 했다.

"그럼 뜻대로 하세요. 전 따를게요."

"다행이네. 그럼 계약하라고 할게. 참, 내일 이태리로 떠나는 날인 거 알지? 다른 건 하나도 신경 쓰지 말고 나만 따르면 돼! 알겠지?"

"네, 팀장님."

이 팀장은 일에 대해서만은 항상 완벽했고, 그가 권하는 대본은 항상 대박을 쳤다. 그래서 이번에도 그를 믿기로 한 것이다.

무엇보다 지안은 내일 당장 이태리에서 태경과 동생 지령을 만날 생각에 가슴이 두근거려서 견딜 수가 없었다. 영화 내용에 집중하다 보면 급격히 우울해질 일이었겠지만, 지금은 신경 쓰고 싶지 않았다.

그녀는 휴대폰을 확인했다. 태경에게서 별다른 연락이 오지는 않았다.

"오긴 하는 건가?"

온다 만다 말이 없으니 이러다 혹시 그가 오지 못하는 건 아닌가 염려스러워졌다.

그녀는 시선을 돌려 바깥 풍경을 쳐다봤다. 이태리는 일교차가 큰 편이긴 하지만 여기만큼 춥지는 않았다. 그렇다면 두꺼운 옷 한 벌보다는 몇 벌을 겹쳐 입는 스타일링이 낫겠다. 그녀는 드레스룸으로 들어가 이태리에서 입을 만한 옷을 찾았다.

여성스러운 원피스를 세 벌 정도 넣기로 했다. 새빨간 원피스와 플라워 패턴이 빼곡하게 프린트된 남색 바탕의 원피스, 그리고 하늘거리는 새하얀 원피스를 골랐다. 그 외에는 편하게 입을 바지와 티셔츠, 남방 등을 챙겼다. 챙이 넓은 모자와 선글라스에 신발 몇 개까지 넣고 나니까 캐리어가 가득 찼다.

화장품 몇 개와 얼마 전에 구입한 카메라도 넣었다. 그녀는 요새 취미 생활로 사진 촬영을 시작했다. 그래서 이젠 어디든 가는 장소마다 그곳의 경관이나 일상적인 순간을 사진으로 남겨 두었다.

자질구레한 것들도 챙겨 넣고 지퍼를 닫았다. 신분증과 여권도 준비되었고, 만일을 대비해 신용카드도 하나 넣기로 했다.

짐을 다 싸 놓으니 할 일이 없어졌다. 그녀는 이번 대본을 맡은 영화감독이 몇 년 전에 만들어 개봉했던 영화를 한 편 보기로 했다. 아무래도 그 감독 자체가 영화를 음울한 분위기에서 찍는 경향이 있는 것 같았다. 이 영화 역시 전체적으로 칙칙하고 어두웠다.

그녀는 턱을 괴고 영화를 보았다. 갑자기 휴대폰이 울려 깜짝 놀란 그녀가 얼른 번호를 먼저 확인했다.

태경의 번호였다.

"여보세요?"

가슴이 쿵쾅거렸다. 반가우면서도 한편으로는 그가 이태리에 오지 못한다고 할까 봐 불안해서 숨도 제대로 쉴 수가 없었다.

―준비는 다 된 건가?

"네, 거의……."

―그럼 내일 공항에서 보도록 하자. 같은 자리까지는 아니겠지만, 멀리서 알은체 정도는 하는 게 좋을 것 같으니까.

"지령인 어떻게 되는 건가요?"

―데리고 가. 걱정 말고. 그럼 공항에서 내일.

"네. 고마워요."

―그거, 진심은 아니잖아? 네가 정말 나한테 고맙다는 감정을 느끼기는 해?

여섯 살 이후 자신이 그의 집안사람들에게 당한 걸 생각하면, 게다가 아무리 도와 달라고 애원을 해도 못 본 척 외면했던 그의 태도를 생각해 본다면 고맙다는 감정이 깊게 와닿지는 않았다. 하지만 지금은 그저 이 상황에 감사함을 느껴 한 말일 뿐이었다.

―너한테 그런 말은 듣고 싶지 않아. 그러려고 하는 것도 아니고. 그럼 내일 보자.

"네, 그럼……."

간단히 인사를 하고 전화를 끊었다.

이제 정말 그를 만난다. 지안의 마음속에 뭐라 형언할 수 없는 감정이 몰아치기 시작했다. 원수를 사랑하게 된 자신이 정말 혐오스러웠다. 아무리 스톡홀름증후군이라는 감정이 존재한다고 해도, 그 집안 식구들 누구도 용서해서는 안 되는 거다.

단지 폭행에 가담하지 않았다고 해서 태경을 증오의 대상에서 제외하는 행위 자체가 잘못됐다. 태경도 모든 걸 알면서도 용인하고 외면해 왔다. 그런 걸 생각한다면, 그를 사랑해선 안 된다.

마음은 그렇게 선을 그으라고 하고 있지만, 감정이 뜻대로 되질 않아 괴로웠다. 지안은 복잡한 마음을 가누기 위해 보던 영화를 끄고 러닝머신 위에 올라가 무조건 달리기 시작했다. 이런 때는 뛰는 게 상책이다. 복잡한 머릿속을 비우는 데 땀을 내는 일만 한 게 뭐가 있으랴.

잠시 후 이 팀장이 돌아와 그녀에게 비행기 표를 내밀었다.

"여권이랑 비행기 표는 잘 챙겨 두도록 하고. 나 대신 다른 매니저가 올 거야. 스타일리스트는 두 명이 와서 이번 화보 작업을 도울 예정이고."

"네, 팀장님은 왜 안 가세요?"

"난 비행기 울렁증이 있어서 안 가. 그냥 마음 편히 땅에 발을 디디고 있는 게 좋거든. 하여튼 이번 화보 촬영 잘하고 와라. 그리고 곧 영화 크랭크인을 앞두고 출연진들 일부와 함께 회식이 있을 예정이라더라."

"그 자리에 꼭 가야 하나요?"

"불편해도 가서 함께해. 네가 사회성이 부족한 건 잘 알지만, 그런 자리에 가서 억지로라도 미소 짓고 앉아서 사람들 비위 맞추는 것도 같이 하고 그래야지. 싫어도 해야만 하는 일도 있어. 특히나 너 같은 직업은 더더욱. 힘들지만 꾸역꾸역 그렇게 살아가자. 난 네가 성공한 채로 이 명성을 계속 유지했으면 좋겠어. 어떤 스캔들에도 휘말리지 말고."

"고마워요. 좋게 봐 주셔서…… 그리고 항상 마음에 힘이 되는 조언도 감사하구요."

"당연하잖아. 종종 성숙한 눈빛 때문에 네가 고작 스물이라는 사실을 망각하는데, 어떨 때 보면 정말 넌 아무것도 아는 게 없더라. 어쩌면 그렇게 순수한 채로 나이가 들었는지 궁금할 정도야. 게다가 그렇게 아무것도 모르면서도 상처받은 눈빛을 갖고 있어서 묘해. 그렇게 이중적이기 힘들거든. 난 널 계속 응원하고 지지할 거야. 그러니까 힘내서 모든 세파를 다 이겨 내자. 그러다 보면 어느 순간 사람들 사이에서 자연스럽게 웃고 있는 널 깨닫게 될 날이 올 거야."

"그런 날이 오긴 할까요?"

"물론이지. 그럼 난 그만 가 볼게. 내일 아침에 일찍 애들이 몰려올 거니까 알람 맞추고 자. 나도 따로 전화할게."

"네. 오늘 수고 많았어요."

"운동은 적당히 해. 너…… 어떨 때 보면 되게 화난 사람처럼 운동만 하더라. 그런 거 별로 안 좋아."

"알아요. 고마워요."

하지만 이 팀장이 인사를 하고 나가자마자 그녀는 다시 러닝머신의 스피드를 조절했다. 처음엔 빠르게 걷다가 이내 힘껏 달리기 시작했다. 영원히 풀리지 않는 답을 구하기 위해 그녀는 육체를 고단하게 했다.

감태경을 사랑해도 되는지, 그를 욕심내도 되는지에 대해 끊임없이 질문하고 또 질문하면서 달렸다. 하지만 아무런 답이 떠오르지 않았다. 그의 부모도, 그녀 자신도 서로에게 너무 큰 증오심과 저주가 남아 있었다. 둘은 절대로 하나가 될 수 없는 관계였다.

지안은 온몸이 흠뻑 젖도록 달리고 달리면서 태경의 이름을 무수히 반복했다.

"……사랑 안 해."

절대로.

#4

 지안은 공항 내 출국 게이트 번호를 찾아 안으로 들어갔다. 그녀가 이태리행 비행기의 게이트 앞에서 서성이며 두리번거리자, 키가 훤칠하게 큰 감태경과 그보다는 한참 작은 지령이 모습을 드러냈다.

 지령은 태경이 따로 옷을 사서 입혔는지, 차림새가 평소와는 달라 보였다. 평상시에는 후줄근한 차림이었고 항상 입던 옷 한 벌로만 버티는 편이어서 옷의 색이 많이 바래거나 목이 늘어진 경우가 허다했다. 그런데 지금 입은 옷은 완벽하게 새옷 같았다.

 지안은 당장이라도 달려가 지령에게 안부를 전하고 싶다. 하지만 잡지사 카메라 팀과 편집 팀, 의상 팀 등이 대기 중인 상황이라 차마 그러지 못하고 지령에게 애달픈 눈빛만 보냈다.

그런 그녀의 마음을 아는지 지령도 별다른 제스처 없이 그녀의 곁에서 좀 떨어진 의자에 앉았다. 그리고 태경의 휴대폰을 받아 그걸로 그녀에게 문자를 보냈다.

[누나, 오랜만이야! 반가워. 건강해 보이네.]

지안이 지령을 흘끗 쳐다보곤 바로 답문을 보냈다.

[너도 그사이 키가 더 컸구나. 살도 좀 올라서 보기 좋다. 누나가 그동안 연락을 못 해서 정말 미안해. 그렇다고 널 잊은 건 정말 아니야. 좀 더 성공해서 널 찾고 싶었어. 진심으로 널 하루라도 빨리 데려오고 싶어서 많이 노력했는데…… 미안하다.]

지령이 입가에 미소를 짓더니 고개를 저었다.

[아니, 그런 마음을 가질 필요는 없어. 이미 태경 형한테도 전후 사정에 대해 설명도 다 들었고. 좀 답답했어. 사춘기가 오는 건지 몰라도 내가 이렇게 짐승같이 사는 게 맞는 건가 싶었거든. 그런데 태경 형이 그러더라. 아무에게도 의지하지 말

고 이제 독립할 수 있도록 자신을 강하게 다지는 게 필요하다. 형의 말도 일리는 있지. 난 그동안 너무 애처럼 누나의 그림자 속에 숨어 지내려고만 했어. 하지만 이젠 그렇지 않아.]

지안은 미안한 마음에 지령을 가슴 아린 시선으로 쳐다봤다.

[누나, 나…… 강해질 거야. 누나를 지킬 수 있을 정도로 강해질게. 여기 사람들은 날 이용해 먹으려고 혈안인 것 같은데, 나도 그렇게 호락호락하게 당하고만 있지 않겠어. 누나를 위해 더 열심히 살아 볼게.]

눈가가 뜨거워지고 코끝이 매웠다. 어느새 저렇게 커 버렸을까? 정작 자신은 밖에 나와서 편하게 지내고 있었는지도 모른다. 지령을 신경 쓰고 있다고는 해도, 마음 편히 자고 먹고 싶은 걸 배불리 먹으며 눈치 보는 일 없이 그렇게 편하고 안정적으로 지냈으니까.

그에 비해 지령은 그녀보다 더 오래 감옥과 같은 생활을 이어 나가고 있다. 그런 면에서는 지안은 지령에게 돌이킬 수 없을 만큼 큰 죄를 지은 것 같아 마음이 답답했다.

[다 컸네. 든든하다. 지령아, 언제든 힘들면 누나한테 얘기해. 누나도 너한테 도움이 되는 사람이 될 테니까.]

지령이 웃으며 그녀에게 엄지를 세웠다. 입가에 미소를 짓고 쳐다보던 지안은 지령의 곁에 앉은 태경과 눈이 마주쳤다.

심장이 철렁 내려앉았다. 태경은 브이넥 니트티 안에 체크무늬 남방을 입었다. 그 아래에는 짙은 남색 바지를 입었고, 겉에는 블랙 롱 코트를 걸치고 있었다. 그냥 보기에도 고가의 브랜드 제품인 티가 확 나는 그런 옷이었다.

태경은 서 있는 것만으로도 이미 사람들의 시선을 압도하는 남자였다. 그런 사람이 그녀를 쳐다보고 있었다.

검은 머리카락이 자연스럽게 넘어가 있고, 짙은 눈썹 아래로 보이는 깊은 눈동자는 다른 어느 때보다 더 분위기 있는 빛을 발하고 있었다. 전보다 더 남자다워진 모습이 섹시했다.

그녀는 잠시 그를 쳐다보고 있다가 불에 덴 사람처럼 재빨리 시선을 돌렸다. 볼이 발갛게 달아올랐다. 그러자 스타일리스트 지영이 지안의 곁으로 다가와 나직하게 물었다.

"저 남자가 임 배우를 자꾸 쳐다보죠?"

"어? 그, 그런가요?"

"아까 저쪽 잡지 팀에서 저 남자가 이쪽으로 오자마자 모델 아니냐고 한바탕 난리가 났었잖아요. 키 크고 비율도 정말 좋아서 다들 모델 해도 될 외모라고 서로 내기도 할 정도였어요."

"그럴 만큼 잘생기긴 했네요."

"게다가 굉장히 잘사는 집안의 아들인가 봐요. 아까 저쪽 편집 팀에서 그러는데 입고 있는 코트나 구두와 시계도 죄다 해외 고가 브랜드라고 하더라고요. 하나같이 몇백에서 몇천은 호가하는 제품들이라고 혀를 내두르던데요? 나중에 비행기 타면 말 한 번 걸어 보세요."

"뭐하러 그래요."

"왜요? 저쪽에서 임 배우한테 관심 가지면 이렇게 안면 트는 것도 방법 아니겠어요? 어느 기업의 아들쯤 된다 싶으면 얼른 물어서 결혼해야죠!"

"결혼이 그렇게 쉽나요."

"그리 겸손할 일인가요? 내가 임 배우쯤 되는 외모로 태어났으면 세상 남자들을 다 내 아래 무릎 꿇게 하겠어요."

"풋! 됐어요. 그렇게 살고 싶지는 않네요."

"하여튼 이따 인사라도 해 봐요. 뭐라고 반응하나."

지안은 고개를 절레절레 저었다. 지영이 다른 자리로 간 사이에 이번엔 태경에게 문자가 들어왔다.

[숙박 장소와 룸 넘버 알려 줘. 그리고 며칠 일정인지도. 이동할 때마다 나한테 스케줄 보고하는 것도 잊지 말고.]

[네. 그럴게요.]

그녀는 이 팀장에게 받은 일정표를 복사해서 그에게 보냈다.

일정표에는 촬영 일정과 숙박하게 될 장소가 빼곡하게 적혀 있었다.

[숙박지는 같은 데로 알아볼게. 그래야 만나는 게 이상하지 않고 자연스러울 테니까.]

[네, 우리 지령이 잘 좀 부탁드릴게요. 좋은 것도 많이 먹이고, 좋은 구경도 많이 시켜 주세요.]

[염려 말고.]

태경은 매우 믿음직스럽게 답했다. 이상하게 신뢰가 가는 사람이었다. 그가 특별히 그들 남매를 좋아하는 것도 아닐 텐데, 이렇게 생각해 주는 걸 보면 인간적인 사람 같았다.

그가 몇 번이나 반복해서 말했었다. 자신의 어머니를 죽게 한 그녀의 아버지에 대한 원망과 살의 때문에 그들 남매도 그리 좋게 보이진 않는다고. 이건 그저 인간으로서의 예의를 다하는 것뿐이라고. 항상 선을 그어 말했다.

그래서 그에게 동정받는 것 외엔 지안이 태경에게 받는 감정은 하나도 없다. 그게 다일 뿐.

어쩐지 혀끝이 쓰다.

촬영이 전부 끝난 오후 6시부터는 자유 시간이었다. 스타일리스트와 매니저가 근처 관광 좀 하고 오겠다며 난리를 쳐서

지안은 그러라고 허락했다. 그녀는 내내 숙소에 있겠다고 거짓
말을 한 뒤 그들이 모두 빠져나가기 무섭게 태경에게 문자를
보냈다.

[스태프들 전부 나갔어요. 지금 어디 있죠?]

바로 전화벨이 울렸다.

"여보세요?"

―호텔 뒤쪽에 산책로가 있어서 거기 나와 있어. 지령이 음
악을 듣고 싶다고 해서 헤드폰 하나 사서 쥐여 줬더니 계속 그
것만 듣네.

"내려갈게요."

―사람들 시선도 있으니까 최대한 가리고 나와.

"네, 갈게요."

그녀는 긴 스카프를 꺼내 머리와 얼굴에 두르고 위에 모자
를 눌러썼다. 하지만 이대로는 너무 편한 차림이라 안 되겠다
싶었다. 지안은 캐리어에서 붉은색 원피스를 꺼내 입었다. 허
리가 잘록하게 팬 원피스라 여성미가 물씬 풍겼다. 그녀는 다
시 머리에 스카프와 모자를 쓰고 밖으로 나가 로비를 지나쳐
뒤쪽으로 나갔다.

산책로는 높다란 울타리처럼 세워진 이름 모를 나무들이 정
갈하게 정리되어 있고, 중간중간 벤치들이 놓여 있었다. 게다

가 그 사이마다 은은한 조명이 세워져 있어서 연인들끼리 나와 대화를 나누기 좋아 보였다.

그렇게 울타리 사이를 지나 멀리 마을 풍경이 한눈에 보이는 위치에 도달하자, 태경이 지령과 벤치에 나란히 앉아 있는 모습이 눈에 들어왔다.

어쩐지 왈칵 눈물이 흘러나올 것만 같은 풍경이었다. 지안은 천천히 지령에게 다가가 동생의 뺨을 어루만졌다. 그러자 지령이 놀라서 고개를 들었다가 그녀를 보더니 와락 끌어안고 눈물을 쏟았다.

"누나!"

지안은 오래도록 말없이 동생을 안아 주었다. 그것 외에 할 수 있는 일이 하나도 없었다. 그저 미안하다는 얘기밖에는 할 말이 생각나지 않았다.

"지령아……."

지안은 고개를 들어 지령을 오래도록 쳐다봤다. 지령에게서는 자랄수록 점점 아빠의 얼굴이 보이기 시작했다. 그런 동생의 모습을 보는 감씨 일가의 아픔도 어느 정도는 느껴지는 것 같아 지안은 또 다른 공포를 느꼈다.

"건강하니?"

"응, 잘 지내고 있어."

"이제 마음이 놓인다. 네가 이렇게 잘 커서, 이제 더 이상 걱정할 필요 없이 온전히 선 것 같아서 너무 기뻐."

"누나, 정말 그동안 너무 고생했어. 많이 힘들었지?"

지안은 고개를 저었다.

"너를 생각하면 그런 건 하나도 고생이 아니지."

"내 걱정은 이제 하지 마. 태경 형이 잘 돕고 있고, 태일 형은 요새 외박이 잦은 데다 나한테 완전히 관심을 끈 것 같더라. 그래서 되레 삶이 더 편해졌어."

"다행이네."

지안은 입가에 미소를 띠고 동생의 뺨을 연신 어루만지다가 여전히 앉아 있는 태경을 쳐다보며 인사를 했다.

"감사해요. 지령이 여기까지 데리고 나와 줘서……."

선글라스를 낀 채로 앉아 있는 태경이 고개를 돌렸다. 하지만 그의 눈빛은 도통 볼 수가 없었다.

"동생이랑 좀 놀아 줘. 난 이 근처 바에서 술이나 마시고 있을 테니까."

"네, 그럼 이따 연락할게요."

지안은 지령의 손을 잡고 산책로를 벗어나 인근 해변으로 내려갔다.

"지령아…… 정말 힘든 일 없니?"

"없어. 늘 모두 하던 대로 하고 있거든. 감 의원은 나만 보면 욕해 대고 성질내고 괜히 와서 걷어차려 하고…… 그럼 태경 형이 얼른 와서 한 소리 하면서 날 뒤로 감춰 줘……. 태일 형은 요새 감 의원하고 사이가 안 좋아. 늘 늦게 들어오기도 하지만 공부를 아예 놨거든. 그것 때문에 곧 군대에 입대하게 될 것 같더라."

"그나마 다행이구나."

"하지만 태경 형이 입대하면 문제야. 내가 좀 더 자리를 잡은 후에 갔으면 좋겠지만, 그게 어디 내 맘대로 되는 일인가? 차라리 나도 그때 같이 군대 가면 좋겠다. 일찌감치 동반입대 신청을 해 놓을까 봐."

"그것도 방법이겠네. 잠시나마 그 집안에서 해방되는 거니까. 그렇게 자연스럽게 나한테로 돌아오면 좋겠다."

"그동안 누나도 별일 없이 잘 지내야 한다는 게 조건이긴 하지. 그래도 어릴 땐 내가 작아서 다들 크고 무서운 괴물처럼 느껴졌는데, 요새는 내가 커지면서 상대적으로 그 사람들이 작게 느껴지더라고. 정말 다행이야."

지안은 흐뭇한 얼굴로 지령을 쳐다봤다. 지안은 지령과 같이 사진도 찍고 그녀가 찍은 드라마와 영화 등에 대한 정보도 보여주었다. 그리고 앞으로 찍게 될 영화에 대해서도 얘기를 했다.

"이제 누나 부자야?"

"그런 것 같아. 통장에 돈이 꽤 있으니까. 그걸로 네가 살 집을 구할까 생각 중이야. 매니저에게 물으니 그 정도라면 서울에 집 한 채는 살 수 있을 거래."

지령이 흐뭇하게 웃으며 엄지를 세웠다.

"자랑스럽다. 정말…… 하지만 불안하기도 해. 아버지가 그런 사람이라는 게 세상 사람들에게 알려지면 그땐 어쩔 생각이야?"

항상 그 대목이 목에 가시처럼 쑤셔 박혀 들어왔다. 그럴 때면 여러 가지 시뮬레이션을 해 가면서 최선의 선택이 무엇인지에 대해 생각해 보았다. 죄인과 가족들을 철저히 분리하는 사람도 있겠지만 그녀를 지탄받아 마땅한 마녀로 규정짓는 사람도 분명 존재할 것이다. 선으로 다가오는 말들보다 악으로 다가오는 말들이 몇 배나 큰 상처를 남긴다. 그렇기에 그들 앞에 당당히 서서 '나는 사람을 죽이지 않았어요!'라고 외친다고 해도 추락한 이미지를 쇄신할 방법은 없을 것이다.

배우는 대중의 관심과 애정을 필요로 하고 이를 바탕으로 수익을 창출한다. 그렇기 때문에 모두가 그녀를 등지게 된다면, 그녀는 더 이상 배우 생활을 해 나갈 수 없게 된다. 그렇게 된다면 그저 말없이 잠적을 하는 것도 방법이겠다. 스스로 사라지기를 선택하는 것이다. 아무도 써 주지 않는다는데 굳이 동냥하고 싶지는 않을 테니까.

무엇이 최선인지를 두고 지안은 계속 고민하고 있다.

그동안 밀렸던 이야기를 나누다 보니 두 시간 정도가 흘러 있었다. 시차 때문에 너무 졸리다는 지령이 먼저 들어가 자야겠다고 말했다.

"누나는 태경 형이랑 술이라도 마시고 그래. 태경 형한테 좀 예쁘게 보이고."

"뭐?"

"태경 형이 난 좋아. 인간적인 매력이 있는 사람이잖아. 그래서 누나랑 잘됐음 하는데…… 물론 그건 나 혼자 꾸는 꿈이라는 것도 잘 알아. 절대로 잘될 리가 없겠지. 그런데도 태경 형은 놓치고 싶지가 않아."

"……바라지 마. 절대 이룰 수 없는 꿈이니까."

그녀는 연기처럼 사라지는 미소를 지어 보이고 서글프게 말했다. 지령이 손을 흔들며 호텔로 돌아가자마자 그녀는 태경에게 전화를 걸었다.

—나? 산책로에서 쭉 내려오면 입구에서 멀지 않은 곳에 '테란'이라는 술집이 있어. 테라스에 나와서 마시는 중이니까 바로 찾을 수 있을 거야.

"네, 그쪽으로 갈게요. 지령인 자야겠다고 들어갔어요."

—조심해서 와.

휴대폰을 끊고 그가 말한 대로 산책로를 내려와 그림같이 예쁜 마을로 진입해 10분쯤 걸으니 그가 말한 술집이 나타났다. 간판도 정말 예쁜 술집이었다. 아기자기한 내부 인테리어도 그렇고 외부 벽면도 투박하고 낡은 느낌이 보기 좋았다. 진갈색 바탕 벽에 동글동글한 큰 돌이 꽉꽉 박혀 들어간 모습이 인상적이다. 그의 말마따나 태경은 정말 테라스에 홀로 앉아 다리를 꼬고 맥주를 마시는 중이었다.

지안이 다가가 그의 맞은편에 앉았다.

"맛있어요?"

"그럭저럭."

그가 손을 들어 종업원을 부른 후 그가 마시던 것과 똑같은 맥주와 가볍게 먹을 안주 하나를 주문했다. 안주로 주문한 건 감자튀김이었고, 맥주는 이곳에서 직접 만든 수제 맥주였다. 지안은 병을 손에 들고 마시면서 주변을 훑었다.

"이런 덴 나도 처음 온다."

"관광을 위한 곳은 아니죠?"

"응, 사진 촬영을 위해 일부러 찾아 들어온 동네 같아. 지령이하고는 얘기 많이 했고?"

"네, 지령이 잘 지내고 있어서 너무 다행이에요. 오빠 덕분이에요. 오빠가 지령일 잘 챙겨 주니까, 그 애가 믿고 의지할 데를 찾은 것 같아요. 너무 싫겠지만, 오빠가 한동안 지령이에게 정신적 지주가 되어 준다면 정말 감사할 것 같아요. 어떤 식으로든 은혜는 갚을게요. 제가······."

"왜 싫어할 거라고 생각해?"

"아······ 우리를 별로 안 좋아하잖아요."

"그렇게 좋아할 이유도 없지만, 싫어할 이유도 없지. 인도주의적 차원에서 너희를 챙겨 주는 것뿐이야. 별 의도는 없으니 은혜라는 둥 그런 소리는 하지 마."

"항상······ 거절하는군요."

고맙다, 감사하다는 말을 죽도록 듣기 싫어한다. 대체 왜 그러는 걸까? 싫어하니까 그런 건가 생각했는데, 딱히 그것도 아니란다. 너희에겐 아예 아무런 감정이 없는 것이니 그냥 받아들이라고 한다. 하지만 그럴 순 없었다. 이미 그녀는 그에게 감정이 있다. 어떻게 그걸 아무렇지도 않게 받아 넘기겠는가!

"감사한 마음을 표현할 길이 없어서 말하는 것뿐이에요. 어떻게든 아무것도 받지 않으려 필사적이에요? 오빠는⋯⋯."

태경이 끼고 있던 선글라스를 천천히 벗었다. 그리고 특유의 깊고 차가운 눈동자로 오래도록 그녀를 쳐다봤다.

"넌 툭하면 그런 눈빛으로 나를 보는구나?"

"제가 어떤 눈빛을 하는데요?"

"실컷 기대했다가 한 대 얻어맞은 사람 같은 표정 말이야."

심장이 덜컥 내려앉았다. 그를 좋아하는 마음 때문에 자신도 모르게 항상 마음은 어떤 기대를 품고 있는지도 모른다. 그걸 그에게 읽힌 것 같아 심장 끝이 아팠다. 그녀는 애써 침착하게 말했다.

"전 과거에 대해 고맙다고 말하는 게 아니에요. 현재, 지금 이 상황 전체가 고맙다고 말하는 것뿐이에요. 그런 걸 일일이 갈라 가며 설명해야 한다는 게 너무 이상하잖아요. 고맙다는 말 한마디 받는 게 그렇게 거치적거리나요?"

"우리 집안이 너나 네 동생한테 하는 작태를 보고 있으면, 난 더한 것도 해 줘야 한다 생각해. 내가 하는 모든 행동은 어쩌면 내 죄책감을 덜기 위한 하나의 방편인지도 모르니까. 넌 그냥 내가 해 주는 걸 말없이 받아들였으면 해. 항상 미안해 죽겠는 표정은 짓지 말라는 얘기야. 그런 표정 보자고 하는 건 아니니까."

그는 선글라스를 탁자 위에 놓은 뒤 맥주병을 가볍게 쥔 채로 다시 술을 마셨다. 지안은 말없이 그의 옆얼굴을 쳐다봤다. 이 이국적인 풍경과 어쩌면 저렇게 잘 어울리는 건지 모르겠다. 우아한 모습과 절도 있는 행동이 잘 어우러져 한 폭의 그림처럼 보였다. 바람에 흩날리는 머리카락까지도 멋있어서 시선을 어디에 둬야 할지 모르겠다. 하지만 지금이 아니면 언제 그를 볼 수 있을까?

"뭘 그렇게 쳐다봐?"

"오빠가…… 잘생긴 건 사실이니까."

풋! 갑자기 그가 입가를 닦으며 웃었다. 그가 머리카락을 뒤로 넘기며 고개를 돌려 지안을 쳐다봤다.

"지극히 객관적으로 말한 건가?"

"네, 객관적으로…… 많은 남자 배우나 탤런트들을 봤지만 오빠 발끝에도 못 따라와요. 게다가 오빠는 귀티 나는 묘한 분위기가 있어요."

"너…… 너무 천진난만하게 유혹하는 말을 하고 있는 거 알아?"

갑작스러운 지적에 지안은 무표정한 얼굴로 입술을 꽉 다물었다.

"그런 의도가 아니라는 건 아는데, 다른 놈한테도 이런 식으로 말하면 백 퍼센트 오해할 거야. 조심하는 게 좋아."

"······그런 걸 어떻게 그렇게 잘 알아요? 요즘 사귀는 사람이라도 있어요?"

"여자한테는 관심 없어. 지금은 공부만 할 뿐이지."

"저는 어때요?"

툭 던져 놓고 지안은 정신없이 맥주를 들이마셨다. 다 마신 후 그녀는 입가를 슬며시 닦은 뒤 태경을 쳐다봤다. 그가 눈매를 가늘게 좁히면서 찌를 듯한 눈빛으로 지안을 보고 있었다. 어떤 표정을 지어야 하나 싶어서 어정쩡한 얼굴로 있는데, 그가 입술 끝을 매력적으로 휘어 올리며 말했다.

"그걸 몰라서 물어?"

"몰라요."

"네가 그만한 가치가 있으니까, 연예인이 된 거야."

"그런 대답을 듣자고 꺼낸 질문이 아니에요. 오빠가 보기에 어떤지 말해 줘요."

계속 대답을 회피하던 그가 다리를 꼬고 의자 깊이 등을 기댔다. 태경은 눈매를 가늘게 좁히며 지안을 뚫어져라 쳐다봤다.

"객관적으로······ 아름답지."

가슴이 미친 듯이 뛰었다. 사랑해선 안 된다고 그렇게 선을 긋고 철벽을 둘러도 그의 말 한마디에 매번 마음은 맥없이 무너져 내리고 만다.

싫다. 그녀는 재빨리 시선을 내리고 아랫입술을 깨물었다. 가슴속을 치밀고 올라오려는 흥분을 잠재웠다. 사랑하지만 원해선 안 된다. 그녀는 차가운 표정으로 말했다.

"오빠도 멋져요. 우린 그저 객관적으로 서로가 얼마나 괜찮은지에 대해 말하는 것뿐이잖아요. 이건 유혹도 뭣도 아닌 거죠. 제가 한 말 때문에 오빠가 설렜다면 모르겠지만…… 전 설레지 않았거든요."

"설레지 않았다고?"

"네, 전혀요."

태경이 또 입술 끝을 휘어 올리며 미소를 지었다. 심장이 버거울 정도로 멋진 미소여서 지안은 잠시 정신을 놓은 채 그를 바라보고 말았다.

"대놓고 그럴 필요가 있나? 너무 견제하는 거 아냐?"

그가 술병을 다 비웠는지, 테이블 위에 올려놓고 그녀를 흘끗 쳐다봤다.

"더 마실 거야?"

"아니요."

"좀 걷자."

그가 일어서더니 돈을 팁과 함께 테이블 위에 올려놓았다. 지안은 모자를 꾹 눌러쓰면서 자리에서 일어나 그의 뒤를 쫓았다. 항상 느끼는 거였지만 태경에게서는 낯선 향기가 난다.

누구에게서도 맡아 본 적이 없는 독특하고 강렬한 그런 향이 흘러나와 그녀의 심장을 휘감았다. 그의 몸에서 나는 향기에 온몸이 팽팽하게 긴장한다. 그녀는 낮게 한숨을 쉬고, 고개를 돌려 먼 곳을 바라봤다.

돌담을 쌓아 올린 난간에 나란히 몸을 기대앉았다. 맞은편엔 바다가 보이고 새카만 밤하늘에 뜬 달도 보였다. 태경은 모자를 꾹 쥔 지안을 차분하게 쳐다봤다. 아무것도 아닌 애라고만 생각했다. 하지만 어느 날부터인가 지안이 다른 감정으로 받아들여지기 시작했다. 흥미를 잡아끄는 예쁜 애. 딱 거기까지였더라면 좋았을 텐데.

지안이 출연한 영화를 봤다. 열아홉 살에 찍은 그 영화 한 편이 그의 영혼 전체를 흔들었다.

지안의 전부를 봐 버린 기분이 들었다. 무표정하기 짝이 없어서 냉랭하게만 느껴지던 인형이 영화 속에서는 모든 감정을 실어 말하고 웃고 소리를 지르고 경련하며 고통에 몸부림을 쳤다. 그녀가 표현한 고통은 그동안 그의 집안이 준 고통을 하나의 감정으로 압축해 토해 낸 게 아닐까?

그는 그런 낯선 모습을 한 지안에게 반하고 말았다. 자신이 알던 지안이 그 안에 담겨 그를 향해 울부짖고 있는 것처럼 보였다. 그녀의 감정은 태풍처럼 그를 휘감아 오래도록 그를 놓아주지 않았다.

지안의 영화를 몇 번이나 봤는지 모르겠다. 열 번쯤 봤을까? 태경은 그녀의 표정 안에 감춰진 지문 혹은 행간의 내용을 찾아 읽기 위해 홀로 고군분투했고, 기어이 대본까지 얻어 읽었다.

　지안은 그동안 텅 빈 사람처럼 살아왔다. 그런데 사실 그녀는 텅 빈 게 아니었다. 텅 비어 있어야만 삶이 편안했기 때문에 그렇게 지내왔을 뿐이다. 그녀는 다양한 감정들로 오롯이 꽉 찬 사람이었다. 그저 드러내 놓을 곳이 없었을 뿐.

　이후로 지안이 나오는 건 뭐든 다 본 것 같다. 드라마 속의 쾌활한 모습도 그의 마음을 흔들기에 충분히 아름다웠다. 영상미도 좋았지만 그녀가 햇살 속에서 웃는 모습은 모든 남성의 마음을 흔들 정도로 사랑스럽고 따스했다. 태경은 한동안 그녀의 모습에 넋이 나가 있었다.

　이젠 임지안이라는 여자가 궁금하다.

　이 호기심이 뭔지는 잘 모른다. 그저 궁금해서, 조금만 더 그녀에 대해 알고 싶었다. 하지만 알아 간다는 것엔 항상 끝이 있게 마련이었다. 그리고 그는 항상 끝을 본 것에 미련을 갖지 않는다. 지루함은 사람을 지치게 하고 권태롭게 하기 때문이었다. 그런 감정에 오래 빠져 있고 싶지 않았다.

　"일하는 건 어때? 적성에 맞아?"

　지안이 천천히 시선을 돌려 그를 쳐다봤다. 새하얀 얼굴 위에 모자의 챙이 만든 그림자가 드리워져 있었다. 굳이 눈썹을 그릴 필요도 없이 짙은 눈썹이 우아하게 자리하고, 얇은 쌍꺼풀 아래 풍성한 속눈썹은 위로 말려 올라가 있었다. 오뚝한 콧날과 적당히 보기 좋은 두께의 붉은 입술이 핏기를 머금고 있어 아름답다.

피부는 어릴 때부터 워낙 하얀 편이었다. 햇살에 노출이 되어도 발갛게 되기만 할 뿐, 검게 그을리지 않는 편이었다. 게다가 그 흔한 점 하나, 잡티 하나 나지 않아 깔끔했다.

머리숱은 워낙 많은 편이라 길게 늘어트려 놓으면 검은 물이 쏟아지는 것 같았다.

가장 큰 매력의 방점은 아무래도 검은 눈동자였다. 새카만 눈동자는 다양한 색상을 머금고 있었다. 오렌지빛 여름 햇살을 맞으면 그와 비슷한 색감으로 물들고 밤하늘을 머금으면 푸른 빛 어둠이 드리워진 눈동자로 변했다. 카멜레온 같은 눈동자는 보고 있는 것만으로도 신비로웠다. 게다가 맑기까지 해서 그의 모습이 고스란히 비쳐 보였다.

목소리 또한 명료하고 살짝 중저음이라 듣고 있으면 신뢰감이 간다. 단조로운 어투로 말할 때는 세련된 느낌이었다. 하지만 감정을 실어 토하기 시작하면 가슴을 뒤흔드는 위력을 발휘한다. 한마디로 듣기 좋은 목소리였다.

몸매도 더할 나위 없었다. 풍만한 가슴과 긴 목 선에 어깨는 반들거렸다. 잔 근육이 잡혀 있는 듯 탄탄한 허리와 아랫배가 균형 있게 모양을 잡고 있었다. 다리는 길고 가는 편인 데다 각선미가 아름답기까지 했다. 애초에 연예인이 되기 위해 태어난 사람 같았다.

어디 한 군데 부족한 곳이 없다. 한 가지 마음에 걸리는 건 그런 지안을 형이 마음껏 유린했을지도 모른다는 사실이었다. 형이 끝까지 갔을 거라고는 생각하지 않았다. 만약 그렇다면 아마 지안은 태경 역시 상대하지 않았을 것이다. 그런데 지금 그를 상대하는 걸로 봐서는 형이 그녀를 성폭행까지는 하지 않은 것 같았다. 하지만 물어볼 수는 없었다. 형이 지은 죄로 그는 지안을 욕심낼 수가 없었다.

"재있어요. 다행히도…… 뭔가 잘하는 게 하나도 없는 사람일 거라고 생각했는데 적어도 누군가에게 칭찬받을 만한 일이 나타나서 너무 기뻐요."

"요새 사진 찍는 취미가 있다며?"

"어? 어떻게 그걸……."

"네 SNS에 팔로워 신청을 해서 이미 소식은 받고 있어."

"아……. 사진을 찍기만 하지, 사실 그런 걸 제대로 활용하지는 못하고 있어서요. 맞팔할게요."

"아니야. 그러지는 마. 그럼 너무 티가 날 테니까. 사람들이 그걸 빌미 삼아 흠을 잡을 수도 있는 문제라……."

지안이 턱을 작은 손가락으로 살며시 감아쥐더니 고개를 한 차례 끄덕거렸다.

"그건 그렇지만 오빠가 그런 걸 일일이 신경 쓸 만큼 세심한 사람인 줄은 정말 몰랐는데요? 그렇게까지 신경 써 주지 않아도 되는데…….”

“연예인이라는 건 언론을 가장 견제해야만 하는 직업이니까. 하여간 조심해.”

갑자기 지안이 생긋 미소를 지었다. 뭐가 기분 좋은지 뜬금없이 웃으면서 말했다.

“잘 모르겠어요. 오빠라는 사람…….”

“그렇게 오래 보고도 날 모르겠다고?”

“아리송해요. 밀어내는 것 같다가도 어느 순간 보면 옆에 바싹 다가와 서서 지켜보고 있으니 헷갈릴 수밖에요.”

“너무 오랜 세월 지켜봐 왔기 때문에 그렇겠지.”

“그게 다일까요?”

“뭐가 더 있을까?”

질문에 질문이 답이었다. 지안은 뭔가 명료한 답을 듣기를 원하는 눈치였지만, 그도 자신이 그녀에게 대체 뭘 느끼는지 알 길이 없었다. 그녀는 하나의 꽃 혹은 고가의 미술품 같았다. 그저 이렇게 바라보기만 하는 걸로도 충분히 만족스러운 그런 존재.

그에게 지안은 그런 존재였다.

“이제 그만 들어가자. 내일 아침부터 촬영 일정이 있던데.”

“네, 아침에 촬영하고 오후에 낙조 씬이 하나 더 있어서 기다렸다가 촬영 들어간다고 하더라고요.”

"건강 잘 챙겨라."

지안은 그저 입매를 살며시 휘어 올리며 웃기만 할 뿐 답을 하지는 않았다.

어쩌면 괜한 오지랖인지도 모른다. 이미 그녀는 충분히 잘해내고 있는데 쓸데없이 조언이라는 걸 하고 있는 것이다.

단지 그녀에게 지령을 지켜 줌으로써 은혜를 베풀고 있는 고마운 존재라는 자신의 위치가 너무도 흡족하다는 듯이.

* * *

촬영 마지막 날, 스태프들과 회식이 있었다. 십여 명의 스태프들과 고기와 술로 파티를 벌이는 사이 지안은 그들이 내미는 술이란 술은 다 받아 마셨다. 그리고 결국 당장 터지기 직전에 이르고 말았다.

하지만 인사불성인 것을 모두에게 들키고 싶지 않았다. 그녀는 최선을 다해 아무렇지 않은 얼굴로 화장실에 간다 말하고 곧장 태경에게 전화를 걸었다. 시간은 밤 11시 46분이었다. 전화를 받은 태경이 바로 뛰어나왔고 그녀를 부축해 방으로 데려갔다.

정신이 혼미한 와중에도 지안은 태경이 곁에 있다는 사실이 마냥 행복했다.

"오빠아아……."

그래, 취중진담이라고 하지 않던가. 잠시 이 주사를 이용해 그를 독점하자.

"왜?"

"여기 좀 앉아요."

침대에 벌렁 누운 그녀가 옆자리를 툭툭 치며 말하자, 태경이 물을 갖고 와서 그녀에게 내밀더니 곁에 앉았다.

"너…… 술만 마시면 이래?"

"술을 마시긴 하지만 마지막까지 절대로 술에 취해 무너진 모습을 보여 주진 않아요. 조용히 혼자 취해서 쓰러지는 타입이죠. 그래도 끝까지 집엔 오더라고요."

배시시 미소를 지어 보이자, 그가 지안의 뒤통수를 받쳐 천천히 앉혔다. 그리고 그녀의 입가에 물잔을 대 주었다. 그녀가 벌컥벌컥 물을 마시자 태경은 컵을 테이블 끝자락에 올려놓더니 가만히 지안을 쳐다봤다.

굉장히 가까운 거리였다. 그의 숨소리가 고스란히 전해지는 거리. 문득 그를 만져 보고픈 마음이 들었다. 그의 눈을 뚫어져라 쳐다보던 그녀가 손을 들어 올려 그의 뺨을 어루만졌다. 면도를 한 곳에서 다시 수염이 삐죽삐죽 돋아 나오고 있다. 그의 턱수염을 만지고 천천히 콧날도 더듬었다.

"임지안……."

그가 그녀의 팔목을 꽉 쥐고 치우려 하자 지안이 말했다.

"나…… 취했잖아요."

태경이 말없이 지안을 쳐다봤다.

"취한 건데…… 좀 참아 줘요."

그의 눈동자에 잠시 이채가 스몄다가 사라지더니 이내 체념의 빛이 떠올랐다. 손목을 쥐고 있던 그의 손에서 서서히 힘이 빠져나갔다. 그녀는 다시 그의 눈썹과 눈매를 어루만졌다.

"고마운 사람이니까……."

"그 말…… 듣기 싫다니까."

"왜 나한테 상냥해요?"

태경은 지안을 물끄러미 쳐다보기만 할 뿐 아무런 답을 해주지 않았다. 그가 고개를 돌려 일어서려 했다. 하지만 지안이 그의 팔을 꽉 잡고 놓아주지 않았다.

"같이…… 있어요."

그가 놀란 눈으로 지안을 내려다봤다.

"혼자 있기 싫어요. 꼭 오빠여서가 아니에요. 지금은 그냥…… 누가 됐든 같이 있고 싶을 거예요. 이대로 오빠가 나간다면…… 길거리에서 아무나 주워다가……."

그때 갑자기 태경이 그녀의 몸을 일으키더니 그녀의 목덜미를 움켜쥐고 강하게 그녀의 입술을 잠식해 오기 시작했다.

강렬한 키스였다. 힘 있게 곧장 밀고 들어오는, 군더더기 하나 없이 강인한 그런 키스.

지안의 입 안 전체를 그의 혀가 장악해 휘감고 핥았다. 오래도록 혀를 빨며 맴돌던 그가 거친 숨을 몰아쉬었다. 그리고 잔

117

인해진 눈빛으로 그녀를 쳐다봤다.

"네가 시작한 거야. 후회하지 마."

무슨 말인지 알 수가 없었다. 그와 동시에 그는 빠른 손길로 그녀의 옷을 벗기기 시작했다. 그게 뭘 의미하는지 알았지만 거부하지 않았다. 여기저기서 많은 유혹이 있는데도 거절하는 이유는 하나였다.

이 사람, 단 한 사람, 감태경에게 안기고 싶었다.

브래지어와 팬티만 남겨졌을 때, 그가 입고 있던 옷들을 전부 벗고 자신의 드로어즈까지 내렸다. 그러자 그의 빳빳하게 솟구친 페니스가 눈에 들어왔다. 마른침이 꿀꺽 넘어갔다. 그는 그녀의 몸에 묵직한 몸을 포개더니 단단한 그것을 그녀의 하체에 문지르며 다시 키스를 퍼부었다.

"시작하면, 절대 멈출 수 없어. 그리고 난 한 번으로 끝내지 않아. 그게 무슨 소린지 알겠어?"

"몰라요."

"널 다른 놈에게 주지 않겠다는 소리야. 넌 영원히 내 소유라는 뜻이지."

뭐라고 답을 해야 할까? 사실 기뻐서 춤이라도 추고 싶었지만, 지안은 표정을 굳혔다.

"그래도 후회하지 않겠어? 내가 안을 여자를 다른 놈이 안는 건 상상하고 싶지 않아. 그러니까 영원히 내게 속박되는 게 싫다면, 여기서 도망쳐."

지안이 차분하게 가라앉은 눈빛으로 그를 보며 입가에 미소를 지었다.

"날 속박할 수 있겠어요? 그건 불가능한 일일 거예요. 하고 싶으면 해 봐요. 그리고 난…… 여기서 도망칠 만큼 약한 사람이 아니에요."

태경이 입술 끝을 비틀며 조소했다. 그녀의 답을 도발로 받아들인 듯했다. 그녀도 태경을 영원히 구속하고 싶었다. 그래서 순순히 그의 말을 들어주고 싶지는 않았다. 누가 누굴 속박하게 되는지는 좀 더 두고 보면 알 일이었다.

그의 손이 브래지어 호크를 풀자, 탱탱한 젖가슴이 그의 손 안에 휘감겼다. 그는 터질 듯한 지안의 가슴을 쥐고 연신 꽉꽉 짓누르며 그녀를 자극했다. 손놀림이 거친 걸로 봐서는 아무래도 그 역시 그녀와 비슷한 초짜인 듯했다. 그녀의 나이 스물, 그의 나이 스물두 살. 경험이 아무리 많다고 해 봤자 몇 명이나 안아 봤을까?

그는 지금 혈기왕성한 청년답게 무조건 자기 본능대로 그녀를 장악하기 시작했다. 그의 혀가 다시 입술 안으로 밀고 들어와 한참 동안 휘감겼다. 가슴을 맴돌던 손은 이제 유방 전체가 아닌 유두를 슬며시 쥔 채 비틀고 꼬집어 가며 자극했다. 그럴 때마다 그녀는 움찔거리며 허리를 비틀었다. 허벅지 안쪽 습한 곳에서 정체불명의 물기가 흘러나오는 게 느껴졌다.

그를 받아들이고 싶은 몸 안쪽이 부드럽게 풀리고 촉촉하게 젖어 들어가고 있었다. 아마도 그는 모를 것이다. 오래전부터 그에게 안기고 싶었다는 것을.

사랑이든, 아니든 지금 그런 건 문제 되지 않는다. 그가 깊게 들어와 그녀의 모든 곳을 뜨겁게 적시고 그의 흔적을 곳곳에 새겨 주길 바랐다. 그의 것이 되고 싶다. 마음과는 상관없이, 그의 여자가 되고 싶다. 그렇게 해서라도 그의 마음 한 조각이나마 가질 수 있다면, 그걸로 족하다.

그 이상 뭘 더 바라겠는가!

태경이 입술을 떼어 내더니 고개를 숙여 그녀의 가슴 끝단을 강하게 움켜쥐어 젖가슴 전체를 불룩하게 솟구치게 했다. 그다음 그는 혀끝으로 유두를 이리저리 흔들어 문질거린 뒤 입 안에 넣고 쪽 빨아 당겼다. 혀가 유두를 휘감고 깊게 빨아 당기는 통에 정신이 점차 혼미해졌다.

그에게 아름답게 보이고 싶었다. 지금 그의 눈에 비친 자신은 어떤 모습일까? 추하고 퇴폐적으로 비치면 어쩌지? 조바심이 나서 최대한 몸짓을 절제했다. 신음 소리도 되도록 작게 내려고 노력했다. 그녀는 마치 한 편의 영화를 찍듯 공들여 조금씩만 자신을 내비치려 애를 썼다.

오늘 이 밤이, 그에겐 평생 각인될 아름다운 추억이어야만 하기에.

"하아, 하아…… 오빠아아……."

미칠 것 같은 짜릿한 쾌감이 전신을 고통스럽게 휘감았다.

제정신이 아니니까, 이런 상황이 벌어지는 거겠지?

그렇게 생각할 수밖에 없었다. 태경은 새하얀 만월 같은 그녀의 젖가슴을 손에 쥔 채 입 안에 가득 물고 빨며, 핥았다.

꿈에서나 볼 법한 풍경이 진짜 자신의 앞에서 벌어지자 경이롭고 짜릿했다.

그는 최대한 공들여 정성껏 그녀를 애무했다.

얼마나 꿈꿔 왔던 순간이던가. 상상했던 대로 그녀의 몸엔 아무런 잡티나 점 하나 없었다. 실크같이 부드러운 감촉과 말랑한 탄성, 그리고 손 밖으로 살며시 비집고 나가는 유방의 크기는 확실히 컸다. 게다가 탄력 있는 복부와 납작한 아랫배는 그를 더 조바심 나게 했다. 비키니 라인을 정리한 아랫부분의 삼각지는 금단의 영지 같은 느낌이어서 빨리 팬티를 벗겨 보고 싶어졌다.

그는 얼른 손을 내려 그녀의 감춰진 팬티 안쪽으로 슬며시 손가락을 밀어 넣었다. 잘 정리된 체모 아래 양쪽으로 갈라진 살결이 느껴졌다.

그곳을 열고 안으로 들어가기 무섭게 발갛게 도드라진 음핵이 손가락 끝에 닿았다. 그는 그곳을 손끝으로 문지르며 자극하기 시작했다. 그러자 그녀가 몸을 틀며 간드러진 교성을 내질렀다. 그는 더 미끄러져 내려가 그녀의 깊은 속을 손가락으로 슬며시 어루만졌다. 물기가 흥건하게 고여 있었다.

태경의 입가에 미소가 번졌다. 싫지 않다, 그녀의 몸이 보내는 신호가 반가웠다. 그는 재빨리 그녀의 속옷을 벗겼다. 마음이 다급했다. 여체 안으로 처음 몸이 들어가는 날이었다. 그를 향한 숱한 유혹과 고백이 있었지만 그를 사로잡지는 못했다. 모든 유혹에 심드렁한 반응밖에 일어나지 않던 그였는데, 지안의 영화를 본 그날, 그는 처음으로 몸 안에 있던 모든 욕망을 밖으로 빼냈다.

이후 꿈에서까지 그녀가 나타나 그를 유린했다. 몇 번이고 나타나 그의 아랫도리를 괴롭히며 부추기고 수줍은 얼굴로 온몸이 부서지도록 그의 쾌락을 자극했던 그녀였다.

지안은 꿈에서 위험한 여자로 등장해 그를 불태웠다. 하지만 현실의 그와 지안은 아직 여물지 않은 풋내 나는 청춘들이었다. 꿈속의 경지에 이르려면 꽤 많은 경험이 있어야 가능할 것이다.

태경은 지안의 수줍어하는 표정을 연신 살피면서 그녀의 속살 깊은 곳으로 손가락을 묻기 시작했다. 손가락이 좁은 안쪽으로 비집고 들어가자, 그녀가 허리를 비틀며 꿈에서와는 전혀 다른 야한 신음을 내질렀다. 그는 그녀의 가슴 끝을 이로 자근자근 씹으면서 입가에 미소를 지었다. 상상했던 것보다 훨씬 생동감 넘치고 자극적이며 황홀했다. 지안의 몸을 손으로 만지고 느끼면서 그녀의 색기 젖은 음성을 생생하게 듣게 되니, 더없이 행복했다.

"하아, 하아…… 아웃!"

지안의 안쪽에서 손가락이 노닐 때마다 그녀의 음성이 한 단계 더 높아졌다. 그는 기쁨에 젖은 표정으로 유두를 입 안에 머금고 이리저리 굴리다가 서서히 몸을 세웠다. 그리고 자신의 빳빳한 페니스를 그녀의 속살에 서서히 밀어 넣기 시작했다.

젖은 길은 의외로 좁고 답답했다. 쉽게 길을 내어 주지 않겠다는 듯 그녀의 살결이 빼곡하게 들어차 그의 진입을 허락하지 않았다.

그는 엉덩이에 힘을 싣고 좀 더 강하게 안으로 밀고 들어갔다. 그제야 살결들이 밀려나면서 그의 위풍당당한 페니스를 안쪽에 받아들였다. 물기가 그의 페니스를 휘감고, 뜨겁게 달아오른 열기가 몸을 데우자 그는 빠르게 치밀어 오르는 쾌감으로 심장이 타들어 가기 시작했다.

"하아, 하앗…… 너무 강렬해."

그는 지안의 가슴을 양손으로 붙들고 힘껏 허리를 튕기기 시작했다.

"아웃, 아아…… 아흑…… 으으……."

울부짖음인지 신음인지 모를 소리가 그녀의 목구멍에서 터져 나왔다. 하지만 그 역시 여체에 처음 진입해 본 것이라 제정신일 수 없었다. 지금 누군가를 배려할 입장이 되질 못했다. 휩쓸리듯 그녀의 안에서 뭉개지고 짓밟히며 그저 정신없이 나아가기만 했다. 깊게 밀고 들어갈수록 치덕거리며 휘감기는 소음은 점차 요란해져만 갔다.

"하아, 하아…… 지안아……."

그가 지안의 목덜미를 혀로 핥으며 이름을 뱉고, 귓불을 입 안에 물고 핥으며 연신 거친 숨을 토했다. 그럴 때마다 그녀의 속살이 그를 뻐근하게 휘감아 줘었다. 그러면 그는 그녀의 가슴을 손바닥 안에 강하게 쥐고 위아래로 치댔다. 뾰족하게 돋아난 유두가 손바닥 마찰에 더욱 팽팽하게 도드라져 갔다. 그는 그녀의 온몸을 끌어안고 벌이 바늘로 사람의 몸을 찌르는 듯한 자세가 되어 연신 그녀의 안쪽을 채웠다.

분명 그녀를 안고 미친 듯이 쾌락에 젖어 들어가는데도 어째서 이토록 부족하게만 느껴지는 걸까?

아직 부족하다. 온전히 그녀를 다 가진 기분이 들지 않았다. 뭘 더 해야만 할까? 뭘 더…….

#5

새벽 3시쯤 지안은 태경이 그녀의 방을 빠져나가는 기척을 느꼈다. 그렇게 그가 사라지자 비로소 지안은 마법에서 깬 신데렐라 같은 기분에 사로잡혔다. 그녀는 한동안 그대로 누워 아무것도 하지 못했다.

뭘 한 걸까?

대체 그에게 자신은 뭘 요구한 걸까? 안기고 싶었다. 그게 다였다. 그런데 미치도록 슬펐다. 그렇게 한다고 그가 자신의 것이 되지 않는다는 걸 아니까. 안겼다고 해도 태경이 자신에게 영원한 소유를 주장하지 않는다는 것도 아니까.

처절한 기분에 사로잡혔다. 하염없이 눈물이 흘러내렸다. 달라지는 것 하나 없이 그를 더 원하게 되었다. 감정만 깊어졌고, 답은 더 난해해졌다.

하지 말았어야 했을까? 혼자 덧없는 욕심을 부린 건가? 가슴이 미어지게 아파 왔다. 지령에게도 미안해졌다. 낮 동안이야 어떻게든 지령과 시간을 보내며 우애를 쌓았다고는 해도 머릿속엔 온통 태경에 대한 생각뿐이었다.

그와 같은 공간에 같이 머물면서 더 절실하게 깨닫게 된 감정이 심장을 깊게 찌른다. 이 감정이 미치게 힘들고 괴로웠다.

그녀는 이불을 품 안에 끌어안으며 오래도록 오열했다. 그리고 지금 이 순간의 눈물로 그와의 하룻밤을 영원히 기억 안에 묻기로 했다. 또 그에게 안기는 일이 생기면 다시 돌이킬 수 없는 후회와 깊은 슬픔에 사로잡힐 걸 예감했기에 두 번은 있을 수 없었다.

그래도 첫 순간이 태경이어서 너무 다행이었다. 이 감정을 안고 평생 혼자 살면 된다. 갖지 못하는 그를 마음 안에 넣어 두고 그리울 때마다 조금씩 꺼내 보면서 그렇게 살아가면 된다.

죄를 지은 못난 아버지 때문에 그녀는 사랑조차 마음껏 할 수가 없었다.

"후우……."

노크 소리가 들려왔다. 목욕 가운을 입고 문가에 서서 문을 살짝 열자 매니저가 말했다.

"곧 출발하니까 서둘러서 움직이세요."

"네, 그럴게요."

아침이다. 식사를 했어야 했는데, 하지 않았다. 온몸에 힘이 없어서 일어날 수가 없었다. 지독하게 집요한 태경은 한 번이 아니라 수차례 그녀의 몸을 품고 들어와서 온통 빨아들이고 나서야 그녀를 놓아줬다.

그는 마치 지금 이 순간이 마지막인 사람처럼 집요하게 매달려 그녀를 들이켰다. 그녀가 다리에 힘을 주고 설 수조차 없도록.

지안은 욕실에 들어가 샤워를 하고 새빨간 원피스를 가만히 쳐다봤다. 그녀가 이 원피스를 입었을 때 그는 어떻게 생각했을까? 아마도 유혹의 시작이라고 느꼈을지도 모른다. 보통 대중들이 생각하는 그녀의 이미지는 항상 화이트였다. 순수한 이미지가 강한 편이어서 대체로 밝은 색 계열로 꾸며진 그녀를 자주 떠올리곤 했다. 하지만 그의 앞에서는 그런 순수한 화이트보다는 생동감 넘치는 레드이고 싶었다.

그녀가 샤워를 마치고 나와 짐을 다 쌌을 때 휴대폰이 울어댔다. 태경이었다.

"네, 저예요."

—곧 떠나지?

"네. 몇 시 비행기죠?"

—우리는 저녁때나 출발해. 여기서 지령이랑 놀아야겠지.

"도착해서……."

—연락해. 언제든.

"하지만 우린 만나면 곤란……."

—네 비밀 애인이 될 생각이 있어. 그러니까 언제든 불러, 생각 있음. 거기가 어디든 갈 테니까.

심장이 철렁 내려앉았다. 애인이 되어 주겠다고?

"왜 오빠가……."

—내가 말했잖아. 후회할 것 같으면 당장 도망치라고. 도망치지 않았으니, 이제 넌 내 거야. 널 좌지우지할 자격이 내게 생긴 거지. 그러니까 네 스케줄에 맞춰 줄 테니 언제든 부르라는 소리야. 물론 내 입장에서는 널 불러들이고 싶지만, 네가 대중들에게 꽤나 알려진 입장이니까 배려해 주겠다는 거야.

뭐라 대답을 해야 할지 몰라 눈만 끔뻑거리는데 그가 물었다.

—배려하지 말라면 안 하고.

"……언제 오라고 해야 할지도 잘 모르겠고……."

—시간과 장소를 내가 정해서 부르면 바로 와. 안 그럼 내가 널 매우 곤란하게 만들 수도 있거든.

"네?"

—끊자. 지령이 심심해한다. 조심해서 가고.

"……네. 나중에 봐요."

통화가 끊겼는데도 어안이 벙벙했다. 다시 그를 언제든 만날 수 있다는 거다. 문제는 그와의 섹스 이후 참담한 기분에 사로잡혔는데, 막상 그가 다시 보자고 하니까 거절하지 못하고 우물쭈물했다는 점이었다. 또다시 참담할 걸 알면서도 그를 보고 싶은 마음이 더 간절했기에 그를 밀어내지 못했다.

"하아, 정말……."

그녀는 이마를 싸쥐고 고통의 신음을 쥐어짜 냈다. 만나지 않는 게 피차 좋은데…….

"어째야 할까……."

이제 와서 그에게 전화를 걸어서 없던 일로 하자고 한다고 해서 그가 쉽게 수긍하며 이해를 해 줄까? 아까 말하지 않았던가. 말을 듣지 않으면 곤란하게 만들겠다고.

지금은 흘러가는 대로 맡길 수밖에. 겁도 없다. 어쩌려고 이러는지 모르겠다. 그런데 봄바람에 가슴이 설레는 소녀처럼 가슴이 둥당거려 견딜 수가 없었다.

빨리 그가 불러 줬음 좋겠다. 하루 빨리.

* * *

크랭크인을 앞두고 모든 연출, 출연진들이 모여 한바탕 술판이 벌어졌다. 그날도 여지없이 지안은 지루한 얼굴로 사람들 앞에 가식적인 미소를 보이며 시간을 보내는 중이었다. 사람들이 내미는 술잔을 무의미한 얼굴로 받아들여 마시고, 그들의 잔을 채우며 뻔한 인사말을 했다. 재미라고는 하나도 없는 사람이라고 생각했을지도 모른다. 그런 걸 일일이 의식할 필요는 없다. 그때, 곁으로 이시연이 다가와 앉더니 술잔을 그녀의 잔에 부딪치며 화려한 미소를 지었다.

"조연을 맡게 된 이시연이에요."

"알아요. 연기하는 거 많이 봤어요. 몸매가 정말 예쁘더라고요."

시연이 입가에 미소를 띠며 웃더니, 은근히 그녀를 위아래로 살피며 말했다.

"감태일 알죠?"

심장이 쩡 하고 얼어붙었다. 입술을 달싹거리고 싶지도 않아서 가만히 그녀를 쳐다보는데, 시연이 말했다.

"감태일하고 사귀는 중이에요. 알다시피 감태일이 한 사람하고만 오래 관계를 유지하는 사람은 아니죠. 그냥 여러 명의 여자 중 하나일 뿐인 사람이라고 해 둘게요. 어쩌다 알게 됐는데, 임지안 씨 아버지가 임성운이라고 하더라구요…… 맞아요?"

숨이 멎고 말았다. 너무 놀란 나머지 자신도 모르게 그대로 자리에서 튕겨 일어날 뻔했다.

"후후, 맞나 보네. 표정이 거의 한 가지던데, 지금은 상당히 공포스럽게 변한 거 보니까. 대단하네요. 아버지가 범죄자인데 용케 대중들의 눈을 속이고 잘도 버티고 있어요. 그렇죠?"

지안은 숨을 몰아쉬며 하얗게 질린 얼굴로 시연을 쳐다봤다.

"난 뭐, 주연을 할 생각은 별로 없어요. 대신, 난 돈을 좀 좋아해요. 그러니까 지안 씨가 이번 영화에서 받게 되는 개런티를 그냥 나한테 다 입금해 주면 되는 아주 간단한 거래예요."

그러면서 시연이 자신의 입을 봉하는 듯한 제스처를 했다. 하지만 이런 독버섯이 과연 하나뿐이겠는가? 앞으로 어떤 식으로든 그녀의 정체를 까발리려고 혈안이 된 사람들이 나타날지도 모른다. 그리고 그럴 때마다 그들의 요구를 들어줘야 한다 생각하니 머리에 쥐가 날 것 같았다.

"그, 그러죠."

"후후, 간단해서 좋네. 그럼 우리 영화 잘해 봐요. 대박 나야겠네. 꼭!"

시연이 그녀의 잔에 술잔을 부딪치며 입가에 미소를 지었다. 그와 반대로 지안은 점점 혈색을 잃어 갔다. 속이 메슥거려 왔다. 머리가 터질 듯한 편두통도 몰려왔다.

돈이야 얼마든지 줘도 상관없었다. 하지만 다음 사람은 그녀에게 뭘 요구할지 염려스러워졌다.

그녀는 시연에게 태일의 번호를 물어본 후 자리를 박차고 일어나 곧장 회식 장소 밖으로 나왔다. 그리고 밴에 올라 문을 잠근 후 태일에게 전화를 걸었다.

─여보세요?

클럽인지 음악 소리가 엄청나게 크게 들려왔다.

"저…… 지안이에요. 임지안."

잠시 적막이 흐르더니 웃음소리가 터져 나왔다.

―아하하하, 네가 전화를 다 하다니. 해가 서쪽에서 뜨려나? 잠깐.

금세 사위가 고요해졌다.

―무슨 일이야?

"잠깐 만나야겠어요."

―네가 나를 왜 만나, 겁도 없이?

"해야 할 말이 있어서 그래요."

―나야 상관없지. 여기 클럽 '밀키'야. 뒤쪽에 차 대 놓고 몰래 내리면 웨이터 하나 내려보낼 테니까 그 사람 따라서 내 방으로 올라와.

"알았어요."

그녀는 매니저에게 전화를 걸었다. 잠시 후 이 팀장이 운전석에 앉으며 가만히 지안을 쳐다봤다.

"갑자기 어딜 간다는 거야? 여기 사람들은 어쩌고?"

"속이 안 좋아서 갔다고 해도 되잖아요. 급히 만나야 할 사람이 있어요."

"내가 아는 사람?"

대답을 하지 않자, 그가 매우 곤란하다는 표정을 지으며 말했다.

"지안아, 너…… 그렇게 자기관리 형편없이 하면 나중에 뒷감당 못 하게 돼. 그때는 소속사에서 아무리 덮으려고 해도 덮어지질 않는다고."

"……사촌 오빠 만나러 가요."

"일전에 그 감태경 씨?"

"아니요. 그 사람의 형이에요."

"감태일 씨?"

이미 그는 감씨 일가에 대해 알고 있었다. 그리고 그들이 그녀와 사촌지간은 아니라는 것도 뒷조사를 통해 다 파악했다. 소속사 대표 윤광식도 이미 그 부분에 대해 이해하고 있었다. 또한 그녀가 어린 시절부터 그 집안에서 보호를 받으며 자라 그들과 남매간처럼 지낸다는 것도 알고 있었다. 하지만 그녀의 부모가 어떤 사람인지까지는 알지 못했다.

"그렇다면 가자. 신원은 정확한 사람이니."

이 팀장이 더 이상 군말을 하지 않고 차를 몰아 회식 장소를 빠져나갔다. 지안은 마른침을 삼키며 초조해진 얼굴로 차창 밖을 쳐다봤다. 그녀의 초조한 기분과는 달리 밤길을 오가는 사람들의 모습은 한없이 행복하고 즐거워 보였다.

그녀에게 드리워진 약점 하나가 이런 식으로 계속해서 뫼비우스의 띠처럼 목을 죈다.

멈추게 할 수 있는 방법은 감태일과 거래를 하는 것뿐이었다. 더 이상 태경에게 모든 걸 맡겨 놓을 수는 없다. 어차피 그녀의 일이다.

밴이 클럽 앞에 멈춰 섰다. 지안은 태일이 시킨 대로 뒷길에서 기다리는 웨이터를 만나 그를 따라 들어갔다. 뒤쪽 문을 열고 들어가자 쿵쿵 울리는 비트 소리는 요란했지만, 사람의 모습은 하나도 보이지 않았다. 웨이터가 2층으로 올라가 한쪽 룸 앞에 멈추더니 노크를 했다.

"들어가세요."

지안이 인사를 하고 문을 열었다. 안에 태일이 혼자 앉아 위스키를 마시는 중이었다. 지안은 그의 곁이 아니라 맞은편에 앉았다. 그러자 태일이 기분 좋게 미소를 지으며 그녀를 향해 말했다.

"어쩐 일이야? 네가 날 다 찾고……."

"사람들에게 왜 제 얘기를 하고 다니죠?"

"내가? 그런 적 없는데?"

"그쯤 했음 됐잖아요?"

"뭐가 돼?"

"같이 죽자는 건가요?"

"뭐?"

"감태일 씨가 나를 협박한다고 얻는 게 뭐가 있는데요? 제가 가만히 당해 줄 거라고 생각하세요? 이젠 예전의 제가 아닌데, 어떤 식으로 협박을 할 건데요?"

지안은 싸늘하고 위협적인 눈빛으로 그를 노려보며 한마디 했다. 그러자 태일이 피식 입가를 비틀더니 나직하게 말했다.

"지금 네깟 게 나를 협박하겠다는 거야?"

"못 할 것도 없죠. 내가 혼자 매장당할 것 같아요?"

"그럼?"

"⋯⋯너도 끌고 들어갈 거야!"

그녀는 나직하지만 힘이 실린 강한 음성으로 말했다. 그러자 태일이 낄낄거리며 웃더니 말했다.

"뭐로?"

"성희롱, 성추행, 뭐든 다 엮을 수 있겠지."

"네 말을 누가 믿어?"

"모두. 난 이미 모두에게 신뢰받는 배우니까."

"네 아버지가 살인자라는 걸 듣고도 그런 소리를 할까? 네 아버지가 조폭 깡패 새끼였다는 소리를 듣고도 널 지지해 줄까?"

"그런 건 개의치 않아. 너만 잡을 수 있다면 무슨 짓이든 할 거야!"

"해 봐! 그럼⋯⋯."

"언제까지고 너한테 이렇게 뒷덜미를 붙잡힌 채로 살 것 같아? 어차피 아버지의 비밀이 까발려지면 난 매장돼. 그땐 너도 물고 들어가겠어. 어디까지 추해지는지 한번 봐 둬!"

태일이 킥킥거리며 연신 웃더니 술잔을 들어 한 번에 비우고 그녀를 험상궂은 눈빛으로 쳐다봤다.

"내 입을 막고 싶으면, 차라리 내 앞에서 기어."

"미쳤어?"

"그게 안 되면, 내 여자가 되든지."

"더 미친 개소리지."

"널 주면, 입 다물게."

"그걸 지금 말이라고!"

"내 목표는 애초에 너야. 널 한번 갖게 되면, 의외로 시시해질 수도 있잖아?"

"시시해져서 다 말하고 싶어지겠지. 네가 날 갖는다고 해서 네 기억이 지워지는 것도 아니잖아. 널 어떻게 믿고?"

"하아, 참…… 사람을 정말 야비하게 보네."

"그 이상 좋게 볼 만한 짓을 하지 않았잖아!"

"뭐, 그렇긴 하지. 하지만 네 아비가 한 짓을 생각해 봐. 내가 제정신일 수 있겠어? 우리 어머니는 특별히 날 더 아끼고 사랑하셨지. 아버지가 태경이를 편애한다는 걸 알면서 어머니는 날 더 아끼고 품 안에 들이며 사랑을 주려고 애를 쓰신 분이야. 그런 분이 사라졌어. 이제 난 누구에게서 인정을 받아야 하는 건데? 나에게 있어서 정신적 지주이자 종교였던 사람이 사라진 거라고. 그런데 마냥 용서하라고?"

"내가 죽인 건 아니잖아?"

"네 유전자에 네 아비의 유전자가 있잖아? 그것까지 아니라고 할 거야?"

"궤변 늘어놓지 말고 현실을 똑바로 봐."

"똑바로 보는 현실이 그 모양이야. 넌 그 새끼의 딸이고, 내 장난감이지. 운이 좋아서 태경이한테 가게 되었지만 글쎄. 태경이가 평생 널 지켜 줄 거라고 생각하지는 마. 아버지는 태경이에게 거는 기대가 커. 그래서 태경인 절대로 네 것이 될 수도 없거니와, 너의 존재가 세상에 알려질 수도 없게 될 거야. 태경일 좋아한다고 해도 걔의 은밀한 애인이나 정부로 전락해 살아갈 수밖에 없겠지."

"난 태경 씨를 좋아하지 않아!"

"그래? 큭큭…… 그나마 다행이고. 이제 기회를 줄게. 내 애인이 될래? 아님 이 입을 움직여 네 유명세를 순식간에 쓰레기로 만들까? 이 정도 정보라면 여러 신문사에서 서로 돈을 주면서 잡으려고 할 거야."

"할 테면 해 봐. 더 이상 떨어질 곳도 없거든. 지금 이 자리를 지키기 위해 안달복달하면서 살 마음도 없어."

"겁 없이 나오네. 사회생활 좀 했다고 머리가 어떻게 됐나봐. 그래, 한번 해 봐. 그럼……."

지안이 자리에서 일어나 나오려고 하자 태일은 그녀의 머리채를 움켜쥐더니 그대로 뒤로 젖혔다. 그 바람에 그녀의 몸이 저절로 테이블 위로 넘어갔다. 그녀의 몸이 눕혀지기 무섭게 태일이 그녀의 몸 위에 올라탔다. 태일은 그녀가 입고 있던 원피스의 지퍼를 직 내리더니 어깨 아래로 윗부분을 확 젖혔다. 그러자 브래지어까지 한꺼번에 밑으로 내려가면서 젖가슴이 하얗게 드러났다.

"하핫, 여전히 아름답구나. 넌……."

그가 젖가슴에 코를 들이밀며 숨을 한 차례 들이쉬었다. 공포감에 몸이 떨려 왔다. 하지만 더 이상 이대로 당하고만 있을 수는 없다. 지안이 그의 뺨을 후려치고 아등바등하면서 난리를 부리자, 태일이 뒤로 물러섰다. 그사이 그녀는 옷매무새를 제대로 하고 사납게 그를 향해 으름장을 놓았다.

"고소할 거야!"

"뭘 했는데?"

"성폭행이야!"

"마음대로 해. 바닥까지 가 보고 싶다면! 얼마든지. 딱 한 번만 나랑 자 주면 해결될 일이잖아! 내가 너한테 얼마나 굶주렸는지 알면서 왜 그런 식으로 멍청하게 구는 건데?"

그녀는 콧방귀를 뀌며 음산하게 내뱉었다.

"너야말로 머리 제대로 굴려. 네 주변에서 붙어먹는 여자들에게 너란 인간에 대해 증언해 달라고 해도 그만이야. 내가 가진 전 재산과 명예를 걸고 그 여자들을 설득해서 너란 인간이 얼마나 방탕하고 쓰레기 같은 인간인지 만천하에 드러낼 거야. 그걸 네 아버지가 가만히 보고만 있을까?"

그의 숨결이 지난 자리가 데인 듯 욱신거리는 불쾌감이 느껴졌다. 정말 고약한 인간이다. 폭력을 너무도 아무렇지도 않게 행사하는 쓰레기 같은 놈.

"그럼 내가 네 앞에 무릎이라도 꿇을까 봐? 하고 싶은 대로 다 해라. 내가 잃는 것보단 어쭙잖게 유명한 네가 잃는 게 더 많을 거라는 것만 잊지 말고 기억해."

"과연 그럴지는 좀 더 두고 보면 알게 되겠지."

"나만 산산조각 낼 수는 없을 거야. 나를 건드리면 아버지가 무너지고 그 뒤에 선 태경이도 같이 무너지겠지. 난 네 선택을 매우 존중할 거야. 그리고…… 널 안을 때까진 절대로 널 포기 안 해. 똥파리 같이 들러붙어 주지. 기대해!"

미친 새끼!

빠득, 이가 갈렸다. 그녀는 서둘러 그곳을 빠져나가 다시 밴으로 들어갔다. 그러자 이 팀장이 생각보다 빨리 나왔다며 좋아했다.

"집으로 갈래요. 몸이 안 좋아요."

"그럼 회식 장소에 가서 인사라도 하고 가자. 괜히 찍혀서 좋을 거 없잖아."

"그래요. 그럼……."

마음이 영 편치가 않았다. 방법을 찾아야 한다. 방법을……. 그녀는 태경에게 문자를 보냈다.

[오빠, 한 가지 부탁 좀 해도 될까요? 예전에 아빠가 함께 일했던 깡패들 연락처를 좀 알 수 있을까요? 아빠에 대한 기사를 찾아보다가 그 사람들의 조직 이름이 황새파라는 걸 알게 되었어요. 황새파의 잔당들이 어디서 뭘 하고 있는지 궁금해서 그러는데요.]

잠시 후 휴대폰이 울어 댔다.

—갑자기 그걸 왜 물어?

"할 얘기가 있어서 그래요. 그 사람들을 만나서……."

—위험한 일이야. 자칫 잘못하면 네가 험한 꼴을 당할 수도
있어.

"그중 아빠와 우애가 돈독했던 사람이 분명히 하나라도 있
을 거예요. 찾아 주세요. 부탁드릴게요."

—……알아보기는 할게. 하지만 긍정적인 결과는 기대하기
어려울지도 몰라.

"고마워요."

—그 얘기 듣기 싫다고.

"네…… 연락 다시 할게요. 지금 밖이에요."

—매니저와 있구나. 알았어. 문자 남길게.

휴대폰을 끊자 그가 바로 문자를 보내왔다.

[내일 밤에 네 집으로 갈게.]

[괜찮을까요?]

[걱정 마. 너와 같이 들어가고 나가는 장면만 안 찍히면 되
는 거잖아.]

[내일 출발할 때 연락 주세요.]

아버지에 대해 잘 아는 사람이 있는지 찾아봐야겠다. 아버지

가 억울한 누명을 쓰고 그 자리에 있는 거라면 어떻게든 구제 받을 수 있는 방법이 있는지를 찾아야 한다.

지안은 내일 아버지를 만나러 가야겠다고 생각했다.

* * *

공포가 없는 건 아니다.

여섯 살 이후 한 번도 만난 적 없던 아버지를 갑자기 만난다는 건, 너무도 두려운 일이었다. 살인자라고 하니까, 한때는 그를 괴물로 생각했던 적도 있었다. 이빨이 짐승의 것처럼 뾰족하게 솟구쳐 있고 머리엔 여러 개의 뿔이 돋은 데다 손톱과 발톱은 괴물의 그것처럼 크고 험악하게 비어져 나왔을 거라고…….

그녀에게 아버지는 그런 존재였다.

조직 폭력배를 이끌고 그들의 두목으로서 명령을 내리고 그들을 이끌어 가면서 정계와 어떤 식으로든 결탁했을 것이라는 내용의 뉴스와 영화 등을 보면서 그 살인이 정말 아버지가 의도해서 벌인 일이었는지가 궁금했다.

늘 의문이 따라 다녔다. 조직의 보스가 직접 살인을 하는 경우도 있던가?

그렇지 않다. 보스는 그저 명령을 내릴 뿐, 직접 칼이 되어 실행을 하는 수하들은 따로 있기 마련이다. 보스라는 자가 왜 직접 나서서 자신이 모든 죄를 지었음을 자백하고 유죄판결을 받았던 걸까?

뭔가가 있다.

의구심이 들 수밖에 없었다. 지금까지 자라 오는 동안 계속 그 생각만 했다. 아버지가 스스로 의도해서 상관도 없는 감운식 의원의 부인을 죽였을 것 같지는 않았다. 철천지원수 지간이었다거나 사랑을 배신했다거나 돈과 얽힌 청부살해라면 어느 정도 이해라도 갔다. 하지만 아버지는 감 의원의 아내와 아무런 연관관계가 성립되질 않는다. 그래서 그 부분에 대해 알고 싶어졌다.

지안은 아버지가 투옥된 교도소를 찾아갔다. 태경에게 부탁을 해서 같이 교도소에 왔고, 모든 절차를 다 밟아 주기는 했지만 그는 아버지와 만나고 싶지는 않다고 했다. 아버지가 왜 그런 짓을 했는지에 대해 같이 들어 주기를 바랐지만, 태경은 아직 그럴 때가 아닌 것 같다고 했다.

하는 수 없이 지안 혼자 아버지를 만나기 위해 면회실로 들어갔다. 철제의자에 앉자, 죄수복 차림을 한 아버지가 반백이 되어 눈앞에 나타났다. 하나도 기억이 나질 않는다. 어린 기억 속에 있던 그 사람의 얼굴은 이미 희미해져서 기억도 나질 않으니까. 눈앞의 이 사람이 정말 자신의 아버지가 맞는지 의심이 들었다.

"오랜만이구나."

무슨 말을 먼저 꺼내야 할지 몰라서 눈동자만 불안하게 좌우로 움직였다. 지금은 가족으로서 찾아온 게 아니다. 진실을 알고 싶어서 찾아왔다.

"그 살인, 누가 사주한 거죠?"

아버지가 한참 동안 그녀를 쳐다보더니 물었다.

"뭘 알고 싶은 거니?"

"진실이요. 전 이 세상에서 어떻게든 살아남아야 해요. 그런데 아버지 때문에 살인자의 자식이라는 멍에를 뒤집어쓰고 더는 살아가지 못하게 될지도 모르겠어요."

"……미안하구나."

"그러니까 감운식 의원의 아내를 죽였는지, 안 죽였는지만 말해 줘요."

"……내가 아무리 말해도 누구도 믿지 않을 거야. 이미 세월이 꽤 흘렀고……. 이제 와서 그런 것들이 무슨 의미가 있니? 난 무기징역이고, 청부살해 명령을 내린 당사자야. 뭐가 됐든 죄인인 건 사실이다."

"왜 아버지는 당신 생각만 하세요? 저는요? 그리고 지령이는요? 우리가 그동안 어떻게 개처럼 살았는지 알아요?"

아버지가 충격받은 얼굴로 그녀를 쳐다봤다.

"그게 무슨 소리냐?"

"개처럼…… 죽지 못해 겨우겨우 살아가고 있었다구요. 아버지가 그렇게 잡혀 들어가 앉아 있는 동안…… 지령이와 전……

노예처럼 그렇게 살았어요. 그런데 또다시 인생 따위 없는 사람처럼 살라는 거예요? 아버지의 죄 때문에? 뭘 위해서 다 뒤집어쓰려는 건데요? 누굴 위해서? 저하고 지령인 아무래도 좋은 거예요? 그놈의 의리 때문에 자식들은 아버지의 혈육이라는 이유로 평생 감씨 집안의 노예로 전락해 숨도 쉬지 못하고 사는데…… 네?"

"그게 대체 무슨……."

"아버지와 가장 친분이 두터웠던 후배나 선배가 있으면 알려 줘요."

아버지는 한참 동안 아무런 말도 하지 않다가 천천히 입을 열었다.

"문래동에 상아 부동산을 운영하는 박 사장이 있을 거야. 그 사람을 찾아가 내 이름을 대고 물어봐라."

"누군데요?"

"고향 선배이기도 하고 내 인생에 대해 모든 걸 아는 사람이기도 하다. 네 엄마에 대해서도……."

가슴이 철렁 내려앉았다. 지안은 자리에서 일어섰다. 그때 아버지가 한마디 했다.

"왜 내가 모든 누명을 뒤집어썼다고 생각하니?"

"보통 조직의 보스가 그런 잡다한 일을 스스로 하는 경우는 드물잖아요. 부하들을 시켜서 살해 임무를 내렸을 것 같다고 생각했어요. 아버지는 지금 그 일을 사주한 사람을 감추기 위해 아무것도 말하려 하지 않는 거예요. 그 일을 저지른 부하 또한 감싸 주기 위해서 이 안에 들어와 있는 것 같은데…… 부질없는 데에 인생 낭비하지 마세요. 아버지의 의리와 헌신으로 인해 자식들이 어떤 핍박과 고통에 사로잡혀 사는지를 명확히 알아야만 해요."

지안이 고개를 돌려 나가려고 하자, 아버지가 등에 대고 말했다.

"난 밝힐 진실이 없다. 그러니 너도 시간 낭비는 하지 마라."

그녀는 싸늘하게 고개를 돌려 아버지를 쳐다봤다.

"그럼 전 곧 대중들에게 생매장을 당하겠군요. 살인자의 딸이라는 오명을 뒤집어쓰고 길거리에 나앉게 되겠죠. 그렇게 되면 기다렸다는 듯이 감 의원이 절 술집에 팔아 치울 거고요."

"무슨 소리냐? 그게!"

"아는 게 하나도 없으시네요. 알아볼 수 있다면 알아보세요. 저와 지령이 어떻게 살아왔는지. 아버지 정도의 능력이라면 이 안에서도 바깥 쪽 정보는 알아낼 수 있잖아요. 갈게요. 부디 다음엔 억울함을 호소하는 편지라도 세상에 내보냈음 하는 바람이에요."

지안은 면회실을 빠져나와 복도에 한참 동안 그렇게 서 있었다. 대충 예상한 걸 말하긴 했지만, 증거가 부족하니 그저 뜬구름 잡는 소리에 불과해서 진실에 다가가기 어려웠다. 하지만 한 가지, 아버지의 눈동자가 불안하게 흔들리는 건 확실하게 봤다. 그렇다고 해도 이제야 이렇게 알아본들 언제 이 진실이 다 밝혀지게 될지 걱정스러워졌다. 몇 년은 걸릴 일이다. 하지만 당장 감태일이 그녀를 협박하는 상황이었다.

시간이 부족하다.

지안은 밖으로 나와 태경에게 문래동 부동산에 대해 알려 주었다.

"고향 선배가 있단 말이지?"

"네, 그 사람이 아버지의 모든 과거에 대해 알고 있다고 하더군요. 가서 얘기를 좀 들어 보고 싶어서요."

태경은 군말 없이 차를 몰아 문래동 상아 부동산으로 향했다.

두 사람은 주차장에 차를 대고 상아 부동산 앞에 멈춰 섰다. 10평 정도밖에 안 되는 작은 규모의 부동산인 데다 한자리에 꽤 오래 있었는지 간판이나 외벽이 매우 낡아 보였다.

지안이 먼저 문을 열고 안으로 들어가자, 태경이 뒤따라 들어갔다.

"어서 오세요."

오십대 중반쯤 되어 보이는 남자가 두 사람을 쳐다보더니 환하게 미소를 지었다.

"아니, 유명한 영화배우 아닌가요? 이름이…… 지안이던가? 성씨가 잘 기억이 안 나네."

지안이 입가에 미소를 짓고 그에게 인사를 했다.

"안녕하세요. 임지안이라고 합니다. 혹시 임성운 씨를 아시나요?"

그러자 그가 입가를 무너트리며 표정을 굳혔다.

"뭔가요?"

"전 임성운 씨의 딸입니다."

지안이 자신을 소개하자 남자가 놀란 눈으로 지안을 쳐다보더니 깊게 한숨을 쉬었다.

"맙소사…… 그렇구나. 반갑다. 박 사장이다."

악수를 청하며 가볍게 인사한 그는 두 사람을 둥근 테이블로 안내했다. 종이컵에 믹스커피를 하나씩 타서 내놓고 마주 앉은 그가 지안을 뚫어져라 쳐다보더니 말했다.

"엄마의 얼굴이 있구나."

"아버지를 만나고 왔어요. 그랬더니 아버지에 대한 얘기는 박 사장님을 통해 들으라고 하더군요."

"그래, 내가 한동안 그놈 곁에 붙어서 재정 상태를 살펴 줬으니까."

"전부 들려주세요. 아버지가 어떤 사람이었는지 알아야겠어요."

박 사장은 길게 한숨을 내쉬더니 회한에 젖은 눈빛으로 허공을 오래도록 쳐다보며 천천히 입술을 뗐다.

#6

　성운은 원래 황새파가 생기기 전에 종로 어딘가에서 웨이터로 일을 하고 있었다. 그러다 운 좋게 어느 조직폭력배 중간보스의 눈에 들었고 몇 가지 큰일에 손대기 시작하면서 능력을 인정받았다.

　중간보스는 자신의 영역을 만들어 새롭게 주변정리를 시작할 때 황새파라는 새로운 이름으로 활동을 하게 되었다. 성운은 황새파의 초창기 멤버로서 조직을 위해 온몸으로 헌신하며 달려왔던 사람이었다. 한마디로 조폭으로 잔뼈가 굵은 인생이었다. 그곳에 몸담고 있으면서 성운이 하지 않은 일이 거의 없었다. 그로 인해 그는 서너 번 감옥을 들락거리며 깡패답게 자신의 이력을 차곡차곡 만들어 나갔다.

그러다 그는 이십대 후반에 조직의 세 번째 보스가 되었다. 그는 당시 만나던 여자와 헤어지고 이제 막 신인 여배우로 활동을 하던 나혜미라는 여배우와 눈이 맞아 뜨겁게 연애를 시작했다.

나혜미와의 사이에서 두 아이가 태어나게 되었고 자연스럽게 가정을 꾸려 살아갈 줄 알았던 성운은 가정 대신 조직을 위해 온몸을 바쳤다. 그리고 그 일로 나혜미와의 사이에 금이 가기 시작했다. 결국 당시 나혜미의 소속사 대표가 두 사람 사이를 이간질해서 둘은 결국 헤어지게 되었다.

이후 나혜미는 5년간 한국에서 활동하다가 일본에서 한류를 일으키면서 본격적으로 일본 배우로 활동하게 되었다고 한다.

"지금 그 사람은……."

"일본에서 유명한 정치인의 아내가 되어 살고 있지. 아들만 둘을 낳았다고 들었어. 아마 너희보다는 어리겠지만, 어찌 되었든 나혜미가 너희들의 엄마이기는 해."

그래서 지안의 외모가 아버지보다는 다른 사람을 더 많이 닮은 거였나 보다.

"나혜미는 결혼 후 연예계를 완전히 떠나서 현재는 그 집안의 며느리로서 살아가고 있다더라. 행복한지 어떤지는 잘 모르겠고……. 아무튼 연애사는 이 정도로 끝내고…… 네 아버지는 조직의 보스가 되기 위해 하지 않았던 일이 없었던 것 같구나.

그러다 보스가 사고로 사망하자, 자연스럽게 네 아버지를 따르던 추종세력이 네 아비를 보스로 세웠지. 그러다 감운식 의원의 아내 살해 사건이 벌어진 거야."

"그 사건에 대해 내막을 자세히 아는 사람을 알 수는 없을까요?"

"글쎄다. 그런 지시를 한 사람을 밝혀내는 건 보통 어려운 일이 아닐 거야. 조폭 보스가 자신의 모든 명예를 버리고 감방살이를 할 정도라면, 그런 지시를 내린 사람이 보통 사람은 아니라는 얘기 아니겠니? 건드려선 절대로 안 되는 사람이겠지. 그래서 네 아버지도 섣불리 밝히지 않고 황새파를 해체하는 조건으로 네 아버지만 형사 입건한 거다. 황새파 잔당들은 다행히 입건되는 걸 면할 수 있었어. 그건 다 네 아버지 덕분이지."

"모종의 거래가 있었던 거군요."

이번엔 가만히 듣기만 하던 태경이 입을 열었다.

"맞습니다. 하지만 정확한 내막까지는 저도 아는 바가 없어요. 누가 중간에 나서서 거래를 말끔하게 완료시킨 건지 그것조차 명료하지 않죠. 다만 피해자는 분명하게 있잖아요. 감운식 의원이라는 피해자. 어찌 되었건 아내가 사망했으니까."

태경은 한동안 아무런 말도 하지 않았다.

"혹시 아버지가 제일 마음을 의지했던 후배나 동료가 있나요?"

"있지. 순철이라고, 이순철…… 성운이 가장 아끼던 후배였지. 차기 두목으로 키워 보겠다고 할 정도로 아주 좋아했던 녀석인데, 그 일이 있은 후 종적이 묘연해졌어."

"그 외에는요?"

"몇 명 더 있긴 하지만 거의 똘마니 수준이라 그런 복잡한 사정에 대해 다 이해를 하고 있을지는 장담 못 하겠어."

"그래도 혹시 모르니……."

그는 자리에서 일어나 책상 서랍을 열어 오래되고 낡은 수첩을 꺼내 그녀에게 내밀었다.

"거래 장부야. 10년 정도 된 건데, 이 안에 성운과 함께 일했던 애들의 이름이 다 나와 있어. 애들하고 돈거래를 주로 해 왔기 때문에 장부에 이름과 주민번호 앞자리를 다 받아 놨지. 튈 경우를 대비해서 미리 그 정도는 확보를 한 거야. 그걸 이용해서 한 번 찾아봐. 그중에 내가 별표를 한 애들이 성운이 가장 아끼던 놈들이야."

지안은 수첩을 가만히 쳐다봤다. 이순철, 박도경, 임세찬 등 여러 명의 이름이 나와 있는데 그중 저 세 사람의 이름에 별표가 되어 있는 데다 꿔 간 돈의 액수도 상당했다.

"좀 알아봐야겠군요."

"내가 해 줄 수 있는 건 이 정도가 전부야. 미안해. 나도 거기서 손을 뗀 지가 오래라……. 보다시피 그저 그런 부동산 중개인 노릇이나 하고 있는 처지거든."

"감사합니다. 이렇게나마 알려 주셔서······."

"조심해. 권력층이 얽혀 있는 거라면, 위험할지도 몰라."

"네······ 조심은 할게요. 하지만 이미 궁지에 몰린 상황이라 더 이상 뭘 더 어떻게 조심해야 할지 잘 모르겠네요."

"음, 하긴 아버지가 살인자인 영화배우라니······ 굉장히 특이한 이력이긴 하네. 모든 게 잘 해결되길 빌게."

"감사합니다."

지안이 수첩을 들고 밖으로 나오자마자 태경이 수첩을 빼앗아 주머니에 넣었다.

"왜요?"

"내가 알아볼게. 네가 알아보는 건 어찌 되었건 위험하니까. 타깃이 된다고 해도 너보다야 내가 훨씬 나을 거야."

"하지만 어머니가 어떤 이유로 돌아가셨는데, 그들과 연관된 거라면 오빠도 안심할 수는 없어요."

"뭔지 알아내는 게 중요하겠지. 아버지는 이 사실을 알고 있는 걸까?"

"그 부분에 대해서도 알아내는 게 중요하겠죠. 어떤 일이 있는데, 모른 척 넘어간 거라면 감 의원님도 이 사건에서 용의자인 셈이에요."

"아버지에 대해서는 맨 마지막에 알아보도록 하고 지금은 이 감춰진 알갱이를 우선 찾아내는 게 관건이겠다. 그걸 조합하려면 황새파에 있던 자들을 찾아내는 게 급선무겠어. 그건 내가 알아서 할 테니까, 넌 네가 해야 할 일에 집중해."

"여러모로 미안해요."

"그런 생각 할 필요 없어. 네 아버지가 실질적인 살인자가 아니라면 굳이 감옥에 갇혀 있어야 할 이유가 없고, 우린 진짜 범인을 잡아 응당한 죗값을 치르게 하는 게 맞다 생각하니까. 아버지도 그 부분에 대해서는 어느 정도 수긍할 거야."

"그런데…… 좀 서둘러야 할 것 같아요."

"왜?"

차에 타고 그가 시동을 거는 동안 그녀는 어떻게 말을 해야 할지 한참 골몰했다. 자칫 잘못 전달되면 태경과 태일이 한바탕 싸울 게 안 봐도 뻔했다. 그 일로 태일이 울컥하는 경우 운이 나쁘다면 그 불똥이 지령에게 떨어질 수도 있는 일이었다. 그녀는 신중하게 말을 골랐다.

"뭔데?"

태경이 다시 반문했다.

"……태일 씨가 주변 사람들에게 제 얘기를 하고 다니기 시작했어요."

"원하는 게 뭔데?"

"저요."

태경도 어느 정도는 예상했다는 듯 더 이상 아무런 말도 하지 않았다.

"입을 막는 것도 한계가 있는 것 같군. 좀 더 시간을 지연시킬 수 있는지 알아보도록 할게."

"그 부분에 대해서는 제가 알아볼게요. 태일 씨한테 어떤 약점이 있는지, 찾아보는 건 제가 하는 게 좋을 것 같아요."

"할 수 있겠어?"

"그래야만 하거든요. 이대로 모든 걸 잃고 싶지 않아요."

"그래, 서로 할 수 있는 걸 해 보자."

태경이 차를 몰아 그녀를 소속사에 데려다줬다. 차에서 내린 그녀가 인사를 꾸벅 하고 그의 차가 멀어지기를 기다렸다. 그녀는 사무실로 올라가서 이 팀장에게 흥신소를 좀 알아봐 달라고 했다.

"흥신소는 왜?"

"알아봐야 할 게 있어서 그래요."

"네가 노출되면 곤란하니까, 그건 내가 알아보도록 할게. 알아볼 게 뭔데?"

지안은 잠시 망설이다가 태일의 뒷조사를 하고 싶다고 말했다.

"그 사람은 왜?"

"어릴 때부터 그 사람이 저한테 좀 집착을 했거든요. 제가 배우가 되고 나니까, 이젠 노골적으로 집적거리기 시작했어요. 그래서 떼어 내고 싶은데 그 사람의 약점을 하나 갖고 있어야 협박이라도 할 수 있게 되지 않겠어요?"

"약점이라⋯⋯ 어떤 식으로 질척거리는데?"

"애인이나 하라는 식으로 말하죠. 절 물건 취급하는 사람이에요."

"그럼 안 되지. 내가 알아볼게. 그럼…… 뭐에 대해 알아봐 달라고 하면 되는 거지?"

"여자 문제요. 그리고 그 여자들 중 저와 말이 통할 만큼 그놈한테 만신창이로 무너진 사람이 필요해요."

"그런 남자에게 무너진 여자가 존재할까? 여자를 물건으로 대하는 사람이라면 그런 놈을 상대하는 여자들 또한 비슷한 사고방식으로 접근했을 가능성이 매우 높은데……."

"그래도 알아봐 주세요. 지금 제가 좀 곤란해서요."

"알았어. 알아보기는 할게."

그 뒤로 영화 스케줄과 주인공을 맡기 위해 필요한 몇 가지 스타일링에 대한 회의가 시작됐다.

"여주인공이 머리가 짧아야 할 것 같다는 의견이 대다수야. 넌 어떻게 생각해?"

"그렇다면 커트를 할게요."

머리카락의 길이에 대해서는 크게 미련이 없었다. 윤 대표가 시원하게 웃으며 엄지를 세웠다.

"역시 프로네. 그런 부분에 대해서는 냉정해. 그리고 살을 좀 더 빼야 할 것 같아. 날카롭고 예민한 성격이기 때문에 몸이 약간 말라 있는 게 좋을 것 같아. 병약해야 할 필요가 있지. 아무래도 아이를 잃은 사람인 데다 여러 트라우마를 가진 인물이니까. 의상은 어떤 계열이 좋겠어?"

의상 팀에서 몇 가지 스타일 제안과 함께 색깔별로 나눈 브리핑 자료들을 꺼내 놓으며 설명을 했다. 한동안 의상이라든가, 헤어와 메이크업 등에 대해 이야기를 나눈 다음엔 여자의 연령대와 주변 환경에 대한 세밀한 분석이 이어졌다.

영화를 시작할 때 이런 식으로 대화를 오래 나누게 되면 영화 촬영에 들어갈 때 몰입도가 높아져서 캐릭터가 무너지지 않게 된다는 장점이 있었다. 그래서 그녀는 캐릭터를 완성시키는 모든 시간을 스태프와 같이하고 싶다고 따로 부탁을 했다.

이런 회의가 그녀에게 좋은 시너지를 일으키자, 이후 윤 대표는 되도록 소속 배우들에게 같은 방식으로 캐릭터 설정 회의를 하도록 규정을 따로 만들 정도였다.

3시간 동안 이어지던 회의가 끝났다. 지안은 지칠 대로 지쳤지만 헤어스타일 때문에 곧장 헤어숍으로 향했다.

긴 머리카락을 한 번에 잘라 짧은 헤어스타일로 바꿨다. 그리고 전체적인 메이크업을 좀 더 차갑고 냉철한 느낌으로 바꾸었다. 주로 치마와 블라우스를 입는 커리어 우먼 스타일로 정했기 때문에 전체적으로 마른 체형일 필요가 있었다.

"앞으로 운동도 정말 열심히 해야겠네요."

스타일리스트 지영이 곁으로 다가와 한마디 했다.

"그러게요. 까칠해 보이려면 살이 좀 더 빠져야겠어요."

지안은 얼굴을 이리저리 돌리다 말고 무의식중에 말했다.

"그런데 그렇게 마른 여자를 남자가 좋아할까요? 특히나 이런 쇼트커트 스타일의 여자는 남자가 별로 안 좋아하죠?"

"어라? 배우님이 왜 남자를 그렇게 의식하세요?"

"아, 그게…… 남자 팬들이 워낙 많으니까, 아무래도……."

그렇게 얼버무리긴 했지만 자신도 모르게 속내가 드러나고 말았다. 태경을 의식하고 한 말이었다. 자신도 모르는 새에 태경이 자신을 어떻게 바라보는지에 대해 이렇게 불안해할 줄은 몰랐다.

'이러다 다 티 내겠어.'

난처한 얼굴로 입가에 미소를 지었다. 지영이 더는 묻지 않더니 곁으로 와서 한마디 했다.

"배우님은 누가 봐도 멋진 여자예요. 머리가 길면 긴대로, 짧으면 짧은 대로 굉장히 매력적이에요. 나중에 여자 전사 스타일을 한번 해 보는 것도 좋을 것 같아요. 액션 연기도 잘할 것 같은데……."

"제가요? 전 좀 몸치인데……."

"액션 스쿨에서 서너 달 연습하면 다들 금세 액션의 신으로 재탄생하더라고요. 다음엔 액션 역할을 한번 해 보세요. 여자들은 약간 걸 크러시 스타일을 좋아하거든요. 여자에게 인기 많은 여자요."

"그럴까요? 저 같은 여자를 좋아해 주는 여자 팬이 있긴 할까요?"

"왜 그렇게 말해요? 저도 배우님, 정말 좋아해요."

"고마워요."

지영이 어깨로 그녀의 어깨를 툭 치면서 웃었다. 지안은 또래 여자들과 어울려 놀아 본 적이 없었다. 그래서 여자들이 자신을 어떻게 보고 있는지도 잘 모르는 데다 그런 여자들과 어떻게 소통하는지도 몰랐다. 그저 얌전히 그들의 얘기를 듣기만 할 뿐, 그다음은 뭘 어떻게 할지 알지 못했다. 어렵다. 사람과 사람이 관계를 맺는 일은.

헤어스타일과 메이크업, 옷차림에 대해서도 지시를 받은 뒤 그녀는 밴으로 내려와 누군가와 통화 중이던 이 팀장을 흘끗 쳐다봤다. 그러자 눈이 마주친 이 팀장이 몇 마디를 나누다가 전화를 끊었다.

"다 끝났어?"

"네, 이제 집으로 가면 돼요."

"방금 흥신소 한 군데와 연락이 됐어. 그래서 감태일에 대한 것과 그 사람의 주변 여자들에 대해 조사를 해 달라고 했어. 사흘 정도 기다려 달라고 하더라. 선금을 요구해서 백만 원 먼저 보냈고."

"아…… 그건 드릴게요."

"그래, 알아서 해."

둘 다 밴에 오르자마자 이 팀장은 곧장 차를 몰아 그녀를 집으로 데려다줬다.

그리고 늦은 밤, 약속한 대로 태경이 나타났다.

현관문을 열어 주자 검은색 모자를 깊게 눌러쓰고 마스크까지 한 태경이 집 안으로 얼른 들어왔다.

"너무 완전무장한 거 아닌가요?"

"아무래도 좀 의식이 돼서…… 피곤하지 않아?"

태경이 안으로 들어와 모자와 마스크, 거기에 입고 있던 패딩 점퍼도 벗어 한 곳에 놓고 소파에 앉았다.

그녀는 와인을 갖고 와서 그에게 코르크 마개를 열어 달라 부탁한 뒤 와인잔과 함께 먹을 만한 과일 안주를 가볍게 준비했다. 그가 마개를 따서 잔을 채우자 지안은 안주를 테이블 위에 놓고 소파에 앉았다.

태경이 빈 잔에 와인을 천천히 따르기 시작했다. 서로 말없이 잔을 들어 한 모금씩 마시고 먼 곳을 쳐다봤다. 지안의 집은 높은 층수라 전망이 제법 좋았다.

"흥신소 측에 의뢰를 넣었어. 수첩 속에 있는 명단에서 몇 명을 골라 되는 대로 불러 줬더니 한두 명은 주먹깨나 쓰는 쪽에서 유명한 놈들이라고 하더라."

"흥신소에서 그걸 알아요?"

"전직 경찰 출신이거든. 그래서 감옥을 자주 들락거리는 놈들에 대해서는 이미 정보를 꽤 파악하고 있더라. 아마도 금세 놈들의 신변이 파악될지도 몰라. 알아내는 대로 만나러 가 볼 생각이야. 하지만 넌 신분을 노출하지 않는 게 좋겠어. 유명세도 있는데, 배우가 그런 사람들을 만난다는 게 알려져서는 좋을 게 없지. 차라리 나나 형은 대외적으로 모 국회의원의 아들이라는 허울이라도 있지만……."

"알았어요."

"넌 겁나지 않니?"

"겁이 나야 하나요? 바닥으로 떨어져 내리는 게 더 두려운걸요."

"잃을 게 없다고 생각했는데?"

"지령일 데리고 와서 같이 살고 싶은데, 아무것도 없는 곳에서 그 애와 춥게 시작하고 싶지 않거든요. 따뜻하고 편한 생활을 누리게 해 주고 싶어요."

"좋은 누나네. 누구의 형과는 꽤 비교가 되는걸?"

지안이 피식 미소를 지었다.

"대학을 졸업하면 뭘 할 거예요?"

"사업 준비 중이야. 이미 회사 하나를 인수하려고 알아보고 있어."

"아……."

역시 이 사람은 뭐가 달라도 너무 다르다. 이제 겨우 스물세 살이 되는데, 다른 사람은 생각도 할 수 없는 걸 계획하고 있다.

"친할아버지가 일찌감치 나와 형에게 상속을 끝낸 유산이 좀 있고, 어머니가 돌아가시면서 남긴 보험금도 우리 명의로 된 게 있거든. 그걸 정리하면 작은 업체 하나를 인수할 수 있을 것 같아."

"키울 자신 있는 거예요?"

"아무 생각 없이 하는 것처럼 보이나 보군."

"그런 건 아니겠지만…… 그런 큰 꿈을 꾸는 사람을 처음 만나 신기해서 그래요."

"할 수 있어. 잘하는 분야이기도 하고……. 그 기업의 아버지라고 불리는 사람이 잘 아는 선배의 부친이기도 하니까. 사업에 대해 이것저것 지도도 받을 수 있어서 지금 그쪽에 계속 왔다 갔다 하는 중이기도 해."

"벌써부터 바쁘군요. 괜히 제가 그 시간을 다 뺏는 건가 봐요."

"필요하니까 나도 나서는 거야. 귀찮았으면 일찌감치 그만뒀겠지."

지안은 말없이 술잔을 입가에 대고 마셨다. 자신이 귀찮지 않은 존재라는 얘긴 것 같아서 가슴에 바람이 불었다. 하여간에 사람 착각하게 만드는 데에는 귀신이다. 그게 아니라면 제 것이라는 둥 하는 소리는 함부로 꺼내지 않을 텐데. 그의 것이라면 그도 자신의 것이어야 한다는 너무도 마땅한 법칙을 그는 정녕 모르는 걸까?

그와 그녀는 왜 너무도 당연하다는 듯이 서로 마주 보고 앉아 있는 걸까?

이 수수께끼를 해결하려고 서로 혈안인 이유가 정말 그녀의 명예회복이라는 목적 하나가 전부일까? 그 목적 외에도 그녀는 그와 정당하게 맺어질 이유를 찾고 있는 건지도 모른다.

아버지가 그의 어머니를 죽인 살인자가 아니라는 걸 밝히면, 적어도 그를 좋아한다고 겉으로 드러낼 자격 정도는 생길 테니까. 이 마음을 그에게 드러내지 못하고 평생 감추고 살아야 한다는 건 너무도 절망적이고 슬프다.

와인을 계속 마시다 보니 점차 마음이 뜨겁게 들끓어 댔다. 정말 이 마음에 대해 그에게 조금이라도 드러내 보이면 안 되는 걸까? 그럼 그는 단호하게 자르겠지. 살인자의 딸과 조금도 마음을 섞을 생각은 없다고.

그녀는 시니컬한 미소를 띠며 와인을 다 비웠다. 와인 한 병이 다 비워지자, 그가 말했다.

"……난 씻었는데, 넌?"

그녀는 갑작스러운 질문에 놀라 눈을 휘둥그렇게 뜨고 그를 쳐다봤다.

"왜 그렇게 쳐다봐? 당연한 거 아닌가?"

"거절하겠어요."

"왜?"

"……감정이 섞여서 곤란해요."

"어떤 감정?"

"……정확히 그게 뭔지 설명하기는 어려운데, 그 감정으로 인해 힘들었어요."

"나한테 마음이 있나 보군."

지안은 고개를 돌리고 아랫입술을 가만히 깨물었다. 차마 아니란 소리는 하지 못하겠다. 그렇다고 큰 소리로 수긍도 할 수 없었다.

"감정이 섞이든 말든 난 상관없어. 이미 독주는 심장을 적셨고, 내 모든 감각은 마비됐어. 이제 와서 뭘 어쩌라고 해 봐야 통제 불능이야."

"곤란하지만……."

"거절은 안 돼."

그가 자리에서 일어나자마자 그녀의 몸을 소파에 눕히고 양쪽 팔목을 강하게 움켜쥐었다. 지안이 놀란 눈으로 쳐다보자, 태경이 입가에 미소를 짓고 말했다.

"헤어스타일과 화장법이 좀 달라졌군. 매번 다른 여자를 만나는 기분이야. 대체 너…… 뭐지?"

태경이 잘생긴 미간을 살며시 좁힌 채 검고 깊은 눈으로 오래도록 그녀를 내려다봤다.

"의식하지 않고 싶은데…… 너 따위, 무시하고 싶은데…… 네가 연락해 오기를 미친놈처럼 기다리고 있어. 나도 내가 정말 이상해. 너희 남매한테 하는 모든 행동이 그저 내 죄책감에서부터 비롯된 마음이라고만 생각했는데…… 아닌가 봐. 네가 자꾸 생각나서…… 온종일 온전히 내 할 일에 집중도 하지 못해. 네 생각으로 미치겠어. 왜 이렇게 넌 나를 고통스럽게 하는 거지?"

"……그게 제 잘못이라는 건가요?"

"너와 난 애초에 만나질 말았어야 할 관계였어. 우리 집에 온 순간부터 모든 게 꼬인 거야. 차라리 다른 집에 가 버리든지, 고아원으로 보내졌더라면 더 좋았을 텐데…… 왜 하필 내 옆이었던 거야?"

"그래서 지금 뭘 원하는 거예요?"

"……너…… 오직 너!"

태경이 깊어진 눈빛으로 그녀를 내려다보면서 서서히 다가왔다. 입술과 입술이 맞닿은 순간 지안은 아무것도 생각할 수가 없었다. 거절해야 하는데, 거절의 말이 나오질 않았다. 그녀는 눈을 감고 깊이 밀고 들어오는 그의 입술과 혀를 순순히 받아들였다.

태경이 그녀의 손목을 천천히 놓아주고 그녀의 입술 새로 혀를 천천히 밀어 넣었다. 그의 혀는 그녀의 말랑하고 보드라운 혀를 천천히 휘감았다. 그의 손이 그녀가 입고 있던 하얀 티셔츠 안쪽으로 밀려 들어와 커다란 젖가슴을 움켜쥐었다.

"하읏……."

숨을 쉴 수 없는 짜릿함에 지안의 몸이 부르르 떨려 왔다. 젖가슴을 움켜쥔 그의 손에 힘이 실렸다. 강하게 감아쥐는 손아귀 힘 때문에 그녀는 젖은 숨을 토하며 허리를 비틀었다. 그러자 그의 손이 서서히 솟아오르는 유두를 손가락 끝으로 쥐고 이리저리 섬세하게 자극하기 시작했다.

"하아…… 하아……."

숨소리는 더욱 더 거칠어져만 갔다. 그녀는 머리를 뒤로 젖히고 몸을 느리게 꿈틀거리며 그가 주는 자극을 은근히 즐겼다. 살결에 느껴지는 그의 손바닥의 감촉과 움직임이 싫지 않았다.

그가 서서히 입술을 떼어 내고 그녀의 상의를 전부 벗기기 시작했다. 그리고 그녀의 브래지어와 입고 있던 트레이닝 바지까지 전부 벗겼다. 모든 게 벗겨져 그녀의 몸에 실오라기 하나 남겨지지 않자, 그가 흐뭇한 미소를 지으며 말했다.

"넌 앞으로 아무것도 입지 말고 기다려."

지안은 괜히 무안해져서 가슴과 삼각지를 손으로 가리면서 그의 시선을 회피했다. 그는 누워 있는 그녀의 몸매를 전체적으로 한번 훑더니 손으로 그녀의 가슴 전체를 부드럽게 어루만지며 자극했다. 손가락이 탄력 넘치는 가슴을 쥐었다가 놓기를 반복하는 감각이 미치도록 리드미컬해서 온몸이 타들어 가는 것 같았다.

"하아, 하아……."

몸이 나른하게 풀린다. 그의 손가락은 깃털처럼 부드럽게 그녀의 몸을 훑다가도 어느 순간 하나의 생명이 되어 그녀의 유두 끝을 마음껏 물어뜯었다. 손가락에게 뜯기는 듯한 감각을

165

느끼게 하다니. 놀라운 사람이었다.

그녀는 숨을 몰아쉬며 다리를 힘껏 오므렸다. 나오지 말아야 할 물기가 또 안쪽에 가득 찼다. 다리를 벌리는 순간 주르륵 흘러내릴 것만 같았다. 그에게 그런 순간을 기다렸다는 걸 들키는 건 원하지 않았다.

하지만 가슴을 어루만지던 손이 서서히 아래로 미끄러져 내려가더니 허벅지 안쪽으로 밀려들어 왔다. 지안은 움찔거리면서 그의 손을 막으려 했지만, 한번 목표물을 정한 맹수는 중도에 포기하는 법이 없었다.

손가락 끝이 안으로 밀고 들어오더니 체모를 헤치고 그 안에 감춰진 작은 구슬을 이리저리 휘젓고 만지기 시작했다. 그녀는 숨을 몰아쉬며 허리를 위로 들어 올렸다. 가느다란 허리가 에스 자를 그리며 휘어졌다. 그의 손가락이 안쪽으로 깊게 파고들어 가면서 살결 전체를 감아쥐자 참을 수 없는 감각에 짓눌린 살 속에서 물기가 주룩 흘러내렸다.

"젖었군."

그가 입가에 미소를 띠고 말했다. 흥분한 걸 들키자 지안의 귓불과 얼굴이 전부 발갛게 젖어 들어갔다. 그녀는 붉게 젖은 숨을 쏟아 내며 그의 이름을 불렀다.

"오빠아…… 태경 오빠…… 거긴 너무 젖어서……."

그의 손가락이 젖은 골 안으로 서서히 밀고 들어갔다.

"아웃!"

죽을 것 같은 감각이 그곳에서부터 시작되어 전신을 강하게 옥죄어 왔다. 손가락이 주는 쾌감에 그녀는 몸을 떨며 간헐적인 숨을 토해 냈다. 그의 손가락에 맞춰 몸이 이리저리 흔들렸다. 손가락이 안쪽 깊은 곳에서 치덕거리는 요란한 소리를 내며 움직이는 사이 그는 재빨리 입고 있던 옷들을 전부 벗더니 소파 위에 누운 그녀의 몸 위에 올라탔다. 그의 강인한 몸이 포개지더니 젖은 그녀의 그곳으로 서서히 행군을 시작했다.

그가 비집고 들어온다.

"훗!"

태경이 고개를 숙여 그녀의 목덜미를 혀로 핥으며 나직하게 읊조렸다.

"내 감옥에 평생 갇혀 살아. 임지안…… 이제 아무 데도 못 가!"

사랑과는 상관없는 지독한 주문.

지안의 눈가에 눈물이 차올랐다. 기뻤다. 그가 주는 달콤한 저주에 온몸이 욱신거리도록 행복했다. 그렇게라도 그에게 갇히고 싶었다.

* * *

태경이 스물세 살이 되던 봄, 형이 군에 입대하기로 결정이 되었다. 태경은 입대를 앞둔 태일에게 술을 사면서 늦은 시간

같이 앉아 대화를 하게 되었다.

"내 약점을 찾았다면서 왜 입을 다물고 있는 거야?"

지안이 흥신소 측에 의뢰를 해서 알아낸 자료를 손아귀에 쥐고 있다는 걸 그가 알게 됐고 형에게도 운을 뗴었다. 정확히 무슨 내용인지는 알지 못해도 그게 아버지 손에 들어가면 자신은 죽은 목숨이라는 것 정도는 형도 아는 눈치다.

"벌써 터트리면 곤란하지 않겠어?"

"언제를 마지노선으로 생각하고 있는 거지?"

"글쎄다. 제대해서 돌아올 즈음?"

"어지간하면 이제 기억에서 지우지 그래?"

형이 가만히 듣고 있다가 위스키 스트레이트잔을 입가에 대며 물었다.

"잤냐?"

태경은 굳이 답하지 않았다.

"네가 뭘 하고 다니든 난 관심 없는데, 지금 내가 참는 건 너를 배려하는 거라는 것 정도는 알아주라. 그런데 그리 오래 끌지는 않는 게 피차 좋을 거야."

"무슨 소리야?"

"아버지가 알게 되면 가만 안 둘 거야. 올해 지령이 대입 수능 치는 거 알지?"

"알아."

"아버지가 지령이 안 건드리게 하려면 너도 자극하지 않는 방법을 찾는 게 좋아. 너도 곧 입대해야 하잖아? 국회의원의 아들이기 때문에 더더욱 군대 문제는 예민한 것일 수밖에 없고……. 가기 전에 정리해 둬라."

"지안이…… 건드리지 마."

"왜?"

"이젠 내 거야. 이미 형한테서 데리고 온 그 시점부터 내 거였어."

"무슨 논리야?"

"내가 아무한테도 임지안을 양보할 마음이 없다는 소리를 하는 거야."

"하, 그건 나중에 두고 보자고."

"끝까지 내 말은 들어주지 않을 모양이군."

형은 더 이상 대답하지 않았다. 하고 싶은 대로 하겠다는 강한 의지가 읽혔다. 이래서야 지안이 계속 위험하다. 형이 군대에 간 사이는 잠시나마 모든 위험이 유보된다고 해도 제대한 다음을 생각해 보면 마냥 안심할 수도 없다.

그사이 지안은 톱스타로서의 위상을 더 높이겠지만, 그만큼 추락의 폭도 커지겠지. 손안에 쥐고 끌어안은 게 많을수록 그렇게 느껴질 수밖에 없다. 그리고 그걸 지키기 위해 아등바등하겠지. 적어도 지안이 그런 감정을 느끼지 않게 되기를 바라지만, 아무래도 형은 그녀를 도울 마음이 전혀 없어 보였다.

"잘 다녀와. 형."

"그래야지. 잘 적응하겠지. 아버지 후광도 있고 하니까."

"그런 거에 의지하지 말고······."

"내가 다녀온 사이 너는 사업가가 되어 있겠구나? 이번에 회사 하나를 인수한다며?"

"응."

"너도 참 별스럽다. 아버지가 소개하는 대기업에 들어가서 일을 차곡차곡 배우다가 초특급 승진을 해서 한자리 차지하면 될 일인데, 뭐하러 그렇게 복잡한 길로 가는 거야?"

"그런 자리는 재미없어. 내 능력을 인정받을 수 있는 일도 아니거니와, 뭘 해도 아버지의 후광을 등에 업었다는 비난이 따를 게 뻔하니까. 의욕이 생길 리가 없잖아?"

"하긴 너야 머리도 좋고 사업적 감각이나 투자 감각도 남다른 놈이니 뭘 해도 되겠지만······. 하여간 제대하면 나도 좀 도와줘라. 대학원까지 가면서 시간을 보내긴 했는데, 난 여전히 내가 뭘 하고 싶은지 잘 모르겠다."

모처럼 형제간에 이런저런 얘기가 오갔다. 형이 술에 어지간히 취했을 때 대리기사를 불렀다. 집으로 가는 동안 휴대폰이 울어 댔다. 임성운과 연계되어 있던 조직원의 연락처나 행방을 알아봐 달라던 것에 대한 답이 돌아온 것이다.

─내일 뵈었으면 합니다. 한 사람이 접촉에 대해 매우 긍정적인 답을 줬습니다.

"그럼 아침에 연락드리고 한번 찾아뵙겠습니다."

통화를 끝내고 잠든 형을 쳐다봤다. 잠시나마 형이 입대를 해 줘서 결정적인 고민이 하나 사라지긴 하겠지만, 감춰진 진실이 생각했던 것보다 더 거대하다면 그땐 어떻게 해야 할까?

그의 나이에 감당할 만한 일이 있고, 없는 경우가 있었다. 그는 이제 겨우 스물세 살이었다. 완벽한 어른이라 할 수 없는 나이인 데다 그는 이제 겨우 사업을 시작하려는 햇병아리 사회인이었다. 이렇다 할 만한 인맥도 아직 구축해 놓지 않은 상황에서 어머니가 예상 밖의 인물에 의해 살해당한 거라면 어떻게 해야 할지 계획이 서질 않는다.

아버지에게 말해서 모든 걸 제대로 밝혀내는 편이 나은 걸까? 시작이야 어떻게 해 보겠지만 빙산의 일각만 발견하고 아무것도 하지 못하게 되면 차후 뒷감당이 더 어려워질 수도 있었다. 건드리지 말아야 할 벌집을 쑤셔 놓은 꼴이겠지.

게다가 이 비밀이 영원히 감춰지기를 바라는 누군가가 어설프게 진실의 한 부분을 열어 보게 된 그와 지안을 위협할 수도 있었다.

그는 복잡해진 눈빛으로 차창 밖을 쳐다봤다. 왜 이렇게까지 지안을 돕고 싶은지에 대해 자문했다. 그녀를 온전히 곁에 두어도 된다는 당위성을 찾고 싶은 것일까? 어머니를 죽인 자의 딸이라는 굴레를 벗겨 주고 그녀를 은밀한 애인이 아니라 누구에게 공개해도 떳떳한 존재로 바꿔 놓고 싶은 것일까?

지안을 자신의 여자라고 밝혔는데도 불구하고 형은 그런 건 전혀 개의치 않겠다는 듯 말했다. 그런 발언도 상당히 위험했다. 뭘 어쩔 생각인 걸까? 형은 대체 지안에게 뭘 바라고 있는 걸까? 형이 지안에게 무언가를 바라고 있다는 사실도 그에겐 상당한 부담이었다.

아직 집안에 임지령이 있다. 지안에게 가장 큰 걸림돌이자 치명적인 아킬레스건이 될 존재가…….

그 아이를 지켜 줘야 한다. 지안에게서 피눈물이 나게 할 원인이 되어서는 안 된다.

지안은 통장에 입금된 개런티의 전부를 이시연에게 입금했다. 아무런 미련도 없었다. 그보다 앞으로 이시연이 그녀에게 또 어떤 요구를 해 올지가 가장 큰 걱정이었다.

그녀는 통장 잔액을 확인하면서 소파에 몸을 기댔다. 요새는 휴대폰으로 하지 못하는 일이 거의 없어서 통장의 돈 거래조차 휴대폰으로 한 번에 해결되었다. 굳이 밖에 나갈 필요도 없었다. 간단하게 신청만 하고 오면 언제든 손가락 하나로 이체가 가능해졌다.

하지만 그 덕분에 소문이라는 것도 빠르게 세상으로 퍼지기도 했다. 그녀가 누군가의 딸이라는 얘기가 나오기 무섭게 온 세상 사람들이 다 알게 될 것이다.

이제 SNS를 통해 전 세계 사람들까지 그녀의 사적인 문제를 알게 될지도 모른다.

이시연은 지금 그녀의 목줄을 죄고 있는 가장 무서운 존재였다. 그렇다면 되도록 이시연과 겹치는 출연은 하지 않는 게 방편이긴 하지만……

전화벨이 울어 댔다. 이시연의 번호였다.

"여보세요?"

─돈은 잘 받았어. 역시 일류 여신님이라 그런지 금액이 엄청나네. 앞으로도 잘 부탁해.

"무슨 소리죠?"

─무슨 소리긴! 이제 앞으로 받게 되는 모든 돈의 절반은 나한테 입금해 줬으면 좋겠어.

상상도 하지 못한 주문이었다. 그녀는 눈매를 가늘게 좁히고 시연에게 말했다.

"이거 협박인 거 알아요?"

─글쎄, 이런 게 왜 협박이 될까? 네 아버지가 어떤 사람인지 밝히지 않는 대가를 받는 거잖아. 이런 건 협박 축에도 들지 않지. 그럼 지금이라도 당장 모든 걸 잃게 해 줄까? 그걸 원하는 거야?

"하는 짓이 갈수록 가관이군요. 감태일하고 다른 점이 하나도 보이질 않네요."

─욕을 하건 말건 그건 내 알 바 아니고, 넌 돈이나 제때제때 나한테 입금하면 되는 거야.

"세무신고상 그쪽이 나한테 고용된 거나 다름없게 되기 때문에 이제 그런 큰돈은 입금하기 어렵겠는데요?"

—뭐라는 거야?

"저도 소득 때문에 세금 신고를 해야 하는데, 이런 식으로 사용 출처가 밝혀지지 않은 입금 방식은 저한테 전혀 유리할 게 없거든요. 이런 게 오랫동안 감춰질 수 있을 거라 생각해요? 세금 조사라도 들어오면 그땐 뭐라고 해야 하는데요? 내가 당신한테 빚을 져서 그만한 돈을 보냈다고 해야 하는 건가요? 아님, 그때도 입을 꾹 다물고 있을 자신 있어요?"

—그건 그때 가서 고민해야지.

"그런 태도가 싫다는 거예요. 천년만년 입막음할 게 아니라면 결국 언젠가는 밝혀질 내용이잖아요. 그렇게 입이 근질거린다면 지금 당장 밝히고, 내가 입금한 돈이나 나한테 돌려줘요. 안 그럼 소송 걸겠어요."

—뭐어?

"내가 병신인 줄 알아요? 이대로 멍청하게 그쪽한테 마냥 당하기만 하게?"

—하! 참!

"어쩔 거예요? 그 돈을 온전히 사용하고 싶으면 적어도 1년은 입을 닥치고 있든가! 그럴 용기가 없음 당장 나한테 다시 보내고 다 까발려요. 안 그럼 나도 가만히 있지만은 않겠어요!"

—너, 미쳤니?

"적당히 상대를 봐 가며 자극해야 하는 거 아닌가요? 지금 하는 짓을 보세요. 지금 하는 짓이 정말 정당하다고 생각되나요? 돈은 한 번 이체해 주기는 했지만 두 번은 어려워요. 말하고 싶음 말해요. 나도 법적인 조치를 시작할 테니까."

가차 없이 통화를 끊었다. 겁을 먹으니, 여봐란듯이 더 상대를 압박한다. 이런 땐 미친 척 총 맞은 척하는 게 상책이다. 순순히 상대해 주고픈 마음이 하나도 들지 않는다. 이대로 평생 노예가 될 수는 없다. 이미 그건 지겹도록 당했다. 더는 안 된다.

지안은 휴대폰을 내려놓고 노트북을 켜서 이메일에 받아 놓은 여러 개의 파일 중 하나의 동영상을 재생했다.

"하아, 하아…… 아아아앙, 태일 오빠아아아아…… 좀 더!"

영상 속에서 나오는 신음 소리가 요란했다. 태일이 유부녀인 배우 서정윤과 섹스를 하는 영상이었다. 흥신소 측에서는 그녀에게 이걸 내밀면서 여론에 공개해도 된다면 자신들 쪽에서 영상을 팔아도 좋은지에 관해 물었다.

지안은 이 영상 자체가 협박물이 될 수도 있기 때문에 그들에게는 사용을 하지 말아 달라 부탁했다. 그리고 3년 이내에 이 영상을 사용하는 일이 생기지 않는다면 그땐 그들에게 사용권한을 주겠다 약속했다.

계약할 때 그들이 입수하는 모든 영상에 대해서는 절대 공개하지 않겠다는 비밀엄수에 관한 내용과 이를 어길 시 3천만

원의 손해배상을 해야 한다는 제재도 넣었다.

그녀가 연예인이기 때문에 혹시 불거질 수 있는 일들을 사전에 미리 막고자 삽입해 달라고 했던 부분이었는데, 이런 식으로 유용하게 쓰일지는 몰랐다.

영상 속에서 태일은 서정윤을 극한으로 몰아붙이고 있었다. 둘의 대화도 가관이었다.

"너 그렇게 섹스를 좋아한다며?"

"뭐, 아무래도……."

"사람들이 널…… 개라고 하더라."

"쿠쿡, 맞네. 가리지 않고 상대하는 편이니까."

"대체 한 달에 몇 명하고 하는 건데?"

"대중없는 편인데, 일주일에 대여섯 정도 상대하는 것 같네. 하루에 두 명하고도 한 적이 있을 정도니까."

"호호호, 대단하네. 그런데 너…… 임지안 스토커라며?"

지안의 얼굴이 금세 창백해졌다.

"누가 그래?"

"널 안다는 애들이 다들 그러더라? 임지안만 생각하면서 섹스를 하는 사람 같다고."

"미친 소리야."

"그래, 상관없어. 내 남편보다 잘하면 그만 아니니?"

정윤이 거친 숨을 몰아쉬며 태일의 머리카락 속으로 손가락을 밀어 넣고 자신의 가슴을 빨게 했다. 그러는 사이에도 정윤은 태일의 아랫도리를 어루만지며 연신 자극해 주고 있었다.

이 영상이 손안에 있는 데다, 또 다른 영상도 입수 가능하다고 흥신소 측은 대답했다. 그녀는 최대한 많은 태일의 약점을 수집하기로 결심했다. 내일 입대가 결정되어서 자주 이런 장면을 찍는 게 어려워진다고 해도 군 생활을 하다가 휴가를 나온 태일이 어떤 방탕한 짓을 할지는 굳이 알려고 하지 않아도 알 것 같았다.

그녀는 정지 버튼을 누르고 길게 기지개를 켰다. 가장 위험한 인물인 감태일이 일시적으로나마 사라진다. 물론 휴가라는 변수가 얼마든지 존재하는 데다 태일이 여러 여배우를 상대하고 있다는 부분도 마음에 걸렸다. 그와 관계를 맺을 때마다 이시연처럼 다른 이들이 그녀의 약점을 알게 된다면, 또 어떤 식으로 접근해 협박해 올지 알 길이 없기 때문이었다.

한 명, 두 명에게 퍼트린 소문이 결국 어떤 식으로든 그녀의 등에 긴 창을 꽂아 넣을 것이라는 걸 알고 있었다. 그래서 그녀는 마음을 놓을 수가 없었다. 하루 빨리 아버지가 누구에게 사주를 받아 살해 청부를 했는지를 알아내야 한다.

#7

　태경이 만난 사람은 전혀 예상치도 못한 사람이었다. 그가 만난 사람은 수첩 명단 속에 있던 인물이 아니라 황새파가 관리하던 술집 중 한 군데를 운영하던 여사장이었다.

　호스티스 출신으로 이 바닥에서 잔뼈가 굵어 인맥이 넓고 호스티스를 관리하는 능력 또한 탁월하기로 소문이 난 여자라고 한다. 지금도 여전히 술집을 운영하고는 있지만 예전만큼 규모가 크지는 않다고 했다.

　"뭐, 원래 좋은 자리는 보스들의 애인들이 관리를 하기 때문에 우리 같은 퇴물들은 한갓진 데로 밀려날 수밖에 없는 거죠."

강 마담이 새빨간 입술에 담배를 물고 매캐한 연기를 가슴 깊이 빨아 당기며 입가에 스산한 미소를 지었다. 여자는 사십 대 후반쯤으로 보였다. 얼굴에 주름이 잔잔하게 번져 있지만, 꾸준히 관리했는지 피부 결 자체는 매우 좋은 편이었고 메이크업도 아주 세련되게 되어 있었다.

"저한테 어떤 이야기를 해 주실 수 있는 거죠?"

"제가 잠시 임성운 씨하고 사귄 적이 있어요. 아마 한 4개월 정도인가? 제 기둥서방 노릇을 자처했던 적이 있어서 아주 모르지는 않죠. 황새파 쪽은 그들을 밀어 주는 재계 인사가 있어요."

"재계요?"

"네, 의외죠? 원철 그룹 알죠?"

매우 유명한 기업이었다. 전자제품을 주로 생산하면서 그와 맞물려 건설 사업에도 뛰어들어 대박이 난 기업이었다. 현재는 굴지의 한국 기업으로 자리매김을 했고 우리나라에서 유명하다는 랜드마크는 죄다 그 업체가 지었을 정도였다.

"압니다."

"원철 그룹은 정치 쪽에 손을 대고 있기도 하지만, 건설 사업도 하고 있어서 깡패들이 어떤 면에서는 필요하죠. 용역이라고 하죠? 깡패들을 동원해 재개발을 해야 하는 동네를 한 번에 밀어 버리고 아파트를 올리는 식의 작업을 하는 경우 많잖아요?"

"땅을 차지하기 위해서는 성질 더러운 개가 필요하다는 뜻이군요."

"맞아요. 그 기업에서 제일 유명한 사람은 그 깡패들을 직접 통제하는 원철 건설 최 상무가 있어요. 살집이 많고 뚱뚱한 사람인데 원철 그룹의 최씨 일가와 혈연지간이라고 알려져 있죠. 하지만 아마도 첩의 아들일지도 모른다는 얘기가 더 많아요. 그 사람이 주로 깡패들을 통제하는 개 주인 역할을 했어요."

"목줄을 쥔 자라는 소린가요?"

"맞아요."

"그런데 그거 아세요?"

"무슨……."

"새천년당 감운식 의원이 울현 그룹과 손을 잡고 있는 거."

울현 그룹이라면 그쪽도 건설 사업을 하고 있고, 아파트 분양을 많이 하는 업체였다. 그렇기 때문에 원철그룹과는 팽팽한 신경전과 대립이 계속되는 곳이기도 했다.

우리나라 건설 사업은 원철과 울현의 쌍두마차가 이끌고 간다고 해도 과언이 아니었다. 게다가 두 업체가 아파트를 지으면 다른 업체가 지은 아파트보다 조금 더 프리미엄이 붙기도 했다. 즉, 두 업체는 로미오와 줄리엣 집안 못지않은 경쟁 관계의 회사였다.

"울현 측은 따로 관리하는 깡패들이 있는데, 그쪽의 개 목줄을 쥔 사람이 오 부사장이었어요. 오 부사장하고 최 상무는 서로 친하지 않은 척하긴 했지만 워낙 어릴 때부터 서로 안면은 있던 사이라 일을 빼놓고 상대를 하는 경우가 많았다고 해요. 성격도 둘이 잘 맞아서, 술도 같이 마시고 여자 취향도 비슷한 편이라 같은 업소를 자주 애용했다고 들었어요."

"그런데 그런 사람들 얘기를 왜?"

"아주 상관없는 게 아니니까 하는 거예요. 임성운이 잡혀 들어가기 2년 전, 오 부사장과 최 상무가 찍어 놓고 신경전을 벌이던 텐프로 호스티스 애를 감 의원이 차지한 일이 있었어요."

"여자 말입니까?"

지금 이 여자는 그가 감운식의 아들이라는 사실을 까맣게 모르고 설명을 이어 나가는 중이었다.

"네, 갓 스무 살이 된 아이였는데 어머니와 아버지가 둘 다 고액이 들어가는 병에 걸려서 병원비 번다고 몸을 팔러 나온 애였어요. 그런데 애가 연예인 저리 가라 할 만큼 정말 예쁜 애였거든요. 그 애를 두고 서로 갖겠다고 오 부사장하고 최 상무가 신경전을 벌이던 타이밍이었죠. 그런데 그 여자애의 주인인 술집 사장이라는 작자가 그 애를 안으려면 1억을 내놓으라고 한 거예요. 수술비를 벌써 선불로 갖다 쓰기도 했고, 그 애가 숫처녀라는 점을 들어 1억을 요구한 거죠. 게다가 서비스로 한 달간 그 여자애를 마음껏 가질 수 있는 특혜를 준다나 뭐라나……."

"대결 구도가 심각했겠군요."

"맞아요. 둘이 1억을 준비하느라 난리가 벌어졌죠. 그 마당에 감 의원이 떡하니 1억을 내고 그 애를 가진 거예요. 그러니 두 사람이 눈이 돌아갈 수밖에요. 그렇게 감 의원이 신이 나서 그 애를 한 달간 차지하고 물고 빠는 동안 그 애가 덜컥 임신을 했네요."

임신이라고? 태경은 기가 막혀서 아무런 말도 하지 못했다.

"감 의원은 당연히 낙태를 요구했고요. 여자애는 무서워서 낳고 싶다고 울부짖었겠죠. 그런 상황에서 오 부사장이 감 의원을 설득했어요. 그 애를 최 상무가 데리고 살고 싶다고 한 거예요. 결혼해서 아이를 자신의 아이로 입적시키는 조건으로 낙태는 하지 말아 달라 부탁을 한 거죠. 그렇게 최 상무가 그 여자애와 자연스럽게 결혼을 했어요. 하지만 아이가 태어나기 2주 전에…… 황당한 교통사고가 나서 애와 엄마 둘 다 죽고 말아요."

"갑자기요?"

"네, 최 상무가 그 일로 눈이 돌아 버리는 거죠. 아무래도 최 상무는 그 애를 진짜 사랑이라도 했던 모양이에요. 그러니 다른 남자의 아이를 임신했는데도 데리고 살겠다고 그렇게 매달린 거겠죠. 최 상무는 그 사건이 아무래도 감 의원 측에서 벌인 농간이 아니냐고 의심을 했어요. 오 부사장은 한사코 아니라고 오해하지 말아야 한다고 말리긴 했는데……. 이후 최 상무는 말 없이 조용히 살더라고요. 그래서 전 그게 끝인 줄 알았죠."

"최 상무라는 사람이 임성운과 자주 만났나요?"

"임성운하고는 절친한 관계였죠. 임성운 씨가 최 상무한테 동생이라고 하면서도 깍듯하게 대하기도 했고 서로 의리가 있었다고 해야 할까요?"

"그렇다면 감 의원의 아내를 죽인 사람은 자신의 아내와 뱃속 아이까지 죽이라고 명령을 내린 자가 감 의원일지도 모른다고 추측하면서 이를 갈고 있을 최 상무라는 의미인가요?"

"어쩌면요. 감 의원은 그 이후로도 텐프로에서 좀 괜찮다 싶은 애들을 자주 빼내 가곤 해서 오 부사장이 그런 면에서는 좀 많이 짜증을 냈거든요. 오 부사장이나 최 상무도 여성 편력이 강한 편이라 예쁜 걸 보면 갖고 싶어 하는 사람들이었죠. 그런데 그럴 때마다 감 의원이 나타나 좌절시키니 속으로 뭔가가 쌓였을 가능성도 아주 없다고 할 수는 없죠."

아버지가 그렇게까지 여자를 밝혔던 사람인 줄은 정말 몰랐다. 어머니와의 관계가 그럭저럭 괜찮게 유지되고 있어서 부부 사이가 괜찮다 생각했는데, 그건 어디까지나 가식이었던 걸까?

"그 외에도 원철 그룹과 관련해서 몇 가지 좋지 않은 사건들도 있다고 하고요. 새천년당에서 반대하는 바람에 통과되지 않은 몇 가지 법안이 있는데, 그것도 죄다 원철 그룹 측에 유리했던 내용이었대요. 그게 통과되질 않아서 미국이나 영국 등에서 그와 관련한 대대적인 손해배상 소송이 걸렸어요. 그 바람에 원철 그룹이 손해도 많이 봤다는 얘기도 있고요. 어찌 되었건 원철 그룹과 황새파 쪽에서는 감 의원이 견제해야 하는 대상 1호였던 건 확실해요."

"이 내용에 대해 더 깊고 정확하게 알고 있는 사람을 만나야 겠는데, 누가 있을까요?"

"가장 깊숙이 아는 사람은 현재 감 의원의 감춰진 아내 역할을 도맡아 하고 있다는 러스트의 최 마담을 찾아가는 게 가장 빠르겠죠. 둘이 꽤 깊은 관계이기도 하고 감 의원이 뒤를 봐주는 덕분에 강남 한복판에서 그렇게 큰 술집을 운영하고 있는 것일 테니까요."

최 마담, 러스트.

아버지의 여자라는 건가?

"둘의 관계는 언제부터 이어진 거죠?"

"그 집안의 사모님이 사망하기 전에 맺어진 걸로 알고 있어요. 영화배우 못지않게 아름다운 외모를 지니고 있기도 한데, 남자에게 순종하는 타입인 데다가 밤엔 그렇게 잘한다고 하더라고요."

태경은 이 모든 사실이 남의 얘기를 전해 듣는 듯 느껴져서 전혀 실감이 나질 않았다. 아버지가 그런 사람이라는 사실도 믿을 수가 없었다. 그렇게나 여성 편력이 강한 사람이었더라면 어머니가 한 번이라도 불평을 했을 텐데. 아니, 어머니는 그런 걸 겉으로 드러내는 분이 아니었다. 아버지와 단둘이 있었더라면 모르겠지만, 자식들이나 남들 앞에서 아버지의 체신을 깎아 내리는 사람은 결코 아니었다.

언젠가 아버지가 그랬다. 어머니는 정치가의 아내로서는 최고인 사람이라고. 매우 신의가 두텁고 입이 무거워서 헌신할 만한 가치가 있는 사람이라고 했다.

그 말에 모든 것들이 깔려 있었던 것은 아닐까? 외부에 아버지의 여성 편력이 드러나지 않은 건 주변 사람들이 아버지의 명예를 위해 철저히 입단속을 시켰기에 가능했을 것이다.

"좀 더 궁금한 게 생기면 한 번 더 뵈러 와도 되겠습니까?"

"저야 좋죠. 이렇게 젊고 잘생긴 분이 찾아와 준다면, 시간은 얼마든지요."

대화를 하는 동안 여자는 담배를 세 대나 태웠다. 헤비 스모커인 것 같았다. 술집을 빠져나온 그는 차에 앉아 시동을 걸었다. 머릿속에 여자가 태우던 연기가 뿌옇게 채워진 듯했다.

국회의원 감운식은 대체 어떤 사람인가!

이젠 아버지에 대해 알아봐야 했다.

태경은 전해 들은 이야기를 모두 지안에게 전했다. 지안에게 몇 가지만 추려서 이야기하려 했지만 그녀도 뭔가 수상쩍은 대목이 발견되면 의구심을 느낄 수 있기에, 태경은 아버지의 추행을 그녀에게 전부 얘기했다. 철저히 객관적인 입장에서 그녀가 얘기를 들어 주기를 바랐다. 모든 대화가 끝났을 때, 지안이 그가 사 온 소주를 잔에 채우며 말했다.

"이젠 정말 모르겠군요. 제가 그동안 봐 왔던 사람이 완전히 다른 세상에 속한 사람처럼 느껴지니……."

그 말에 그도 동의했다. 자기가 알던 아버지가 아니라 드라마나 영화 속에 나오는 썩어 빠지고 문란하기 짝이 없는 구태의연한 악역 캐릭터를 보는 것 같았다. 그런 사람이 아버지라니. 머리가 다 지끈거려 왔다. 그런 얘기를 지안에게 다 까놓고 밝히기도 여간 어려운 문제가 아니었다. 아버지에게서 느끼는 수치심으로 그의 얼굴도 벌겋게 달아오를 지경이었으니까.

"그렇다면 오빠도 최 상무를 가장 유력한 용의자로 보는 건가요?"

"그게 전부가 아닐 수도 있지. 좀 더 알아봐야겠어. 그러려면 네 아버지 밑에서 일하던 가장 많은 정보를 알 만한 사람을 빨리 찾아야 돼. 그 부분에 대해서 흥신소에 부탁을 해 뒀으니 곧 연락이 오겠지. 넌 형에 대해 따로 알아본다고 하더니 알아낸 건?"

지안이 잠시 망설이다가 한마디 했다.

"태일 씨는…… 여성 편력 때문에 한 번쯤 굉장히 큰 사고를 칠 것 같아요."

"무슨 일인데?"

"……유부녀와도 만나고 있어요."

'미친!'

하지만 그는 이미 군에 입대를 했다. 그러니 당장 본인을 불러내 추궁할 수는 없는 노릇이었다. 하지만 어떻게 그렇게 앞뒤 분간을 못 하고 지저분하게 구는 걸까? 하다 하다 이젠 유부녀까지?

"사실이야?"

"네, 알아낸 건 그래요."

"당장 까발릴 건 아니지?"

"네, 저한테 어떤 식으로든 위협이 된다면 그때 꺼내야겠죠. 현재로서는 오빠가 중간에 끼어 있는 상황이라 전 감씨 일가와의 전면전은 하고 싶지 않아요."

지안이 정확하게 자신의 입장을 피력했다. 의외였다. 지령이 중간에 끼어 있기 때문에 전면전을 하지 않는 게 아니라 태경 때문에 하지 않겠다고? 그가 짙은 눈썹을 살며시 휘어 올리며 그녀를 빤히 쳐다봤다.

"나를 생각해서 안 하겠다고?"

"네."

"재밌는 소리를 하네."

지안이 의아한 눈빛으로 그를 쳐다봤다.

"그게 왜 재밌는 소리죠?"

"네가 날 의식해서 안 하겠다는 거잖아. 넌 날 정말 좋아하는 건가?"

지안은 대답 대신 시선을 내렸다. 그 얘기만 나오면 지안은 자연스럽게 시선을 아래로 내렸다. 말을 회피하는 이유가 뭘까? 이렇게 답을 하지 않는 건 아니라는 건가, 맞는다는 건가? 그로선 헷갈릴 수밖에 없었다.

"너랑 나는 절대로 안 돼."

"알아요. 누가 뭐래요?"

지안이 소파에서 일어났다. 냉장고에 넣어 두었던 소주 한 병을 더 꺼내 오더니 뚜껑을 열었다. 소주병 뚜껑을 열고 잔을 채우자마자 그녀는 말없이 소주를 비웠다.

무슨 생각을 하고 있는 건지 모르겠다. 하긴 그녀와 이렇게 단둘이 앉아 있는 상황도 웃기고, 왜 같이 앉아 그런 고민을 하고 있는지도 이젠 궁금해졌다.

사실 태경은 그녀의 아버지가 겪고 있는 억울한 누명 따위엔 관심도 없다. 그저 임지안, 저 여자한테만 관심이 있을 뿐이었다. 이걸 핑계 삼아 지안을 자주 볼 수 있다는 것에 안도하면서 이 일에 끼어들기는 했다. 그런데 아버지가 정중앙에서 있었다. 사건에 깊게 개입할수록 아버지의 실체가 더 노골적이고 구체화될 게 뻔해서 사실은 두렵다.

지안의 곁에 좀 더 가까이 다가가는 게 목적이었는데, 쓸데없는 걸 봐 버린 기분이었다. 기분이 잡치는 더러운 현실을 봐야 한다는 게 역겨웠다. 모를 수 있다면 평생 덮어 놓고 외면하고 싶은 진실이다.

그는 그리 정의로운 사람이 아니다. 애초에 지안 남매가 폭행과 핍박, 그리고 학대를 당하는데도 외면했던 건 그들이 자신과 상관없는 사람이라고 생각했기 때문이었다.

게다가 그들의 아버지가 한 짓에 대한 대가라고 정당성을 스스로 확립했기 때문에 이해했다.

물론 머리가 크고 합리적인 사람이 되어 가면서부터 그래서는 안 된다는 생각이 확고해졌고, 점차 지안 남매가 당하는 짓이 부당하다는 걸 알게 되었다. 그렇다고 하더라도 어쨌든 그는 외면했다. 태경은 정의와는 상관없는 인간인 셈이다.

그런 인간이 이젠 아버지의 뒤를 봐야 한다. 음험하고 더러운 과거의 이야기이고, 현재에도 진행 중일 그 이야기를 들어야 한다. 그걸 알게 되면 아마도 그는 아버지와 영영 인연을 끊을지도 모른다.

"나는…… 이 사건 때문에 아버지와 영영 부모 자식 간의 관계를 끊게 될지도 몰라."

지안이 소주잔을 들어 한 잔 비우더니 눈을 동그랗게 뜨고 그를 쳐다봤다.

"아버지가 모든 원인을 제공했고, 그로 인해 어머니가 돌아가신 거라면 범인이 누가 됐든 난 아버지를 절대로 용서하지 않을 거야. 아버지는 우리를 낳아 길러 주시고 아버지의 뒷바라지에 인생 전체를 건 어머니를 지켰어야 마땅해. 한낱 여자 따위에 현혹돼서 어머니를 그런 위험으로 몬 거라면 절대로…… 절대로! 아버지를 용서 못 해."

"그렇게까지 된다면…… 지금이라도 당장 그만두세요. 전 오빠가 그렇게까지 되는 건 원치 않아요. 게다가 오빠는 원해서 이번 일에 뛰어든 게 아니잖아요. 저 때문에 시작한 거잖아요. 제가 알아서 할게요. 제가 할 수 있는 건 제가 전부 할 테니까……."

"널 어떻게 믿어? 넌 이제 겨우 스물한 살이야. 네가 뭘 할 수 있는데? 게다가 넌 비밀이 알려져서는 안 되는 공인이야. 넌 네 아버지의 정체를 세상에 알리고 싶어 하지 않아. 게다가 아버지의 무기징역이 사실은 누명일지도 모른다고 생각하는 사람 중에 하나잖아. 그런데 네가 뭘 하겠다는 거야?"

지안은 아무런 대답도 하지 못하고 난처한 표정으로 그를 쳐다봤다.

"오빠한테 폐를 끼치고 싶지 않아서 그래요."

"하지만 당장 세상 밖에 너의 상황을 알리고 도움을 청할 만한 사람이 하나도 없잖아?"

"그래요. 없어요. 그게…… 문제라면 문제네요."

"소속사 대표도 네 과거나 아버지에 대해 아는 게 전혀 없어. 네가 입양된 집 사람들만 네 진짜 가족인 줄 알잖아."

"……차라리 윤 대표한테 말하고 도움을 청하는 게 좋지 않을까요?"

"그렇게 된다면 아마도 윤 대표는 계약을 해지하자고 할지도 몰라. 그 사람은 사업가야. 아주 철저하게, 회사에 이득이 되지 않는다고 판단되는 사람에게는 투자를 하지 않는 사업가라고."

지안은 피곤하다는 듯 짧은 커트 머리카락을 뒤로 넘기면서 긴 한숨을 내쉬었다.

"답이 없네요. 이리저리 머리를 아무리 굴려도 시원한 답이 나오질 않아요."

"맞아. 그냥 이대로 두는 것 외에는 아무런 대책이 없어."

"알았어요. 하지만…… 진실에 가까이 다가갈수록 오빠는 큰 고통에 사로잡히게 될 거예요."

"지옥문을 연 건 네 손이 아니라 내 손이야. 내 감정까지 네가 신경 쓰지는 않아도 돼. 내가 감당할 테니까."

지안은 미안한 표정을 짓고 어깨를 으쓱했다.

"그래도 지금이라도 이렇게 오빠가 도와줘서 사실은 굉장히 의지도 되고 감사한 마음이 들어요."

"그럴 필요 없어. 그것 또한 내가 시작한 거니까."

"네, 그렇게 이해할게요. 오빠는 뭐든 그렇게 덧셈 뺄셈 하듯 딱 떨어지나 보네요. 모든 생각이……."

"그런 편이긴 하지."

"전 그렇게 쉽게 정리가 잘 안 되던데."

"네가 감성적인 사람이기 때문에 여러 감정에 한꺼번에 휩싸이는 거야. 난 이성적인 사람이라 감정을 칸칸이 나누고 하나씩 적절하게 사용할 줄 아는 거고."

"어떤 면에서는 오빠같이 감정 정리를 하는 게 좋기는 하겠어요. 여러 감정에 휩싸이지 않으면 고통스럽지 않을 테니까."

"고통스러웠겠지. 우리와 사는 게."

그녀는 항상 포커페이스를 유지하는 사람이라 표정이 잘 드러나지 않았다. 어떤 아픔을 갖고 있는지 모를 정도로 지안은 최대한 한 가지의 표정으로만 그들 가족을 대했다. 그래서 다들 지안을 두고 인형이라고 했다. 표정이 없는 예쁘장한 아이였으니까.

그랬던 그녀는 감정을 드러내지 않는 가면 아래로 얼마나 심한 고통을 느끼며 참고 견뎠던 것일까?

영화 속에 드러난 그녀의 표정을 보면 그렇게나 많은 감정들이 감춰져 있던데…….

"사람인 이상 감정이 없기는 힘들죠. 사이코패스는 아니잖아요. 제가……."

"내내 표정이 없기에……."

"거기선 무슨 표정을 지어도 절 도우려는 사람이 없었잖아요. 우리가 그런 대접을 받는 걸 다들 너무도 당연시하니까, 참는 게 일상화되었던 것뿐이에요."

그랬겠지. 그였더라도 그랬을 것이다. 아무리 도움을 요청하며 울부짖어도 그들을 도와주는 이는 하나도 없었다. 되레 시끄럽다고 얻어맞는 일이 더 비일비재했으니까.

"내가 끔찍하게 싫었겠다."

"모두가 그런 대상이었어요."

"나도 네가 좋지는 않았어."

"알아요. 눈빛에 그런 감정이 고스란히 묻어났었으니까."

잠시 긴 침묵이 이어졌다. 케케묵은 옛이야기가 흘러나오는 시간이었다. 묵은 감정들이 공기 중에 무겁게 떠도는 것 같았다.

"다음 주에 해외로 로케 떠나요."

"아, 드라마 들어간다고 하더니."

"네, 1화부터 3화까지의 분량과 맨 마지막 16화를 전부 촬영하는 일정이라 2주간 거기서 머물게 될 거예요."

"어디로 가는 거지?"

"프랑스, 영국, 덴마크 세 나라를 관통하면서 가장 풍경이 좋은 곳 위주로 촬영이 진행될 예정이래요. 구체적인 일정은 스태프들에게 아직 넘어오질 않아서 어떻게 될지 잘 모르겠어요."

"건강 조심하고."

"지령이…… 부탁할게요."

"이제 형도 없어서 자유지. 지령인……. 수능 공부에 박차를 가하고 있어. 최근엔 운동도 열심히 하더라. 체격이 너무 작다고 이젠 운동해서 몸이라도 만들어야겠다고 하더라."

"다행이네요. 의욕이라고는 하나도 없이 살까 봐 정말 걱정했는데……."

"그렇지는 않아. 괜찮은 애야. 그런 와중에도 널 생각하면서 되도록 긍정적으로 상황을 이겨 내려고 노력하더라. 너희 남매는 정말 신기해. 그런 면에서 본다면……."

"살아남기 위한 발버둥이겠죠."

술잔이 소리 없이 오가고 소주 세 병이 텅 비어졌다. 그는 천천히 일어나 지안에게 손을 내밀었다.

태경은 사흘 간격으로 그녀를 찾아왔고, 그때마다 지안을 안았다. 지안과 떨어져 있으면 온몸이 타들어 갈 듯 저릿해 왔다. 세상 모든 여자가 지안으로 보였다. 그녀가 보이지 않는 세상 따위는 상상도 못 하게 되었다. 그녀를 속박하려 했지만, 그가 속박되었다. 그녀의 살 냄새를 맡지 않으면 이젠 그가 산산조각이 날 것만 같았다.

이젠 태경이 그녀를 보면 가장 먼저 떠오르는 감정은 욕정과 강렬한 소유욕이었다. 그는 그녀의 허리를 팔로 감싸 안으면서 목덜미에 입을 맞추며 물었다.

"남자 배우는 누구야?"

"강종석이요."

"젊은 애네?"

"그래 봤자 오빠보다는 나이가 많지 않나요?"

"혹시 그 애 좋아하는 거 아니지?"

"글쎄요. 그건 그 사람이 저한테 하기 나름 아니겠어요?"

"그런 식으로 말하면, 내가 오늘 널 용서하지 못할 텐데?"

그는 그녀가 입고 있던 원피스의 뒷 지퍼를 사정없이 내리고 브래지어 호크도 뜯어 갈기듯 잡아당겼다. 그녀의 몸이 하얗게 드러나자마자 그는 게걸스럽게 그녀의 가슴을 움켜쥐며 지안의 붉은 입술을 야금야금 먹어 치웠다.

*　*　*

불안하다 싶었다. 지안이 2주간의 여행을 마치고 돌아오기 무섭게 모든 연예신문은 지안이 강종석과 보통 관계가 아니라는 기사를 대대적으로 보도하기 시작했다. 사진까지 게재한 걸로 봐서는 그냥 대충 쓴 예측 기사가 아닌 듯 보였다.

지안과 종석이 함께 다정하게 웃으며 길가를 산책한다든가, 함께 아이스크림을 먹으며 웃는다든가, 자연스럽게 장난을 치는 종석의 행동에 지안이 아이처럼 재밌어한다든가 하는 모습은 누가 봐도 연인 같아 보였다.

태경은 머리가 지끈거렸다. 그와 있을 때는 전혀 보여 주지 않던 그녀의 천진한 표정이 강종석이라는 자와 같이 있을 때는 너무도 자연스럽게 드러나는 게 아닌가.

물론 그는 지안에게 종석이 했을 법한 장난을 쳐 본 적도 없고, 그와 그녀는 그런 관계도 아니었다. 남들이 흔하게 생각하는 그런 간단하고 쉬운 관계가 아니기 때문에 뭐든 어렵게 시작될 수밖에 없었다.

그래서 저런 유치한 장난 같은 건 칠 수도 없다. 애초에 깊은 애증과도 같은 관계에서 비롯된 인연이었다. 즉, 태경이 그녀에게 다가가서 할 수 있는 게 없다는 얘기다.

하지만 종석은 그녀와 아무런 허물 없이 다정하게 대할 수 있다. 지안과 종석의 관계에서는 아무런 벽이나 편견이 없기에 가능한 것이다.

문제는 강종석이라는 인간이었다. 종석은 드라마를 찍는 족족 여배우와의 스캔들에 휩싸이곤 했다. 그는 매우 상냥하다 못해 여자의 심리를 제대로 간파하고 읽어 내 친구처럼 다정한 남자로 알려져 있다.

매너도 좋고 상대방에게 상냥하기까지 하니 어떤 여자든 그를 마다할 이유가 없었다. 종석이 마음만 먹으면 여자는 언제든 오케이하고 받아들일 수밖에 없겠지.

또 하나의 문제는 그런 종석이 지안에게 진짜 어떤 마음을 품었느냐 하는 것이었다. 만일 그녀를 가지는 게 그의 접근 의도라면 지안은 금세 밝은 태양 같은 종석에게 사로잡힐 것이다.

그러고 보니 지안과 태경은 극도로 어둡다. 다들 너무도 밝고 행복한 삶을 서로 자랑이라도 하듯 따스했다. 하지만 지안과 태경은 자란 배경이나 환경 자체가 어두워서 그런지 늘 마른 겨울 속에 있는 것 같았다.

그리고 그들에겐 공통점이 있었다. 서로 가장 무서운 비밀을 공유하고 있다는 사실과 서로를 처음으로 안았다는 사실이었다.

빼앗긴다.

태경은 이런 감정 자체가 낯설었다. 무언가를 굉장히 소유하고 싶었던 적도 없었고, 그걸 소유했는데 빼앗긴 경험도 없었다. 그렇기에 모든 게 낯설기만 했다.

만약 빼앗긴다면, 그 또한 매우 불편하고 극심한 상처를 남길 게 뻔했다. 그는 자존심이 강하고 집착 또한 남달랐다. 지안을 안은 이후에 그 감정이 얼마나 깊고 농밀한지를 깨달았다. 만약 그녀가 종석에게 간다고 해도 그는 보내 줄 마음이 없다.

설령 지안이 그가 놓아주지 않아 불행하다고 해도, 그건 그가 이해해야 할 감정이 아니다. 지독한 이기주의 때문인지 몰라도 그녀의 상처는 그에게 문제가 안 된다. 그가 입게 될 상처가 가장 큰 문제였다.

상처받기 싫다. 지안을 놓치고 아파하기 게 싫다. 그러니까 당장 지안을 찾아가 강종석과의 관계에 대해 채근할 필요가 있었다.

"하아……."

화가 치밀어 올라왔다. 태경은 휴대폰으로 그녀에게 문자를 남겼다. 혹시라도 마음이 변해서 그의 전화를 받지 않게 될까 봐 겁이 났기 때문에 전화를 걸 수가 없었다.

물론 지안을 불러낼 만한 빌미는 많았다. 간단하게 지령이 아프다는 등의 핑계를 대도 그만이었고, 임성운과 밀접한 인물을 찾았다고 해도 그녀는 바로 전화를 걸어올 것이다. 그런데 그런 방식은 싫다. 그건 마음을 떠볼 수 있는 현명한 방식이 절대로 아니었다.

마음을 알아야 한다.

[도착했으면 연락해.]

가장 그다운 멘트였다.

연락이 얼마나 걸리는지 기다리고 있자니, 전화벨이 울어 댔다. 예상보다는 빠르다. 그는 번호를 확인하고 잠시 멈칫했다. 이건 혹시 불길한 전조가 아닐까? 지안이 그들의 관계 청산을 위해 만나기를 원하는 거라면 그땐 어떻게 반응해야 할지 도무지 모르겠다.

"여보세요?"

태경은 애써 다른 곳을 바라보며 초조해진 얼굴로 물었다.

—밤에 잠깐 볼래요?

"집으로 갈게."

—혹시 다른 소식은 들은 거 없나요?

"그 부분에 대해서도 가서 얘기할게. 혹시 그게 궁금해서 연락했어?"

─겸사겸사요. 참, 우리 지령인 어때요?

"잘 지내지. 별 탈 없이……."

─네, 혹시 몰라서 선물을 좀 사 왔는데…… 지령에게 꼭 전해 줄래요?

"그래."

─음…… 오빠도 뭘 좋아할지 몰라서 한참 고민했는데, 종석 씨가 고르는 데 도움을 줬어요.

그의 미간이 살짝 좁혀졌다.

"그 사람하고 많이 친해진 건가?"

─네, 되게 다정한 사람이에요. 그렇게 친화력이 좋은 사람은 처음 봤어요. 스태프들하고도 다 친하게 지내고 모두가 그를 좋아해요. 그런 사람이 세상에 어떻게 존재하죠? 전 종석 씨 같은 성격이 정말 부러워요. 어떻게 하면 그런 성격이 될 수 있을까요? 저도 모든 사람이 좋아하는 사람이 되고 싶은데…… 전 얼굴 표정부터 틀린 것 같아요.

"왜?"

─다들 차가워 보인다고 하더라고요.

"그건 그렇지. 하지만 그만한 매력이 있는 거 아닌가?"

─그럴지도 모르죠. 암튼 이따 만나요.

"술 좀 사 갈까 하는데……."

─아무거나, 아! 와인 몇 병 사 왔는데, 그거 같이 마실래요?

"그래도 좋고."

—그럼 준비해 놓을게요. 이따 봬어요.

어쩐지 과하다 싶을 정도로 목소리 톤이 너무 밝다. 무슨 일일까? 하루아침에 갑자기 성격을 바꾸기로 마음이라도 먹은건가? 강종석이라는 사람에게 단순히 좋은 영향만 받은 거라면 좋을 일이었다. 하지만 종석이 다른 의도로 접근했는데 저곰 같은 여자가 아무것도 눈치채지 못하고 마냥 발랄한 거라면 난감하다.

마음이 불안했다. 좀 더 빨리 지안의 집으로 가고 싶었지만, 사람들의 눈이 있어서 그조차 여의치 않았다. 그는 책상 앞에앉아 손가락 끝으로 책상 위를 톡톡 두드렸다.

#8

지안이 기분 좋은 미소를 지으며 종석을 쳐다봤다.

"왜 그렇게 자꾸 웃어?"

"종석 선배가 계속 웃으니까 그냥 따라 하게 되네요?"

"너, 그렇게 자꾸 웃으면 내가 꼬신다?"

잡지사에서 종석과 함께 하는 짧은 인터뷰와 사진 촬영 제안이 들어왔다. 기자들이 질문 내용을 확인하는 사이 나란히 앉은 둘 사이에서 이런저런 얘기가 한 차례 오갔다.

종석은 장난기가 상당히 많은 사람이었다. 잘 웃고, 끊임없이 수다를 떨고, 그러면서도 여우같이 예민하고 예리해서 상대방의 성격을 금세 간파한다. 그는 지안과 몇 마디 나누지도 않앉을 때부터 그녀의 성향을 금세 파악했다.

그녀가 낯가림이 심하고 사람을 심하게 경계한다는 걸 안 그는 금세 친해지기 어렵다고 판단해서 그런지 한 사흘 정도는 그녀와 거리를 유지했다. 하지만 그러면서도 자주 웃고 이상한 얘기를 꺼내 그녀를 웃기려 노력했다. 그에게서는 어떤 밝은 에너지가 느껴졌다.

같이 있으면 재밌을 것만 같은 기대감을 안기는 사람이었다.

"남자친구는 뭐래?"

그에게 좋아하는 사람이 있다고는 했지만, 남자친구라고는 하지 않았다. 하지만 그는 아예 좋아하는 사람을 남자친구로 단정 짓고 은밀히 물어 왔다.

"그냥 간단한 인사만 했어요. 워낙 무뚝뚝한 사람이니까요."

"그런 사람보다는 사실 지안 씨한테는 나 같은 사람이 딱인데."

"그렇겠죠. 같이 있으면 지루할 새가 없을 것 같기는 해요."

"맞아. 난 뭐든 지안 씨한테 맞춰 줄 용의가 있어. 지안 씨는 한 번씩 우울한 겨울 바다를 보는 것 같은 표정을 지을 때가 있거든. 그럴 때 나라면 금세 따끈따끈한 군고구마 같은 얘기로 빵 터지게 해 줄 수 있어."

종석이 충분히 그러고도 남을 사람이라는 건 안다. 하지만 지안의 마음은 이미 다른 상대에게 기울어 다른 여지 따위는 조금도 주지 않는다. 그만큼 그녀의 마음은 의외로 대쪽 같은

데가 있었다. 이런 줄 몰랐다. 태경을 좋아하지만, 다른 상대가 나타나면 흔들릴 거라 믿었다. 그런데 이렇게 매너 좋고 쾌활한 사람을 만났음에도 불구하고 그녀는 옴짝달싹하지 않는 나무같이 오직 한 사람만 기다린다.

별로 유쾌한 기분은 아니다. 왜 그토록 조용하고 냉철하며 차가운 남자에게 사로잡힌 걸까? 달콤한 말 한마디 할 줄 모르고 그저 협박하듯 자신의 것이어야만 한다고 냉정하게 주장만 하는 그런 남자를 왜 이토록 강하게 원하게 된 것일까?

음울하고 잿빛 도시 같은 태경보다는 밝고 지중해 바다를 보는 것 같은 종석이 더 많은 흥미를 유발할지도 모른다. 누가 보더라도 태경보다야 종석이 훨씬 매력적으로 보일 것이다.

어쩌면 그녀는 태경에게 모성본능을 느끼는 것일지도 모른다. 종석은 그녀가 없어도 늘 밝은 표정을 유지하겠지만, 태경은 아니다.

아니, 태경 역시 늘 우울한 표정일까? 그녀가 있든 없든 태경의 표정은 한결같을 것이다. 하지만 그녀에게 자신의 것이어야만 한다고 강하게 말하며 깊게 밀고 들어오던 순간이 뇌리 가장 깊은 곳에 각인된 상태라 그를 지울 수가 없었다.

"종석 선배가 아주 좋은 사람이라는 건 알아요. 하지만 저한테 그런 매력은 남자답게 받아들여지지 않나 보네요."

"하아, 정말?"

종석이 실망스럽다는 듯 이마를 싸쥐고 고통스럽게 신음을 내뱉었다. 그러는 사이 카메라를 든 사진작가와 담당 기자가 다가와 인사를 하더니 바로 인터뷰를 시작했다.

"종석 씨하고 임지안 씨와의 사이가 굉장히 좋다고 하더군요. 이번 드라마 반응이 어떨 것 같으세요?"

사전에 인터뷰는 주로 종석이 리드하기로 얘기되어 있어서 지안은 입을 다물고 그를 웃으며 바라보기만 했다.

"물론 잘되겠죠. 드라마는 무엇보다 배우들끼리의 케미와 호흡이 중요하거든요. 그런데 제가 봤을 때 카메라 속에 잡힌 저희 모습이 매우 잘 어울리더군요. 좋은 결과가 있을 거라고 믿습니다. 무엇보다 감독님과 작가님의 엄청난 힘과 다른 스태프들의 내공이 합쳐진 작품이잖아요. 엄청 기대하셔도 좋습니다!"

종석이 웃으며 힘 있게 말하자 여자 기자도 방긋 웃으며 계속 인터뷰를 기분 좋게 이끌어 갔다. 그러다 인터뷰 마지막에 기자는 뜨악할 소리를 했다.

"지금 종석 씨하고 지안 씨하고 스캔들이 도는 건 아세요?"

놀란 지안이 어안이 벙벙해져 종석을 쳐다보니, 이미 알고 있었는지 그는 매우 능숙하고 의연하게 대처했다.

"그런 건 별로 중요하게 생각하지 않아요. 그게 뭐가 그렇게 중요한가요? 배우들끼리 워낙 합이 좋기 때문에 다들 의심하는 거라고 생각합니다."

"워낙 종석 씨는 드라마 촬영 때마다 스캔들이 났잖아요? 그런 노하우라도 있나요?"

"하하하, 지금 절 노골적으로 디스하시는 건가요? 딱히 그런 건 없어요. 무조건 친절하게 대하자는 게 제 생각이에요. 촬영 환경 자체가 워낙 스트레스도 많고 힘들기도 하거든요. 그래서 피로감을 조금이라도 줄여 보자는 생각에 제가 나서서 모두를 즐겁게 해 주려는 것뿐입니다."

이후로도 종석은 연기에 임하는 태도나 철학에 대해서도 끊임없이 이야기를 했다. 덕분에 분위기는 좋게 흘러갔지만 종석과 스캔들이 났다는 소리에 지안은 잠시 머리가 얼어붙는 것 같았다.

혹시 태경도 이 사실을 알고 있는 건 아닐까? 알고 나면 서운해한다거나⋯⋯. 하지만 그녀는 그러다 스스로에게 어이가 없어서 생각을 그만뒀다. 그가 그런 걸로 섭섭함을 느낄 사람은 아니다. 얼음 심장을 가진 사람이 아닌가. 소유욕은 있을지언정 질투심 같은 걸 갖고 있을 리가 없다.

"그런데 임지안 씨는 이번 드라마에서 기존에 맡던 역할과 차별화되는 1인 2역을 하게 되었잖아요. 어려운 점은 없나요?"

지안은 역할에 대한 질문이 들어오자마자 진중한 표정으로 그간 분석해 온 것들에 관해 이야기를 늘어놓았다. 그러자 기자가 웃으며 말했다.

"지안 씨는 인터뷰에서도 항상 진지하고, 연기 자체를 매우 신중한 자세로 임하는 것 같아요. 어깨에 너무 힘을 주고 있는 건 아닌가요? 연기를 즐겁게 해야 오래간다고 하던데. 그렇게 항상 부담스럽게 받아들이면 연기가 점점 재미없어지지 않을까 염려스러워서 하는 말이에요."

"그럴지도 모르지만…… 제겐 연기가 하늘로 오르는 사다리 같은 거였거든요. 미치도록 힘든 시기에 절 하늘로 끌어올려 준 황금 사다리였어요. 그래서 늘 감사한 마음으로 노력하고 싶은 것뿐이에요. 그렇다고 연기가 재미없는 건 아닌 것 같아요."

"전 되레 지안 씨의 이런 학구적인 태도가 정말 마음에 들던데요?"

종석이 나섰다.

"이런 배우 드물어요. 대본이 너덜거리도록 감정에 대한 회고를 계속해서 써넣더라고요. 지안 씨는 한 장면을 여러 번 다른 시선에서 보고 새롭게 연기하는 배우예요. 이런 노력은 어떤 배우든 해야 한다고 봅니다. 그 점은 저도 본받으려 하고 있어요."

한동안 연기에 대해 이런저런 대화를 나누다가 모든 인터뷰가 끝나고 사진을 대여섯 장 찍었다. 드라마 콘셉트에 맞춘 사진이어서 대부분 앞을 보는 여자를 남자가 뒤에서 포용하고 있는 자세가 많았다. 남자 주인공의 일방적인 사랑에 대해 보여 주는 드라마이기 때문에 보이는 컷이 대부분 이런 식이다.

기자들과 인사를 하고 둘만 남자 종석이 저녁이나 같이 먹고 헤어지자고 말했다.

"그랬다가 또 스캔들이 터지면······."

"매니저도 동석하죠, 뭐."

"그렇다면 좋고요."

지안은 태경을 의식하면서도 종석과의 관계도 유지하고 싶었다. 배우 생활을 하면서 처음으로 친해진 배우였다. 이 인연을 오래도록 이어 가고 싶었다. 말도 통하고 그녀의 말에 항상 웃으면서도 진지하게 반응해 주는 사람은 그가 처음이었다. 연기에 대한 고민을 같이 나눌 수 있는 친구가 하나도 없던 그녀에게 종석은 새로운 자극이었다. 그래서 되도록 오래 이 관계를 누려 보고 싶었다.

태경이 한 술집의 주렴을 걷으며 안으로 들어갔다. 이곳은 단순한 술집이 아니라, 야한 슬립 같은 걸 입은 여자들이 남자 옆에 앉아 술을 따르며 웃음을 파는 술집이었다.

그가 안으로 들어가자 한 여자가 그에게 다가와 팔짱을 끼더니 그의 가슴을 더듬으며 흥미를 보였다. 그는 여자의 손을 빼내고 단호하게 말했다.

"임세찬이라는 사람을 만나러 왔습니다."

그러자 안쪽 주방으로 보이는 쪽에서 목소리가 들려왔다.

"이쪽으로 오세요."

태경이 여자를 밀어내고 안으로 들어가 두리번거리자 주방 끝자락에서 담배를 태우는 남자 셋이 화투를 치는 모습이 눈에 들어왔다. 그중 덩치가 상당히 좋은 거구의 사내가 그를 쳐다봤다. 남자는 눈이 작은 편이고 살이 쪄서 몸무게는 족히 120킬로그램 이상은 되어 보였다. 머리는 빡빡 밀고 귓바퀴에 뭐라고 문신을 깊게 새겨 놓았다. 남자가 가만히 태경을 쳐다보더니 자리에서 일어났다.

"당신이 나를 찾고 있었나?"

"감태경입니다. 임성운 씨 일로 물어볼 게 있어서요."

눈썹이 짧고 두툼한 세찬이 작은 눈을 부릅뜨며 그를 쳐다봤다.

"형님 이름을 함부로 막 불러서야 쓰나! 따라와."

주방 뒤로 창고로 이어지는 좁은 복도가 있었다. 복도를 따라가자 창고가 나왔다. 그 뒤로 쪽방이 여러 개 늘어서 있었다. 여자들이 그곳에서 시시덕거리며 웃고 떠들기도 하고 담배를 피우고 있었다. 호명되기를 기다리는 중인 듯했다.

여자들의 시선이 일제히 그에게 꽂히는 게 느껴졌다. 그는 불편해진 얼굴로 세찬이 안내한 끝 방으로 들어갔다. 방 안에는 침대만 덩그러니 놓여 있고 몇 개의 접이식 철제의자가 한쪽 벽면에 세워져 있었다. 세찬은 그중 하나를 꺼내 펼쳐 태경에게 주더니 자기는 어정쩡하게 버티고 섰다.

"형님에 대해 뭘 알고 싶어서 날 찾은 거지?"

나이는 아무리 봐도 삼십대 후반쯤으로 보이는데, 대놓고 말

을 놓는다. 물론 태경이 한참 어리니 뭐라 할 수 없는 입장이
었다. 하지만 잘 알지도 못하는 사람에게 다짜고짜 하대를 당
하는 기분이라 저절로 눈살이 찌푸려졌다.

"임성운 씨가 감운식 의원의 아내 살인에 정말 가담했는지
가 궁금해서요. 그리고 그 명령을 내린 자가 누군지도 알고 싶
습니다."

세찬이 눈살을 찌푸리며 가만히 그를 쳐다봤다.

"이미 꽤 지난 일이야. 15년 가까이 지난 일을 이제 와서 파
헤쳐서 뭐에 쓰게? 그게 무슨 의미가 있어? 이미 우리 형님은
감옥에 들어가 죗값을 치르는 중인데."

"그 일에 대해 아는 게 하나도 없습니까?"

"그걸 왜 네가 궁금해하냐고!"

"그분의 자식들이 알고 싶어 합니다."

그러자 세찬이 미간을 좁히고 잠시 시선을 아래로 떨어트렸
다.

"애들이 있었지. 애들은 잘 크고 있나?"

"네, 이미 한 명은 성인이 되었구요."

"음, 어린 여자애 하나에 그보다 더 어린 남자애가 하나 있
었지. 벌써 세월이 그렇게 흘렀나? 그 애들이 왜 그걸 알고 싶
어 하지?"

"사회생활을 제대로 해 낼 수가 없기 때문이죠."

"아버지가 살인자인 게 밝혀지면 좋을 거야 없겠지. 그렇다

고 해도 내가 아는 것도 극히 일부에 지나지 않아. 모든 조각을 다 맞추려면 시간깨나 걸릴 거야."

"그렇다고 해도 진실이 뭔지 정도는 알 수 있게 해 주세요."

"진실…… 형님이 직접적으로 살인을 하지는 않았어. 형님이 어린 후배들을 대신해 직접 누명을 쓰고 감옥에 가셨을 뿐이야. 그게 우리 애들을 살리는 길이라 판단하셨겠지. 그렇게 하지 않으면 황새파 전원을 감옥에 처넣겠다는 협박이 꽤 여러 차례 있었거든. 형님은 우리를 매우 애틋하게 생각했던 분이기도 했고. 의뢰인이 누군지 밝히지 않으려면 본인이 직접 가는 게 맞다 판단하셨겠지."

"대체 그 의뢰인이 누군데, 자식들마저 다 내동댕이치고 감옥으로 가게 된 겁니까?"

"그건 나도 잘 몰라. 그냥 엄청난 사람인가 보다 하는 거지. 자세한 내막까지는 알 수가 없어. 형님과 모든 비밀을 공유한 사람은 이순철 형님일 거야. 그런데 정작 그분은 행방이 묘연해져서……."

"혹시 이순철 씨와 잘 알고 지내던 사람이나 가족이 없을까요?"

세찬은 오랫동안 생각해 보다가 어딘가로 전화를 걸었다. 짤막하게 통화를 한 그는 태경에게 말했다.

"그 형님이 꽤 오랫동안 같이 동거했던 여자가 있어. 암에 걸려서 병원에 입원해 있다고 하더군. 오늘내일하나 본데, 한

번 만나 보겠어?"

"네, 주소와 그분 성함이……."

주소와 연락처를 받아 나온 그는 곧장 여자가 입원 중이라는 요양병원으로 향했다. 문제는 그 여자가 이순철과의 기억을 온전히 가지고 있느냐였다.

그는 시간을 한 차례 보고 1시간 거리에 있는 요양병원 주차장에 차를 댄 채 병원 안으로 들어갔다. 간호사에게 친척이라고 대강 에둘러 설명을 하고 간호사가 알려 주는 병실로 갔다.

병실 하나에 네 명의 환자가 누워 있었다. 그중 가장 끝자락에 있는 창가 쪽 침대에 머리가 하얗게 센 데다 듬성듬성 머리카락이 돋아난 여자가 하얗게 뜬 얼굴로 형광등을 올려다보고 있었다.

"안녕하세요?"

태경이 인사를 하자 여자가 시선을 느릿느릿 내리더니 그를 쳐다봤다. 간호사가 간단하게 그녀의 상태에 대해 설명했다. 술을 워낙 많이 마셔서 알코올성 치매 증상까지 겹쳐 있으며 간이 암으로 손상되어 전신으로 번진 상태였다. 간호사는 그에게만 들릴 만큼 조심스럽게 앞으로 살아도 3개월도 못 버틸 것 같다는 소리도 덧붙였다.

간호사가 나가자마자 그는 여자의 곁으로 다가갔다. 사십대 초반밖에 안 되었다는데도 이렇게까지 나이 들어 보이다니 그저 놀랍기만 했다.

"누구세요?"

"전 임세찬 씨 소개로 온 사람입니다."

"아아…… 세찬…… 한때 잠깐 같이 지내긴 했지. 잘 있나아?"

말꼬리를 길게 빼며 묻는 투였다. 다행히 지금 그녀의 정신은 매우 온전해 보였다.

"네, 살이 더 쪘을 것 같긴 하지만 잘 있는 것 같더군요."

"날 왜 찾아왔지?"

"당신이 이순철 씨와 함께 지냈던 마지막 인연이라는 얘기를 듣고 왔습니다. 제가 지금 이순철 씨를 찾고 있어요."

여자가 피식 입꼬리를 휘어 올리더니 어처구니가 없다는 듯 말했다.

"그 사람하고는 10년도 더 전에 헤어졌는데, 이제 와서 나한테 뭘 얘기하라는 거야? 그 사람…… 도망갔어."

"도망이라면?"

"두렵다고 했어. 여기서 살아남으려면 도망가는 게 맞다고…… 더 이상 깡패생활을 하지 못하겠다 하더군. 임성운이 감옥에 간 후에도 내내 헛소리만 하면서 겁에 질려 어쩔 줄 몰라 하더니 결국 어느 날 홀연히 자취를 감췄지."

"어디로 간다고 하던가요? 은연중에 말한 게 있지 않나요?"

"글쎄…… 저기 사물함을 열어서 가방 안에 있는 영수증을 좀 봐 봐."

사물함을 열자 안에서 낡아서 색이 바랜 검은 가방이 나왔다. 그걸 내려 주자 그녀는 직접 지퍼를 열어 영수증만 모아 놓은 책을 그의 손에 쥐어 줬다. 그런 책만 6권이 넘었다.

"여기에 있을 거야. 카드 사용 내역을 죄다 모아 놓았어. 그 사람이 사용한 내역은 거기에 남아 있겠지."

"이걸 제가 잠시 갖고 있어도 되나요?"

"가져."

"네?"

"필요 없어. 그 사람을 찾을 단서라도 되려나 싶어서 갖고 있었는데…… 이런 몸으로 그런 단서를 찾으면 뭘 어쩔 거야? 결국 이러다 난 죽을 텐데. 그 사람한테 내가 죽었다는 거나 알려 주면 되는 거지. 이제 그만 가 봐."

여자가 말하기 귀찮다는 듯 손을 휘휘 저어 나가라고 했다. 태경은 가방 안에 있던 두툼한 책들을 받아 밖으로 나왔다. 그러자 여자가 술에 취한 사람처럼 노래를 불렀다. 여자는 봄비라는 노래를 서글피 부르면서 창밖을 응시했다. 간호사가 달려가 조용히 해 달라고 주의시키자, 여자가 우는 소리를 했다.

"곧 죽을 건데, 이런 것도 내 맘대로 못 해!"

마음이 복잡해졌다. 그는 일단 차에 앉아 받은 책 중 한 권을 펼쳤다. 10여 년 전에 사용한 카드사용명세서와 영수증들이 꼼꼼하게 달라붙어 있었다. 여기서 어떻게 이순철의 흔적을 찾아낸단 말인가. 흥신소 측에서도 이순철을 찾아내려고 혈안이 되어 있었다. 하지만 그들 역시 아직 어떤 흔적도 찾지 못했다.

한 사람이 어떻게 이렇게 흔적도 없이 연기처럼 사라질 수 있는 걸까? 대체 이순철은 어디로 사라진 걸까? 그는 시계를 흘끗 보고 서둘러 지안의 집으로 향했다.

지안이 태경의 눈치를 살폈다. 혹시라도 자신 때문에 불쾌한 건 아닌가 염려가 되었기 때문이다. 눈치를 살피며 사과를 깎아 그의 앞에 내놓는데, 태경이 옆자리를 툭툭 쳤다.

"앉아."

지안이 그의 곁에 앉자 그는 사과 한 조각을 포크로 찍더니 그녀에게 내밀었다.

"너 왜 그렇게 말이 없어?"

"아…… 그게…….."

"강종석은 어땠는데?"

"그냥 편한 사람이에요."

"음, 그럼 난?"

"……오빠, 좋은 사람이구요."

"언제부터?"

태경이 고개를 돌려 아삭아삭 사과를 씹으면서 그녀를 쳐다봤다.

"모르겠어요. 어느 날부터인가…….."

그가 똑바로 쳐다보는 통에 재빨리 시선을 피했음에도 불구하고 지안의 얼굴이 발갛게 달아올랐다.

"그게 뭐야? 정확히 언제부터였는지를 기억해야지."

"……완벽하게 오빠를 좋은 사람이라고 기억하는 건 아니에요. 오빠가 나와 지령의 처지에 반응했던 적이 한 번도 없었던 건 사실이잖아요. 그나마 제가 태일 씨한테 몹쓸 짓을 당할 것 같으니까, 그걸 못 참고 도왔던 게 첫 시작이었고요?"

"그랬지."

"그 전에 쌓아 두었던 원망이 완전히 다 상쇄된 건 아니에요. 그날 오빠가 절 도왔다고 해서 제 원망이 전부 제로가 된 건 아니라는 말이에요. 오빠를 굉장히 좋은 사람이라고 말할 수 없는 건 그런 이유 때문이에요."

"그런데 넌 나를 왜 만나?"

"……안 보면 쓸쓸해지니까요."

"뭐?"

"여섯 살 때부터 그 집안 사람들과 섞여 지냈어요. 이성적으로 판단이 섰다 해도 뭐라 설명하기 정말 어려운데…… 지령이든 오빠든 둘 중 하나라도 곁에 있어야만 마음이 안정돼요. 땅에 발을 딛고 선 기분이라는 얘기예요. 두 사람이 없다면 전 아마 허방을 딛고 선 듯한 슬픔에 사로잡혀 살겠죠. 그게 싫어요."

그는 스캔들에 대한 얘기는 묻지 않고 이상한 걸 묻는다. 뭘 알고 싶은 걸까?

"오늘 네 아버지의 밑에서 일을 보던 놈 중 하나를 만났는데, 이렇다 할 만한 소득은 없었어. 그리고…… 엉뚱한 걸 받아왔는데 그걸 같이 정리해야 할 것 같다."

태경이 낡은 가계부처럼 생긴 책을 들고 오더니 그녀의 앞에 놓았다. 총 6권 분량이었다.

"이게 다 뭐예요?"

"이순철이라는 네 아버지의 수족 역할을 하던 자와 동거하던 여자가 갖고 있던 것들이야. 이 안에 이순철의 마지막 행방에 대한 단서가 있을지도 모른다고 하더군."

"그 사람은 대체 지금 어디에……?"

"행방이 묘연해. 사라지기 전에 죽음에 대해 굉장히 두려워하는 듯한 뉘앙스를 풍겼다고 하는 거로 봐서는 어쩌면 사망했을지도 모른다는 생각도 들어. 드러나서는 안 되는 비밀을 임성운과 이순철이 같이 알았고, 그걸 의뢰인 측에서 눈치채고 이순철을 사전에 제거했을 가능성도 높아. 네 아버지야 이미 감옥에 있으니 뭘 어쩔 수 없을 거라 생각하겠지."

"모든 게 미궁으로 빠질 가능성이 크군요. 게다가 사건에 대한 판결이 난 지는 너무 오래되기도 했고요."

"살인 사건에 대해서는 공소시효가 없으니 억울한 경우라면 늦게라도 항소를 하는 수밖에 없겠지. 하지만 문제는 네 아버지야. 사건의 진실을 드러낼 용기가 없다면, 우리가 백날 이렇게 수고를 해 봤자 결과는 결국 제자리에 그치고 말 거야."

"아버지는 설득해 볼게요. 뭘 원하는지 들어 보면 알겠죠. 제가 더 이상 내려갈 수도 없는 깊은 나락으로 떨어지는 걸 원하는 거라면…… 모든 걸 포기하는 게 맞겠죠."

"알아보는 데까지는 알아보겠지만…… 우리끼리 알아보는 덴 아무래도 한계가 있어."

"알아요."

두 사람은 나란히 앉아 카드사용명세서와 영수증 외에도 안에 남아 있는 여러 장의 메모를 꼼꼼히 확인해 나가기 시작했다. 그렇게 1시간쯤 지나서 허리가 아파질 즈음, 태경이 영수증 하나를 들고 눈살을 찌푸렸다.

"메모가 적혀 있어."

"메모요?"

영수증 한 장에 휴대폰 번호가 적혀 있고 앞에는 '최'라고만 쓰여 있었다.

"휴대폰 좀 줘 봐."

하지만 이미 10년 전 영수증에 적힌 메모였다. 태경이 휴대폰을 들더니 바로 전화를 걸기 시작했다. 한참 만에 벨이 울리더니 나른한 남자의 음성이 들려왔다.

—여보세요?

"혹시 이순철 씨 휴대폰입니까?"

—아닙니다.

"죄송합니다."

이순철을 아는 사람이라면 한 차례 흠칫했겠지만 상대편에게서는 그런 반응이 전혀 나타나지 않았다. 그는 입가에 미소를 짓고 길게 기지개를 켰다.

"쉽지 않겠네."

"최 상무라는 남자를 수소문해서 만나 보는 건 어떨까요?"

"쉽게 만날 수 있는 상대가 아니잖아. 지금은 임원이 되었을지도 모르는데."

"그 사람에 대해서도 뒷조사를 시켜 보는 게 좋지 않을까요?"

"그럼 그건 내가 알아보도록 할게."

"이 영수증과 카드명세서는 제가 좀 더 자세히 보도록 할게요."

"그래 줄래?"

"네, ……술 마실래요?"

"뭐든."

"와인을 좀 사 왔어요."

지안이 와인을 하나 꺼내 그에게 내밀고 따 달라며 오프너를 내밀었다. 그는 능숙하게 오프너로 코르크 마개를 따고 빈 와인잔에 술을 채워 주었다. 빈 잔이 검붉은 와인으로 채워지자 두 사람은 누가 먼저랄 것도 없이 와인잔을 들어 한 모금씩 마시며 맛을 음미했다.

"괜찮네. 비싼 와인이구나."

"가격이 좀 있긴 했지만 한번 마셔 보고 싶어서 구입했어요. 정말 괜찮네요."

지안이 웃으며 말하자, 태경이 가만히 그녀를 쳐다봤다.

"옮은 건가?"

"네?"

그가 바싹 얼굴을 들이밀더니 지안을 뚫어져라 쳐다보며 말했다.

"그놈의 웃음병이 옮았나 본데?"

"에?"

갑자기 그가 덥석 입술에 키스하더니 더운 숨을 내쉬며 다급히 말했다.

"그놈 따라 하는 거 별로야."

태경의 혀가 입 안 깊이 밀려 들어왔다. 쌉싸래한 와인 맛이 느껴졌다. 그녀는 눈을 질끈 감으며 그의 허리에 팔을 감았다. 절대로 강종석 때문에 웃은 게 아니었다. 그저 태경을 보면 어떤 표정을 지어야 할지 몰라서 어떨 땐 무안해져 웃게 된다.

항상 날이 선 사람처럼 무표정을 유지하는 것도 어렵다. 기분이 좋으면 좋다고, 싫으면 싫다고 읽히는 그런 사람이 되고 싶다. 그래서 웃었던 건데, 그의 마음 안에 아직도 앙금이 남아 있나 보다. 아무렇지 않은 척하더니, 그게 아니었던 건가?

은근히 그가 질투를 해 주니까 기분이 좋아서 또 웃게 된다.

그의 혀가 입 안 가득히 채워졌는데도 웃음을 멈출 수가 없다. 그녀는 그를 더욱 깊게 받아들이면서 그의 옷을 벗기기 시작했다. 이젠 이렇게 먼저 나서는 행동이 하나도 쑥스럽지 않았다.

태경은 그녀의 것이다. 누가 뭐래도.

*　　*　　*

형이 휴가를 나왔다. 그리고 집안은 어째 평소와 달리 굉장히 들뜬 분위기가 지속되고 있었다. 이상해서 집사에게 물으니 귀한 손님이 온다는 것이다. 그게 집사가 준 힌트의 전부였다.

형도 정확히 무슨 일이 생기는지는 전혀 모르는 것 같았다. 그는 아버지가 나가지 말고 대기하라는 명령에 따라 휴대폰으로 게임에만 열중하는 중이었다. 태경에게도 덩달아 외출금지 명령이 떨어졌다. 덕분에 주말인데 다 큰 남자 둘이 소파를 차지하고 앉아 지루하게 시간을 보내는 상황이었다.

그리고 오전 11시, 벨소리와 함께 아버지가 직접 손님을 맞이하겠다며 버선발로 현관에 달려 나갔다. 뭔가 굉장히 어려운 사람이 오나 보다 싶어서 형제도 덩달아 일어나 인사를 하기 위해 아버지 뒤에 대기했다.

문이 열리고 앳된 여자가 두 사람 앞에 모습을 드러냈다. 태경은 대체 저 여자가 누군가 싶었다.

"어서 와라, 오느라 힘들진 않았고?"

"아니에요. 의원님. 기사가 직접 데리고 와 줘서 어려울 거 없었어요."

"다행이구나. 들어와라."

여자의 시선이 빠르게 형과 태경을 훑고 지나가는 게 보였다. 여자가 안으로 들어오자마자 아버지는 여자를 정식으로 그들에게 소개했다.

"이하연이라고 한다. 현 검찰청장의 막내딸이자 현재 우나여대 영어영문학과에 재학 중인 재원이기도 하다."

고작 저런 손님 때문에 온 집안 식구가 대기했다는 사실이 기가 막혔다. 그는 고개를 슬쩍 숙여 인사를 하고 점심식사를 위해 식당으로 먼저 들어갔다. 그러는 사이 아버지가 형을 붙들고 말했다.

"너와 네 살 차이다. 앞으로 휴가 때마다 자주 만나 보도록 해라."

"네?"

"네 정식 약혼녀가 될 사람이다."

태경이 놀란 눈으로 뒤를 돌아봤다. 그게 아버지가 그린 큰 그림이었다는 건가? 아무래도 이제 형에게 목줄을 채우기로 한 듯했다. 풍운아처럼 세상 모든 여자를 다 안아 보고 다니려는 형을 이제 저지시키려는 것 같았다.

하지만 저런 앳된 학구파 여자가 형을 저지시킬 수 있을까?

그녀는 키도 작은 데다 몸은 마른 편이고 가슴도 빈약했다. 형이 좋아하는 타입과는 너무도 거리가 멀다. 게다가 형과의 접점이라고는 찾아볼 수가 없다.

역시 아버지답다. 자신의 명예를 위해서라면 가족도 결국 소모품에 불과한 건가?

게다가 마냥 이렇게 방관하고만 있을 수 없었다. 저 불똥이 곧 그에게도 떨어질지도 모른다. 형에게만 저런 자리를 마련할 리가 없다. 그에게도 똑같은 상황을 펼쳐 놓을 게 빤히 보여서 그는 골치 아픈 표정으로 식탁 앞에 앉았다. 그러자 아버지가 다가와 하연과 태일을 나란히 앉히고 기분 좋게 웃었다.

"잘 어울리는구나."

둘은 누가 봐도 매우 지루한 조합 같았다. 그런데도 아버지는 흡족해하다 못해 매우 들떠 보였다. 태경은 눈살을 찌푸리며 길게 한숨을 쉬었다.

"이런 건 사전에 미리 통보라도 해 주셨어야죠."

"그럴 필요가 있느냐? 내가 권하는 건 무조건 하는 게 좋다. 특히나 네 형이라면 더더욱! 하연이 아주 착하고 좋은 아가씨란다. 공부도 잘하지만, 자기 할 일은 똑 부러지게 잘해 내는 사람이기도 하지. 우리 집안에 안주인이 없다는 걸 알고 그쪽 집안에서 하연이에게 맞춤 교육을 미리 시키겠다고 하더라. 그렇게 배려해 주는 집안이 어디 있느냐?"

물론 없다. 그쪽에서 뭔가 원하는 게 있으니 이런 식으로 접근하는 거 아닌가. 골치가 아파졌다. 문제는 형이 이런 걸 곧 이곧대로 받아들일 위인이 아니라는 점이었다. 아까부터 지금까지 입을 꽉 다물고 아무런 말도 하지 않는 걸로 봐서는 화가 단단히 난 듯 보였다. 이런 상황을 허심탄회하게 받아들일 위인이 못 된다. 그도 그렇지만 형은 더하다.

게다가 형의 워낙 괴팍한 여성 수집 취향도 문제였다. 마음을 공유하는 사랑에 연연하지 않고 일회성 놀이에 치중하는 형의 섹스 중독은 도무지 해결될 기미가 보이지 않는다.

일종의 정신병은 아닌가 의심스러울 지경인데, 이하연 정도의 여자가 형의 그런 병 같은 집착을 깨부술 수 있을지 의구심이 들었다.

그는 식사를 마치고 혼자 자리에서 일어섰다. 이제부터는 형과 아버지의 전쟁이 시작될 것이다. 그때 이하연이 천천히 일어났다. 그녀는 그에게 다가오더니 화장실이 어딘지 알려 달라고 했다. 그는 하연에게 화장실의 위치를 알려 주고 그곳까지 같이 가 줬다.

"태경 씨죠?"

하연이 굳이 그의 이름을 확인했다.

"네."

"저보다 한 살 많으시더라고요. 반가워요."

"그런데…… 이 강제성 띠는 정략결혼에 대해 어떻게 생각하세요?"

하연이 입가에 미소를 띠면서 말했다.

"음, 아버지는 정확히 콕 집어 누굴 지목한 게 아니었어요. 저도 그렇게 생각하고 이 집에 온 거고요. 하지만 의원님은 아무래도 절 큰 아드님의 짝으로 생각하시나 봐요. 전 그렇지 않은데……."

하연이 꾸벅 인사를 하더니 화장실 안으로 들어갔다. 그가 눈살을 확 찌푸리면서 이미 닫힌 문을 쳐다봤다.

'뭐라고?'

기가 막혀서 말이 나오지 않았지만 일단 무시하기로 했다. 그는 곧장 방으로 올라가 나갈 채비를 했다. 지안과 소소한 데이트를 즐겼으면 좋겠지만, 유명한 연예인인 지안의 신분이 세상에 노출되는 건 아무래도 곤란했다. 그래서 자연스럽게 그들은 늘 밀폐된 장소에서만 데이트라는 걸 하게 되었다.

오늘은 지안이 맛있는 요리를 해 줄 테니 오라고 해서 갈 생각이었다. 그것도 지령을 데리고. 지령이 준비되었으면 같이 나가려고 했는데, 아버지가 그를 불렀다.

"저요?"

"잠깐 와라!"

서재로 들어가자 아버지와 형이 대치 중이었다. 이하연의 모습은 보이지 않았다.

"전 안 해요. 그런 여자 싫어요."

"네가 모자라도 한참 모자라니까, 똑똑한 사람을 곁에 붙여

주겠다는 거잖아!"

"싫다고요! 모자라든 말든 그건 제가 알아서 할 테니까, 아버지는 제발 저한테 신경 끄세요. 그리고 저런 집안에서 왜 저 같은 놈하고 혼담을 진행해요? 누가 봐도 앞날이 불투명하잖아요. 제가 아니라 차라리 태경이 맞죠!"

아버지는 고통스럽게 표정을 일그러트리더니 입매를 단단히 굳혔다.

"주제 파악을 너무 잘해서 기가 막힐 노릇이구나. 이런 때는 네가 진심으로 그 애를 욕심 부려야 맞는 거 아니냐? 넌 곧 대학교수로 임용될 거야. 제대하면 대학원 생활이나 충실하게 마쳐. 그렇게만 하면 네가 졸업한 대학에서 교수 소리는 들으면서 학생들을 가르칠 수 있게 될 테니까."

"네?"

그건 싫지 않은지 형이 입가에 미소를 살며시 머금고 되물었다. 그도 그럴 것이 형은 젊은 이십대 여성들과 함께 캠퍼스를 누비며 자유연애도 하고, 품위 있게 학생들을 가르치는 것에 대해 어떤 로망을 갖고 있었다. 그걸 아버지가 채워 주겠다 하는 거다.

"하지만 그리되려면 넌 무조건 결혼 먼저 해야 돼. 네 방탕한 생활을 거세해 줄 사람이 필요하다. 하연이가 부담되고 싫다면 다른 사람을 알아보도록 하마. 누가 됐건 내가 정해 주는 여자가 아니라면 넌 결혼 같은 건 절대 꿈도 꾸지 않는 게 좋을 거다. 알겠느냐?"

"아버지!"

"나가라!"

형이 나가기 무섭게 아버지는 태경을 진중하게 바라보며 말했다.

"하연이가 널 마음에 들어 하더구나."

"네?"

"아까 나한테 얘기하더라. 태경 씨가 믿음직해 보인다고…….
그게 뭘 뜻하겠니? 네가 마음에 든다는 소리 아니냐. 네가 한
번 사귀어 보지 않겠느냐?"

이건 또 무슨 날벼락이란 말인가.

"하지만 전 연애에 별 관심도 없고 지금 하는 일로도 시간이
없습니다. 사업에 몰두하고 싶어요. 아버지."

"네가 요새 딴 데 정신이 돌아갔다는 건 어렴풋이 안다. 임
지안이 텔레비전에 나올 때마다 느끼는 거지만, 그 애가 참 아
름답고 우아하게 잘 자라긴 했더구나. 그렇다고 해도 우리 집
안엔 턱도 없다. 알지 않느냐? 지령이도 곧 대학에 입학한다.
지령이의 입지는 결국 너 하기에 달린 거지. 네가 어떻게 하느
냐에 따라 지령이의 쓰임새도 달라질 테니까 명심하는 게 좋
아. 그리고 한동안은 임지안과 만나는 것에 대해 터치하지 않
도록 하마."

이미 다 알고 있었던 건가? 그런데도 왜 아버지는 그냥 방관

했을까? 지안이 어머니를 죽인 살인자의 딸이라는 걸 잘 알면서 왜?

"왜요? 왜 그냥 두시는 겁니까?"

"뭐가?"

"제가 임지안을 만나는 것에 대해 왜 모른 척하시냐고요."

"네가 임지안과의 관계를 세상에 알릴 용기는 있고? 그렇게 되면 임지안이 매장당할 수도 있다. 우리 집안과의 악연이 세상에 드러나 봤자 그 애한테 유리한 건 하나도 없지. 그 애나 너나 은연중에 두려워하고 있지 않느냐. 서로가 어떤 입장인지 너무도 잘 아니까. 내가 그걸 모르겠느냐? 딱 거기까지만 해라. 그 이상은 꿈도 꾸지 말고. 마음 같아서야 임지안의 날개를 여봐란 듯이 세상 사람들 앞에서 다 찢어 갈겨 놓고 싶지만, 너를 봐서 참는 거야. 네 입장을 봐서....... 알아서 적당한 때를 봐서 버려라. 오래가지 못할 관계야."

그는 아무런 말도 하지 못했다. 이미 마음속으로 어느 정도 인정한 감정이었다. 그렇기에 아버지가 저렇게 입으로 끄집어 내서 보여도 무엇 하나 새로울 게 없었다. 다만 입 밖으로 나온 차가운 감정들이 심장에 신랄하게 박혀 들어와 온몸을 얼렸다. 책임질 수도 없는 장난질은 왜 하고 있는지 추궁당한 기분이 들었다.

태경이 베푼 모든 선의가 아무런 가치도 없는 것처럼 취급받은 기분이 들었다. 태경의 감정선은 끝없는 나락으로 떨어져

227

내렸다. 추악한 무언가를 직접 본 듯 찝찝한 기분이 들었다.

"이하연을 만나면 아버지는 저한테 뭘 해 주실 겁니까?"

그러자 아버지의 눈이 휘둥그렇게 커졌다.

"딜을 하자고?"

"네, 뭘 해 주실지 말씀하세요. 그럼 만나라도 보겠습니다."

"임지령이 대학에 합격하면 취업까지 전부 적극적으로 지원해 주도록 하마. 최적의 환경을 제공해 주기 위해 힘쓰지. 네가 바라는 건 그거겠지?"

"한 가지 더요."

아버지는 가만히 입을 다물고 그를 쳐다봤다.

"지안이와 지령이 같이 살게 해 주세요. 수능이 끝나는 즉시."

"그건 곤란하다. 그렇게까지 하려면 네가 이하연과 약혼을 하겠다는 맹세를 해야 한다."

"이하연이 졸업하고 제가 제대를 하면 약혼식을 올리도록 하죠."

어차피 임지안을 가질 수 없다면, 할 수 있는 모든 걸 쏟아부어 보기로 했다.

"너, 정말…… 그 애를 위해 그렇게까지 다 해도 되는 거냐?"

"그동안 우리 집안에서 당한 폭력을 생각한다면 이보다 더한 것도 해 주고 싶은 마음이 굴뚝이지만…… 지금은 여기까지로 만족하겠습니다. 그렇게라도 해 줘야 지안이 어딜 가서도

아버지에 대해 적당한 찬양을 가식적으로나마 해 주지 않겠어
요?"

"나?"

"인기 연예인이 한 국회의원의 손에 자랐다는 게 알려질 경
우, 그 파급력을 생각해 보세요. 물론 살인자의 딸이라는 게
밝혀지면 더 크게 일겠지만……."

"그게 알려지면 그 애는 매장돼."

"그래요. 그걸 감춘 채로 우리 집안에서 그 애를 애정으로
보살펴 줬다고 보도할 경우를 대비하는 게 아버지한테는 유리
하죠. 입양한 부모를 대신해 키운 거니까."

"그거야 언론에 풀기 좋게 이야깃거리를 만들어 내면 그만
아니냐? 뭐, 그 정도는 네가 이렇게까지 나오는 데야 내가 해
줘야지. 하지만 나중에 딴소리해서는 안 된다."

"네."

그렇다고 해도 그가 허용하는 범위는 일단 약혼식까지였다.
그 이후는 아직 아무것도 확정된 게 없다. 그건 그때 돌아가는
상황에 맞춰 행동할 예정이었다.

"좋다! 잠깐 기다려라."

아버지는 바로 집사에게 시켜 이하연을 데려오도록 했다. 잠
시 후 하연이 서재에 오기 무섭게 아버지는 굳이 하연의 손에
그의 손을 쥐어 주며 말했다.

"이제 둘이 커플이 되면 되겠구나."

하연이 눈을 크게 뜨고 그를 쳐다봤다. 태경은 굳은 표정으로 천천히 그녀의 손 위에 포개진 손을 빼냈다. 아직 손이 닿아도 괜찮을 만큼 그녀에게 마음이 간 건 아니다. 마음이 가기는 할까? 지금까지 그의 마음을 흔든 사람은 단 한 명도 없었는데.

태경의 마음 한구석이 서늘해진다. 지안과 헤어져야 할 생각을 하니 뭔지 모르게 고통스럽다.

* * *

지안은 지령이와 같이 살게 되었다. 수능이 끝난 직후, 태경이 짐을 싸서 지령을 데리고 나왔다. 또한 지령은 감 의원의 전폭적인 지원하에 대학에도 문제없이 다니게 되었다. 그렇게 이상할 정도로 평탄하고 고요한 나날들이 이어지던 어느 날, 태경도 입대를 해야 한다며 그녀에게 작별 인사를 하러 왔다.

태경의 나이 스물네 살이었다. 대학을 졸업하자마자 입대를 하게 된 것이다. 사업은 1년도 안 되었지만 이미 자리를 잡고 순항 중이었다. 울림 주식회사라는 이름을 걸고 시작한 사업은 IT 관련 업체로 컴퓨터와 노트북, 휴대폰 등에 꼭 필요한 프로그램을 파는 업체였다. 그는 관련된 여러 업체들과 손을 잡고 다양한 기획안을 제시했고 그 결과, 회사는 폭발적으로 빠른 성장세를 보이는 중이었다.

태경의 작별 인사는 여전히 밀폐된 공간에서 이루어졌다.

"휴가 나오면 만날래?"

"언제든요."

"나 외에 다른 놈은 만나지 마."

"……장담 못 하겠는데요?"

"너 강종석하고 아직도 친하게 지낸다며?"

"그 선배는 그냥 친구예요. 그 이상으로 발전하지 못하는 사이예요. 종석 선배도 워낙 여성 편력이 강한 편이라 한번 사귀면 그리 오래가지를 않아서 저한테 사귀지는 말자고 하더라고요. 좋은 친구를 잃고 싶지는 않다고……."

"말은 번지르르하게 잘하네. 그래도 조심해."

"알았어요. 군대 가서도 항상 몸조심하고요. 거기선 다치지 않는 게 가장 중요하대요."

"그건 알아서 하고."

"편지 보낼까요?"

"그래 주면 좋고. 선임들이 봤을 때 좋을 만한 연예인 사인이나 사진 같은 걸 잔뜩 보내 주면 더 좋고."

"아…… 그럴게요. 군인 남친은 또 처음이네요."

"남친?"

얼떨결에 꺼낸 말에 그가 예민하게 반응했다. 지안이 너털웃음을 터트리며 어색하게 웃었다.

"그냥 하는 말이에요."

"내가 네 남친이 맞긴 하지."

지안이 황당한 얼굴로 그를 쳐다봤다. 그와의 관계는 단어로 딱 규정하기가 어려웠다. 어떤 땐 그의 섹스 파트너인가 싶다가도 어떤 땐 편안한 친구 같다가도 어떤 땐 의지가 되는 듬직한 친오빠 같기도 했다. 우정과 의리 그 이상의 무언가가 분명하게 느껴지는데, 서로 그 감정의 정체를 보려 하지 않는다.

"대외적으로 그냥 남친쯤으로 해 두는 게 좋을 것 같아요."

"대, 외, 적, 으, 로."

그가 띄엄띄엄 스타카토로 툭툭 끊어 말하더니 살짝 인상을 구겼다.

"형이 나보다 먼저 제대를 하고 돌아오면, 아마도 널 찾아올 거야."

공포였다. 태경이 항상 벽 노릇을 해 줬는데, 그런 존재가 사라지니 이젠 마땅히 기댈 곳이 없었다.

"그리고 흥신소 측에 연락 가능한 사람이 없어서 네 번호를 알려 줬어. 그쪽하고 되도록 만나지는 말고 자료는 이메일이나 전화로만 받도록 해. 주소도 알려 줄 필요는 없어. 괜히 네 존재에 대해 알려 줘서 좋을 건 없으니까. 긴히 누군가를 만나야 한다 싶으면 항상 매니저나 지령이 동행해서 다니도록 하고."

"네…… 조심할게요."

"경호원을 들여도 좋아. 자질구레한 건 그 사람한테 다 부탁하는 게 나을 수도 있어."

"지령이랑 상의해 보고 그렇게 할게요."

"형이 마음에 걸리니까, 경호원이 필요하긴 해."

"······그러네요."

절로 한숨이 불거졌다. 태경이 없어지니 여러모로 손이 가는 일이 많아졌다. 이제 혼자 알아서 극복해 나가야 한다. 그게 자신이 없다. 태경이 말없이 그녀를 걱정스럽게 쳐다봤다.

"왜 그렇게 쳐다보나요?"

"혼자 두고 가려니 걸리는 게 정말 많네."

"어떻게든 될 거예요. 혼자서 잘 이겨 내 볼게요. 오빠가 걱정하는 일 없게."

"그래."

태경은 더 이상 아무런 말도 하지 않았다.

"이만 가 봐야겠다."

이제 정말 안녕인가? 마음이 복잡해지기 시작하더니 무겁게 온몸을 내리눌렀다. 어떻게 보내야 할지 잘 모르겠다. 지안은 그저 물끄러미 그를 쳐다보기만 했다.

"왜? 할 말 있어?"

"음······ 잘 다녀오라고······."

"아까부터 할 말만 없으면 계속 반복하는 게 그 말인데, 그만해도 좋아. 이미 충분히 알아들었어."

지안이 수줍게 그를 쳐다보다가 태경의 손을 꽉 쥐었다. 그의 손등에 입을 맞추고 볼을 기댔다.

"다치지 말고 건강히 돌아와 주세요."

태경은 가만히 그녀를 바라보다가 손을 뻗어 그녀의 뺨을 어루만졌다.

"그래, 그렇게. 필사적으로 그렇게."

지안의 가슴 안에 멈춰 있던 마음의 바다가 심하게 출렁거리며 소란스럽게 굴었다. 안 되겠어서 얼른 그의 손을 놓고 그녀는 차에서 내렸다. 그가 차창을 내리더니 그녀에게 손을 흔들어 인사를 했다.

"건강해라."

"네, 편지 할게요. 꼭!"

"그래. 휴가 나오면 그때 보자."

"조심히 가세요."

그가 다시 한번 손을 흔들어 보이더니 입가에 미소를 지었다. 차창이 닫히고 그는 떠났다. 지안은 마음에 커다란 얼음덩이가 통째로 쑤셔 박힌 기분이 들었다. 걸을 힘도 없어서 그자리에 멍하니 서 있었다.

정말 그가 갔다. 믿어지지 않는다. 넋이 나간 얼굴로 그렇게 서 있는데 볼에서 물기가 뚝뚝 떨어져 내렸다. 뭔가 싶어 훑으니 눈물이었다. 정신을 차릴 새도 없이 눈물이 먼저 흘러내려서 기가 막혔다.

한번 둑이 무너지자, 눈물은 더 이상 참아야 할 이유를 찾지 못했는지 정신없이 흘러내리기 시작했다.

사랑한다.

그 단어가 주는 의미를 알지 못해서 인정하지 않으려 했지만, 사랑한다.

태경을 미치게 사랑한다.

그가 떠나자, 사랑이라는 감정이 심장을 매섭게 할퀴어 놓는다. 어떻게 해야 할지 모르겠다. 그를 2년 가까운 기간 동안 보지 못하게 된다는 게 믿어지질 않았다. 남들에게 번듯하게 꺼내 놓을 수 없는 연애 같지도 않은 연애라는 걸 했는데도 그와의 시간이 그녀를 무겁게 짓눌렀다.

"흐으으윽…… 흐으으윽……."

목구멍에서 하염없이 울음이 쏟아졌다.

"오빠아아…… 으흐흐흑……."

서러운 울음이 한참 동안 이어졌다. 노란 가로등 불빛이 그녀의 머리 위로 쏟아져 내리고 수풀 흔들리는 소리가 세상에서 가장 슬픈 발라드 음악처럼 사방을 가득 메웠다. 그 위로 그녀의 음성이 포개졌다. 울음 섞인 그녀의 음성이…….

"태경 오빠아……."

울음이 멈추질 않는다.

* * *

시간이 어떻게 흐르는지 알 수가 없었다. 태경이 없어지니

매사 심드렁해지고 재미가 없었다. 그 자리를 간단하게 종석이 채웠다.

종석은 그녀에게 매우 좋은 친구였다. 그녀의 아픈 마음을 달래 주기도 하고 술도 사 주며 그와 친하게 지내는 다른 남자 후배들도 소개해 줬다. 지안은 여자들보다는 이상하게 남자들과 어울리는 게 편안해졌다.

그렇게 지안은 종석이 속한 남자 배우들의 모임인 '노잼파'에 들어가게 되었다. 그들과 술을 마시고 식사를 하고 파티를 하는 장면이 종종 SNS에 올라가기 시작하면서 그녀는 모두의 부러움을 샀다. 최고의 배우들과 친구로 지내면서도 어떻게 연애 스캔들이 나지 않느냐며 그러한 면을 문제 삼는 사람들도 있었다.

그래도 팬들 입장에서는 유명한 남자 배우들과 어울리면서도 친구 관계를 적절하게 유지하는 그녀의 태도에 대해 좋은 감정을 갖는 경우가 더 많았다. 덕분에 남자 배우들의 팬덤에서도 안티보다는 응원과 지지를 아끼지 않는 반응이 더 많았다.

그들과 지내면서 그녀는 태경에게 거의 매일 편지를 보냈다. 어려운 일이 생기면 그들보다는 태경과 의논했다. 그렇게 보내다 보니 어느새 태일은 제대를 했다.

마음 한편에 도사리고 있던 두려움 때문인지, 태일이 입대한 날로부터 복무한 기간, 그리고 하루하루 그가 제대하는 날이

다가오는 것까지 인지하고 있었다. 하지만 그 후로 태일이 따로 연락을 해 오지는 않았다.

지안의 나이가 스물세 살이 된 5월의 어느 날, 태경이 휴가를 나왔다. 그녀가 늦게까지 드라마 촬영을 하고 집으로 들어가는데, 현관 바로 앞에 커다란 군화가 놓여 있는 게 보였다.

심장이 미친 듯이 뛰었다. 천천히 안으로 들어가자 불이 온통 꺼진 거실 한복판의 소파에 태경이 누워 잠들어 있었다. 지안은 입고 있던 코트와 가방을 내려놓고 가만히 그를 쳐다봤다.

무릎을 꿇고 그에게 다가가 곁에 앉았다. 휴가를 나오면 항상 그녀의 집에 먼저 찾아오는 그였다. 낯선 군복을 입고 짧아진 머리카락에 새카맣게 그을린 피부로 나타날 때마다 심장이 미친 듯이 뛰었다. 자신이 아는 남자가 아니라 다른 남자와 연애를 하는 듯한 기분에 사로잡혔다.

손가락을 들어 올려 그의 콧날을 부드럽게 어루만지자 태경이 천천히 눈을 떴다. 그는 깊고 뜨거운 눈으로 그녀를 쳐다봤다. 그가 손을 뻗어 그녀의 턱과 목덜미를 가만히 움켜쥐면서 물었다.

"늦었네?"

"……촬영이 길어져서요."

"군대에서 전우들하고 같이 텔레비전을 볼 때마다 네가 나오면 가슴이 뜨끔해."

"왜요?"

그는 턱을 어루만지며 엄지로는 그녀의 입술을 부드럽게 쓸어 내렸다.

"전우들이 널 좋아해. 네가 나오면 다들 넋을 놓고 텔레비전을 쳐다봐. 가만히 두면 빨려 들어가겠더라. 그만큼 인기가 많아. 그런데 난 그게 싫어. 널 모두와 공유하는 거, 별로야."

지안은 웃음이 났다. 그래서 피식 웃자, 갑자기 그가 목덜미를 잡아당기며 그녀의 입술에 강렬한 키스를 퍼부었다. 지안이 짧게 신음성을 내뱉자, 그는 거칠게 숨을 몰아쉬며 그녀의 입술 안쪽으로 혀를 밀어 넣어 헤집어 놓았다. 양껏 그녀의 입술을 정복한 그는 천천히 입술을 떼어 내며 입가에 미소를 띠더니 한쪽 팔로 머리를 받치며 말했다.

"씻고 와."

"오빠 씻었어요?"

"아까."

"대체 언제 온 거예요?"

"해가 중천일 때부터 쭉."

"뭐 했어요? 연락도 하지 않고……."

"네 침대에서 뒹굴면서 네 냄새를 실컷 맡았지."

지안이 눈매를 가늘게 좁히고 신기한 짐승 보듯 그를 보았다. 그러자 태경이 한마디 했다.

"군인들한테서는 짐승 냄새만 난다고. 네 냄새로 지운 것뿐이니까, 이상한 상상은 하지 마."

"흠, 그게 다일까요? 감시카메라를 하나 달든지 해야지, 원."

그녀가 씻으러 욕실로 들어가려는데 그가 목청을 돋워 한마디 했다.

"다 벗고 나와라!"

"싫은데요."

"안 그럼 내가 들어간다!"

"왜 그래요? 정말……."

투덜거리면서 욕실로 들어가 문을 잠갔다. 이렇게라도 그와 함께할 수 있어서 좋았다. 두근거리고 설레는 마음을 누르며 샤워를 끝낸 그녀는 그의 말을 듣지 않고 목욕 가운을 입은 채 밖으로 나갔다. 여전히 실내는 조명 하나 켜지지 않아 어둑했다. 밖에서 흘러들어오는 가로등 불빛의 미미한 빛 외에는 보이지 않았지만, 확실히 그의 모습은 잘 보였다. 그가 나신으로 창가에 서 있는 모습이 눈에 들어왔다. 새카맣게 그늘진 뒤태를 보고 있자니 숨이 멎을 것 같았다.

늘씬하고 날렵한 근육질의 탄탄한 몸매가 하나의 조각상처럼 외부에서 쏟아지는 빛을 받으며 서 있었다. 그의 페니스가 단단하게 돌출된 것조차 예술적으로 보였다. 기척을 느낀 그가 뒤를 돌아보더니 혀를 끌끌 찼다.

"말 되게 안 듣네."

태경이 그녀에게 다가오더니 입고 있던 가운을 확 벗겼다.

그는 그녀의 허리에 팔을 강하게 휘감고 젖가슴 한쪽을 사과 부수듯 강하게 움켜쥐고 짓이겼다.

"아웃!"

저절로 신음성이 터져 나왔다. 그가 손으로 가슴 전체를 강하게 움켜쥐고 조이자 정신이 아득하게 사라지는 것만 같았다. 그는 그녀의 목덜미와 귓불에 입을 맞추더니 그녀의 입술을 게걸스럽게 먹어 치웠다. 그와 동시에 한 손으로는 그녀의 엉덩이를 어루만지다 천천히 그 안쪽의 삼각지를 부드럽게 자극했다. 물기가 새어 나오기 시작하자, 그는 그녀의 속살을 벌리더니 안쪽으로 손가락을 밀어 넣었다. 그녀의 알갱이를 부드럽게 자극함과 동시에 물기를 흘리는 공간으로 슬며시 손가락이 파고들어 간다.

"하웃!"

키스를 하다 말고 숨을 토하듯 신음성을 뱉었다. 그녀는 다리가 후들거려 온전히 서 있을 힘이 없었다. 그에게 매달린 채로 헐떡거리며 거친 숨을 쏟아 낼 뿐이었다. 그는 공을 들여 그녀의 안쪽을 데우고 괴롭히다가 천천히 그녀를 안아 올렸다. 그리고 소파 앞 테이블에 그녀를 눕히더니 다리를 활짝 열어 붉게 달아오른 꽃을 감상했다. 빛이 얼마 없는데도 그는 그녀의 꽃을 눈을 감고도 그릴 줄 아는 사람이라도 되는 양 그곳을 향해 천천히 고개를 들이밀었다.

"훗! 아아…… 하아…… 오빠아아……."

거친 숨이 터져 나왔다. 그의 혀가 살결에 닿았고, 부드럽게 그녀의 꽃살을 핥고 물었다. 미칠 것 같은 쾌락에 전신이 타들어 갈 것 같았지만 이제 시작이다. 벌써부터 무너져 내리면 그 이후엔 더 견디기 힘들어진다는 걸 알기에 그녀는 이를 악물고 찾아드는 전율을 억눌렀다. 혀와 입술과 치아가 그녀의 꽃살을 적절히 어루만지고 물고 빨면서 지나갔다.

"모, 못 참겠어!"

그가 잔뜩 쉰 음성으로 말하더니 바싹 약이 오른 페니스를 그녀의 꽃살 사이에 밀어 넣기 시작했다. 커다랗게 흥분한 페니스는 평소와 달리 좀 더 크고 단단하고 뜨거운 것 같았다.

"오빠아…… 너무 뜨겁고 커!"

"미치게…… 그리웠어. 네 몸……. 혼자 참아 내느라 얼마나 고통스러웠는지 알아?"

"하아, 하악!"

깊게 들어온 불기둥이 그녀의 안에 시뻘건 화염을 쏟아 냈다. 열이 확 오르면서 몸이 뜨겁게 달아올랐다. 그가 몸속에서 넘실거린다. 그는 휴가만 나오면 항상 며칠 동안 그녀를 품 안에 안고 놓아주려 하지 않았다. 스케줄이 없다고 말하면 그때는 첫날부터 시작해 마지막 날까지, 그녀는 오직 그의 욕정을 해소하기 위한 제물이 되어 숨을 몰아쉬다 혼비백산하고 말았다. 그가 돌아가는 날에서야 그의 품 안에서 해방되니, 몸이 남아나질 않았다. 그가 돌아간 직후 한 사흘간은 체력을 보충

하느라 기진맥진한 채 잠만 잤다.

하여간에 악마다. 몇 달에 한 번 나오는 휴가이다 보니 참고 참았던 걸 한 번에 다 쏟아 내려 했다. 휴가가 5박 6일이면 정확히 5일간은 둘 다 옷 한 번을 제대로 갖춰 입은 적이 없었다. 매일 섹스를 하느라 식사도 제때 하지 못해 거의 폐인이 되어 대충 한 끼를 때우는 식으로 시간을 보내야만 했다.

그런데도 누구 하나 멈추라고 하지 않았다. 서로의 몸이 닿는 것만으로도 보호받고 있는 것 같았다. 고독하다거나 춥다거나 하는 외로운 감정 따위는 느낄 겨를이 없는 데다 아무 생각이 나질 않았다.

완벽한 몰두였다. 고민 없이 그의 몸이 주는 쾌락에 젖어 울부짖다 보면 태경이 그녀의 몸 위로 쓰러지며 입가에 미소를 띠었다. 그의 나른하게 번지는 미소가 너무 보기 좋아서 심장이 저릿했다. 섹스가 모두 끝난 후 짓는 그의 미소는 그녀에게 섹스가 제법 괜찮은 마법을 부리는 하나의 과정이라 정의 내리게 했다. 그런 그의 머리통을 어루만지며 거친 숨을 달래는 시간이 좋았다.

이제 그가 아닌 다른 남자와의 섹스는 상상할 수 없었다.

그냥 섹스 하면 연쇄작용처럼 태경의 얼굴이 떠올랐다. 성욕은 이제 그와 직결된 문제가 되었다. 그가 아니면 누구도 해소해 줄 수 없는 문제가 된 것이다.

또 밤낮 없는 섹스의 밤이 시작되었다. 물론 드라마 촬영 때문에 그마저도 여의치 않았다. 하지만 집에 오면 그가 이곳을 꽉 채우고 있다는 사실 하나만으로도 심장이 뻐근하다. 그걸로 됐다. 그가 빨리 제대해서 돌아와 주기를……

지안은 그의 품 안에 안긴 채 그렇게 짙게 그에게 흘러들어 갔다.

* * *

태일이 제대하고 가을에 접어들었을 즈음, 그가 찾아왔다. 만나려 하지 않았지만, 태일은 단호했다. 만나 주지 않으면 언론사에 그녀의 이력을 폭탄 투하하듯 전부 뿌리고 다니겠다는 협박을 했다. 그녀에게도 그와 관련된 자료가 많기에 주눅 들 이유는 없었다. 하지만 협의를 하려면 적어도 한 번은 마주쳐야 하기에 그를 만나기로 했다.

단, 사람들이 있는 장소에서 보기로 했다. 지안은 자주 이용하는 와인바로 그를 불러냈다. 오후 8시, 태일이 그녀의 앞에 나타났다. 지안은 새파란 원피스를 입고 있었다. 그 외에는 평소와 다름없이 수수한 모습을 유지했다. 굳이 잘 보여야 할 이유가 없는 남자에게 멋진 모습을 보일 필요가 없어서 화장도 직접 했다. 원피스도 몸매가 드러나는 게 아닌 일자로 툭 떨어지는 라인이었다.

"왔어요?"

"오랜만이네."

"그러네요. 앉으세요."

태일이 신기하다는 듯 그녀를 유심히 쳐다봤다. 그때, 룸으로 종업원이 들어와 기본 안주와 함께 그녀가 주문한 와인과 안주를 테이블에 올려놓았다.

"즐거운 시간 되십시오."

종업원이 나가자마자 그녀는 와인을 들어 그의 잔을 먼저 채워 주고 자신의 잔을 채웠다. 태일은 말없이 그런 모습을 유심히 쳐다봤다.

"이제 너도 스물세 살인가?"

"네, 그렇게 됐네요."

"연예계에서 잔뼈가 굵어져 그런가 제법 우아하고 세련되어진 것 같네?"

"고마워요."

입가에 사무적인 미소를 띠고 그를 쳐다봤다.

"사회생활은 잘해 나가는 모양이더군."

"네, 그런 가면을 쓰는 것쯤은 일도 아니죠."

"그래, 자…… 이제 본격적으로 본론으로 들어갈까?"

태일이 와인 한 잔을 통째로 비우더니 입가에 미소를 지었다.

"너, 나랑 사귀자."

이제 되지도 않는 소리를 한다. 지안은 입술 끝을 휘어 올리며 노골적으로 환멸 어린 눈빛을 그에게 보냈다.

"미안한데, 태일 씨와 저는 그런 사이가 절대로 될 수가 없어요."

"왜?"

"어릴 때 당한 기억 때문에 태일 씨의 손이 닿는 게 벌레 만지는 것만큼이나 끔찍해서 싫거든요."

태일이 피식 입가에 미소를 짓더니 고개를 한 차례 성의 없이 끄덕거렸다. 그리고 와인병을 당겨 잔을 채우고 다시 한 잔을 비우더니 말했다.

"난 너와 그저 재미나 좀 보자는 것뿐이야. 그게 뭐가 그렇게 어려워? 내가 너한테 결혼이라도 하재?"

"전부, 다, 싫어요."

딱 잘라 스타카토로 툭툭 끊어 말했다. 지안의 말투에 경멸이 묻어나고 있었는데도 태일은 입가에 그린 미소를 지우려 하지 않았다.

"그래?"

"무슨 짓을 한다 해도 제 답은 똑같아요."

"뭐 때문에 그렇게 당당해?"

"감태일 씨…… 그동안 만난 여자가 한둘이 아니라는 건 이미 유명하잖아요?"

"자랑이라면 자랑이겠지."

"그중 일부의 동영상이 저한테 있어요."

태일이 눈을 홉뜨고 어처구니가 없다는 듯 그녀를 쳐다봤다.

"뭐야? 너…… 날 미행했어?"

"이 사실은 태경 오빠도 알아요."

"미친놈!"

"욕하지 말아요. 저도 저를 지키기 위한 대비책이 시급했기 때문에 어쩔 수 없었어요. 이제 저를 두고 협박하는 짓은 그만 하세요. 저 역시 태일 씨를 협박할 비장의 무기 하나 정도는 갖고 있거든요."

"그럼 같이 한번 질러 볼까? 어떤 자료가 살아남는지?"

지안의 미간이 확 구겨졌다.

"내가 왜 지금껏 네 꼴을 봐주고 참아 넘겼는지 알아? 이유는 하나야. 태경이 때문이었어. 태경이와 네가 그렇고 그런 사이라는 건 이미 알고 있었지. 하지만 태경이는 일시적으로 널 데리고 놀다 말 거라는 걸 아니까, 방관한 거라고."

일시적이라고 왜 저렇게 단정하지?

"태경이 약혼할 거라는 얘기는 했어?"

새카맣게 모르는 얘기다. 지안은 눈매를 가늘게 좁히고 태일을 쳐다봤다. 누굴 믿느냐 물으면 그녀는 1초의 망설임도 없이 태경을 믿는다 말할 자신이 있다. 그런데 태일이 되지도 않는 사기를 치려 하고 있다. 의심이 가득한 눈빛으로 그를 쳐다보자, 태일이 자신만만한 미소를 지으며 다리를 꼬더니 말했다.

"확실히 말할 수 있어. 태경이 현 검찰청장의 딸 이하연이라는 여자와 약혼 대기 중이야. 이하연이 졸업하고, 태경이 군을 제대하면 약혼식을 치르기로 이미 얘기가 다 끝났다. 네까짓 게 탐낼 남자가 아니라는 건 이미 알고 있었잖아? 네가 유명한 인기 배우가 됐다고 해서 네 아버지가 살인자라는 사실이 사라지는 건 아니잖아? 안 그래?"

가슴이 뻐근하게 조여 왔다. 살면서 이렇게 아프게 죄어 왔던 적은 한 번도 없었다. 왜 말하지 않았던 걸까? 왜 약혼 사실을 감춘 걸까? 둘 사이에 균열이 가는 게 싫어서 말하지 않은 건 아닐까? 그게 아니라면 정말 목적은 다른 데 있었던 걸까? 그저 흔한 섹스 파트너로 그녀가 필요했던 걸까?

그녀의 눈동자가 불안하게 좌우로 흔들리기 시작했다. 겁이 났다. 그와의 모든 시간이 별것도 아닌 모래성보다 못했던 것들이 되는 게 아닐까 염려스러워서 미칠 것 같았다.

지안은 시선을 아래로 내리고 떨리는 손으로 와인잔을 쥐었다. 한 잔 마시는 순간, 불안하던 마음이 차츰 안정되었다.

"그렇겠죠. 당연히 그래야죠. 태경 오빠는 굉장히 유능한 사람이니까."

"넌 내가 데리고 살아 줄게."

이게 대체 무슨 소린가.

지안이 놀라 태일을 쳐다봤다. 태일이 똑바로 쳐다보는 그녀의 시선을 슬쩍 피하더니 말했다.

"너하고라면 결혼할 마음이 있다고."

"별로 달갑지 않은 소리군요."

역겨운 소리였다. 왜 그하고 결혼을 해야 한단 말인가! 굳이 하겠다면 다른 남자를 고르겠다. 태경이 아니라면 아무나 상관없지만, 태일은 아니다. 그녀의 인생사전에 태일이라는 이름 자체가 없다. 태일은 그저 원수 같은 놈에 불과했다.

"딱 잘라 말해 주니 고맙네. 물론 내가 이럴 때 미쳐서 너한테 하지 말아야 할 짓을 한 건 인정해. 철딱서니도 없었고 아버지가 용인해 주니까 그래도 되는 줄 알았어. 그래, 그 이후로도 미쳐서 너한테 하지 말아야 할 짓을 한 것도 알아. 하지만 네가 어지간히 예뻤어야 참지. 나로서는 견딜 수 없는 유혹이었어. 다이어트를 하고 있는데 미치도록 맛있는 수제 케이크를 눈앞에 갖다 놓은 꼴이잖아. 나로선 맛보고 싶을 수밖에 없었다고."

궤변, 개소리다. 들어 줄 가치도 없는 개소리. 그녀는 얼굴을 차갑게 굳히고 그를 빤히 쳐다봤다. 대화가 이어질수록 답은 더욱 선명해져만 갔다.

"되지도 않는 소리 하지도 말아요. 서로 갈 길 가는 게 좋아요. 감태일 씨, 전 하늘이 두 쪽 나서 인류가 멸망해 그쪽과 나 둘만 살아남는다고 해도 그쪽과 결혼할 생각은 없어요. 혼자 죽으면 죽었지 태일 씨한테 의지할 마음은 손톱만큼도 없다는 얘기예요. 알겠어요?"

"단호하네. 그럼 터트려?"

지안은 저 미친놈이 한번 하고자 하면 정말 한다는 걸 잘 알고 있었다. 잠시 망설이던 그녀는 답했다.

"면회를 다녀올게요."

"무슨 소리야?"

"확인하고 올게요. 일주일만 말미를 줘요."

"태경일 만나서 뭐 하려고?"

"약혼 사실에 관해 물어야겠죠. 그리고 제 미래에 대해 어떤 길이 있는지를 보여 줘야겠죠. 그 속에 태일 씨와의 결혼도 있다는 걸 들으면 그가 어떤 표정을 지을지 궁금해서요."

"하하하하, 너 당돌하구나! 그야 뭐, 네가 원한다면 얼마든지. 하지만 일주일 안에 결정을 내려서 나한테 알려 줘야 한다."

"그래요. 일주일만요."

"만약 비관적인 결론이 나온다면 너에 대한 얘기를 세상에 다 떠들어 댈 거다."

"그건 저 역시 마찬가지예요. 태일 씨가 그렇게 모든 사실을 배포한다면 눈에는 눈, 이에는 이예요. 해 보죠."

"좋아. 기대해. 재밌겠네."

나락으로 떨어지는 건 하나도 두렵지 않았다. 그보다 태경이 다른 여자의 남자가 된다는 사실이 더 끔찍하고 참혹했다.

그녀는 와인잔을 들어 얇은 유리면에 입술을 대고 천천히 와인을 입 안으로 빨아들였다. 태일이 비릿한 조소를 띠고 그

녀를 흥미롭게 훑었다. 자기 뜻대로 되지 않으면 깨서 부수는
자가 저자였다.

일주일, 적어도 유예기간이 생긴 셈이다.

*　　*　　*

지안이 가장 먼저 찾아간 사람은 아버지 임성운이었다.

"정말 아무것도 밝힐 마음이 없는 거예요?"

아버지는 묵묵부답이었다.

"뭘 지키기 위함인가요?"

"내가 죽였어."

지안의 손이 바들바들 떨리기 시작했다. 다들 그가 죽였다고
하질 않는데 왜 아버지만 자신이 죽였다고 헛소리를 지껄이는
것인가. 미칠 노릇이었다.

"좋아요. 확실한 거 하나는 알려 드릴게요. 이젠 저와 지령인
지하세계로 떨어져 내릴 거예요. 저의 약점을 아는 인간이 모
든 사실을 까발리겠다고 협박하고 있거든요. 그게 알려지면 전
살아남지 못해요. 알다시피 연예인이라는 직업이 그리 녹록지
가 않거든요. 지금까지 버틴 것도 운이었는지도 모르죠. 이거
하나만 알아 두세요. 이제 임성운 씨는 저와 지령이의 혈연이
아닙니다. 이제 두 번 다시 얼굴 볼 일은 없겠네요. 그럼……."

화가 머리끝까지 뻗친 지안이 자리를 박차고 일어나자 아버

지가 한마디 했다.

"들쑤시지 않는 게 좋아. 네 연예인 생명이 문제가 아니야. 너나 지령이도 다칠 수 있다. 그냥 이대로 흘러가게 둬라. 그리고 너와 지령인 그냥 죽은 듯이 숨어 살아. 그게 나아. 신분이 노출되어 봐야 하나도 좋을 게 없어. 오래 살고 싶다면, 그편이 나아."

지안의 미간이 확 일그러졌다. 고작 아버지라는 사람이 자식에게 해 줄 말이 저것뿐이라는 게 개탄할 일이었다.

지안은 뒤도 돌아보지 않고 면회실을 나왔다. 이 팀장이 과자를 우적우적 먹다가 그녀가 오자 물었다.

"그런데 뭐하러 이런 데를 와?"

"친척 중에 하나가 저기 있거든요. 한 번만 와 달라고 통사정을 해서요."

"그래도 연예인이 이런 데 다니는 건 그리 좋은 모양새는 아니야."

"이젠 끝이에요. 태경 오빠한테 가려고 하는데, 시간 어때요?"

"가능해. 지금 출발하면……."

"그럼 태경 오빠의 군부대로 가 주세요."

"그런데 네가 가면 거기 뒤집힐 텐데……."

"일부러 몸을 가리는 펑퍼짐한 옷을 입고 왔고, 모자와 선글라스도 챙겼으니까 어떻게든 될 거예요."

251

"네 신분을 확인하는 과정에서 이미 소문이 쫙 퍼질 거야."

"꼭 만나야 해요. 그러니까 오늘은 아무 말 말고 가 주세요. 뒷감당은 제가 할게요."

"알았어."

이 팀장이 말없이 가속 페달을 밟기 시작했다. 파주에 있는 수색대대에 입대한 덕분에 거리가 그리 멀게 느껴지지는 않았다. 한 시간 좀 넘게 달리기만 하면 도착하는 거리였다.

지안은 헤드폰을 쓰고 좋아하는 음악을 들으면서 빠르게 지나가는 주변 풍경에 시선을 두었다.

더 이상 아버지에 대해 알아봐야 할 건 없다. 본인이 저토록 완강하니, 더 이상 긁어 부스럼을 만들 이유가 없지 않은가. 하지만 그런 소식을 태경이 들으면 그리 좋아하지 않을 것이다. 뭐든 한 가지를 시작하면 끝을 보려는 성격이라 이런 식으로 흐지부지 마무리된다고 하면 찜찜해할 게 뻔했다.

하지만 본인이 저렇게 덮어 두려고만 하니 밖에서 아무리 노력해 봐야 무슨 소용이 있겠는가. 다 의미 없는 노력이 아니겠는가.

"하아……."

저절로 긴 한숨이 불거져 나왔다. 아버지 때문에도 골치가 아프고 태일 때문에도 위액이 역류할 지경이었다. 덤비라고 반박하기는 했지만 이 자리에서 미끄러져 순식간에 아무것도 아닌 존재가 되는 게 쉽게 받아들여지질 않았다. 그녀에게 호의

를 느끼던 많은 사람들의 시선이 금세 경멸로 바뀌게 될 걸 생
각하면 벌써부터 마음이 아파 왔다.

"팀장님……."

"응?"

"저 믿나요?"

"물론."

"……저한테 말도 안 되는 스캔들이 벌어져도 절 지지해 줄
건가요?"

"왜 그래? 불길하게."

"음…… 제가 연예인 생활을 못 할 정도로 안 좋은 루머와 엮
일 경우에 윤 대표님은 어떻게 할까요?"

"글쎄다. 보통 그런 경우에는 소속사 차원에서 변호사를 찾
아 주기는 하지만 적극적으로 나서지는 못해. 자칫 잘못하면
소속사의 다른 아티스트까지 얕잡아 볼 수가 있으니까. 하나
때문에 전체가 피해를 입는 일이 생기지 않도록 소속사에선
되도록 나서질 않는 편이야. 물론 문제가 생긴 아티스트의 입
장을 정리해서 외부에 노출하는 것 정도야 하겠지만, 그 외에
는 할 수 있는 게 별로 없어. 이미지가 실추된 연예인의 경우
엔 무조건 잠수 타는 게 이곳 추세이기도 하니까."

"계약파기를 하게 될 경우엔……."

"아마 네가 그런 경우가 돼서 계약을 파기하게 된다면……
아마 대표님은 그냥 놔줄지도 모르겠다. 그동안 네가 우리 회

사에 기여한 게 얼마냐? 하지만 너 때문에 이미지가 무너진 CF 업체에서 손해배상을 청구할 수는 있어. 그 부분에 대해서는 네가 다 배상을 해야 할 거야."

그 액수는 상당했다. 그나마 대부분 두어 달 전에 계약만료가 되기도 했고, 지금은 열 개 정도의 CF를 찍기는 했다. 문제는 다들 상당히 고액을 주고 그녀를 기용했다는 것이있다. 그들에게 손해배상을 해 주려면 아마도 그녀는 재산의 3분의 2는 내놓아야 할지도 모른다.

이럴 경우를 대비해 그녀는 재산을 무조건 쌓아 놓기만 하고 사용하지는 않았다. 만의 하나 대비해야 할 필요가 있었기에 흥청망청 쓰기보단 저축하는 데 온 힘을 기울였다.

그 덕에 그녀는 연예인 생활을 그만둬도 한동안 20평대 아파트에서 먹고살 수는 있을 것이다.

"만약 그런 일이 벌어지면 중국이나 일본 쪽으로 시선을 돌리는 것도 방법일 수 있어. 넌 이미 우리나라에서 톱을 찍은 배우기 때문에 해외에서도 서로 쓰려고 난리니까."

과연 그럴까? 어느 나라에서 아버지가 살인마라는 얘기를 듣고 그녀를 기용하려 들까? 그녀는 그 부분에 대해서는 회의적이었다. 연예인 활동을 열아홉 살에 시작해 지금까지 거의 4년 동안 하면서 그녀는 개인 선생을 고용해 영어와 중국어 공부에 몰두했다. 그 외에 조리사 자격증까지 따 두었다. 어디서 장사라도 하려면 그런 것들이 필요할 것 같았다. 중국이나 영어권으로 유학을 갈지도 고민했다. 당장 지령이 한국에서 대학을 다니는 중이라 졸업 후에 움직일 생각이었다. 지령도 같이 데리고 갈 작정이다.

"너…… 그런데 무슨 일 있어?"

이 팀장이 심란해진 얼굴로 물었다.

"무슨 일이 생기기 전에 팀장님한테는 꼭 먼저 얘기를 할게요."

"그래, 불안하네. 왜 그래?"

지안은 쓸쓸한 눈빛으로 창밖을 쳐다봤다.

그 사이 군부대 근처에 도착했다. 차를 주차하는 사이 그녀는 헤드폰을 벗어 한쪽에 놓고 차에서 내릴 준비를 했다. 전신을 휘감는 펑퍼짐한 스타일의 롱코트로 몸을 가리고 진갈색 야구 모자와 선글라스를 착용한 채 차에서 내렸다.

이 팀장이 앞서가 면회 요청을 했다. 두 사람의 신분을 증명하는 절차가 이어지고 잠시 후, 태경이 웃으면서 그녀의 앞에 나타났다. 이 팀장이 치킨이라도 시켜야겠다며 밖으로 나가자, 지안은 말없이 그를 쳐다봤다.

"왔어?"

화가 났는데, 막상 그의 얼굴을 보니까 가슴 안에 치솟던 불기둥이 금세 사라지고 두근거리는 마음만 남았다. 화가 나서 소리를 지를 거라 예상한 것과는 정반대로 피식 웃음이 나오고 말았다.

"앉아."

지안이 그의 맞은편에 앉았다. 그가 말없이 지안을 뚫어져라 쳐다보더니 멋쩍게 웃었다. 짧은 머리카락에 군복을 입은 그는 낯설고 묘하게 수줍어 보였다. 그가 짧은 머리카락을 빗어 넘기면서 웃었다.

"이상하지?"

지안이 고개를 저었다.

"그런데 여기까진 어쩐 일이야? 네가 여기에 오면 곤란하잖아. 다들 널 보겠다고 난리야."

기어이 알려지고 말았나 보다.

"묻고 싶은 얘기가 있어서 왔어요. 그걸 확인한다고 뭐가 달라질지 잘 모르겠지만……."

태경이 미간을 살짝 좁히며 그녀를 빤히 쳐다봤다.

#9

소리 없이 시간만 흐르고 있었다. 이 팀장이 들어와 치킨 두 마리를 놓고 나갔다. 이 팀장이 소속대원들에게도 치킨을 나눠 주겠다며 나갔는데도 침묵은 한동안 이어졌다. 그리고 잠시 후 한참 만에 태경이 먼저 입을 열었다.

"안 좋은 얘기를 하려고 왔구나?"

여섯 살 이후 같이 살았던 사람이라 눈치가 빨랐다. 아니, 오 랫동안 같이 지내오다 보니 저절로 그는 지안의 표정에서 감 정을 읽게 되었는지도 모른다.

"……태일 씨 만났어요."

"형이 찾아갔겠다, 생각은 했어."

"한 번은 마주쳐야 할 것 같아서 만났는데…… 오빠가 약혼할 예정이라는 얘기를 하더군요."

태경은 담담한 눈빛으로 그녀를 쳐다봤다. 이미 예견되어 있었다는 듯 초연한 표정이라 되레 그녀가 당황스러웠다.

"그게 문제가 되나?"

문제 될 리 없다. 왜 문제가 되겠는가. 그들은 뭐라 규정된 관계가 아니다. 딱 자른 듯한 단어로 깔끔하게 정리되는 사이가 될 수 없다. 그러니까 그에게 약혼녀가 생기는 걸 문제 삼을 자격이 그녀에겐 없는 거다.

헛웃음이 불거져 나왔다. 이렇게 될 줄 알고 왔지만, 너무 당연하게 그런 소리를 들으니 허탈해졌다.

"그러네. 그렇지……."

"그게 화날 일인가?"

"……오빠는 항상 그런 식이네요. 제 마음 같은 건 안중에도 없는 사람처럼……."

"아버지에 대해서는?"

"……그래요. 우리 사이엔 그게 가장 큰 걸림돌이었는데, 잘 됐네요. 아버지가 아무것도 하지 말라고 해요. 차라리 연예인을 때려치우라는 조언도 하더군요. 튀지 않는 게 상책이라고…… 그게 살 방법이라고……. 그래서 지금 고민하고 있어요."

태경이 말없이 그녀를 응시했다. 아무런 감정도 읽히지 않는 바둑돌같이 반들거리는 눈동자였다. 가슴이 미어졌다. 어떻게 그는 이런 상황에서조차 저렇게 냉철할 수 있단 말인가. 자신은 이토록 산산이 부서지고 찢기는 것 같은데. 어금니를 사리 물며, 반 오기로 한마디 했다.

"태일 씨가 결혼하재요."

태경이 기함한 표정을 지었다. 그런 변수는 상상도 못 한 표정이라 되레 속이 후련해졌다. 아무것도 하지 않고 있을 줄 알았던 건가?

"협박을 당할 바에는 차라리 그 사람 곁에 바싹 붙어서 그림자처럼 살아 보는 것도 방법이겠다……."

쾅! 태경이 테이블을 내리쳤다.

"미쳤어?"

그가 자리를 박차고 일어나 사납게 포효했다. 심장이 쩡 하고 얼어붙었다. 한 마리 야수처럼 시퍼렇게 안광을 뿜는 그의 눈빛엔 살벌한 살의가 차올랐다.

"오빠……."

"너 죽고 싶은 거야?"

왜 이런 협박을 하는 거지? 그가 지금껏 보여 주지 않은 날 것 그대로의 표정을 짓고 그녀를 협박하고 있었다.

"그게…… 무슨!"

"넌 내 것이라고 몇 번이나 말했어. 그런데 형이라니? 내 사람인 네가! 어떻게 형한테 가겠다는 말을 할 수 있어? 이게 말이 되는 것 같아?"

지안은 아랫입술을 지그시 깨물었다. 오기가 치솟아 뱉어 낸 헛소리였고, 그가 의표를 찔린 표정을 지어서 꽤나 즐거웠다. 그런데 이제는 그가 당장이라도 그녀의 목을 조를 듯한 기세로 그녀를 압박했다. 이 감정을 대체 뭐라고 읽어야 한단 말인가.

"오빠는…… 정말 모르겠어요."

"형은 안 돼!"

"그럼 누구는 되고요?"

"아무도 안 돼!"

"오빠는 지금 군인이에요. 대체 그 안에서 뭘 할 수 있는데요? 그리고 태일 씨가 사귀어 주지 않으면 모든 걸 폭로하겠다고 협박하고 있다고요. 뭘 믿고 저러는지 몰라도 제가 동영상 얘기를 했는데도 눈 하나 끔뻑하지 않아요."

"믿는 거라고는 하나뿐이야. 아버지의 권력……."

"전면전을 치를 수밖에 없다고요. 오빠는 곧 약혼을 하고, 전태일 씨의 시나리오대로라면 곧 나락 저 끝으로 떨어지게 되어 있다고요. 이런데 뭘 어쩌라는 거죠?"

"떨어져. 더 이상 미련 갖지 말고."

쉽게 말한다. 자기 일이 아니라는 건가? 하지만 형형하게 빛나는 그의 눈동자를 보고 있자니 그냥 쉽게 던지는 말 같아 보이진 않았다. 무슨 생각이라도 있는 건가?

"넌 나름대로 이 일을 그만둘 마음의 준비도 하지 않았나?"

"뭘 해도 이것보단 못 벌어요. 보람도 덜할 테죠."

"그래, 이 일을 좋아한다는 건 알아. 하지만 정계가 네 아버지와 연루되어 있다면 네 아버지 말마따나 숨어 사는 것도 나쁘진 않은 것 같다."

"피하라는 건가요?"

"어쩔 수 없잖아. 네가 혼자 그들하고 어떻게 대적할 수 있는데?"

"……없죠."

"나도 거기까진 못 도와. 알다시피 난 그만한 인맥도 없는데다 군인이야. 여길 나가 사회생활을 한다고 해도 회사를 운영한 지 몇 년 안 된 초보 경영자일 뿐이지. 무슨 영향력이 있어서 널 돕겠어?"

그의 말이 다 맞아서 서글펐다. 감 의원은 아들이 그녀를 위해 나선다고 하면 가만히 두고 보지만은 않을 게 너무 뻔했다. 그래서 감 의원을 끌어들이자는 말도 차마 하지 못했다.

"형한테도 가선 안 되고, 그렇다고 혼자 진실을 밝혀 보겠다고 나서서도 안 돼."

아무런 희망도 없는 삶이 남았다는 결론이다. 지안은 절망적인 표정으로 시선을 내려 깍지를 끼고 있는 그의 손을 쳐다봤다. 그를 보면 뭔가 시원해질 거라 생각했는데, 더 뿌연 안개 속을 걷는 기분에 사로잡혔다. 이제 이렇게 무거워진 마음으로 어떻게 뭘 해야 하는 걸까?

"내가 한 말 마음에 새긴 거야?"

지안이 시선을 들어 그를 쳐다봤다. 이글거리는 그의 눈빛엔 결연한 의지가 가득했다. 그가 시키는 대로 밀어붙여야만 한다는 고집이 묻어나고 있었다.

"……잘 버틸 용기가 없는데, 괜찮을까요?"

"넌 할 수 있어. 지령이를 생각해."

"……알았어요."

반박하고, 마음껏 저항하고 싶었다. 하지만 그를 화나게 해서 좋을 건 없었다. 그리고 그가 반대하는 길 또한 그녀가 원하는 길이 아니다. 그걸 알면서도 그를 자극하기 위해 스스로 불속으로 걸어갈 생각도 없었다.

"형은 만나지 않는 게 좋아."

"곧 뉴스가 터지겠죠. 텔레비전 꼭 보세요."

"그래, 일이 터지고 한동안 해외에 나가 있는 게 어때?"

"하지만 그걸 지령이 혼자 감당해야 하잖아요."

"네 소속사 대표와 통화를 하고 싶은데, 휴대폰 줘 봐."

지안이 휴대폰을 주자 그가 소속사 대표에게 전화를 걸었다.

—여보세요?

"안녕하세요. 감태경입니다."

—아! 네, 지안이 사촌이라고 하던 분이죠? 감 의원님의 아드님이시기도 하고요. 어쩐 일로?

"조만간 지안이 일로 대형 사건이 터질 겁니다. 만반의 준비를 하시는 게 좋을 거예요. 손해배상 소송에 대해서도 준비를 하셔야 할 테고요."

―네? 그게 무슨······.

"지안이 돌아가서 자세한 설명을 더 할 겁니다. 모든 얘기는 지안의 입을 통해 들어 보세요. 차후 어떻게 이 모든 걸 수습할지 방향을 정하시고, 지안이와의 계약은 파기하셔도 됩니다."

―난데없이 이게 무슨 소린가요?

"지안이가 곧 출발할 겁니다."

―아, 알겠습니다.

이젠 빼도 박도 못 하게 윤 대표에게까지 모든 걸 알려 주라고 하고 있다. 태일과 얽히는 짓만은 절대로 하지 말라는 뜻이었다. 지안은 할 수 없이 휴대폰을 붙잡고 곧 가겠다는 인사를 한 뒤, 가만히 그를 쳐다봤다. 면회 시간이 거의 끝나 가자 태경이 한마디 했다.

"결혼은······ 안 해."

무슨 소리를 하는 걸까? 의아해져서 그를 쳐다봤다.

"내 사전에 그런 결혼은 허용하지 않아. 아버지한테 시간을 벌기 위해 내밀었던 카드일 뿐이야. 그 여자한테 관심도 없고. 그러니까 넌 차분히 내가 시키는 걸 하고 있으면 돼."

그러면 그들은 남들에게 번듯하게 말할 수 있는 그런 사이가 될 수 있다는 건가? 괜히 지안의 입에서 웃음이 피식 흘러

나왔다. 비웃음과 거의 일치하는 웃음이었다.

"왜 웃어?"

"그런다고 우리 사이가 달라지나요?"

"달라지진 않겠지만, 너와 내가 의지만 있다면 색다른 결과를 내놓을 수도 있지."

같이 흘러가 보자는 얘긴가?

"지금 당장 뭐라고 결론을 내기에는 너와 내가 너무 어리지 않아? 고작 스물다섯 살과 스물세 살이 대체 뭘 할 수 있는데?"

어리다면 어리고, 자신의 인생을 책임질 수 있다고 말한다면 할 수 있는 나이였다. 하지만 요즘은 결혼도 삼십대 중반이 넘어서 하는 사람들도 많은데, 그런 평균연령에 놓고 보면 한참 어리긴 했다. 무언가를 더 하고도 남을 법한 나이가 아닌가. 도전하는 와중에 결론 먼저 내 놓고 포기하기엔 너무 빛나는 나날들이 많다. 그렇다면 좀 더 나아가 볼까?

"갈게요."

지안은 마음을 정하고 자리에서 일어났다.

"뉴스는 지켜볼게."

"네, 파멸하는 모습을 잘 봐 주세요."

"묵묵히 견뎌. 어떻게 되든 간에 다른 길이 열릴 거야."

"당분간 연락도, 방문도 힘들지도 모르겠어요."

"그래, 기다릴게."

지안은 입가에 씁쓸한 조소를 머금고 그에게 인사를 했다. 그도 그녀에게 손 인사를 했다.

면회실을 나와 밴이 세워진 곳으로 가자 멀리서 군인들이 묵직한 음성으로 소리를 질렀다. 그녀는 고개를 돌려 그들에게 인사를 했다. 다들 아쉬운지 난리가 일었지만, 지금 이런 기분으로 그들에게 할 수 있는 건 아무것도 없었다.

차에 오르자마자 이 팀장이 걱정스럽게 물었다.

"대표님한테 뭐라고 한 거야? 빨리 오라고 난리인데."

"사무실로 가 주세요."

"별일 아니라고 좀 해 줘. 나, 지금 심장이 무섭게 뛴다."

"그동안 정말 감사했어요."

"아아…… 정말 왜 그래? 사람 불안하게!"

"진심이에요."

지안이 심각한 얼굴로 쓸쓸하게 웃었다. 그러자 그가 길게 한숨을 쉬더니 시무룩해져서 시동을 걸었다. 밴이 한적한 일차선 도로를 굽이굽이 지나가다가 국도를 타기 시작했다. 모든 준비가 다 끝났을 때, 태일이 사고를 칠 것이다. 그럼 그때 그녀도 깔끔하게 물러나면 되겠지.

하늘에서 반짝이던 스타가 이젠 별똥별로 추락한다.

모든 얘기를 전해 들은 윤 대표가 심각한 얼굴로 한참 동안 말을 잇지 못하더니 바로 어딘가에 전화를 걸었다.

"박 기자, 난데 특종 하나 줄게. 기사 좀 써 줘. 되도록 매우 호의적이면서도 동정심을 유발할 만한 기사였음 좋겠는데 ……."

─뭔데 그래요?

"임지안의 가정사 얘기야. 매우 위험하고도 복잡한 가정사 얘기. 기사 쓰면 바로 검색어 1위 찍을 내용이니까, 최대한 빨리 회사로 와라."

─알겠습니다. 지금 출발할게요.

통화를 끝낸 그를 지안이 황당한 얼굴로 쳐다봤다.

"대표님, 뭘 어쩌려고……."

"우리가 먼저 던지자. 이 폭탄……."

"하지만 그렇게 갑자기……."

"우리 쪽에서 당했다는 이미지를 줄 바엔 차라리 먼저 터트려서 상황 수습을 하는 쪽으로 가는 편이 나아. 게다가 CF 업체 측과의 협의를 얻기 위해서라도 네게 동정 여론을 모으는게 가장 좋지. 하지만 사실 네 아버지 일 자체가 너무 최악이긴 하다. 조폭, 그것도 우두머리였다는 것도 그렇고 하필 살인죄로 복역 중이라는 건…… 아무리 좋게 포장을 한다고 해도 우리 쪽에 득이 될 건 하나도 없어. 결국 손해배상은 해야 할 거야."

"네, 그건 이미 마음의 준비를 다 했어요."

"됐어. 그럼. 우리가 먼저 하자고. 넌 지금 당장 근처 어디든

가서 제일 수수한 검은 정장으로 갈아입고 머리도 단정하게 하나로 묶어. 입술엔 피부색과 비슷한 베이지 계열의 립스틱을 바르는 게 좋겠어. 최대한 네가 이 순간을 고통스러워한다는 느낌을 줘야 하니까 그런 이미지를 만들자."

지안은 스타일리스트들이 가져온 옷으로 재빨리 갈아입고 메이크업을 받은 후 거울을 쳐다봤다. 많이 아픈 사람처럼 보였지만 이렇게 보이는 게 최선이라고 하니 어쩌겠는가. 지안은 낮게 한숨을 쉬면서 떨리는 심장을 진정시켰다.

'정말 이대로 진행해도 괜찮은 걸까?'

잠시 후 이 팀장이 오더니 박 기자가 로비에 도착했다는 말을 전해 주었다. 윤 대표가 지안을 회의실로 이끌었다.

회의실에 들어가자 박 기자가 웃으며 두 사람을 반겼다. 윤 대표가 그와 악수를 하자 박 기자가 그녀에게도 손을 뻗어 악수를 청했다. 각자 자리를 잡고 앉은 후, 곧장 윤 대표의 간단한 브리핑이 이어졌고, 충격적인 소식을 들은 박 기자의 눈빛이 형형하게 빛났다.

"우와 이거 대박인데요? 대박 정도로 끝날 일이 아니라 일파만파 커질 수도 있어요."

"그래도 터트려."

"저야 좋죠. 그런데 지안 씨 같은 인재가 매장당하는 게 좀 안타깝군요."

"한동안 해외에 나가 있을 거야."

"아, 그래야 할 거예요. 이 소동이 가라앉으려면 족히 1, 2년은 걸리지 않겠어요?"

"그렇겠지."

1, 2년이라…… 상상도 못 했던 휴가를 받는 건가? 지안은 텅 빈 눈으로 허공을 쳐다봤다.

"그런데 조직의 보스가 국회의원의 아내를 직접 살해했다는 건 뭔가 좀 이상하지 않나요?"

지안이 시선을 들어 그를 쳐다봤다.

"모든 기자가 그 대목에 대해 의구심을 가졌죠. 뭔가 모종의 거래가 있지 않고서야 배후에 있어야 할 사람이 왜 전면에 나와서 자신이 직접 살인했노라 시인했는지를 두고 말들이 많았어요. 지안 씨는 그 대목에 대해 어떻게 생각하세요?"

"이상하긴 하죠. 그런데 아버지를 찾아가 물으니 죽어도 자기가 했다고 하는 걸 제가 어떻게 알아내겠어요."

"혹시 뭐 다른 정보라도……."

지안은 태경과 같이 수집한 정보를 박 기자에게 정리해서 말해 줬다. 그러자 그가 턱을 만지작거리더니 어딘가로 전화를 걸었다. 그는 최 기자라는 사람에게 전화를 걸어 임성운에 대해 이것저것 물었다. 그와 관련된 것들을 전부 이야기하자 그쪽에서 꽤 흥미를 느낀 것 같았다.

"그럼 그 사람과 잘 아는 사람을 내가 소개해 줄게. 내일쯤 연락해서 만나 봐."

통화를 끝낸 그가 명함 하나를 내밀었다.

"최 기자라고 제 학교 동기이고 친구인데, 사회부 기자예요. 어쩌다 보니 살인 사건 위주의 기사를 쓰고 있는데, 감운식 의원 아내의 죽음에 대해서도 자세한 내막을 그 사람이 잘 알고 있어요. 만나 봐요. 모든 게 드러나면 최 기자를 만나는 게 가장 자연스러운 수순이 될 겁니다."

"고마워요."

"자, 그럼 본격적인 인터뷰를 시작하죠. 여기서 작업해서 곧장 이메일로 국장님께 승인받고 바로 인터넷에 배포할 겁니다. 그러니 기사화되는 건 20분도 채 안 걸릴 거예요. 폭탄이 곧 터진다는 소리죠."

지안이 마른침을 꿀꺽 삼키며 고개를 한 차례 끄덕거렸다.

태일이 기가 막힌 얼굴로 뉴스를 쳐다봤다. 지안이 기어이 일을 벌였다. 먼저 옆구리를 치고 들어오겠다는 건가? 그는 인상을 쓰고 뉴스 보도를 심각한 얼굴로 쳐다봤다. 여기저기서 웅성거리는 소리가 들렸다. 지안이 일그러진 얼굴로 아버지에 대해 얘기를 하면서 잠시 눈물을 참는 듯한 표정을 지었다. 그러다 한마디 했다.

―전 사람을 죽이지 않았습니다. 아버지가 지은 죄로 인해 제가 인생 전체를 포기하고 살아야 할 걸 생각하면 너무도 두

려웠습니다. 그래서 여러분께 솔직하게 밝히지 못했습니다. 하지만 양심의 가책 때문에 더 이상은 묻고 갈 수가 없었습니다. 진심으로 사죄드립니다.

물론 그녀의 죄는 아니다. 하지만 살인자의 유전자를 받은 사람이라는 편견까지 어떻게 할 수 있을까? 사회에서 터부시하는 깡패에 살인까지 했다는 사람의 자식이다. 좋게 볼 사람은 하나도 없을 것이다. 자신과 사귀자는 제안에 답을 하기도 전에 먼저 언론에 모습을 드러내고 자신의 바닥을 까뒤집다니.

"큭큭큭······."

그렇다고 달라지는 건 뭐가 있을까? 그는 아직도 지안을 안지 못했다. 아니, 정확히 말하면 온전히 정복해 보질 못했다. 정복하지 못한 것에 대한 갈망은 생각했던 것보다 농밀하고 견고했다. 게다가 그런 여자가 한국 톱 여배우로 성장했다. 이러니 갈망은 더 커질 수밖에 없었다.

그는 입가에 미소를 띠고 공항 출국 게이트로 이동했다. 부산에서 모임이 있어서 이동하던 중에 텔레비전 화면에 나타난 지안의 모습을 보고 잠시 멈춰 서서 보던 차였다.

아직 시간은 남아 있다. 이 방송으로 인해 한동안 지안은 온갖 기자들의 집요한 인터뷰 세례에 시달릴 게 뻔했다. 그러니 얼굴 보기는 앞으로 더 어려워질 것이다.

두어 달 시간을 두고 봤다가 그녀가 완전히 지하 나락 언저리 어딘가에 던져져 힘겨워하는 순간 나타나서 끌고 가면 되겠지.

그는 입가를 슬며시 휘었다. 그렇게 한다고 못 가질 것 같나? 너 같은 건 마음만 먹으면 얼마든지 가질 수 있어. 그런데도 참는 건, 오래 기다린 만큼 쉽게 갖고 싶지 않다는 마음 때문이었다. 하지만 계속 시간을 끈다면 그땐 그의 인내심에도 한계가 오겠지.

감 의원이 잔뜩 긴장한 얼굴로 모니터를 쳐다봤다. 수행비서가 곁에서 걱정스럽게 물었다.

"앞으로 언론의 집중포화를 받게 되실 겁니다."

"그렇다면 방법은 하나지. 난 피해자인 척 약자인 척하는 것밖엔 할 만한 게 없어. 그걸 이슈 삼아 나의 입지를 좀 더 강화하면 되겠군."

"하지만 이 집안에서 자랐다는 것까지 밝혀지는 날에는……."

"곤란할 건 없지. 우리가 걔들을 먹여 살린 것 외에는 밝혀질 만한 게 없잖아?"

이미 감씨 집안이 행해 온 학대 사실을 알고 있는 수행비서가 가만히 입을 닫았다.

그 일이 밝혀진다고 해도 감 의원은 어떻게든 은폐하면 된다. 뭐가 그리 복잡하고 어렵겠는가.

그런데 대체 임지안은 무슨 생각으로 이 모든 걸 까발린 거지? 이렇게 해 봤자 자신에게 돌아오는 거라고는 매서운 질타와 차가운 시선뿐일 텐데. 지금까지 누리던 온갖 호사스러운 것들을 전부 빼앗길 걸 알면서도 왜 모든 걸 다 드러낸 걸까? 그 의도가 뭐지?

감 의원이 눈살을 찌푸리며 화면 속 지안의 모습을 쳐다봤다. 아무리 봐도 참 아름답게 잘 성장했단 말이지.

그는 곧장 휴대폰으로 지안에게 전화를 걸었다. 전화번호야 일찌감치 확보해 두고 있었다.

"여보세요?"

─누구세요?

"전화를 안 받을 줄 알았는데, 받는구나."

─태경 오빠와 뒷번호가 똑같길래 혹시나 해서…….

"맞아. 우리 가족은 뒷번호가 다 똑같지. 난 감 의원이고."

─안녕하세요. 의원님.

"너, 나 좀 만나야겠다."

─갑자기 왜…….

"논의를 할 필요가 있지 않겠어? 이렇게 세상에 모든 사실을 공표하면 내 입장도 매우 난처하게 된다는 걸 너도 알 텐데."

─…… 죄송합니다.

"오늘 밤 9시, 기사를 보낼 거야. 그 차를 타고 나한테 오면 된다."

─네, 의원님.

전화를 끊은 그는 곧장 러스트의 주인 최 마담에게 전화를 걸었다.

—이 시간에 어쩐 일이세요?

"밤 9시에 사람이 하나 갈 거야. 술자리 마련해 놓고 네가 면담 좀 해 봐."

—누군데 그래요?

"당장 사용하기는 어렵겠지만 3, 4개월만 지나도 금세 우리 쪽 비장의 무기가 되어 줄 아이지. 하여간에 이따 면담 보고 가격은 어느 정도로 쳐야 할지나 고심하라고."

—알았어요. 그런데 오빠 언제 와요? 그동안 안 본 지 너무 오래된 거 아닌가요?

"가야지. 요새 정계가 좀 시끌시끌하잖아. 이것저것 눈치도 좀 봐야 하는 처지이기도 하고. 찾아오는 정치인들도 좀 많아서 바빴지."

—오빠한테 다른 여자가 생긴 거라면 나…… 죽어 버린다고 했죠?

"하하하하, 우리 리사는 이런 맛이 좋단 말이야. 알겠어. 최대한 노력해 볼게. 그런데 내가 워낙 매력적이라 그런지 자꾸 여자가 꼬이네."

—너무하네. 오빠…… 그 여자들이 나같이 해 줘요?

"물론 아니지. 우리 리사가 밤엔 최고지."

—그러니까 오라고요. 보고 싶단 말이에요.

리사의 애교가 한바탕 이어졌다. 그는 흐뭇한 미소를 지으며 조금씩 힘이 실리는 아랫도리를 슬며시 만지다 수행비서에게 슬쩍 손짓을 했다. 그러자 수행비서가 밖으로 나가더니 가사 도우미 한 명을 데리고 들어왔다.

수행비서가 묵례하고 나가자마자 감 의원은 이제 삼십대 후반밖에 안 되어 보이는 가사 도우미를 손가락으로 까딱거려 부르고 자신의 지퍼를 내렸다. 여전히 휴대폰 너머에서는 리사의 목소리가 들려왔다. 지퍼를 내리자 살며시 솟아오른 아랫도리가 드러났다.

가사 도우미 정 씨가 눈살을 찌푸리더니 할 수 없다는 표정으로 무릎을 꿇고 앉아 그의 페니스를 입 안에 물었다.

"웃!"

감 의원은 손을 뻗어 정 씨의 젖가슴을 짓뭉개듯 어루만지다가 몸을 세우게 했다. 그는 그녀의 치맛단을 들어 올려 그녀의 속살을 만지작거렸다. 정 씨의 목에서 신음성이 흘러나왔다.

"아아, 리사…… 나도 그리워. 곧 찾아갈게."

—그래요. 오빠, 기다릴게요.

전화 통화를 끊은 그는 곧장 정 씨의 속옷을 내리고 자신의 다리 위에 그녀를 앉혔다. 정 씨의 안쪽으로 그의 페니스가 서서히 밀려들어 갔다. 그러자 정 씨가 거친 숨을 몰아쉬었다. 그는 그 와중에 지갑을 꺼내 그녀에게 백만 원짜리 수표 두 장을 내밀었다.

"하아, 하아…… 정 씨…… 밤에 내 방으로 와 줄 수 있어?"

정씨가 수표를 흘끗 쳐다보더니 나긋하게 말했다.

"한 장 더 얹어 주세요."

"흐흣, 그래. 그게 뭐 어렵나. 밤에 와. ……좋은 살집을 가졌
네."

정씨가 적극적으로 허리를 흔들어 대기 시작했다. 그는 그녀
의 엉덩이를 찰싹찰싹 때리면서 연신 거친 숨을 쏟아 냈다.

약속한 시간이 다 되었다. 지안은 밤 9시가 되어서 감 의원
이 말한 '러스트'라는 술집 앞에 멈춰 섰다. 누가 봐도 남자들
이 주로 이용하는, 여자들을 사는 클럽 같았다. 망설이는 그녀
에게 덩치 큰 남자 한 명이 다가오더니 말했다.

"들어오시랍니다."

지안은 움찔거리며 선글라스 너머로 남자를 한 차례 쳐다보
고 천천히 발을 옮기기 시작했다. 그렇게 얼마간 긴 복도를 따
라 걷다가 서너 계단씩 아래로 내려가는 구간을 지나 비로소
메인 로비에 도달했다. 로비에 닿자 새빨간 원피스를 입은 여
자가 그녀를 향해 다가와 인사했다.

"안녕하세요. 이쪽으로 오세요."

여자를 따라 커다란 룸으로 들어갔다. 룸 내부는 거의 황금
빛 계열의 색상으로 마감되어 있었다. 앤티크한 조각상들이 벽

275

면에 박혀 있고 벽 전체는 황금빛으로 마감되어 있었다. 까만
가죽 소파 앞의 진갈색의 대리석 테이블에는 희끗희끗한 점들
이 박혀 있었다. 여자가 앉아 다리를 꼬더니 웃으며 인사를 했
다.

"전 최리사라고 해요."

아마도 가명일 것이다.

"임지안입니다."

"알죠. 매우 유명한 배우잖아요. 실물이 훨씬 아름답네요. 정
말 예뻐요."

"그런데 의원님은……."

"오실 거예요. 저한테 잠시 데리고 있어 달라 부탁하셨어요."

지안은 무슨 말을 해야 할지 모르겠어서 시선을 다른 데로
돌렸다. 그러는 사이 리사가 그녀의 모습을 꼼꼼히 살피더니
물었다.

"남자 경험은 있나요?"

지안의 미간이 확 좁혀 들어갔다. 처음 보는 사이에 할 질문
은 분명히 아니었다.

"호호호, 불쾌한가 보네요. 그게 좀 중요한 부분이다 보니
까……."

"그게 무슨 소리죠?"

"이번에 엄청난 스캔들이 터졌던데…… 앞으로 배우로서의
생명은 끝나지 않았나요?"

"그게 리사 씨랑 무슨 상관인데요?"

"의원님께서는 아무래도 지안 씨를 우리 가게에서 가장 비싼 물건으로 판매하고 싶어 하는 눈치라……."

열이 확 올랐다. 견딜 수 없는 수치심에 모멸감이 느껴졌다. 동시에 더는 이대로 앉아 있을 수 없어서 그녀는 자리를 박차고 일어났다. 그때 문이 열리며 감 의원이 웃으며 들어오더니 지안을 바라봤다. 입가에는 늘 그렇듯 가증스러운 사람 좋은 미소를 짓고.

"인사도 안 하느냐?"

가만히 묵례를 하자 감 의원이 앉으라 했다. 하지만 앉을 이유가 없다. 이 자리에 온 이유가 그녀의 몸값을 정하기 위한 자리라면 같이 있어야 할 이유가 없었다.

"왜? 가려고?"

"전 호스티스가 될 생각 없어요. 돈이 필요한 것도 아니고……."

"내가 널 필요로 해서 말이다. 이번 의뢰만 잘 해결하면 두 번 다시 널 부르지 않으마. 물론 이 지독한 악연의 고리도 그 일 한 번으로 끊도록 하지."

지안이 고개를 돌려 웃고 있는 감 의원을 불쾌하게 쳐다봤다.

"앉아!"

다시 한번 날아든 감 의원의 명령에 어릴 때 당했던 폭행이 떠오르면서 오금이 저렸다. 영혼까지 파먹은 감 의원의 음성이 다시금 그녀를 복종하게 했다. 지안은 천천히 그의 앞에 앉으며 주먹을 말아 쥐었다.

"어차피 넌 한동안 여기서 못 지내. 그래서 말인데……."

감 의원이 길게 뜸을 들였다.

"야당 쪽 당대표 문세호 의원의 아들이 하와이에서 사업을 하고 있다고 하더구나."

그녀는 그가 하는 말을 듣는 둥 마는 둥 했다.

"그 애를 만나라."

"목적은 뭔데요?"

"너…… 네 아비가 왜 감옥에 들어가 쓸데없는 시간 낭비를 하고 있는지가 궁금하지?"

심장이 덜컥 내려앉았다. 뭐지? 그럼 감운식은 이 모든 사안에 대해 알고 있다는 건가? 그녀가 눈살을 찌푸리고 눈을 흡뜬 채 그를 쳐다봤다.

"나도 내 아내를 살해하도록 사주한 자를 꽤 오래 찾았다. 그런데도 정확히 누군지는 알아내지 못했어. 아마 대부분 그 대목을 의심해서 그자를 찾으려 혈안이 되어 있었겠지. 그런데 결국 찾지 못했어. 왜 그랬을 거라고 생각하지?"

"왜요?"

"그자는 한 번도 모습을 드러낸 적이 없는 거야. 대부분 누군가를 통해서 자신의 의견을 전달했기 때문에 모습이 드러날 수가 없었던 거지. 다들 정계의 누군가를 예상하는데, 글쎄."

"그런데 저한테 왜 문세호 의원의 아들을 만나라는 건데요?"

"문세호 의원이 곧 대선후보로 나설 거라는 소문이 돌고 있어. 본인은 한사코 절대 아니라고 말하고 있지만, 대부분 대선후보로 등록한다는 걸 기정사실로 하고 있지. 그걸 막아야 하기 때문에 너한테 문 의원의 아들을 만나라는 거야."

"약점이 필요한 거군요."

"약을 구해 놓을 예정이야. 그걸 그 아들놈 집에만 갖다 놓고 빠져나오면 되는 일이야. 너 정도 외모라면 그 문 의원의 아들도 분명하게 혹하겠지."

약물을 문제 삼아 대선후보를 저격하겠다는 건가? 지안은 감 의원이 뭘 하든 크게 관심이 없었다. 그래서 문 의원 아들을 만나서 뭘 할지 말지도 별로 흥미가 없었다. 그러니 이 일을 왜 해야 하는지도 의문이 들었다. 그녀는 시선을 내리면서 어깨를 으쓱했다.

"제가 왜 그 일에 흥미를 보여야 하는지를 잘 모르겠군요."

"문 의원의 아들을 통해 뭔가 알아낼 수 있다는 생각은 안 드나?"

너무 포괄적이다. 문 의원의 아들이 문 의원이 하는 모든 일을 알 리는 없다. 게다가 17년 전의 일을 자세히 알 리가 없지 않은가. 그녀는 회의적으로 고개를 저었다.

"문 의원의 아들이 꽤 오래 정치계에 몸을 담고 있었던 자라면 어떻게 하겠느냐!"

"네?"

"조금만 관심 있게 정치를 봤더라면 문 의원의 아들 문창중이 지난 정권의 여당 대변인이었다는 것 정도는 알 수 있을 텐데."

그제야 지안은 탄성을 내뱉었다. 하지만 약물을 직접 그에게 갖고 간다는 대목이 마음에 걸렸다. 자칫 잘못하면 그녀까지 싸잡아 범인으로 지목될 가능성이 크다. 가뜩이나 아버지가 살인자라는 사실 때문에 연예계에서도 내쫓기게 생겼는데, 약물까지 손을 댄다는 누명을 뒤집어쓰고 싶지는 않았다.

"당시 일에 대해 자세히 물어볼 수 있는 유일한 인물일 수도 있어."

하지만 너무도 유혹적이다. 아버지가 당시 어떻게 사건에 연루됐는지를 알아낼 수 있다. 물론 박 기자가 소개해 준 최 기자를 만난다면 또 다른 결과에 다다를 수도 있지만, 아직 최 기자를 만나기 전이니 뭐라 확언하기 어렵다.

"생각할 시간이 필요합니다."

"좋아. 이틀의 말미를 주지. 하지만 무조건 하는 게 좋을 거야. 그게 아니라면 나도 마냥 가만히 있을 수는 없지."

이건 또 무슨 소린가! 지안이 눈살을 찌푸리면서 그를 노려봤다.

"뭘 어쩌실 생각인데요?"

"임지안, 내가 꽤나 막강한 권력층에 있다는 사실을 잊지 않는 게 좋아. 마침 네 존재는 이미 이 세상에서 자연스럽게 지워지도록 설계되어 가고 있어. 그렇다면 마지막엔 어떤 결과가 나올 것 같아? 내 쪽에 매우 유리하게 흘러간다는 생각은 안 들어?"

평범하고 조용하게 살아가고 싶다는 그녀의 생각은 꿈인가 싶다. 그게 아니라면 이렇게 하나같이 약속이라도 한 듯 그녀를 궁지로 내몰 수는 없다. 지안은 아랫입술을 깨물고 주먹을 강하게 움켜쥐었다.

"말씀, 잘 들었습니다. 이만 가 볼게요."

지안이 자리에서 일어나자 감 의원이 입가에 미소를 지으며 말했다.

"좋은 결과 기다리겠네."

듣는 둥 마는 둥 인사만 하고 그곳을 빠져나와 그녀는 경호원이 대기하고 있는 차에 올랐다. 세상에 그녀의 진실이 드러나기 무섭게 그녀는 바로 경호원을 사비로 고용했다. 지령에게도 경호원을 하나 붙였다. 이제 그들과 함께가 아니면 그녀는 밖으로 나가질 않는다.

살인자의 딸.

그게 세상 사람들이 간편하게 정리한 그녀의 진짜 얼굴이었다.

늦은 밤, 최 기자와 지안이 어둑한 빌라 안에서 만났다. 최기자가 반가워하면서 악수를 청했다. 가볍게 악수를 하고 두 사람은 낡은 테이블을 사이에 놓고 마주 앉았다.

"그날의 사건에 대해 듣고 싶다고 했죠?"

"네, 아버지가 정말 사람을 죽였는지가 궁금해서요."

"그 부분에 대해서는 일단 전체적인 설명을 듣는 게 좋을 것 같군요."

"네……."

최 기자는 감 의원 아내 살인 사건에 대한 당일 사건 순서를 전부 그녀에게 들려줬다.

감 의원의 아내 왕 여사는 당일 오전 동안에는 늘 하던 대로 필라테스와 꽃꽂이 모임 등에 참석해 점심 식사를 같이 했다. 그 이후 그녀는 집에 돌아와 잠시 쉬다가 쇼핑을 하기 위해 백화점으로 나가 지인들을 만났다.

지인들과 커피를 마시고 저녁 자리에서 간단하게 술을 마신 후 운전기사가 모는 차를 타고 다시 집으로 향했다. 그러던 중 그녀는 갑자기 누군가로부터 받은 전화 한 통 때문에 진로를 변경했다.

그러다 접촉사고가 났고, 운전기사가 내려 사고를 수습하려는 그때, 검은 헬멧을 뒤집어쓴 사내가 운전기사의 뒤통수를 후려쳐 의식을 잃게 했다.

왕 여사는 헬멧을 쓴 사내에게 질질 끌려 밖으로 나와 칼로

수차례 가슴팍을 난도질당한 채 즉사한다.

운전기사가 깨어나 왕 여사가 죽은 걸 보고 경찰에 신고했다. 제1 용의자로 그가 지목됐지만, 그 역시 두개골에 금이 갈 정도로 심한 상처를 입은 걸 보고 자작극은 아니라는 결론이 내려졌다.

블랙박스 영상을 입수해서 본 경찰은 검은 헬멧을 쓴 사내를 용의자로 특정하고 키와 행동 등을 분석해 폭력 전과가 있는 자들의 명단을 확보했다.

백여 명의 용의자를 특정해 두고 검문 등을 통해 그들을 잡아들여 심문했지만 이렇다 할 만한 범행 증거를 확보하지 못했다.

"그런데 왜 우리 아버지가 범인으로 결론이 난 거죠?"

"임성운과 적대 관계에 놓인 조폭 무리 중 하나가 그쪽을 의심해야 할 필요가 있다는 제보를 해 왔죠. 그래서 경찰은 바로 임성운네 황새파의 행동 반경에 대해 조사를 했습니다. 사건 한 달 전부터의 CCTV를 전부 확보해서 그들의 움직임을 파악하던 중, 사건 당일 임성운 외에 몇 명의 조직원의 움직임이 심상찮은 걸 발견하고 추궁하기 시작한 겁니다."

"그럼 아버지의 조직원 중 하나가 그 짓을 했다는 건가요?"

"처음엔 다 아니라고 했는데, 조직원 중 한 명의 알리바이가 확보되지 않아 그자가 가장 유력한 용의자로 지목됐죠. 그런데 어쩐 일인지 갑자기 검찰 쪽에서 그자가 아닌 임성운을 살인자로 지정하고 구속하게 됩니다."

"갑자기 왜?"

"임성운이 자백을 했다는 겁니다. 그 당시 검은 헬멧이 자신 이었다고……."

"하지만 행동을 분석해서 용의자 특정까지 했다면, 그 사람이 아버지가 아니라는 건 누가 봐도 알 텐데……."

"본인이 자백을 했고, 당시 상황을 현장에서 본 것처럼 너무도 똑같이 서술한 점을 들어 임성운이 잡혀 들어간 거죠."

"그럼 그 용의자로 지목된 사람은 대체 누군가요?"

"이순철입니다."

그 사람은 아버지가 감옥에 수감된 이후 종적을 감추더니 동거인과도 헤어진 채 행방이 묘연한 자였다. 그렇다면 그 모든 일을 이순철이 알고 있다는 얘기다. 아버지는 대체 뭘 감추기 위해 스스로 범인이 되어 감옥에 있는 걸까?

"사람들은 원철 건설과 울현 건설 간의 신경전에 대해 말을 하는데 제가 보기엔 그렇게 단순한 문제 같아 보이지는 않아요. 왕 여사는 한국 여당의 핵심 지도층 인사의 아내입니다. 그런 사람이 어느 날 너무 황당하게 살해됐어요. 그게 과연 그런 자잘한 의도에서 비롯된 사건일까요? 질투심에 눈이 먼 한 남자가 보복을 하겠다고 누군가를 죽이려 나선 거라면 그 대상이 왕 여사가 아닌 감 의원이어야 한다는 생각은 안 드세요?"

일리 있는 논거였다. 감 의원에게 억하심정이 있는 사람이 왜 쓸데없이 그의 아내를 죽이는 짓을 했겠는가.

"이건 일종의 경고입니다. 뭔가를 더 이상 하지 마라, 더 이상 선을 넘어오면 그땐 네가 죽는다. 아마도 그건 감 의원이 알고 있는 내용일 겁니다. 그리고 감 의원도 아내를 저격한 상대가 누군지 정도는 어렴풋이 짐작은 하고 있을 거예요."

그렇다면 그 대상이 문세호 의원이라는 뜻인가? 문 의원과 감 의원의 관계에 대해 알아봐야 한다.

"혹시 문세호 의원에 대해서도 설명해 주실 수 있나요?"

"아, 야당에서 대통령으로 만들기 위해 대대적인 지원을 아끼지 않는 인물입니다. 워낙 청렴한 인물로 기록되어 있는 사람이라 지지자도 상당하고요. 가족들 역시 크게 문제가 없는 편이라 대통령 후보로 등록만 된다면 다음 대선에서 승기를 잡을 가능성이 매우 큽니다."

"감 의원이 문 의원을 적대시하나요?"

"외부적으로는 그렇지만 같이 정치를 한 지 오래되어서 친분이나 교류가 전혀 없는 편도 아닙니다. 서로를 꽤 오랫동안 봐 온 사이기는 하죠. 그런데 왜 뜬금없이 문 의원에 관해 묻죠?"

"혹시나 해서요. 감 의원이 최근에 문 의원에 대해 언급하는 걸 언뜻 들었거든요."

최 기자가 눈매를 가늘게 좁히고 얇은 입술을 더욱 얄팍하게 굳히더니 말했다.

"그 부분에 대해서는 제가 따로 조사를 더 해 보도록 하죠. 차기 대선후보나 대선에는 별 관심은 없지만 밀어붙여야 하는 확실한 후보가 있는 정치인이 뭘 놓고 반목할지가 상당히 궁금하긴 하군요."

"대신 알아봐 주신다면 저야 더없이 감사하죠."

"알아보는 데까지는 알아볼게요. 그나저나 임성운이 아버지라니, 정말 충격적입니다. 앞으로 어떻게 지낼 건가요?"

"아마도 외국에 잠시 나가 있지 않을까 싶어요."

"그 편이 나을 수도 있겠어요. 여기 있으면 모든 사람들의 시선이 지안 씨한테 쏠릴 테니까."

"네, 신경 써 주셔서 감사해요. 이 사건에 대해 계속 알아봐 주실 수 있으세요? 그리고 정보가 생기는 대로 저한테도 말씀 좀 해 주세요."

"네, 그럴게요. 그 외에도 혹시 들을 수 있는 정보가 더 있다면 언제든 연락 주세요."

"네, 얼마든지요."

지안이 그와 악수를 하고 그곳을 나와 경호원이 기다리는 차에 탔다.

혼자 감당할 만한 내용들이 아니었다. 이럴 때 태경이 곁에 있었더라면 더 깊이 있고, 쓸 만한 질문을 더 많이 할 수 있었을 텐데.

그녀는 뭘 어떻게 이 일을 바라봐야 할지 도무지 알 길이 없었다.

그리고 문 의원의 아들이 있다는 하와이로 가야 할지 말지에 대해서도 결정을 내리기 힘들었다.

'하아…… 태경 오빠, 나 어떻게 해야 할까?'

아무것도 선명하게 답을 할 용기가 나질 않았다.

#10

대중들의 반응은 싸늘했다.

일부 동정 여론이 일기는 했지만 그건 극소수일 뿐이었다. 대부분의 대중은 살인자이자 깡패인 남자의 딸이 대중들의 사랑을 받아 고소득을 올린다는 사실에 분노했다. 그것 자체를 용납할 수 없다는 분위기가 조성되었고, 자연스럽게 계약은 줄줄이 파기되었다.

끝이 보였다.

지안은 와인잔을 비우며 천장을 올려다봤다. 딩동, 벨 소리가 들려서 모니터를 보니 낯선 사람이 서 있었다.

"누구세요?"

[저는 이 아파트 입주자 대표인데요. 여기 임지안 씨 남매가 살고 있죠?]

지안은 아무런 대답도 하지 않은 채 적개심으로 눈이 타오르는 사람을 쳐다봤다.

[죄송한데, 제발 여기서 나가 주실래요? 물론 집을 매매한 사람이라면 우리가 나가라 마라 할 일은 아니라고 생각하긴 하는데, 그쪽 때문에 이 동네 집값이 들썩거려서야 되겠어요? 우리도 투자 차원에서 이 아파트를 소유하고 있는 거나 마찬가지인데, 임지안 씨가 여기 산다는 이유로 매매를 하려던 매수자들이 갑자기 연락 두절이 되어서 되겠느냐고요? 이런 식으로 직접 피해를 주는 게 진정 대중에게 받은 사랑을 되돌려 주는 방식인가요? 부탁하는데, 좋은 말로 할 때 정리하고 나가 줬으면 좋겠어요. 매매하기 어렵다면 전세라도 주고 다른 동네로 가든지요. 그럼 전 이만…….]

이제 시작일지도 모른다.

"누나……."

"됐어. 상대할 가치 없어."

"하지만 계속 무시하면 점점 동네 사람들이 어떤 식으로 흉포하게 변할지 알 수가 없어."

"난 좀 더 시간이 필요해. 난 모두의 사랑을 받던 임지안이야. 이제 와서 범죄를 저지른 무기징역수 같은 대접을 하는 저들을 대체 어떻게 받아들여야 할지 난 정말 모르겠어. 그러니까 조금만 시간을 줘······."

"이사 가자. 누나······."

"여기서 나간다고 우릴 받아 줄 곳이 있긴 할까?"

"하지만······ 이렇게는 나도 못 살겠어서 그래. 학교에서도 말들이 너무 많아서······ 휴학계를 낼까 생각 중이야."

하아······ 지령이에게도 압박이 들어오고 있구나. 마음이 복잡해지기 시작했다. 홀로 고심하던 그녀는 방으로 들어가 감 의원에게 전화를 걸었다.

—이틀째 되는 날 정확히 전화를 걸어왔군.

"약속은 지키는 사람이에요. 의원님에게 부탁이 하나 있어요."

—뭐든 말해.

"시키는 건 뭐든 다 할 테니까, 지령이가 학교를 제대로 졸업할 수 있도록 돌봐 주세요. 전 그동안 하와이에서 지낼 수 있도록 조치해 주시고요. 딱 1년만 나가 있다 돌아올게요."

—나야 고맙지. 조치는 해 두도록 하마.

"지령이 지낼 집이 필요한데, 혹시 단독주택으로 빈집 아무거나 임대할 수 있으세요?"

—물론 너희 남매에게는 공짜로 거주할 수 있도록 해 두지. 내 명의로 되어 있다는 건 다들 알고 있으니 뭐라 할 사람은 없을 거야.

"네, 저는 언제 떠나면 되는 거죠?"

—3일 후. 우리 쪽에서 모든 절차를 다 밟아 준비해 두도록 할 테니까, 넌 몸만 가면 돼. 1년간 그곳의 학교에 다니는 걸로 신청을 해 둘까 하는데 따로 배우고 싶은 건?

"요리를 배우고 싶군요."

—그렇다면 요리학교에 등록하고 학생비자로 보내도록 하면 되겠군. 그럼 만반의 준비를 해 둬. 곧 비서진을 보낼 테니까.

"네, 감사해요."

—우리 사이에 무슨. 공짜가 아니라는 건 네가 잘 알 테고. 내가 시킨 것만 잘해 준다면 앞으로 너희 남매는 매우 우수한 환경에서 살게 될 거야.

"그럼 수고하세요."

자세한 걸 더 묻고 싶었다. 문세호와 대체 어떤 사건으로 얽혀 있는지, 왕 여사 살인 사건이 그 일과 연계되어 있는 것인지 등 묻고 싶은 건 많았지만 입을 다물었다. 지금은 하나에만 집중해야 했다.

그리고 그녀가 궁금해하는 게 너무 많아질 경우 혼자 남겨지는 지령이 위험할 수 있었다. 그렇기 때문에 태경이 돌아올 때까지는 시간을 벌 필요가 있었다. 지령을 보호해 줄 사람은 태경뿐이었다. 그녀 역시 위험하긴 매한가지가 아닌가. 뭔가를 아는 듯한 뉘앙스를 풍겨서 일부러 목숨줄을 위태롭게 할 필요는 없다.

지안은 초조하게 오락가락하다가 지령을 불러 전후 사정을 말했다. 그리고 자신은 하와이에 가서 1년간 요리 공부를 하다 돌아오겠노라 설명했다.

"보통 요리는 이탈리아 아니면 프랑스 등 다른 나라로 가지 않나? 왜 하필 미국도 아닌 하와이로 공부를 하러 가겠다고 해?"

차마 자세한 내막까지는 설명하기 곤란해서 지안은 대충 에둘러 말했다.

"아무것도 보고 싶지 않아서 머리 좀 식히고 싶어. 그리고 네가 살 집은 아는 사람에게 부탁해서 구해 뒀어. 경호원은 계속 데리고 다니도록 해. 월급은 내가 꼬박꼬박 보내고 있으니까. 혼자 다니면 위험한 일이 생기기 십상이야. 네가 살인자의 아들로 알려진 마당이니까. 그래도 공부는 여봐란듯이 더 열심히 해야 한다."

"그렇긴 한데, 이런 나한테 호의를 보이는 교수가 있을까?"

그건 염려하지 않아도 된다. 감 의원이 다 손을 써 뒀을 테니. 결국 이런 식으로 감씨 가족을 의지할 수밖에 없는 상황이라는 게 속이 터졌다.

그래도 어떻게든 후일을 도모할 수 있게 살 궁리를 먼저 하자. 보이지 않는 위험과 혼자 오롯이 싸워서 이길 생각은 하지 않는 게 상책이다.

"그냥 버티고 공부해. 남의 시선은 의식할 필요 없어. 태경 오빠가 돌아왔을 때, 너와 난 아무 일 없었다는 듯이 잘 버티고 있는 모습을 보여 줘야 돼. 오빠한테 항상 민폐나 끼치는 사람들이어선 너무 피곤하잖아. 난 그런 사람으로 비치는 거 싫어."

"알아. 그 정도는…… 나도 형한테만큼은 인정받고 싶은 게 사실이야. 열심히 할게. 누나도 버티는데, 내가 못 할 이유가 없지."

지안은 대견한 눈빛으로 그를 쳐다봤다. 스물한 살이나 되었는데도 여전히 그녀에게 동생은 어리게만 보였다. 항상 울면서 그녀의 품 안으로 파고 들어와 잠을 청하던 여린 동생이다. 해 줄 수 있는 게 하나도 없어서 늘 미안하고 가슴 아팠던 동생.

버티자. 그리고 이겨 내자. 무슨 일이 생기든 지금껏 그래 왔듯이 담담하게 버티자. 아버지가 살인자인데, 더 놀라울 게 뭐가 있겠는가!

태일이 높이 손을 들어 흔들었다. 태일은 태경이 입대를 한 이후부터 하연과 계속 만났다. 태경에게 하연에 대해 계속 어 필하기 위해서는 그녀에 대한 정보가 필요하기 때문이었다. 그 런 덕분에 둘은 조금 친해진 상태였다. 하연이 웃는 얼굴로 그 에게 다가오더니 맞은편에 앉으며 말했다.

"부산까지 어쩐 일이에요?"

"내 동생을 대신해서 대접해 주겠다고 했잖아요. 내가……."

하연이 피식 웃었다. 대학을 졸업한 하연은 오빠의 회사에 취업을 했고 현재는 워크숍 때문에 부산에 내려와 있던 차였다. 태일은 겸사겸사 하연을 만나러 온 참이었다.

"태경 오빠는 휴가를 나와도 날 한 번도 만나려 하질 않네요?"

"그놈이 그렇죠. 뭐."

"외모나 능력 면에서는 태경 오빠가 훨씬 매력적이라고 생각했는데, 이제 보니까 점점 태일 오빠가 사람 같아 보이네요. 적어도 잔정은 있잖아요."

태일이 피식 웃었다. 은테 안경에 긴 머리카락을 하나로 묶어 등 뒤로 늘어트린 채 하얀 블라우스와 감색 투피스를 입은 하연은 수수한 학자 같았다. 멋 부리는 데는 아무런 관심도 없고 오직 공부만 할 줄 아는 비범한 학생의 모습에 더 가깝다고 해야 할까? 그렇다 보니 그는 그녀에게서 아무런 흥미를 느끼지 못했다. 치명적인 섹시함이 결여된 모습이기도 하지만 전체적으로 올망졸망하고 작았다. 그런 것들이 마음에 안 차니 태경에게 얼른 던진 것이다. 그게 아니었더라면 일찌감치 약혼을 전제한 섹스 파트너로 삼았을지 모른다.

"그렇게 보는 사람은 당신뿐인 것 같은데요?"

"후후, 그래도 태경 오빠에 대한 소식을 오빠를 통해 들으니까 좋네요. 그게 아니라면 태경 오빠와의 연결고리가 하나도 없어서 정말 약혼을 하긴 할 건가 하는 의구심이 들 것 같거든요."

"태경이 제대하면 바로 잡아요."

"그럴 생각이긴 한데…… 저도 자존심이라는 게 있어서 어떨지……."

하연이 망설이며 답했다. 이제 태경이 하연과 절차대로 약혼과 결혼만 해 주면 그는 아무런 무리 없이 지안을 차지할 수 있게 된다. 그러기 위해서 태일은 하연에게 공을 들이는 중이었다. 태경이 하연을 생판 남처럼 대하는 걸 알기에 그라도 나서서 어떻게든 관계 개선을 해 보려고 힘을 썼다. 그런데 어쩐 일인지 하연도 태경에게 면회를 간다거나 하는 적극적인 방식의 접근은 하지 않으려 했다.

저렇게 해서야 태경의 마음을 흔들기나 하려는지.

"면회는 왜 안 가요?"

"……지질하고 지지리 궁상맞아 보일까 봐 안 가요."

"무슨 소리죠?"

"제가 일방적으로 그쪽에 대시하는 것 같아 보이잖아요. 관심도 흥미도 없는 사람에게 면회를 갔다가 얼굴도 못 보거나 혹은 대화 한 마디 나누지 못하고 온다면 얼마나 우울하겠어요? 전 태경 오빠하고 그리 친한 사이도 아니라서 꼭 어째야 한다고 강요할 입장도 아니잖아요."

자신감도 많이 결여된 채였다. 그녀의 말도 일리는 있는 게 태경이 성격상 관심도 없는 이하연이 찾아왔다고 말하면 아마 어떤 이유를 대서라도 보지 않으려 할 것이다. 그게 태경의 성격이었다. 싫으면 확실히 싫은 티를 내는 녀석이었다.

"보고 싶진 않아요? 내가 한번 데리고 가 줘요?"

"그래 줄 수 있어요?"

"못 할 것도 없죠."

"음, 그럼 이번 주말에 가능하세요?"

"같이 가 줄게요."

"그나마 마음이 좀 놓이는군요."

하연이 입가에 미소를 띠더니 커피잔을 손가락으로 부드럽게 어루만졌다. 적극성이 부족한 면이 영 마음에 걸렸다. 저래서야 어떻게 태경의 마음을 훔치겠는가.

태일은 속으로 혀를 차는 한편, 어쨌든 모임도 끝났고 하연도 만났으니 슬슬 서울로 돌아갈 생각이었다.

*　　*　　*

태일은 담배를 물고 섰다가 지안의 모습이 보이자마자 그녀에게 달려갔다. 지안이 흠칫 멈춰 섰다. 후드티셔츠로 머리를 다 덮어쓴 데다 선글라스에 마스크까지 했는데도 태일은 단박에 알아보고 그녀를 쫓았다.

지안은 깊게 한숨을 내쉬면서 마지못해 그에게 끌려갔다. 그의 차에 오르자마자 지안이 마스크를 벗으며 한마디 했다.

"왜 왔어요?"

"그렇게 미리 터트리는 건 무슨 꼼수야?"

"싫다는 거죠. 전 언론사를 통해 감태일 씨가 싫다고 선전포고를 한 거예요."

뭐가 이렇게 당당할까? 이제 겁이 나는 게 없어졌다는 건가? 어릴 때만 해도 무언가에 잔뜩 짓눌려 주눅 든 표정을 지었는데, 지금은 겁날 것도 잃을 것도 없다는 듯 당당해서 되레 상대를 질리게 했다.

"너, 뭐가 그렇게 자신만만해?"

지안이 고개를 돌려 그를 쳐다보면서 선글라스를 아래로 살짝 내리더니 코에 걸친 채로 말했다.

"이제 뭐로 협박을 할 생각인데요?"

"하려면 많지."

지안이 눈살을 찌푸리며 그를 쳐다봤다.

"네가 아버지한테 태경과 잠자리를 했다고 말했다지? 아니, 태경이 말했다고 했던가?"

"태경 오빠가 말했어요."

"나한테는 딱 잘라 씨, 씨 하면서 태경이는 오빠냐?"

"결국 자기가 한 만큼만 돌려받는 거 아닌가요?"

"그렇다고 해도 너무 심하네. 뭐, 어쨌든…… 너희들이 자든 말든 나한테 그리 중요한 문제는 아니야. 동생 놈이 차지한 여자한테 집적거리는 미친놈이라고 삿대질하는 사람들도 있겠지. 하지만 난 이미 개만도 못하게 여자들과 놀아난 놈이거든. 그래서 특별히 너라고 해서 꺼릴 이유가 없는 사람인 거지. 내가 한번 미친 척하고 널 갖게 해 달라 아버지한테 말해 볼까?"

그녀가 더는 상대하기 싫다는 듯 선글라스를 다시 쓰며 말했다.

"치졸하고 유치해서 상대할 가치가 없네요. 내릴래요."

"야! 넌 매사 그렇게 너 하고 싶은 대로 다 평탄하게 될 것 같지?"

그러자 지안이 그를 쳐다보며 눈살을 찌푸리고 말했다.

"한 번도 평탄한 적 없었고, 지금도 평탄하지 않아요. 이 인생의 굴곡점을 제가 만들었다고 생각해요? 모두 제 아버지와 그쪽 어머니로부터 비롯된 악연에서부터 시작됐죠. 애초에 그 집과 인연이 닿지 않았더라면 모든 게 깔끔했을 관계였어요."

"그랬더라면 넌 누군가의 입양아로 자라지도 못했을 테고, 네 아버지가 살인마라는 것도 온 세상이 금세 알게 되었을 거야. 그랬으면 네가 이 연예인 생활이라는 걸 할 수나 있었을 것 같아?"

지안이 입술을 앙다물더니 싸늘하게 말했다.

"그래서요? 그렇게 사는 인생과 지금 이 인생이 대체 뭐가 다른데요? 제가 보기엔 데칼코마니처럼 똑같이 불행해 보이기만 한데요."

"적어도 나랑 결혼이라는 걸 하면 행복해질 수 있을 거라는 생각은 왜 못 해?"

지안이 갑자기 파안대소했다. 미친 사람처럼 너무 크게 몸을 떨어 가며 웃어서 그가 당황스러워진 채로 그녀를 쳐다봤다.

"미쳤나 보네요. 행복? 짐승을 우리에 가둬 놓고 딱 그만큼만 움직이게 하면서 먹이나 주고 때때로 애정이라는 걸 주면 짐승이 행복해진다고 해요? 그래요? 태일 씨가 보기에 그게 행복인가 보군요."

"지금 너를 짐승이라고 생각하고 말하는 거야?"

"비유하자면 그렇죠. 제 유년시절이 그랬으니까."

"하, 참! 너…… 내가 호락호락하게 널 놓을 것 같아?"

"놓든 말든 그건 그쪽 사정이에요. 제 사정이 아니라. 이쯤 되면 스토커 아님 사생팬이라고 해야 할까요? 싫다는데 정말 왜 이래요?"

"좋아. 내가 한번 미쳐 날뛰어 볼게. 네가 내 손에 떨어지나, 태경이 손에 떨어지나."

지안은 싸늘하게 조소하더니 짤막하게 씹어뱉었다.

"미친놈!"

그녀가 차 문을 열고 다시 마스크를 한 채 유유히 고급 밴으로 다가갔다. 그는 화가 치밀어서 주먹으로 핸들을 쾅 내리쳤다. 절대로 여지를 주지 않겠다는 건가?

마음만 먹으면 지안을 가질 수는 있다. 가장 최악의 수를 두면 가능하다. 사람을 시켜 납치를 해도 그만이고 술에 약을 타서 잠재워 범하면 그만이었다.

할 수 있는 경우의 수는 얼마든지 있지만 시도하지 않았던

299

건, 성난 지안을 바라보고 싶지 않기 때문이었다. 적어도 태경을 향하던 눈빛까지는 아니더라도 조금은 사람답게 그를 쳐다봐 주기를 바랐다. 그렇기에 보통 사람들이 밟는 절차대로 가는 것이다.

하지만 이런 식이라면 그의 고약한 성질머리가 인내심을 버리고 천성대로 가장 지저분한 지름길을 택해 폭주할지도 모른다.

저렇게 버티니까 더 미치게 갖고 싶다. 그녀가 말한 대로 그는 미친놈이 맞는지도 모른다. 욕을 들어도 좋으니 이렇게 한 번이라도 얼굴을 보면 좋아서 미치겠는 걸 보면.

자, 슬슬 아버지의 혼을 쏙 빼놓을 방법을 가동해 볼까? 그렇게 해서라도 태경이 제대하기 전에 지안을 손에 넣어야 한다.

지안이 깊은 한숨을 쉬면서 허공을 쳐다봤다. 미친놈이 주변에서 떠나질 않고 그녀가 지치기를 기다리는 개처럼 어슬렁거리며 맴돌고 있다. 그는 아무리 잘라도 잘리지 않는 도마뱀의 꼬리처럼 되살아나 계속 그녀의 목줄을 쥔다.

어떻게 해야 감태일이 떨어져 나갈까? 떼어 놓고 싶어서 미치겠는데, 방법을 모르겠다. 어떻게 해야 할까?

사실 고심해 봐도 그녀에겐 소용이 없었다. 소속사와의 금전 문제를 해결하기 위해 가는 마지막 날이다. 이제 모든 문제가 정리되어 간다.

그녀는 감 의원이 시킨 대로 하와이로 날아가 문 의원의 아들을 유혹해 그에게 약물을 가져다줄 것이다. 그리고 그녀는 필요한 정보를 얻어내면 된다. 하지만 그녀는 한 번도 이런 일을 해 본 적 없는 사람이니, 첫 번째 만남에서 아버지와 관련된 정보를 얻는 건 어려울지도 모른다.

문창중은 현재 나이 마흔여덟 살로 마흔세 살에 결혼해 현재는 아내와 이혼을 했다. 슬하에 자녀 둘이 있긴 하지만 아이들은 전부 아내가 미국에서 키우고 있다.

서른 살부터 정계에 몸을 담았고 5년 전부터 자기 사업을 시작한 그는 어느 정도 사업이 정상궤도에 오르자 아버지의 대변인 역할을 그만두고 하와이로 돌아와 사업에 전면적으로 매달리고 있다.

마른 체구에 날카롭게 생긴 얼굴이지만 소심하고 겁이 많은 편이라 했다. 승마를 즐겨 하며, 외국인 여자보다는 한국 여자를 애인으로 선호한다는 소식은 접했다.

특히 잠시 사귀는 애인으로는 한국 여자 스타들을 좋아한다고 했다. 그는 예의가 바른 편이고 젠틀한 사람이라 절대 실수는 하지 않는 편이었다. 그래서 여자들도 그와의 만남에 매우 호의를 드러내 보이는 편이지만, 쉽게 질리는 타입이라 연애 기간이 길지는 않다는 문제점이 있었다.

그에게는 한 가지 묘한 취미가 있는데, 섹스를 하기보다는 여자에게 자신이 원하는 스타일의 옷을 입힌 뒤 그 옷을 하나 하나 벗는 스트립쇼를 구경하며 자위를 하는 것이었다.

성적 취향까지 얘기가 나온 걸로 봐서는 그렇게까지 해서 유혹하라는 것 같아 마음이 동하지는 않았다. 하지만 그 제안을 거절하면 감 의원이 그녀 혹은 지령에게 무슨 짓을 할지 알 수가 없으니, 별수 없이 수락했다. 태경이 알면 불같이 화를 낸 일이지만 그는 지금 여기 없다. 군대에 가 있으니까, 알 턱이 있나.

태경이 오려면 1년 남짓의 시간이 더 필요하다. 지금은 이렇게라도 해서 시간을 벌 수밖에 없다. 그렇게 하지 않으면 감 의원과 감태일의 압박 공격에 남아나지 않을 것 같았다.

"이 팀장님!"

"어?"

"되게 싫은 남자를 퇴치하기 위한 방법이 뭐가 있을까요?"

"글쎄다. 난 되게 싫은 남자였던 적이 한 번도 없어서 말이지."

"스토커라고 신고하기도 어정쩡한 사람이 있어서요."

"싫다고 해도 계속 오나 보구나."

"네."

"그럴 땐 다른 남자를 방어용으로 내세우는 것 외엔 별다른 수가 없어."

"그 사람이 군대를 갔거든요."

"하아…… 낭패네. 딱히 방법이 없어."

"괴롭네요. 해결안이 전혀 없어서……."

"곧 하와이로 나간다며. 1년쯤 사라지면 포기하지 않겠어?"

"그 사람, 입대와 제대를 겪으면서도 집요하게 저한테 자신의 의지를 어필한 사람이에요. 그렇게까지 했던 사람인데 제가 1년 사라진다고 포기할까요?"

"하아, 차라리 위험한 상황을 만들어서 경찰에게 신고를 하는 편이 낫지 않겠어?"

"최악의 방법을 사용하라는 거군요. 자칫 위험해질 수 있는데……."

"지금으로서는 그 방법 외에는 마땅한 방법이 안 떠오르네."

최악의 방법을 사용해 상대를 떼어 내라. 태경이 돌아온다고 해도 태일의 저 막무가내식 강요는 아마도 계속될 것이 뻔했다. 태경을 난처하게 하지 않고 다른 방식으로 태일을 떼어 내려면 그렇게 해 보는 것도 나쁘지는 않았다.

하지만 어떤 방식으로 접근해야 할지 모르겠다. 태일은 오직 하나에 꽂혀 있다. 그녀와의 정당한 섹스.

그녀는 절대로 용납할 마음이 없는 섹스.

상상만으로도 소름이 돋았다. 그건 정말 싫다.

* * *

하연이 태경의 눈치를 살피며 그를 한참 쳐다봤다. 태경은 표정이 굳은 채로 태일을 노려봤다.

"이게 무슨 상황이야, 형?"

"보면 모르냐? 약혼녀와 마음의 정을 좀 더 쌓아 보라는 의미에서 둘만의 시간을 갖게 해 주는 거지."

"누가 이런 거 해 달래?"

"내가 해 주고 싶어서 해 준 게 아니라 하연 씨가 원한 거야."

하연이 흠칫 놀라 재빨리 시선을 다른 데로 돌렸다. 태경의 시선이 곧장 하연을 찌를 듯이 노려봤다. 시선을 피했는데도 노려보는 눈빛이 살기등등해서 전신을 창으로 들쑤셔 대듯 따끔거렸다.

"저희가 이럴 사이는 아니잖습니까?"

약혼을 하겠다고 해 놓고 이건 또 무슨 소린가? 하연이 놀란 얼굴로 그를 쳐다봤다.

"그게 무슨 소리예요? 약혼이라 하면 곧 결혼을 하겠다는 뜻이 담긴 것 아닌가요?"

"결혼 안 합니다."

"네?"

"약혼식까지는 하겠죠. 하지만 결혼 생각 없습니다. 내가 그쪽이 원한다고 무조건 들어줘야만 하는 입장은 아니잖습니까?"

"하지만 이미 양가의 어른들은……."

"그렇게 알고 있겠죠. 그렇게 알고 있다고 해도 양가의 어른들에게 휘둘릴 마음이 전혀 없습니다. 제가 이 약혼에 찬성을 한 이유는 하나예요. 지켜야 할 사람이 있기 때문이었어요. 하지만 눈치 없는 어떤 여자가 이런 식으로 나서는 게 영 불편해서 이젠 말을 해야겠군요. 약혼할 마음도 없습니다."

하연이 기막힌 얼굴로 그를 쳐다봤다.

"그건 사전에 전혀 협의된 내용이 아니잖아요? 이건 일방적으로 서로가 계약한 것을 파기하는 것밖엔 안 돼요. 정말 실망스러운 사람이군요. 한 입으로 어떻게 두말을 할 수 있는 거죠?"

태경이 입술 끝을 휘어 올리며 웃었다. 군인인 주제에 저리 잘생길 일이며, 비웃는 미소조차 심장이 터지도록 멋질 일인가? 그를 바라보면서 거칠게 뛰는 심장의 울림이 그녀로서는 거치적거릴 정도였다.

"한 입으로 두말을 해서 정말 미안하군요. 그 부분에 대해서는 충분히 사죄하도록 하죠. 제대하면 양가 어른에게 공식발표를 할 생각입니다. 결혼에 관해 관심이 없다고요. 전 사업을 확장해 나가야 하는 기업인입니다. 굳이 어린 나이에 정략결혼 따위를 할 만큼 돈이 부족하진 않아요."

"지키고 싶다는 사람…… 누군데요?"

"노코멘트 하죠."

태일이 피식 입가를 휘어 올리며 말했다.

"너란 놈이 그러면 그렇지. 결국 시간 끌기였던 거냐?"

"형이야말로 조심해. 나하고 전면전을 치르고 싶지 않다면."

"그래 봤자 넌 군인이야. 뭘 할 수 있는데? 난 지안에게 찾아갔고, 같이 살자고 말하는 중이야."

"뭐?"

태경의 얼굴이 순식간에 야차처럼 일그러지기 시작했다. 살벌한 기운이 전신에서 뿜어져 나오고 맞물려 있는 어금니를 강하게 사리문 탓에 턱 주변엔 힘줄이 돋아날 지경이었다.

'지안이라는 사람에 대해 알아봐야겠어.'

그 사람이 누구기에 이렇게 형제간의 전쟁이 시작되려 하는지 알 필요가 있었다.

"형! 난 분명히 접근하지 말라고 경고했을 텐데?"

"네가 뭔데? 걔 남편이라도 되나? 남편이라고 해도 날 막지는 못하지. 네가 이렇게 나온다면 나 역시 다른 방식으로 물밑 작업을 하는 수밖에."

"형, 제정신이야? 그 사람은 내 사람이야."

"내가 그런 거 가리냐? 발정 난 개처럼 사는 인생, 뭐하러 그런 규율에 사로잡혀 답답하게 살아? 난 자유롭게 살 거야. 물론 나의 첫 결혼엔 무조건 임지안을 끼워 넣을 거고."

태경이 기가 막힌 얼굴로 넋이 나가 태일을 쳐다봤다. 하연이 듣기에도 태일은 제정신이 아닌 듯했다. 워낙 파락호 혹은 불한당 등으로 불리며 여자를 하룻밤 잠들었다 빠져나가는 침대쯤으로 생각하는 위인이라는 소문이 많았다.

한꺼번에 세 명의 여자를 만나기도 하고 일주일마다 여자가 바뀐다는 얘기도 돌았다. 뭐가 진짜인지는 몰라도 태일의 여성 편력이 거의 광적인 수준에 이르러 있다는 건 소문만 들어 봐도 알 수 있었다.

"넌 거기 그렇게 처박혀 지내. 그리고 얌전히 이 결혼에 찬성하는 게 서로 좋지 않겠어? 넌 너하고 어울리는 집안과, 난 나와 어울리는 여자와 결혼을 하는 거지. 나야 아버지도 내놓은 자식이니 지안과 결혼을 하겠다는 것 자체를 막을 이유가 없을 거야. 안 그래?"

"미쳤구나? 막 나가겠다는 거야?"

"음, 아마도. 네가 제대하기 전에는 모든 게 끝나 있도록 빠르게 진행시킬 거야. 기대해."

"해 봐. 그럼. 지안이 팔푼이처럼 가만히 당할 애도 아니고."

"흐흣, 그래. 넌 닭 쫓던 개 신세가 되겠지."

"가끔 형이 진짜 내 친형인지 의심스러울 때가 있어."

"친형이 아니라면 어쩌게?"

"가만 안 됐지."

"하하하, 재밌는 소리를 하네. 난 바보냐? 너한테 당하고만 있게."

"가 봐. 더는 얘기하고 싶지 않다."

태경이 자리에서 일어나 면회실을 나가려 하자, 하연이 자리에서 일어나 그에게 말했다.

"또 와도 되나요?"

태경이 고개를 젓더니 나가 버렸다.

"자존심도 없어요? 뭐하러 온대요?"

태일이 옆에서 핀잔을 했다.

"……얼굴이나마 보고 싶으니까요. 뭐가 됐든, 이 약혼은 계속 추진 중인 상황이고 아직 태경 씨는 제대한 게 아니니 우리는 잠정적인 약혼 관계가 유지되고 있는 사이잖아요? 와도 되는 자격이 저한테는 충분히 있다는 거죠."

"그쪽도 계산 못하는 바보네."

하연이 피식 웃으며 말했다.

"이미 계산이 다 섰는데 무슨 소리를 하는 거예요? 태일 씨가 임지안이라는 여자를 차지하면, 저 남자는 저절로 갈 데를 잃는 거잖아요? 그때 난 아무런 노력도 하지 않고 저 남자를 차지하면 되는 거죠. 안 그래요?"

그녀가 입가를 휘어 올리며 씩 웃자, 태일이 소름 끼친다는 듯 그녀를 가만히 쳐다보더니 웃어 젖혔다.

"이야, 이것 봐라. 보통내기가 아니었네."

"제가 술 살게요. 오늘 이렇게 좋은 일을 해 줬으니까."

"좋죠."

태일이 기분 좋게 웃으며 자리에서 일어났다.

#11

왜 이렇게 되어 버린 건지 모르겠다.

하연이 하얗게 질린 얼굴로 옆자리에 누운 태일을 쳐다봤다. 누군가와 언젠가는 섹스라는 걸 하게 되겠거니, 생각은 했다. 하지만 이런 개망나니와 하룻밤을 보내게 될 거라고는 생각도 못 했다. 태일은 아랫도리만 이불로 덮은 채 곤히 잠들어 있었다.

하연은 자괴감에 빠져 이마를 싸쥐고 낮게 신음성을 내뱉었다. 미쳤다. 술에 취하기도 했고, 태일이 임지안이라는 여자를 차지하게 될 거라는 생각에 마음이 편안해져서 기분 좋게 마셨다. 그러다가 소주에 막걸리를 섞어 마시기 시작하면서 정신이 하얗게 지워졌다.

토막토막 나는 기억 속에 자신은 태일의 품에 안기다시피 해서 근처 모텔로 들어왔고, 그렇게 침대에 누웠던 것 같다. 이후 태일이 갑자기 그녀의 바지를 벗겼고 웃으며 말하던 그의 목소리가 떠올랐다.

"이렇게 남자 경험이 없어서야 어떻게 태경일 꼬시나요? 아직 가슴도 덜 여물었고…… 이럼 곤란하니, 내가 섹스의 즐거움을 가르쳐 줄게요."

그렇게 시작됐다. 다짜고짜 그가 팬티를 벗기고 아래쪽을 닦아 내더니 혀로 핥기 시작했다. 그게 뭔진 모르겠지만 한 번도 사내 앞에 드러내 보인 적 없던 곳을 뜨거운 혀가 핥자 정신이 몽롱해지기 시작했다. 그렇게 성적인 쾌락에 완전히 도취했고 결국 그를 받아들이는 우를 범하고 말았다.

"하아……."

태일이 옆에서 뒤척거리다가 천천히 기지개를 켜며 눈을 떴다. 그 바람에 아랫도리를 덮고 있던 이불이 옆으로 후두둑, 떨어졌다. 그러자 태일의 아랫도리가 눈앞에 드러났다. 그녀는 고개를 돌리며 눈을 질끈 감고, 치밀어 오르는 눈물을 재빨리 눌렀다. 이렇게 전개되어서는 안 된다. 그녀의 인생에서 이런 건 계획에 없었다.

"일어났어?"

그녀는 대답하지 않았다. 지금 일일이 대답할 만큼 컨디션이 좋은 것도 아니었다. 최악의 상황이기도 하고 기가 막히기도 해서 어안이 벙벙하다 못해 화가 치미는 중이었다.

"너무 깊게 생각하지는 마. 별일 아니니까."

역시 개망나니답게 말한다.

"잠깐 실수. 그래, 그런 거지. 내가 원래 술 마시면 아무것도 눈에 뵈는 게 없더라고."

어련하실까? 동생과 결혼하겠다고 나선 여자를 덮치는 거로 봐서는 도덕 관념 자체가 뇌에 없는 듯했다.

그녀에게 자주 찾아오고 태경과 어떻게든 인연이 맺어지도록 온 힘을 기울이는 그를 보면서 속으로는 내심 의지도 하고 고마워했다. 그런데 결국 이런 게 목적이었던가? 세상 여자는 그를 먼저 스쳐 지나가야 한다는 법칙이라도 있는 건가? 그게 아니고서야 어떻게 이럴 수가 있는 걸까?

"아무것도 아니어야 하죠."

"맞아."

그가 옷을 입으며 말했다.

"나가서 기다릴 테니까, 바로 나와. 이만 가자."

이젠 대놓고 반말을 한다. 편해도 너무 편해진 거 아닌가? 하아, 정말 이게 무슨 상황인 건지.

문이 닫히는 소리가 들려왔다. 그녀는 아랫입술을 꽉 깨물고 벗겨져 있던 옷들을 집어 입기 시작했다. 가볍게 양치와 세안만 하고 머리는 빗질로 해결한 후 밖으로 나갔다. 빨리 집에 가고 싶었다. 그의 차에 타고 안전벨트를 하다가 물었다.

"피임은요?"

"했지. 뭘 걱정해? 난 프로야."

그게 그리 자랑할 만한 일인가? 다시 한번 감태일이 매우 황당한 사고방식으로 살아가는 인간이라는 걸 깨닫고 혀를 내둘렀다.

태일은 정말 아무 일도 없었다는 듯이 콧노래를 부르며 운전을 했다. 정작 그녀는 찢긴 처녀막과 아래쪽에서 올라오는 낯선 통증 때문에 죽을 맛이었다. 대체 이런 걸 왜 하는 건지 모르겠다. 이렇게 지독하게 아프기만 한데.

"비밀 유지나 잘하세요."

"당연한 거 아닌가? 난 그쪽과 결혼할 마음이 전혀 없고, 그쪽도 나와 맺어질 이유가 없으니 서로 입을 봉하는 건 서로 간의 매너 아니겠어?"

"이 사실이 알려지면 아무것도 안 돼요."

"알아."

서로 차지하고 싶은 대상은 따로 있었다. 그러니까 입을 다물고 있는 수밖에. 이 관계는 한 번으로 끝나야 한다. 단 한 번으로. 물론 절대 일어나선 안 될 일이어야만 했다. 태경과 결혼을 강행할 생각이었다면 더더욱 그래서는 안 되는 일이었다.

하지만 이미 벌어졌고, 이제부터는 뒷감당을 해야 한다. 이런 저런 생각 하지 말고, 깔끔하게 처리한 채로 약혼을 밀어붙이는 수밖에. 태일도 다른 데 마음이 가 있으니 절대 발설할 일은 없을 것이다.

일이 이상하게 흘러간다.

하와이에 도착한 지안이 선글라스를 벗고 캐리어를 잡아끌면서 밖으로 나와 택시를 잡아탔다. 그녀를 문창중에게 소개를 시켜 줄 에이전시를 만나야 했다. 물론 이 모든 계획은 감 의원이 마련해 둔 것들이었다.

택시를 타고 감 의원이 준 자료를 보면서 그곳에 적힌 대로 영어로 된 주소를 읽어 내렸다. 그러자 기사가 알아듣고 그녀를 1시간 거리에 있는 마을로 데리고 갔다.

마을에서도 가장 높은 자리에 있는 웅장한 대문 앞에 택시가 멈춰 섰다. 기사가 목적지에 다 왔음을 알리며 택시비를 요구했다. 돈을 지불하고 차에서 내린 그녀는 휴대폰을 켜 자료에 적혀 있는 번호대로 연락을 취했다.

—여보세요?

"임지안입니다. 대문 앞에 도착했습니다."

—잠시만요.

10분쯤 서 있자, 타이어가 바닥을 긁는 소리를 냈다. 고개를 돌려 소리가 나는 곳을 보니 경차가 오고 있었다. 한 남자가 차에서 내려 그녀에게 인사를 했다. 한국인이다.

"안녕하세요. 처음 뵙겠습니다. 그쪽에서 소개를 한 에이전시 장 사장입니다."

장 사장이 손을 내밀어 인사를 했다. 지안도 선글라스를 벗으며 그의 손을 잡고 흔들었다.

"차에 타세요. 오늘은 짐을 풀고 여기서 하루 쉰 후, 내일 문창중 씨와 만나도록 하죠. 저녁 식사 시간 약속이 잡혀 있으니, 그 자리에 자연스럽게 참석하면 됩니다."

"네."

다시 장 사장이 경차를 몰고 넓디넓은 마당을 가로질렀다. 길게 쭉 뻗은 길은 온통 가로수들로 빼곡했다. 지안은 나무들을 쳐다보며 안쪽을 가리기 위한 장치로 나무를 심은 건지, 아니면 이렇게 울창한 숲을 만드는 게 목적이었던 건지, 그도 아니면 관리하는 비용이 아까워서 관리를 아예 포기한 건지가 궁금해졌다. 하지만 그런 사적인 질문을 공유할 관계가 아니라 입을 다물었다.

경차는 10분 만에 저택 앞에 멈춰 섰다. 저택 바로 앞에는 분수대가 커다랗게 자리하고 입구는 호텔의 로비처럼 꾸며져 있었다.

로비에서 검은 정복 차림의 말끔한 중년 남자가 다가오더니 하얀 장갑을 낀 손으로 차 문을 열며 인사를 했다.

"어서 오세요."

한국인이다. 대부분 한국인을 고용해 집을 관리시키는 듯했다.

"안녕하세요."

장 사장이 차에서 내리자 중년 남자가 차를 몰고 사라졌다. 대신 장 사장의 손에 그녀의 짐이 끌려가는 중이었다.

"손님방으로 안내하죠."

장 사장의 뒤를 쫓아 2층으로 올라가자 여러 개의 방이 나왔다. 그녀의 방은 복도 우측에 위치했다. 우측에서 세 번째 방문이 열리고 내부가 드러났다.

전체적으로 새하얀색으로 가득한 공간이었다. 사람의 온기가 전혀 느껴지지 않는 것으로 봐서는 손님들을 위한 공간으로 사용하는 듯했다.

"방은 편한 대로 사용하시면 됩니다. 식사는 아래층으로 내려오시면 시간마다 주방 담당자가 먹을 것을 준비해 놓을 테니 먹고 그냥 올라오시면 됩니다. 그리고 문창중에 대해서는 자세히 사전 브리핑을 받았나요?"

"네, 받았습니다."

"말이 유혹이지, 집 안으로 따라 들어가 물건만 놓고 빠져나오면 되는 아주 쉬운 일이에요. 여자들은 무기가 많죠. 이를테면 성희롱이나 성추행을 당했다는 식으로 상대를 멸시하면서 욕을 해 주고 뛰어 나가는 것도 매우 좋은 방법일 것 같네요. 하지만 그러기에 앞서 문창중에게 그럴 빌미를 제공해야 할

315

겁니다. 매너가 좋은 사람이라 그런 빌미를 잡는 데도 아마 시간이 좀 걸릴 거예요."

"알겠습니다. 그건 제가 알아서 할게요."

"그럼 물건을……."

그는 은색 틴 케이스를 가지고 오더니 그녀의 앞에 내려놓았다.

"열어 보지는 마세요. 만질 때도 되도록 장갑을 끼거나 수건 등으로 감싸서 잡든지 하십시오. 지안 씨 지문이 남으면 본인에게 유리할 게 없으니까. 틴 케이스를 그대로 두고 나오면 됩니다. 그걸 발견하면 누가 됐든 만지게 되어 있으니까요. 누군가의 손이 닿긴 하겠죠. 되도록 문창중이 발견하지 못할 곳에 놓는 걸 추천합니다."

"집 안의 내부 도면은 다 봤어요. 집 안에서 일하는 도우미를 통해야 할 테니까, 도우미들이 쉬는 룸을 이용할까 생각 중이에요."

"도우미들과 마주치는 것도 매우 조심해야 할 겁니다. 하긴 손님인 지안 씨가 초대를 받은 상황이니까, 이미 내부에 있는 도우미들은 일찍 퇴근시켰을지도 모르겠군요. 어찌 되었건 제가 준비한 파티복을 입고 그곳으로 갈 채비만 하면 됩니다. 이외에 더 궁금한 사안이 있으면 얼마든지 물어보세요."

"없습니다. 전체적인 세부 계획안은 이미 다 알고 있으니까요."

"알겠습니다. 그럼 푹 쉬세요."

지안은 방문을 닫고 캐리어를 한쪽에 눕힌 후 지퍼를 열었다. 그리고 한쪽 벽면에 세워 놓은 틴 케이스를 빤히 쳐다보다가 그걸 수건으로 감싸 쥐어 옷장 안에 감췄다. 양심의 가책을 느끼게 하는 물건이었다. 이런 짓을 해도 되는지 모르겠다. 그 사람과 마주치게 되면 그녀가 누군지 바로 알아볼 텐데. 이 일로 빌미를 잡혀 두고두고 보복 조치를 당하는 건 아닌지 염려되기도 했다.

정말 다들 무서운 게 없는 사람들인 건가? 자신들의 이득을 위해 서로에게 어떻게든 약점이 될 만한 걸 일부러 조작하고 그걸로 상대방을 폄훼하려 하다니.

이런 일에 자신이 끼어 있다는 게 기막혔다. 하다 하다 별일을 다 한다. 아무리 이미 매장된 배우라고는 해도 불과 며칠 전까지만 해도 한국 최고의 톱스타였던 그녀다. 그런 사람이 이렇게 하루아침에 추락할 줄이야. 물론 이 모든 건 그녀가 자처한 일이었다.

태일을 이용했더라면 모든 게 쉬웠을 것이다. 태일이 해 달라는 대로 결혼을 해 주고 그와 밤을 함께하면서 적당히 길들였더라면 편했을 텐데. 그렇게 되면 감 의원도 더 이상 그녀를 건드릴 이유가 없는 데다 지령도 문제없이 자신의 삶을 살았을 것이다. 그녀 또한 연기 인생을 계속 걸을 수 있었을지도 모른다.

하지만 그 사실을 아는 사람이 감씨 일가뿐일까? 터질 건 언제든 터진다. 그녀가 살인자의 딸이라는 사실을 아는 누군가가 그녀의 세상을 금세 부숴 놓고 말 거라는 건 이미 예견돼 있었다. 그 날짜를 좀 더 당겼을 뿐, 누굴 택하건 결과는 같았을 것이다.

그렇게 결론에 도달하니 한편으로는 마음이 편안해졌다.

활동하기 편한 트레이닝복을 입고 머리카락을 귀 뒤로 슬쩍 넘겼다. 언제 머리가 다 자라 등허리를 다 덮게 될지 의문이 들었다. 자르는 건 정말 쉬웠는데, 기르는 건 한참 걸릴 것 같았다.

욕실로 들어가 씻은 그녀는 옷을 입은 후 휴대폰을 만지작거렸다. 태경에게 전화를 하고 싶지만, 지금은 연락을 해서는 안 되었다.

지금 그녀가 하는 일은 좋게 말하면 스파이, 나쁘게 말하면 꽃뱀이나 다를 바 없는 일이니까. 태경과는 휴가 때 아니면 만나는 일이 드물었다. 이러다 서로 점차 소원해지고 서서히 잊히는 건 아닌지 걱정된다.

침대에 누운 그녀는 뒤척거리면서 휴대폰을 만지작거리다가 방의 불을 끄고 다시 누웠다.

잠이 올 것 같지 않았지만 내일 제대로 된 컨디션을 유지하려면 좀 자야 할 것 같았다.

　　　　　*　　*　　*

　지안으로부터 편지가 날아들었다. 태경은 휴식시간 중 홀로 뒷마당에 나와 편지를 읽었다.

　'하와이에서 1년……'

　갑자기 왜 하와이로 간 걸까? 언론들의 횡포와 사람들의 비난 서린 눈빛이 견딜 수 없어서 어디든 떠나고 싶었을 거라는 심정 자체는 이해가 되었다. 하지만 너무 갑작스러운 행보가 아닌가. 그 전에 그에게 한 번쯤은 들렀어도 될 일이었다.

　하지만 그녀가 마지막으로 면회를 왔을 때, 자신이 모든 걸 먼저 터트리라고 하자 그녀는 매우 노기 띤 표정을 지었다. 무언가에 단단히 화가 나고 실망한 표정이었다. 그건 아마도 그의 태도 때문이겠지.

　<아버지에 대해 잘 아는 어떤 남자를 만났어요. 사흘 정도 만났고, 그 사람에게서 아버지가 사건을 일으킨 당시 있었던 정치계의 암투에 관한 이야기를 전해 들었어요. 듣기로 오빠의 아버지가 문 의원과 몇 명의 의원이 저지른 몇 가지 비밀스러운 자료를 갖고 있었다고 하는데 그게 정확히 무엇인지에 대해서는 얘기를 하지 않더군요.>

　태경의 눈살이 찌푸려졌다. 누굴 만났다는 걸까? 대체. 누군

319

지 말을 하면 대충 알 것도 같은데. 하지만 지안은 그에 대해서는 명확한 설명을 피하고 있었다.

<문 의원 측에서는 그 자료를 필히 없애야만 했고, 그 과정에서 몇 차례 언쟁이 있었다고 해요. 문 의원과 감 의원의 사이가 그때부터 매우 좋지는 않았다고 하고요. 하지만 어디가 어떻게 관련되어 있는지, 왜 그 때문에 아버지가 오빠의 어머니에게 그랬어야만 했는지에 대한 설명까지는 듣지 못했어요. 그건 제가 알아내야 할 부분이겠죠.

뭔가를 알아내려 하는데 늘 시커먼 벽이 앞을 툭 툭 가로막는군요. 미로에 갇힌 기분이에요.

오빠. 어쨌든 전 1년간 하와이에서 잠수를 탈 예정이고, 감 의원님이 지렁이를 보살펴 주겠다 약조를 하셨어요. 그러니 염려 말고 군 생활 충실히……>

뒤에 있는 내용은 평범한 안부 글처럼 읽혔다. 문 의원이라는 이름이 새롭게 등장한 대목이 마음에 걸렸다. 아버지에게 있어서 평생 숙적인 사람이 바로 문 의원이다.

그리고 며칠 전에 문 의원의 아들이 마약 소지 혐의로 하와이 경찰 측에 현행범으로 잡혀갔다는 뉴스가 나왔다.

대체 뭐가 어떻게 돌아가고 있는지 모르겠다. 문 의원 아들인 문창중은 이제 정치계에서 나와 자기 사업을 하며 조용히 살아가는 사업가였다. 그런 사람이 마약을 소지했다니. 사람 일이란 정말 알 수가 없는 노릇이었다. 예상 밖의 행동을 해서 기존에 품고 있던 이미지를 박살 내니.

그는 편지봉투를 살폈다. 지안이 머무는 곳의 주소가 적혀 있긴 한데 호텔 주소다. 이래서야 장기 숙박인지, 잠시 머물다 다른 호텔로 떠나는지를 확인하기 어렵다. 그렇다고 여기서 하와이까지 전화를 걸 수도 없는 노릇이었다. 답답해 미칠 지경 이다. 휴가를 나가면 바로 알아봐야겠다. 뭐가 어떻게 돌아가 는 건지.

태일이 황당한 얼굴로 지령을 쳐다봤다. 지안과 연락이 닿지 도 않는 데다 집을 찾아가도 답이 없었다. 결국 답답해진 그는 지령의 대학까지 찾아갔다. 그런데 막상 만난 지령은 더 의아 한 표정으로 되물었다.

"형이 더 잘 알지 않아요? 감 의원님이 하와이로 내보낸 걸 로 아는데요?"

왜 갑자기 여기서 아버지 얘기가 나온단 말인가. 지안이 사 라진 지 어언 10일째였다. 그사이 하와이행 비행기를 탔단 소 린가?

언론사들이 벌떼처럼 달려들어 그녀에 대한 후기를 쓰려고 한바탕 경쟁이 벌어졌다는 건 알고 있었다. 하지만 그 횡포에 질린 그녀가 해외로 도주할 거라고는 생각도 못 했다. 이유야

321

뻔하게도 지령이 한국에 남아 있었고 그는 학업을 중도 포기할 수 없는 입장이기 때문이었다. 그런데 대담하게도 하와이로 갔다는 건 대체 뭘 의미하는 걸까?

"넌 그에 대해 아무것도 모른다고?"

"네, 몰라요. 누나도 자세한 얘기는 하지 않고 갔으니까. 감 의원님이 이래저래 손을 써 주셔서 그나마 진 편하게 학교 생활도 하고 있고 교수님들의 특별한 감시를 받게 되었어요. 누나에 대해 알고 싶다면 감 의원님을 만나 보세요."

이젠 아버지를 만나야 한다는 소린가?

"알았어."

그는 학교를 빠져나와 자신의 외제차에 시동을 걸었다. 곧장 가속 페달을 밟아 향한 곳은 집이었다. 아버지는 그가 사무실에 나오는 걸 별로 좋아하지 않았다. 그래서 만나려면 그냥 여기서 얌전한 개처럼 기다려야 한다. 그 편이 원하는 걸 알아내기 훨씬 편리하다. 괜히 고성이 오가게 되면 정말 원하는 정보는 얻지 못하게 될 테니까, 지금은 납작 엎드려 아버지가 돌아오기만을 기다리는 수밖에. 그런데 태경도 이 사실을 알고 있는 걸까?

지안이 하와이행 비행기를 탔다는 건 모르지 않을까? 공중에 붕 뜨게 된 건 형제가 똑같다. 지안이 사라진 마당이니 이젠 누굴 두고 대치해야 할지 당최 모르겠다.

그때 문이 열리고 아버지가 집 안으로 들어오더니 입가에 환한 미소를 띠며 말했다.

"어쩐 일이야? 네가 이 시간에 집에 있고?"

"무슨 기분 좋은 일이라도 있으세요?"

"못 봤냐? 문 의원이 피죽도 끓여 먹지 못하는 놈처럼 허옇게 질려 있는 꼴을!"

관심 없는 정치 얘기를 왜 갑자기 하는지 알 수 없다.

"지안이, 하와이에 왜 보내신 거예요?"

기분 좋게 웃던 아버지의 얼굴에 금세 한기가 스몄다.

"그건 왜 물어?"

"주소 알려 주세요. 지안이 보러 가게."

"너, 정말!"

"지안이 갖고 싶다고요."

순간 아버지가 골프 가방을 챙기다 말고 골프채 하나를 끄집어내더니 그를 향해 내던질 태도를 취했다.

"너! 기어이 정말! 네 어미를 죽인 자의 딸이다! 네가 정말 무슨 생각이라도 있는 놈이라면 그런 마음을 먹어서는 안 되는 거야!"

"저한테 안 주면 태경이 가질 텐데요?"

"뭐?"

"태경이, 임지안을 좋아해요. 아마 어떻게든 임지안을 가지려 하겠죠. 그 전에 차라리 저한테 주세요. 태경이 그렇게 망가지는 걸 원하세요? 아니잖아요. 아버지!"

323

휘이이잉, 휘이잉, 쾅!

기어이 골프채가 허공을 붕붕 돌아 날아오더니 그의 바로 옆에서 요란한 소리를 내며 바닥에 떨어져 나뒹굴었다. 그는 굳은 채 아버지를 쳐다봤다. 이러다 이젠 자식도 죽이겠다고 할 모양이다.

"다 안 돼! 내가 죽기 전엔 누구도 안 돼! 임지안만은 결단코 용납 못 한다!"

"그렇게 하시겠다면, 저도 방법이 있습니다. 아버지 명예에 똥칠을 해 드리죠. 이제 아예 생매장을 시켜 드리면 되나요?"

"뭐어어어?! 이 망나니 같은 놈이 지금 누굴 협박해! 누굴!"

꽥 소리를 지른 아버지가 순식간에 그를 향해 달려오더니 멱살을 움켜쥐며 밖에 대고 고함을 질렀다.

"윤 집사! 당장 경호원들 다 들어오라고 해!"

윤 집사가 곧장 나가서 경호원들을 불러들이자, 아버지가 외쳤다.

"이 미친 새끼, 제 방에 가두고 밖에 나가지 못하게 감시해!"

"네, 의원님!"

경호원들이 일사불란하게 그를 향해 다가왔다. 순식간에 그는 양팔을 옴짝달싹 못 하게 속박당했고 덩치 좋은 경호원들에게 이끌려 그의 방으로 옮겨졌다.

방 안에 그를 집어넣은 경호원들이 문을 닫고 문 밖에서 대기했다. 물론 창밖도 마찬가지일 것이다.

"사람을…… 가둔단 말이지? 이런 식으로?"

할 수 있는 모든 방법을 동원해 임지안과 결혼하고 말겠다. 결혼이 안 된다면, 원나이트라도 하고 말리라. 모두가 막아서며 안 된다고 하니까 미치게 더 갈증만 날 뿐이다.

그는 서랍장을 열어 지안이 열네 살 때 사용했던 브래지어를 집어 들고 코에 댔다. 깊게 숨을 들이쉬자 미미하게 남아 있는 지안의 살 냄새가 코 속으로 스며들어 왔다. 그러자 그의 아랫도리로 힘이 몰렸다. 언제까지 실체가 아닌 가짜를 붙들고 제 손으로 아랫도리를 위로하며 살아야 한단 말인가.

갖고 싶었는데 갖지 못하자 다른 여자들을 통해서라도 어떻게든 채워 보려 했다. 하지만 역시 역부족이었다.

당사자를 데리고 와야 그의 갈증은 해소된다. 지안이 와야 한다. 그게 아니라면 그는 평생 누구와 잠자리를 가져도 만족이라는 걸 하지 못하는 욕구불만 장애에 걸리고 말 것이다.

'안심하지 마, 임지안! 기필코 가질 거야!'

아버지를 계속 설득해 볼 작정이었다. 태경을 걸고넘어지면 이보다 더 좋은 결과를 낼 수 없으리라.

아버지에게 태경은 자신의 우월한 유전자를 물려받은 유일한 자신의 분신이었다. 그런 존재이기 때문에 아버지는 태경이 자신의 예측과 전혀 다른 방향으로 가는 걸 절대로 용납할 사람이 아니었다.

태일의 인생에는 크게 관심이 없어도 태경의 인생에 대해서는 꽤 흥미를 보이는 사람이 아버지였다. 그러니까 태경을 이용하면 자신의 계획대로 일이 풀릴 것이다.

*　　*　　*

임신 진단 테스터에 뜬 두 줄의 붉은 표시를 하연은 넋을 놓고 쳐다봤다. 다리가 후들거리고 사위가 하얗게 물들어 갔다. 이제 어떻게 해야 할지 정말 알 수 없었다.

임신이다.

자신이 최근에 잠자리를 한 사람은 단 한 사람, 감태일뿐이었다.

"하아⋯⋯."

미칠 것 같았다. 감태일은 무능한 벌레라고 하는 아버지의 음성이 귓가를 때렸다. 아버지는 태일보다 태경을 더 마음에 들어 한다. 만약 태일의 아이를 가졌다고 말하면 아버지는 불같이 화를 내면서 그녀를 죽여 버리려 할지도 모른다. 호된 질책과 비난으로 그녀를 말려 죽일 것이다. 집안에 누가 되는 사람은 결단코 가족으로 용인하지 않는 잔혹성을 지닌 사람이 아버지였다. 그러니 검찰청장까지 하는 게 아니겠는가.

"하연아! 뭐하는데 안 나오니?"

엄마다. 회사에 출근을 해야 하는데 나오질 않으니 걱정이 되었는지 엄마는 화장실까지 찾아와 문을 두드렸다.

"가, 갈게요."

눈물이 그렁거렸다. 이 사실을 알게 되면 아마도 아버지는 가장 먼저 엄마의 목을 조를 것이다. 뭘 하느라 저런 병신 같은 딸을 낳았고, 돈 들여 키웠느냐고 엄마를 사람 취급도 하지 않을 것이다. 어떻게 해야 할까?

화장실을 나오자마자 엄마가 측은한 얼굴로 그녀를 쳐다봤다.

"힘드니? 요새 영 핏기도 없고…… 그러네."

"엄마…… 저기……."

"그게 뭐야?"

등 뒤에 감추고 있던 걸 본 엄마가 다급하게 임신 테스터를 빼앗아 들더니 경악해서 물었다.

"이게 뭐야?"

하연은 울먹거리며 말없이 엄마를 쳐다봤다. 무슨 말을 어떻게 해야 할지 알 수 없어서 머릿속이 하얗다.

"혹시 감태경 군의 아이를 가진 거니?"

하연이 고개를 미친 듯이 저었다. 그러자 엄마의 입가에 희미하게나마 번지던 미소가 순식간에 차갑게 굳어 갔다.

"안 돼! 딴 놈이어선 절대로 안 된다. 오늘 당장 회사에 결근하겠다고 통보하고 태경 군한테 가 보자."

"엄마아아…… 그 사람 애 아니에요."

"일단 태경 군을 만난 후에 얘기하자. 그리고 이건 비밀이다.

네 아버지가 알면 엄마를 죽이려 할 거야. 결혼도 전에 임신이라니. 게다가 태경 군도 아닌 다른 사람의 애라고 하면 네 아버지가 퍽이나 좋다고 하겠구나. 너와 난 파리 목숨이야. 이대로 죽고 싶은 거니?"

설마 죽이기야 하겠냐마는, 아버지는 세 치 혀로 사람을 말려 죽이는 타입이었다. 아버지가 쏟아 내는 비난의 말들을 듣고 있다 보면 저절로 자살이라는 게 하고 싶어질 만큼 비관적으로 된다. 아버지란 사람은 그런 사람이었다. 모녀에겐 그저 위협적이고 두려운 존재였다.

#12

갑자기 찾아온 손님이 하연의 모친 정 여사라는 얘기를 들은 태경은 잠시 이 만남을 가져야 할지 말아야 할지를 두고 한참 동안 고심했다. 하지만 하연이 아닌 정 여사라는 점 때문에 왜 찾아온 건지에 대해서는 알아야 할 것 같아 만나 보기로 했다.

면회실에 도착한 태경이 안으로 들어가자 정 여사와 하연이 기다리고 있었다. 날씨가 추워져서 입고 있는 옷이 두툼했다. 벌써 모피를 꺼내야 하는 계절이 된 건가?

그는 인사를 하고 자리에 앉았다. 그런데 정 여사와 하연의 표정이 그리 좋지만은 않아 보였다. 그는 심히 우려스러운 표정으로 두 사람을 쳐다봤다.

"어쩐 일로……."

정 여사는 한참 동안 고심하다가 입을 열었다.

"이걸 어떻게 설명해야 좋을지 잘 모르겠네요. 이 얘기를 꺼내면 태경 군이 무조건 도와주겠다고 약속을 해 줘야 입을 열수 있을 것 같아요."

"네? 하지만 무슨 내용인지도 모르고 하겠다고 할 수는 없습니다. 여사님."

정 여사는 하연을 흘끗 쳐다보다가 나직하게 잠깐 나가 있으라고 말했다.

"10분 뒤에 들어와. 차에 가서 기다리고 있어."

"네, 엄마."

하연이 나간 후 정 여사는 손에 땀이 차는지 손수건에 몇 번이나 손바닥을 문질렀다. 대체 무슨 일인 걸까? 그는 정 여사가 매우 힘든 얘기를 꺼내려 하고 있음을 직감하고 그녀가 마음의 준비를 끝내도록 기다렸다. 그렇게 한참 만에야 정 여사가 이마를 수건으로 툭툭 누르며 입을 열었다.

"창피해서 입을 열기가 정말 어려운데…… 실은……."

다시 마른침을 한 차례 넘긴 정 여사가 말했다.

"하연이가 임신을 했어요."

"네에?"

그는 한 번도 이하연과 잠자리를 한 적이 없다. 그러니 상대는 분명 다른 놈일 게 분명했다. 그런데 왜 그 얘기를 그에게 하는 거지? 이건 어떻게 보면 이 집안의 치명적인 결정타가 될 만한 부분이 아닌가.

"그게…… 휴우…… 정말 소문대로더군요. 그쪽의 형은……."

그제야 그는 뒷머리가 쭈뼛 서는 기분에 사로잡혔다.

"형이라니요?"

"태일 군의 아이예요."

"아아…… 이게 무슨……."

태경의 입장에서야 어차피 약혼할 마음도 없었지만, 표면적으로 약혼은 그와 하기로 해 놓고 왜 잠자리는 형과 했다는 건지 이해가 되지 않았다.

"피차 술에 취해 실수로 벌인 짓이었다고 하더군요. 아직 그쪽의 형은 이 얘기를 몰라요. 우리가 태경 군을 이렇게 찾아온 이유는 하나예요. 입을 다물어 달라는 거예요. 뱃속 아이는 태경 군의 아이로 해 달란 거죠."

"네에?"

이번엔 명치를 주먹으로 정확히 얻어맞은 것처럼 숨이 쉬어지질 않았다. 왜 형의 아이를 자신의 아이로 덮어야 한다는 건지 선뜻 이해가 되지 않았다. 그러자 정 여사가 자신의 팔목을 덮고 있던 소맷자락을 들쳐 올리더니 그의 앞에 내밀었다.

굵은 선이 불룩하게 솟아 오른 수술 자국이 보였다. 손목의 시작점에 가로로 길게 그어진 선은 마치 자살의 흔적처럼도

331

보였다. 그는 미간을 좁히고 정 여사를 쳐다봤다.

"남편의 치부라 어디다 말을 하기 힘든 얘기예요. 그럼에도 태경 군에게 하는 이유는 우리 상황을 이해하고 받아 줄 이성적인 판단력을 가진 사람이라 생각하기 때문이에요."

정 여사는 한참 동안 손목을 만지작거리다가 다시 소맷자락을 덮은 후 인상을 구긴 채 입을 열었다.

"남편은 완벽주의자예요. 집안의 누구든 조금의 흠결이 있으면 용납하지 않아요. 만약 태일 군의 아이라는 사실이 밝혀진다면 하연이를 비롯해 전 모진 학대를 받아야 할지도 몰라요. 그 사람은 폭언과 협박의 달인이에요. 그로 인해 난 팔목에 이런 상처도 만들어야 했죠. 자살 시도를 했어요. 양쪽 팔에 이상처는 다 있죠. 태경 군이 이번 일에 협조하지 않으면 또 하나의 줄이 이번엔 목에 드리워질지도 모르겠어요."

협박을 깔아 둔 간청인 건가? 그는 난처한 얼굴로 그녀를 쳐다봤다.

"하지만 여사님, 제 아이도 아닌 데다 전 하연 씨와 결혼을 할 마음이 없습니다."

정 여사의 얼굴이 금세 무너졌다. 태경은 낮게 한숨을 쉬며 말했다.

"약혼도 제대 후 파기할 예정이었어요."

"이유가 뭔가요?"

"아버지가 시키는 결혼을 할 이유가 없어요. 이 결혼은 아버지의 정치적 배경으로 이용하기 위한 결혼이죠. 하지만 전 정치에 아무런 관심도 없고 그런 일에는 관여하고 싶지 않습니다. 전 사업을 할 예정이기도 하고, 그곳에서 제 발로 성장해 갈 생각이에요. 그러려면 이런 배경들은 거치적거리기만 할 따름입니다. 아버지로부터 완벽하게 자립해서 혼자 일어설 예정이에요. 그러니 그 결혼도 제겐 그리 필요한 결혼이 아닙니다. 아버지에겐 필요할지 모르겠지만…… 전 성인이에요. 결혼 정도는 자유의지로 선택할 권리는 있죠."

그가 단호하게 의사를 표현하자 정 여사의 얼굴에 금세 근심이 드리워졌다. 그녀의 눈동자가 불안하게 이리저리 흔들렸다.

"그러면…… 우리는 이제 어떻게 해야 할까요? 그럼 이렇게 하면 안 될까요? 제대하려면 아직 시간이 좀 있으니 임신 사실을 알리긴 하되, 제대 전에 아이를 낙태하는 방향으로 협의를 해 줘요. 그렇게만 배려해 준다면 우리가 어떻게든 해 볼게요. 해외로 나가서 아이를 지우고 돌아올 예정이에요. 태경 씨가 받아 주지 않는다면 우리는 그 애를 낳을 생각이 전혀 없어요."

"하지만 그 아이도 하나의 생명인데…… 애초에 형하고 하연 씨를 맺어 주려고 했던 거 아니었나요?"

"남편이 원치 않아요. 둘 중 하나를 골라도 된다는 소리에 결혼에 찬성을 했던 거고, 그 상대가 태경 군이라고 해서 안도 했어요. 태경 군이라면 전도유망한 청년이라면서 매우 흐뭇해했죠. 하지만 태일 군은 소문이 그리 좋지 못한 편이라 남편이 그리 좋아하질 않아요."

하긴 법적인 문제만 일으키지 않았지, 형은 여자관계가 너무 문란하다. 그런 사람에게 딸을 줄 아버지는 세상에 없을 것이다.

"제발, 부탁할게요. 태경 군한테 최대한 피해가 가지 않는 선에서 마무리를 지을게요."

정 여사가 애걸복걸하더니 기어이 울음을 터트렸다.

"이걸 알면 남편이 나를 죽이려 할 거예요. 나뿐 아니라 하연이도 가만 안 둘 거라고요. 자연스럽게 해외로 나갈 방도를 찾으려면 남편이 모든 사실을 알아야 해요. 그래서 아이가 태경 군의 아이라는 전제가 너무 필요하다는 거죠."

"생각할 시간을 좀 주십시오. 5분이라도 좋으니까."

"네."

그는 잠시 밖으로 나와 숨을 골랐다. 멀리 외제 SUV 차에 타지 않고 차 주변을 서성이며 불안해하는 하연의 모습이 눈에 들어왔다.

마음 같아서는 외면하고 싶었다. 하지만 형이 저지른 일이다. 결국 처리해야 할 사람이 하나는 있어야 하는데, 이 사실을 아버지가 알게 되면 한바탕 난리가 벌어질 게 너무 빤히 보였다. 저쪽 집안 역시 비슷한 상황을 겪어야 하기 때문에 받는 중압감과 스트레스가 상당해 보였다.

그렇다면 차라리 약혼 파기를 계약 조건으로 걸고 제대 전까지만 아이 문제를 해결하는 쪽에 동의하는 편이 나을지도 모르겠다. 하지만 역시 양심상 낙태 부분이 마음에 걸렸다.

즉흥적인 유희 때문에 생긴 아이라고 해도 생명은 생명이지 않은가. 그런 아이를 단지 양가의 문제로 인해 지워야 한다는 사실이 마음에 걸렸다.

이 사실을 당사자들 모두가 알아야 하는 것 아닌지, 그가 덮어 주는 게 맞는 건지도 모호했다. 모두가 난처해지지 않으려면 그의 아이인 척하는 게 맞긴 하지만, 어떻게 해야 할지 모르겠다.

그는 고심하다가 다시 면회실로 들어가 정 여사와 마주 보고 앉아 대화를 나눴다.

"약속해 주십시오. 약혼 파기로 몰아 주겠다고."

"그건 약속할게요. 뱃속 생명이 잘못된 걸 빌미 삼아 애가 너무 고통스러워한다는 둥 핑계를 내세우면서 혼담은 깨자고 할게요. 그건 약속할 테니, 나와 하연이를 한번 살려 주는 셈 치고 이번만 도와줘요."

"낙태 부분은 아무래도 많이 걸리긴 하지만 상황상 어쩔 수가 없군요. 그렇게 하도록 하겠습니다. 하지만 형도 언젠가는 알아야 할 필요가 있어요."

"그건 염려 말아요. 하연이 곧 만난다고 했고, 입조심을 시키기로 했으니까."

"여러모로 형 때문에 죄송합니다."

"앞뒤 분간 못 하는 인간 같아요. 어떻게 자신의 동생과 결혼을 하게 될 여자를 건드리는 건지…… 무슨 생각으로 사는 사람인가요? 쟤야 어리니까 앞뒤 분간을 못 한다고 해도 그 사람은 이제 나이도 있는데…… 철이 없는 건지."

"죄송합니다. 제가 덮는 조건으로 형에 대해서도 너무 비난하지는 말아 주십시오."

화가 머리끝까지 치민 기색이던 정 여사가 그제야 표정을 부드럽게 풀고 고개를 끄덕거렸다.

"그래요. 그렇게 알고 있을게요. 고마워요. 이 은혜 평생 갚을게요. 감사해요. 한시름 고비를 넘기긴 했지만 불안하군요. 마음이 편치는 않아요. 오늘은 이만 가고 차후 어떻게 정리가 되어 가는지 알려 주러 올게요."

"네, 그럼 조심히 돌아가십시오."

정 여사가 매우 흡족한 표정을 짓고 면회실을 나갔다. 그는 한참 동안 창밖을 응시했다. 그들이 타고 온 차가 멀어지는 모습을 바라보았다. 인정에 이끌린 데다 형에 대한 죄책감으로 이번 일의 조작에 가담하긴 했지만, 마음이 좋지 않았다.

하루 빨리 제대를 해야 바깥 상황이 어떻게 돌아가는지를 알 수 있을 것 같았다. 하지만 이건 시간이 해결해 주는 것이니, 그가 안달복달한다고 어떻게 될 일이 아니다.

'형은…… 정말 제정신이 아닌 것 같군.'

미친 인간!

늦은 밤, 태일은 갑작스러운 하연의 연락에 무슨 일인가 싶어서 고개를 갸웃거리며 본가 밖으로 나갔다. 대문 근처에 하연이 서성거리고 있었다.

"술 마시러 갈래?"

하연이 시무룩한 얼굴로 고개를 저었다.

"어쩐 일이야?"

"추운데, 어디 들어갈 곳은 없나요?"

"따라와."

그는 본가에서 10분 정도 내려오면 있는 자그마한 카페로 그녀를 데리고 갔다. 내부가 최신식이 아니다 보니 오는 사람은 대부분 나이가 좀 있는 사람들뿐이었다. 게다가 이 시간에는 그나마 손님도 적은 편이라 조용했다.

두 사람은 구석진 곳에 있는 테이블에 앉았다. 커피를 주문하고 앉아서도 하연은 한참 동안 아무런 말을 하지 않고 발끝으로 바닥만 톡톡 치고 있었다. 이런 때 보면 조금 모자란 어린애 같았다. 정말이지, 아무리 찾아봐도 매력이라는 게…….

"임신했어요."

생각이 뚝 끊어졌다.

"뭐?"

태일이 한쪽 눈썹을 찌푸리며 그녀를 빤히 쳐다봤다.

"뭔 소리야?"

"임신이라고요. 임신."

"누구 애?"

"그쪽이 아빠."

숨이 쉬어지지 않고 사위가 노랗게 물들어 갔다. 현기증이 날 정도로 어지럽다. 한 번도 이런 일이 없었다. 나름의 방식으로 피임을 했다. 분명히 콘돔을 끼운 것 같은데 이게 무슨 일이지?

"피임 했어!"

"난 그쪽하고만 했어요. 다른 놈하고는 잔 적도 없고."

그가 자리를 박차고 일어나 밖으로 나가 담배를 입에 물었다. 지금 이 상황이 하나도 이해가 되지 않았다. 담배를 정신없이 피운 그는 뒤를 돌아 하연을 빤히 쳐다봤다. 왜 저렇게 표정이 태평한 걸까? 이거 심각한 상황 아닌가? 아버지가 알면 그의 목을 조를 일이다. 동생 놈하고 결혼을 할 사람과 잠자리를 한 미친놈이라고 목을 조를 일.

"하아, 무슨 이런 개 같은 일이!"

개 같은 놈에게 벌어진 너무 당연한 일인데도 도무지 납득이 되질 않았다. 노심초사하던 그는 다시 안으로 들어가 소파에 앉아 그녀를 빤히 쳐다봤다.

"그래서? 어쩌자는 거야?"

"아버지한테는 오늘 알릴지도 모르겠어요. 엄마가 말씀한다 하셨으니."

"지워!"

하연은 아무 표정도 없다가 서서히 분노가 번지는 눈으로 그를 원망스럽게 쳐다봤다.

"지워야지! 그걸 왜 낳아!"

"그러게 왜 겁도 없이 건드려요? 감당도 못하는 주제에!"

"지금까지 한 번도 이런 일이 없었다고! 게다가 난 피임도 했어. 그런데 왜 이런 일이 생긴 건데?"

"찢어졌나 보죠. 어쨌든 아이는 생겼고요."

"이런 걸 말해 봤자, 우리는 양쪽 노인들한테 죽어 나가기밖에 더해?"

"그것 또한 우리가 지은 죄에 대한 죗값 아닌가요?"

이런 돌대가리. 말이 전혀 안 통한다. 그는 한심스러운 눈으로 그녀를 쳐다봤다.

"너, 덜떨어진 거 알아?"

그러자 갑자기 하연이 큰 소리로 웃어 대기 시작했다.

아무래도 제정신은 아닌 것 같았다. 미친 게 아니라면 왜 저렇게 웃는단 말인가? 이게 지금 웃을 상황으로 보이나? 짜증이 확 치밀어 그가 사납게 한마디 했다.

"미쳤어?"

"하아…… 역시 다르네. 형제가 정말 달라."

그가 눈살을 찌푸리며 그녀에게 물었다.

"무슨 말을 하려는 거야?"

"……엄마가 태경 씨를 만났어요."

"뭐?"

갑자기 태경의 이름이 여기서 왜 나오는 거지? 게다가 정 여사가 왜 태경을 찾아간단 말인가? 태일이 의아한 얼굴로 그녀를 쳐다보자, 하연은 자리에서 일어나 갑자기 물컵을 들어 그의 얼굴에 냅다 쏟았다.

"야!"

주인이 놀라서 달려와 그에게 수건을 내밀고 주변을 닦기 시작했다. 하연이 입가에 씁쓸한 조소를 머금고 말했다.

"태경 씨가 다 뒤집어써 주겠대요. 약혼 파기를 조건으로 ……. 좋겠어요. 멋진 동생을 둬서."

하연이 그렇게 말하고 카페를 나가 버렸다. 그는 차가운 물을 뒤집어쓴 채로 앉아 허공을 멍하니 쳐다봤다. 주인이 내민 수건으로 머리를 닦으려던 그가 배를 쥐고 파안대소했다.

"아하하하하!"

한참을 실성한 사람처럼 웃던 그가 광기가 번들거리는 눈빛으로 허공을 바라보며 입술 끝을 비틀었다.

'상황이 그렇다는 말이지? 되레 나한테는 매우 유리하게 돌아가네. 이렇다면 내가 임지안을 차지하기엔 훨씬 유지한 고지에 있다는 소리잖아?'

어디서 멍청하게 착한 척하고 지랄이야? 병신 새끼.

뒤집어쓸 게 따로 있지. 지금까지 한 번도 이렇다 할 만한 실수 혹은 실패가 없던 태경이 그런 짓을 했다고 한들 아버지가 그 말을 고스란히 믿을지도 의문이었다. 그런데 자신의 잘못을 덮어 주는 조건이 약혼 파기라니?

그의 미간이 좁혀 들어갔다. 대체 무슨 계약이 오고 간 거야?

도무지 예측이 되질 않았다.

* * *

하연은 자신의 배를 내려다봤다. 초여름에 출산 예정일이 잡혔고, 곧 태경은 제대를 한다. 엄마는 당장 낙태를 하라고 난리를 쳤지만 그날 이후, 하연은 아이를 낳기로 결정했다.

태경을 잡아야 했다. 그래서 이젠 이 아이를 미끼 삼아 그를 붙들어 두기로 한 것이다.

그의 친절함을 이런 식으로 악용해서는 안 된다는 걸 잘 알고 있었다. 하지만 그녀는 태일보단 태경의 매너 있고 그녀의 가족을 존중해 주는 태도에 다시 한번 감명받았다.

그녀는 그날 이후 배를 애지중지 감싸며 집 안에 틀어박힌 채 태교에만 매진했다. 아버지는 임신에 대해 크게 잔소리를 하지 않았다. 다만 사람들 눈도 있고 하니 회사를 그만두라는 명령만 내렸을 뿐이었다.

아버지는 태경을 절대적으로 신임했다. 하연도 차라리 안도가 되고, 아버지가 인정하는 남자와 결혼하고 싶었다. 그만큼 태경이 남자가 보기에도 괜찮은 사람이라는 점이 그녀를 더욱 혹하게 했다. 물론 태경은 이 사실을 몰랐다.

그는 이미 아이를 지웠을 거라 생각하고 있겠지. 중간에 엄마가 가서 일은 해결됐으니 걱정하지 말라고 전달하고 돌아왔다. 하지만 이런 사실을 알게 되면 어떤 표정을 지을까?

뭐가 됐든 무릎을 꿇고 사정하고 빌 작정이다. 그렇게 그의 마음을 잠시나마 돌릴 수 있다면 그렇게 해서라도 붙잡아야겠다.

그리고 이 사실은 이미 자연스럽게 감 의원에게도 알려졌다. 감 의원은 태경이 제대를 하면 혼인신고를 먼저 하고 하연을 본가에 들이겠다고 선언도 했다.

이젠 아무것도 바꿀 수 없게 되었다. 이 와중에 가장 양심의 가책을 느끼며 괴로워하는 사람은 엄마였다. 태경에게 한 약속을 하나도 지키지 못하게 된 상황이 되자 그녀는 미안해 어쩔 줄을 몰라 하고 있었다.

그러나 어쩔 것인가. 이미 뱃속 아이는 무럭무럭 자라고 있었고 머지않아 곧 태어날 것이다. 뱃속 아이는 아들이라 했다. 얼마나 다행인가. 그들 집안에서 외면할 수 없는 아들이 태어난다. 태일의 자식이지만, 태경은 자신의 조카를 외면하지 못

할 것이다. 심장 뛰는 소리를 들으면, 초음파 화면 속에 나타
난 아이의 얼굴을 본다면 그도 외면하기 힘들 것이다.

하연은 흐뭇한 얼굴로 배를 어루만졌다. 미안하지만, 이제
태경은 오롯이 그녀의 것이 된다. 마음을 얻지 못한다고 해도
후회는 없다. 그를 곁에 두고 평생 자신의 것으로 삼을 수만
있다면 아무래도 좋았다.

"태경 주니어, 잘 있니?"

태명도 그의 이름을 따서 자연스럽게 불렀다. 마음이 편안해
졌다. 그래서 그런지 뱃속 아이도 잘 자라 주고 있었다. 정말
다행이었다.

인천공항에 도착한 지안이 선글라스를 끼고 청사 밖으로 나
와 택시를 잡아탔다. 이제는 매니저도, 그녀를 기다려 주는 밴
도 없다. 택시를 타고 지령이 기다리는 집으로 향했다.

가는 동안 마음이 복잡해졌다. 이젠 할 일이 없으니, 가진 재
산으로 식당을 차릴 예정이었다. 정통 미국식 수제 햄버거와
스테이크 레스토랑을 오픈하기 위해 모든 준비를 마쳤다.

미국에서 요리를 배웠다. 최고 수준의 학교를 졸업한 건 아
니지만 꽤 이름 있는 요리사에게서 지식을 전수하였다. 그거면
됐다. 먹고살 만한 기술만 있다면 어떻게든 버티지 않겠는가.

택시가 집 앞에 멈춰 섰다. 세상을 들썩거리게 했던 소문이
잦아들었고, 이제 사람들은 그녀에게 관심이 없다. 집 주변은

고요했다. 그녀는 이제 더 이상 예전과 같은 톱스타가 아니었다.

대문을 열고 안으로 들어가 긴 마당을 지났다. 이 집은 감의원에게 빌린 집으로 지령이 혼자 살고 있었다. 그가 어떻게 살지 염려스러웠다.

현관을 열고 들어가자 집 안에서 퀴퀴한 냄새가 났다. 남자 혼자 사는 집이니 오죽하겠냐마는, 구석구석 쓸고 닦아 줄 사람이 없어서인지 내부는 먼지가 가득했다.

지안은 짐을 푸는 대신 우선 집 청소를 먼저 끝내기로 했다. 2시간에 걸쳐 청소와 빨래 등을 전부 마무리 지은 그녀는 그제야 짐을 풀었다. 빨 것들은 세탁기에 집어넣고 정리해야 할 것들은 빼서 각자의 위치에 늘어놓았다. 정리가 다 되자마자 샤워를 하고 나와 휴대폰을 들었다.

하와이에 머무는 동안 태경에게서 몇 번의 편지가 왔고, 그가 휴가를 나올 때마다 짤막하게 통화를 하긴 했다. 하지만 어째서인지 태경의 음성에 찬기가 느껴졌다. 어딘지 모르게 거리를 두는 듯한 음성이어서 대화를 오래 이어 갈 수 없었다. 아마도 아무런 귀띔도 없이 하와이로 가 버린 데 대한 서운함 때문인 것 같았다.

그렇게 생각하면 그나마 마음이 편안했지만 그건 어디까지나 그녀의 생각이었다. 혹시 그가 다른 이유로 그런 거라면 어쩌나 조바심도 났다.

잠시 휴대폰을 만지작거리며 쉬는데, 문 열리는 소리가 들렸다. 지령에게는 연락을 하지 않고 온 터라 아마 많이 놀랄 것이다. 현관이 열리고 지안의 신발을 확인한 지령이 소스라치게 놀라며 반색했다.

"누나!"

지령이 가방을 내동댕이치고 달려와 그녀를 와락 품 안에 안았다. 이제 스물두 살이라 그런지 제법 어깨도 넓어지고 몸도 탄탄해졌다.

"누나, 반가워! 왜 연락도 하지 않고 와? 미리 연락했으면 내가 집도 다 치웠을 텐데……."

집을 휘 둘러본 지령이 미안한 표정을 지었다.

"서프라이즈가 하고 싶었던 거지."

"미국 생활이 힘들지는 않았어?"

"그럭저럭."

그사이 그녀의 머리카락은 길어서 어깨까지 내려왔다. 지령이 안쓰러운 시선으로 그녀를 쳐다보며 물었다.

"태경이 형, 곧 제대인 건 알지?"

"응, 제대하면 같이 밥이나 먹자."

"아마 그러기 힘들지도 몰라."

"왜?"

"형, 아마 바로 결혼하게 될지도 모르겠어."

약혼 얘기는 들었다. 그 일로 화가 나기도 했었다. 하지만 당시 그는 결혼 생각이 없다고 분명하게 말을 했었다. 그런데 왜 갑자기 결혼 애기가 나오는 거지? 그녀가 미간을 좁히며 이해하기 힘든 얼굴로 지령을 쳐다봤다.

"약혼녀가 아이를 가졌어."

쿵, 머리 위로 거대한 돌덩이가 순식간에 떨어져 그녀의 심장을 바닥 저 아래까지 떨어트렸다. 물속에 머리를 억지로 처박힌 기분에 사로잡혔다. 숨도 쉴 수 없는 극심한 고통이 심장을 쑤셔 댔다.

그가 다른 여자는 안지 않을 거라는 믿음은 대체 어디서 왔을까? 그도 그냥 평범한 남자일 뿐인데, 욕정이 동하면 얼마든지 다른 여자에게 호기심을 품을 수밖에 없을 것이다. 그런데 뭘 믿고 그가 자신이 아닌 다른 여자를 통해서 위안을 얻지 못할 것이라는 자만을 품었을까?

그녀의 입가에 실소가 번졌다.

"결국 별수 없는 그저 그런 남자라는 건가?"

"무슨 소리야?"

지안이 고개를 저었다.

"저녁 준비나 해야겠다. 쉬어."

"누나, 괜찮아?"

"뭐가?"

"혹시 누나가 형을 많이……."

지안이 말을 잘랐다.

"그 얘긴 그만하자. 제대하면 그때 제대로 확인하고 싶다. 결혼이든 뭘 하든."

"응, 그 편이 낫긴 하지. 하지만 그쪽 집안에서는 기정사실화되어 있어. 그리고 태일 형은 감 의원이 경호를 붙여서 옴짝달싹 못 하게 간섭하더라."

"왜?"

부엌으로 가다 말고 그녀가 뒤를 돌아봤다.

"싸운 건지, 뭔지는 잘 모르겠는데, 감 의원이 화가 나서 경호원을 붙여서 일거수일투족을 전부 감시한대. 요새 여자와의 스캔들도 없이 조용하게 살고 있더라고."

"잘됐네. 그 망나니는 그렇게 해 줄 필요가 있어."

"그렇긴 한데…… 난 그렇게 태풍 전야처럼 고요한 태일 형이 좀 더 무서운 것 같아."

어쩌면 그렇게 볼 수도 있겠다. 시끄럽게 일을 만들고 다니던 사람이 조용하다는 건, 뭔가를 은밀히 홀로 꾸미고 있다는 것으로밖에 해석이 안 되었다. 혹은 눌러 두었던 광기를 어느 날 갑자기 한꺼번에 폭발시킨다는 의미가 아닐까? 뭐, 어찌 되었든 그녀에게만 오지 않는다면 그걸로 됐다.

"씻기나 해. 난 저녁 준비할게."

"응, 누나! 누나가 오니까 정말 좋다."

지안은 행복하게 웃는 지령의 미소를 보면서 무너진 가슴을 천천히 추슬렀다.

감태경, 대체 무슨 생각일까? 왜 깨트려야 할 약혼을 결혼으로 바꾸어 놓은 걸까?

그는 그런 실수를 할 사람이 아니었다. 임신이라니.

그동안 그녀와 수없이 많은 섹스를 했는데도 임신하지 않은 건 그의 완벽한 조절 능력 덕분이었다. 그녀와 아무리 격정적으로 치달아도 질외 사정을 하는 네 한 번도 실수한 적이 없었다. 그랬던 그가 임신이라니? 도무지 그 말을 믿을 수가 없었다.

'뭐가 어떻게 돌아가는 걸까? 대체 뭐가⋯⋯.'

지안은 심란한 표정으로 허공을 쳐다봤다.

태일이 늦은 시각까지 감 의원을 기다렸다가 항의라도 하듯 그의 앞을 가로막았다.

"왜 그러느냐?"

"이제 그만 놔둘 때도 됐잖아요?"

"그 계집애 타령이 끝나야 놔두지. 네 혼처를 알아보는 중이니, 입 다물고 얌전히 지내라."

"혼처는 됐어요. 임지안이 아니면 다른 여자한테 관심이 없단 말입니다. 대체 왜 이렇게까지 하세요? 전 어차피 아버지한테 쓰레기 같은 자식이잖아요. 뭘 어째도 상관없는!"

"교수 자리를 어떻게 얻었는지 잊은 게냐? 네놈의 능력으로 들어가 차지한 자리가 아니라 내가 줄을 대서 만들어 낸 자리야. 그게 아니라면 넌 그놈의 번듯한 직장도 갖지 못했어. 그렇게 무능한 놈이 여자까지 무능하고 온갖 루머를 몰고 다닐 애를 고르겠다는 거야? 집안을 풍비박산 내야 직성이 풀리겠어? 네놈이 첫째이고 장남이라는 개념 자체가 그 뇌에는 없는 거냐?"

기어이 아버지는 아버지 뜻대로만 할 모양이었다. 태일은 화가 머리끝까지 치밀어 견딜 수가 없었다.

"제가 뭐라고 경비를 그리 삼엄하게 합니까? 그럼 그 여자가 아닌 다른 여자라도 마음껏 만나게 혼자 두세요."

"그것도 안 돼."

"아버지!"

"네놈이 이 여자 저 여자 건드리면서 만들어 낸 루머로 내가 얼마나 많은 돈을 언론사에 뿌리고 다니는지를 너도 알아야지. 그 돈으로 경호원을 쓰는 게 훨씬 싸게 먹힌다. 입 다물고 내가 하라는 대로만 하고 살아."

아버지는 그를 지나치더니 곧장 침실로 가 버렸다. 그는 어금니를 빠득 깨물고 자신의 방으로 올라갔다. 곧 지안이 돌아온다. 1년을 채우면 온다고 했으니, 이제 그녀의 얼굴을 보게 될 날이 머지않았다. 하지만 이렇게 사방에 경비가 붙어 있으면 지안을 만날 수가 없다. 뜻대로 되는 게 하나도 없어서 미칠 노릇이었다.

어떻게 해야 여기서 해방될까? 그나마 나갈 수 있는 건 대학에 수업을 하러 갈 때뿐이었다. 나갈 방도를 찾아야 하는데, 어떻게 해야 할까?

그때 문자가 들어왔다.

[오랜만이네? 시간 있어? 술이나 좀 사지 그래?]

그는 무시하듯 외면하다가 이시연에게 전화를 걸었다.

—전화를 다 하고 고맙네?

"돈 이체해 줄 테니까, 동영상으로 보자. 네 몸이 보고 싶은데."

—어머, 어쩜! 못 나오는 거야?

"말도 마라. 영감이 사람을 아주 집식이 취급하고 가둬 놓는다."

—잠깐 기다려.

시연이 화면에서 사라졌다. 그녀는 음악을 틀어 놓고 휴대폰을 어딘가에 제대로 고정시키더니 팬티에 브래지어만 하고 나타났다.

—오빠, 나 요새 살 좀 빠진 것 같지 않아?

"빠지긴. 가슴에 또 뭘 넣었네!"

—호호호, 눈치는 빠르기도 하지. 그리고 이것 봐라!

그녀가 다리를 활짝 벌리고 팬티를 슬며시 젖혔다. 아슬아슬한 곳을 보이더니 그곳에 새긴 문신을 보여 줬다.

―죽이지? 이거 할 때 아파서 죽을 뻔했는데, 또 하고 싶은 거 있지?

"하여간에 너도 제정신은 아니야. 가슴 좀 보여 봐. 얼마나 예쁜지 보자."

그녀가 브래지어를 풀고 빵빵하게 부푼 가슴을 보여 줬다. 보형물을 넣었는지 가슴이 기형적으로 커 보였다.

―어때? 예뻐?

"난 별로네. 그래도 해 봐. 구경이나 하게."

―하여간에 말도 예쁘게 못 해 줘? 못됐어.

잠시 후 그녀는 자신의 가슴을 만지면서 팬티 속으로 손을 넣어 자신의 주요 부위를 어루만지기 시작했다. 그는 휴대폰으로 그녀의 자위 영상을 쳐다보며 천천히 달아오르는 욕정을 뜨겁게 지피기 위해 손을 움직이기 시작했다.

그는 의자에 앉아 지퍼를 내린 뒤 손으로 페니스를 쥐고 어루만졌다. 서서히 그녀의 숨소리가 거칠어질 무렵 시연의 손가락이 안쪽으로 밀려들어 가기 시작했다. 그녀의 손가락이 바삐 움직이자, 그도 페니스를 사정없이 흔들어 댔다.

30분 넘게 영상으로 섹스를 나눈 뒤 격렬한 숨을 몰아쉬는데, 시연이 한마디 했다.

―참, 오빠는 아직도 걔 만나?

"누구?"

그가 열기 섞인 눈빛으로 허공을 쳐다보며 물었다.

―걔, 임지안.

"걘 왜?"

―오늘 공항에서 임지안을 봤다는 애가 있어서. 해외에 자주 나가는 가수 동생이 하나 있는데, 공항에서 아무리 봐도 임지안이랑 너무 닮은 애가 지나가는 것 같아서 한참 쳐다봤는데 아무래도 개인 것 같다고 하네?

자위의 여파로 몽롱해져 있던 그의 정신이 쩡 하고 얼어붙었다.

"정말?"

―응, 뭐야? 아직도 임지안한테 집착하는 거야? 아주 그냥 일편단심 나셨네. 내 계좌 알지? 그쪽으로 돈이나 보내줘. 그리고 혹시 그리우면 언제든 콜!

"그러자. 끊어."

―수고!

시연이 매우 쿨하게 통화를 종료했다. 그는 황당한 시선으로 허공을 보다가 바지 지퍼를 올리고 바로 지령에게 전화를 걸었다.

―여보세요?

"네 누나 거기 있니?"

―어? 어떻게 알았어요?

심장이 터질 듯이 뛰었다. 기뻐서 돌아 버릴 것 같은데, 당장 그녀를 만나러 갈 방법이 생각나질 않는다.

"당장 바꿔라!"

―자, 잠깐만요. 누나…….

잠시 몇 마디가 오가는 것 같더니 지안이 휴대폰 너머로 다가오는 소리가 들렸다. 곧이어 지안의 목소리가 들려왔다. 심장이 터질 듯이 벅차게 뛰었다.

―여보세요?

낮게 가라앉은 음성엔 짜증이 배어 있었다. 상관없다. 지안이 서울에 있다. 당장이라도 차를 몰아 그녀에게 향하고 싶었지만, 철통 경호 때문에 꼼짝도 할 수 없는 신세였다.

"언제 왔어?"

―저한테 전화하지 마세요.

울컥, 화가 치밀었다. 좋아한다. 아니, 이건 사랑이다. 늘 그녀만 생각하고 있다. 아버지와의 전쟁도 지안 때문에 시작됐다. 하지만 이런 수고는 그녀가 전혀 달가워해 주지를 않았다. 그는 그게 열 받았다. 알아주지도 않는 마음고생을 하는 이 모든 순간이 낭비처럼 느껴지는데도 그걸 멈출 수가 없어서 정말 열이 받았다.

"내가 뭐라고 말했어? 왜 그런 식으로 날 밀어내려고만 하는 건데?"

―싫다고 분명하게 의사를 전달했으면, 이제 말귀를 알아들어야 하는 거 아닌가요? 전 이제 겨우 마음에 안정을 찾아가는 중이에요. 이제 스물네 살이 되었고, 연예계에서 밀려나 가장

으로서 생활을 이어 나가야 한단 말이에요. 누가 절 좋아해 달라고 했나요? 전 결혼할 생각도 없고 이제 연애를 할 마음도 없어요. 분명하게 경고했지만, 한 번만 더 이 일로 날 찾아오면 그땐 경찰에 신고하겠어요. 아니면 대놓고 그쪽 아버지의 사무실 앞에서 1인 시위라도 하겠어요. 자기 아들 하나 단속도 못 하면서 무슨 국민을 위한 정치를 한다는 거예요? 우스운 개소리나 하지 말라고 해요.

그는 시퍼렇게 눈을 부릅뜨고 허공을 노려봤다. 가차 없이 야멸친 대꾸에 분노와 함께 실망이 차올랐지만 이미 예상은 했던 답이다. 그는 입가를 비틀며 나직하게 말했다.

"태경이 결혼한다."

—알아요. 다 아니까, 염장 지르기 위해 하는 말이라면 그만하시죠. 관심 없어요. 아까 말했듯 전 제 앞날 외에는 아무것도 관심 없어요. 끊죠.

바로 통화가 종료됐다. 그는 치밀어 오르는 분노를 가까스로 누르며 코로 깊게 숨을 들이쉬고 내쉬었다. 여기서 나갈 수가 없으니, 당장 뛰어나가 그녀의 멱살이라도 잡을 수가 없어 미칠 지경이었다. 그는 의자를 집어 들어 창문을 향해 집어 던졌다.

쾅! 와장창!

바람이 몰아치며 집 안으로 밀려 들어왔다. 문이 열리고 경호원들이 들어왔다. 그는 거친 숨을 몰아쉬며 고성을 내질렀다.

"으아아아아아악!"

왜! 왜 아무것도 할 수 없고, 왜, 자신의 마음을 그렇게까지 몰아내는 건지 이해가 되지 않았다.

사과했다. 과거에 대해…… 물론 지안의 입장에서는 절대로 치유될 수 없는 감정이겠지만, 자신은 분명하게 사과를 했다. 그런데도 지안은 화를 풀지 않는다.

그래, 지안은 단지 화가 난 거다. 그에게.

화를 풀어 주기만 하면 되지 않을까? 하지만 나갈 방도가 없는데 어떻게 그녀에게 이 마음을 전할까? 곧 태경이 돌아온다. 그 전에 뭐라도 결론을 지으려 했지만 아무것도 할 수가 없다. 아무것도.

"미친놈!"

등 뒤에서 아버지가 혀를 차며 욕을 했다. 그가 아버지를 노려보며 말했다.

"죽어 버리기 전에 임지안을 제 앞에 데려다줘요. 아버지!"

"정신 병원에 가두기 전에 입 닫아!"

아버지는 바로 무시하고 경호원들에게 그를 다른 방에 처넣으라고 외쳤다.

#13

　태경의 제대를 축하하겠다고 집 안에 손님들이 모였다. 대부분 아버지의 지인들이 모인 자리였다. 그 가운데 그는 한 사람을 보고 그야말로 충격에 사로잡혔다. 이하연이 커다란 배를 끌어안듯 양손으로 감아쥐고 그의 앞에 나타난 것이었다.

　놀란 그는 아무런 말도 하지 못하고 어안이 벙벙해져 그녀를 쳐다봤다. 그러자 아버지가 초대된 스무 명의 지인들을 향해 말했다.

　"우리 애가 곧 애 아빠가 됩니다. 모두 축하 부탁드립니다."

　와아아아아!

　환호성과 함께 박수가 한 차례 이어졌다. 하지만 태경의 얼굴은 하얗게 변하고 말았다. 왜 아직 저 배가 저렇게 부풀어 있는지에 대해 누구도 말을 해 준 이가 없었다.

"먼저 혼인신고를 한 뒤에 결혼식은 차차 하도록 하겠습니다. 요새는 결혼식이 그리 중요한 절차가 아니더라고요."

다들 웃으며 고개를 끄덕거렸고, 태경은 이마에 밴 식은땀을 닦았다. 그는 하얗게 웃는 하연을 기막힌 얼굴로 쳐다보다가 그녀의 손목을 잡아챘다. 그리고 인적이 드문 뒷마당 쪽으로 가서 하연에게 물었다.

"어떻게 된 겁니까?"

하연이 배를 어루만지며 말했다.

"낳아야죠."

"뭐라고요?"

"생명이잖아요. 그런 아이를 어떻게 함부로 손을 대요. 게다가 이 집안의 핏줄은 맞잖아요."

"하!"

믿고 맡겼는데, 일을 이 지경으로 만들어 놓는단 말인가? 그는 숨을 쉴 수가 없어서 잠시 망연히 하연을 쳐다봤다.

"이봐요, 은혜를 베풀었으면 그에 맞는 품위 있는 답을 줘야 하는 거 아닙니까? 이게 대체 뭐하는 행동이에요?"

"하지만 이미 이렇게 됐어요. 그냥 낳아요. 이 집안의 핏줄이니 태경 씨의 호적에 올려 주면 되는 거잖아요. 그건 그렇게 잘못된 게 아니잖아요."

"감정을 제하고 그렇게 이성적으로 말하는 게 차라리 다행인 것처럼 느껴지긴 하지만, 제 인생은 어쩝니까? 그쪽이 해결해 줄 수 있어요?"

"……이미 어른들끼리 전부 결정해 버린 일이에요. 일을 크게 벌이려 하지 말아 주세요."

"이하연 씨!"

화가 치밀어서 소리를 지르려는 순간 뒤에서 인기척이 느껴졌다. 정 여사가 다가오더니 그의 앞에 허리를 숙여 죄를 빌었다.

"미안해요. 얘한테 지우자고 했지만, 계속 고집을 피우며 갈등이 커져서 할 수 없이 이렇게 됐어요. 미안한데, 이번 한 번만 더 봐줘요. 어떻게든 적법한 방식으로 이혼 절차를 밟게 할게요. 아니, 아예 혼인신고는 해 주지 않아도 상관없어요."

"여사님, 남편분의 직업이 뭔지 잊으셨어요? 확인하고자 마음먹으면 일이 더 커집니다."

정 여사가 하연의 불룩하게 솟아난 배를 바라보며 애달프게 말했다.

"하지만 이미 아기는 완전한 사람의 모습이 되었어요. 이제 돌이킬 수가 없어요."

"그렇다면 제가 지금 당장 가서 모두의 앞에서 말하죠. 그 애가 누구 애인지!"

태경이 몸을 돌려 가려 하자 하연이 앞을 막으며 두 팔을 벌린 채 서서 말했다.

"죽어 버릴 거예요. 이대로……."

다들 미쳐 돌아가는가 보다. 그게 아니라면 왜 이렇게 말도 안 되는 어깃장을 놓는 걸까? 그는 이해할 수 없는 얼굴로 그녀를 노려봤다.

"이게 그렇게 협박한다고 해결할 수 있는 일입니까?"

"좋아해요!"

갑자기 혀를 깨문 기분이 들었다. 그는 하연이 좋아할 만한 여지를 전혀 주지 않았다. 그런데 왜?

태경이 황당한 얼굴로 그녀를 쳐다보자, 하연이 다시 배를 받치며 말했다.

"사람다운 사람 같았어요. 적어도 엄마와 절 사람답게 대해 줬어요. 그래서 괜찮은 사람이라고 생각했고, 이젠 당신의 부인이 되고 싶어졌어요. 그래서…… 욕심이 나서 뱃속 아이를 키웠어요. 좋아한단 말이에요. 태경 씨를……."

"이게 무슨!"

그는 황당한 얼굴로 군모를 벗고 짧은 머리카락을 뒤로 넘겼다. 고개를 돌려 까만 밤하늘을 쳐다봤다. 이 답답한 속은 저 하늘이 아니면 누구도 이해하지 못할 것이다. 왜 일이 이렇게 돌아가는 건지 모르겠다.

한참 동안 말없이 허리춤에 손을 얹고 있던 그는 정 여사에게 한 가지 당부했다.

"혼인신고는 보류해 주세요. 전 할 마음이 없으니."

"아이는……."

"이하연 씨 밑으로 넣어야겠죠. 제가 해 줄 수 있는 선은 여기까지입니다. 더 이상은 원하지 마세요. 더는 어렵습니다."

"미안하고, 고마워요."

"해결 방안을 찾아보세요. 이런 식으로는 언젠가 다 들통나게 되어 있어요."

"알아요. ……찾아볼게요. 최상의 방법을……."

정 여사는 울먹거리는 하연을 데리고 파티가 벌어지는 마당으로 나갔다. 그는 담배를 꺼내 입에 물고 긴 한숨을 내쉬었다.

혹시 이 모든 걸 지안도 아는 걸까? 한국에 도착했다는 짧은 문자 이후 그녀는 그를 만나려 하지 않았다. 연락도 받지 않는 건 물론이거니와 휴가를 나와도 연락 두절인 채로 그를 무시했다. 만일 그녀가 지령을 통해 알게 된 거라면, 이 상황을 대체 어떻게 설명해야 할지 난감하기만 했다.

"하아……."

그는 이렇게 자신의 잘못도 아닌 일로 지안과의 사이가 어색해지는 건 원치 않았다.

"뭐하냐?"

태일이 어슬렁거리며 나타나더니 곁에 섰다. 그는 태경이 권하는 담배를 한 대 물고 깊이 빨아들이며 나직하게 물었다.

"만났냐?"

"누구."

"임지안."

"아직."

"너…… 애 아빠 된다는 건 알더라."

"형이 말했어?"

"아니, 지령이 다 전했다고 하더라."

그렇다면 연락을 피하는 이유가 있었구나.

"지안이 가게 차렸어. 이태원 거리에 아메리칸 스타일 음식점을 열었다. 하와이에서 유명한 요리사에게서 요리를 전수했다고 하더라. 오픈한 지 4개월 정도 됐는데, 실력이 정말 괜찮기도 하고 톱 배우 출신이라 그런지 입소문이 나서 예약제로 운영한다더라. 가게도 그리 큰 편이 아니라 늘 만석이래."

자신의 인생을 개척해 살아가고 있구나. 그러니 그의 전화를 받을 새도 없었을 테고, 그의 인생에 생긴 변화에 신경 쓰고 싶지 않았는지도 모른다.

"잘 사나 보네?"

"아주. 언론사들이 종종 찾아가 귀찮게 하나 본데, 잘 처신하나 봐. 예약 손님 한 100명 끌고 오면 인터뷰해 준다는 식으로 밀어내나 보더라고. 되도록 매스컴에는 얼굴을 드러내지 않으려고 노력한대. 더 이상 얼굴을 팔아 장사할 마음이 없다고."

"형은 어디서 그런 얘길 들어?"

"기사로 찾아보기도 하고 궁금하면 직접 찾아가서 먼발치서 보기도 하고, 지령이 통해 듣기도 하고."

"형이 왜 먼발치서만 봐?"

"아버지가 나한테 왜 경호원들을 배치했는지 알아?"

"왜?"

"임지안 만나지 말라고. 살인자의 딸하고 대체 뭘 하려고 그
러느냐고 바로 경호원 붙여서 감옥살이를 시키더라. 니도 되도
록 임지안하고 얽히지 않는 게 좋을 거야. 나처럼 감옥에 갇히
지 않으려면. 자유가 없다. 이렇게 되고 나서 인간 여자를 만
난 지도 오래됐다. 강제로 금욕 생활 중이야."

"잘됐네. 이제 진짜 연구에나 몰두해. 대학 교수답게."

"칫, 잘난 척하기는."

"애는 저렇게 둘 거야? 형 애잖아."

"몰라, 관심 없어. 하룻밤 실수로 생긴 애를 내 애라고 마냥
사랑해 줘야 한다는 그런 고지식한 생각 자체를 버려라. 여자
에게 아무 감정이 없는데, 어떻게 내 애로 받아들이고 사랑해
주냐? 마음은 딴 데 가 있는데?"

"하여간에 쓰레기도 이런 쓰레기가 없네."

"야! 아무리 내가 쓰레기여도 내 앞에서 그렇게 말하면 안
되는 거 아냐?"

"형 때문에 내 인생이 완전히 꼬여서 하는 소리잖아!"

"그래 봤자, 임지안밖에 눈치 볼 사람도 없잖아? 임지안 만
나지 마라. 마음 있는 티도 내지 말고. 아버지가 알면 임지안

의 미래가 또 어떻게 될지 모른다. 나야 이렇게 가둬 놓고 살게 한다지만 넌 아니야. 아버지가 너한테 거는 기대가 뭔지 알지? 만약 네가 아직도 임지안에게 미련을 갖고 있다는 걸 안다면 아버지는 네 인형을 산산조각 내 바다에 던져 버릴지도 모른다. 제대로 행동해."

"지금은 이것저것 생각할 상황이 아니야. 이하연과의 결혼이라는 상상도 못 했던 문제를 먼저 해결하고. 그다음 형도 가만 안 둬!"

"네놈이 잘나서 그 집안 사람들이 죄다 너만 좋다는데 어쩌겠어?"

죽여 버려도 시원찮은 형인데도 막상 이렇게 마주 서면 치밀어 오르는 분노를 죄다 쏟아 낼 수 없었다. 형제이기 때문인 걸까? 어쩌다 그런 바보 같은 짓을 해서 그 잘못을 죄다 뒤집어써야 했는지 모르겠다.

한심스러웠지만, 이미 벌어진 일에 대해 왈가왈부하면서 맹렬히 싸우고 싶지는 않았다. 우선 해결해야 할 일을 먼저 해결하는 데 집중해야 했다.

"형은 하여튼 대기해. 이번 일로 한 가지 해야 할 일이 생겼어. 형이 나한테 빚진 상황이라는 개념은 있는 거야?"

"뭐…… 조금은."

"그렇다면 이참에 임지안에 대한 미련은 이제 접어. 그렇게 하면 내가 앞으로도 형을 형이라 부르고 사람대접 해 줄게. 그게 아니라고 하면 앞으로 난 형을 형이라고 인정하지 않겠어. 한번 실수를 한 사람은 또 어떤 식으로든 같은 실수를 하겠지. 형이 내 아내 될 사람과 놀아나는 건 못 참아. 그럴 바에는 형과 인연을 끊고 말겠어."

"뭐? ……그건 못 해. 임지안에 대한 마음은 진짜야. 가짜가 아니라고."

"그건 내 알 바 아니야. 지금 내가 처한 상황이 조금이라도 이해가 된다면 형은 지금 여기서 임지안을 포기한다고 해 주는 게 맞아."

담뱃불을 끈 형이 길게 한숨을 쉬더니 머리카락을 성마르게 뒤로 넘기며 말했다.

"생각할 시간을 줘."

"하루야. 생각할 시간."

"뭐가 그래?"

"나한테는 생각할 시간이라는 게 있었던 것 같아? 상황이 이렇게 되기까지 나한텐 달랑 5분 혹은 그조차도 주어지지 않았어. 오자마자 배가 저렇게 부른 여자가 나타나 혼인신고 운운하는데 내가 제정신이겠어? 형이라면 아무렇지도 않겠어? 관심도 없는 여자와 난데없이 결혼해야 하는데?"

그제야 형이 한참 동안 고심하더니 길게 한숨을 쉬며 답했다.

"노력은 해 볼게."

"그걸 노력해 본다고 할 건 아니지."

"하지만 꽤 오래 품었던 내 나름의 기대감이라는 게 있잖아? 그걸 한순간에 어떻게 딱 잘라? 너한테 거짓말하기 싫어서 이러는 거야. 내가 네 앞에서 거짓말하고 계속 마음에 품고 있으면 어쩌려고 그래?"

"끝까지 정말……."

쉬운 게 하나도 없다. 형이라는 사람조차 마음대로 안 된다. 하긴 형이 그렇게 쉽게 마음대로 되는 그런 사람이 아니긴 하다만. 이제 이런 상황이 한 번만 더 벌어진다면 더 이상 형을 볼 이유가 없다.

그나마 일이 복잡하게 틀어져 괴롭더라도 아무런 감정도 없는 이하연과의 일이기 때문에 이렇게 형을 볼 수 있는 것이었다. 하지만 이하연이 아닌 임지안이라면 얘긴 달라진다.

형을, 이 손으로, 죽여 버릴 수도 있는 문제다. 감히 자신의 여자를 범한 이유로.

* * *

지안은 레스토랑 'solitary'의 문을 닫았다. 문을 잠그고 주차장으로 가서 미니밴에 시동을 걸었다. 식재료를 사거나 옮길 일이 많아서 아예 큰 차를 구입했다.

장사가 끝나면 늘 그 차를 타고 집으로 향하는데, 그 시간이 보통 밤 11시 반에서 12시 사이였다.

집에 도착하면 새벽 1시가 다 되었고, 새벽 6시에 일어나 새벽시장에 가서 좋은 재료를 잔뜩 구입해 식당에 도착하면 9시였다. 장사는 본격적으로 오전 11시부터 시작해서 점심과 저녁 식사 그리고 밤에는 술과 안주 장사로 마무리를 짓는 편이었다.

장소가 그리 넓은 편이 아니어서 그나마 손님 수는 늘 한정되어 있었다. 그래서 여태까지는 그녀 혼자 요리를 해 내는 게 가능했다. 하지만 크기를 넓히면 주방에 두 명 정도 조리사를 더 둬야 할 것 같았다.

식당은 입소문이 나면서 손님이 많아져 이제는 예약제로만 장사를 하고 있었다. 그렇게 해야만 식재료를 정확히 필요한 만큼만 구입할 수 있었다.

이런 생활이 계속 반복되자 슬슬 그녀의 몸에 피로가 쌓이기 시작했다. 그나마 일주일에 한 번 월요일은 가게를 쉬기에 그나마 휴식시간이 잠깐이라도 있어서 다행이었다. 하지만 그날조차도 신메뉴 개발에 머리를 굴리느라 마음이 바빴다.

집 앞에 도착해 주차하기 위해 대문을 열려고 하는데 누군가 그녀의 차에 다가와 노크를 했다. 놀라서 차창을 쳐다보니 어디서 많이 본 사람이 서 있었다. 지안이 차창을 천천히 내려 그 사람을 쳐다봤다.

맙소사.

태경이다.

"오빠?"

"퇴근하니?"

"여긴 어떻게……. 제대한 거야?"

"기다려. 차에 탈게."

태경이 뒤에서 빙 돌아오더니 차의 보조석에 탔다.

"다른 데로 가자. 네 집 주차장 말고."

그녀는 대답 대신 바로 차를 후진시켰다. 동네를 빠져나가 인적이 드문 어느 공원의 가로등 불빛 아래에 차를 주차했다. 오랜만에 태경과 같은 공간에 있으려니 심장이 미친 듯이 뛰었다. 이 감정을 어떻게 해야 할지 모르겠다. 그녀는 마른침을 꿀꺽 삼켰다. 그러면서도 한편으로는 그가 곧 아이 아빠가 되고 결혼도 하게 된다는 사실을 깨달으며 깊은 상실감에 빠져들었다.

'그래, 내 사람이 될 남자가 아니지.'

반가움이 사라지자 현실적인 감각으로 머릿속이 가득 채워졌다. 이제 서로 가야 할 길이 다르다. 반가워해서는 안 되는 사이였다. 기대하던 마음을 누르려니 여간 고통스러운 게 아니었다.

"잘 지냈니?"

"네."

짤막하게 단답형으로 대꾸했다. 말이 길어지기 시작하면 그에 대한 그립던 마음이 왈칵 치밀고 올라올 것 같아서 억누르기로 했다.

"얼굴 보기도 힘들고 목소리 듣기도 힘드네."

대답하지 않았다. 구구절절 말할 이유가 없는 사이였다. 더는 그에 대해 궁금해서는 안 된다.

"나한테 할 말 없이?"

"피곤해요. 용건만 말하세요."

태경이 피식 입가를 휘었다. 일부러 그 표정을 보고 싶지 않았다. 그의 표정이 어떻게 일그러지는지는 이미 잘 아니까.

"형이나 지령이한테 나에 대해 얘기를 들었지?"

"네."

"결론만 말하면 그 아이는 내 아이가 아니야."

무슨 소리를 하는 거지?

"너한테 그건 말해야 할 것 같아서. 오해하지 말았으면 좋겠다."

지안이 눈을 휘둥그렇게 뜨고 그를 쳐다봤다.

"그럼 대체 누구의 애라는 소린데요?"

"……형."

망설이던 그가 씁쓸한 조소를 머금고 답했다.

"하! 뭐라고요? 그 사람, 오빠하고 약혼하기로 내정되어 있던 사람인데……."

"하룻밤 실수라고 하던데…… 그렇게 됐어."

"그런데 왜 결혼은 오빠가 해야 한다는 거죠?"

"그쪽에서 바라는 일이라서……. 말하자면 구차하고. 너한테는 정말 여러모로 미안하게 됐다. 이 일이 깔끔하게 해결되기 전까지는 널 찾아오지 않을게. 너도 지금 가게가 자리를 잡는 것 때문에 힘들다고 전해 들었다."

지안은 아무런 말도 할 수가 없었다. 너무 충격적이어서 입을 열 수가 없었다.

"그냥 한 번은 만나야 할 것 같아서 왔어. 제대하기도 했고, 너한테 이런저런 사정이 있다는 얘기도 해야 할 것 같고. 나도 앞으로 회사를 어느 정도 선까지 올려놓으려면 한동안 꼼짝없이 일에 매진해야 할 것 같아서…… 다른 데는 신경 안 쓸 생각이야."

"결혼은…… 결국 하게 되는 건가요?"

"아니, 형을 협박해서 혼인신고를 형이 하게 할 거야. 내가 아니라. 난 그 여자를 책임져야 할 아무런 이유가 없는 사람이니까."

"알아들었어요."

"이제 날 의심하지는 마. 너 외에 다른 여자를 안은 적은 없어. 그렇게 쉽게 기억이 끊기는 사람도 아니고."

"알았어요. 다 알아들었어요. 모자란 사람 아니니까, 그만 말해요. 오늘 이렇게 와 줘서 정말 고마워요. 안 그랬음 계속 오빠를 오해하고 미워했을지도 모르겠어요."

"그럴 줄 알았다."

태경이 입가에 미소를 띠고 고개를 한 차례 끄덕거렸다. 마음에 커다란 구멍이 뚫린 기분이었는데, 이젠 아무렇지도 않았다. 그의 말 한마디에 이렇게 기분이 풀어지다니. 여전히 태경에 대한 마음은 동경과 깊은 신뢰, 애정이었다.

"사업 잘되긴 바랄게요."

"너도. 음식 장사를 시작하게 될 거라고는 생각도 못 했어."

"할 만한 게 많지 않았어요. 그나마 제가 요리에 소질이 있다는 걸 알았다는 게 중요하죠. 어릴 때부터 주방에 들어가 여러 가지 심부름이나 보조를 하다 보니 프로 요리사의 노하우를 저절로 습득하게 되었나 보더라고요. 어릴 때 봤던 것들이 뇌리에 박혀 있어서 본능적으로 어떻게 해야 조화로운 음식이 완성되는지를 알게 된 것 같아요. 그래서 요즘은 감 의원님한테 조금은 고마운 마음도 들어요. 바닥까지 떨어진 삶이 참 힘겨웠는데, 그 덕분에 얻은 것도 있거든요."

"그건 네가 영리해서 가능했던 일이야. 네가 하릴없이 세상만 원망하면서 시간을 보냈다면 아마 허송세월을 했겠지. 무엇 하나 기억에 남기지 못하고……."

"좋게 말해 줘서 정말 고마워요."

잠시 적막이 흘렀다. 한참 만에야 그가 입을 열었다.

"안부 전화 정도는 해도 되겠지?"

"모든 게 잘 해결된다면, 언제든요."

"그래. 다 해결되고 보는 게 맞겠지, 너를 위해서도. 당분간 사업을 우리가 목표로 삼는 궤도에 진입시켜 놓고 나서 만나는 게 좋겠어."

"연락할게요. 제가……."

"그럴래?"

"네, 그게 좋겠어요. 지령이 감 의원님과 계속 이어져 있으니, 결국 어떤 식으로든 소식을 듣겠죠."

"알았다. 이만 가 봐야겠다. 악수나 하자."

태경이 손을 내밀었다. 지안은 그의 손을 천천히 잡았다. 그러자 그가 그녀의 손을 꽉 움켜쥐면서 강한 어조로 말했다.

"내가 연락 없다고 해서 다른 놈과 연애를 하는 바보 같은 우를 범하지는 마라."

절로 웃음이 나왔다.

"그게 무슨 소리예요? 누굴 만나든 그건 제 문제죠."

"그건 아니지. 넌 이미 내 여자야. 다른 누군가를 만나는 건 절대 용납 못 해."

"생각해 보죠. 하지만 만나지도 않을 건데, 제가 누굴 만나든 오빠가 그걸 어떻게 알겠어요?"

"알아. 모를 거라 생각하지 말고 일만 해. 알겠지? 이만 간다."

태경이 차에서 내리더니 밖에 서서 그녀에게 살며시 손을 흔들었다. 그러자 지안은 이대로 그와 끝인가 싶어서 마음이

371

여러모로 착잡해졌다. 차창을 내린 그녀는 그에게 외쳤다.

"제가 부르면 언제든 올 수 있는 건가요?"

"부르면 언제든."

보고 싶어질 사람이었다. 안 보고는 못 견딜 게 뻔하다. 하지만 참아야겠지. 그의 주변이 정리될 때까지는.

"그래요. 조심해서 들어가요."

"차 조심, 불조심하고."

"네."

그가 담배를 꺼내 물고 불을 붙인 후 등을 돌리며 유유히 어둠 속으로 사라졌다. 그곳에 뿌옇게 담배 연기만 남았다. 마음이 오래도록 무거워졌다. 연기처럼 그가 사라진 것 같아서, 이모든 것이 신기루인 것만 같아서 마음이 복잡하고 아팠다.

"후우……."

무거운 숨이 사방에 흩어졌다.

* * *

출산 예정일을 하루 앞두고 태경이 태일을 술집으로 불러냈다. 물론 태일의 주변에는 여전히 경호원이 쭉 깔린 채였다.

"오랜만이네. 술집은…… 네 덕분에 호강한다."

"호강은 무슨."

위스키가 스트레이트잔에 채워졌다. 그는 잔을 형에게 먼저 내밀었다. 그러자 형은 허겁지겁 위스키를 입 안에 부었다.

"히야! 오랜만에 마시니까 좋다. 한 잔 더."

태경이 다시 잔을 채웠다. 형은 다시 잔을 비우더니 입가에 미소를 지으며 황홀한 표정을 지었다.

"역시 술은 나와서 제대로 마셔야 제맛이네. 그런데 어쩐 일이야? 일 바쁘다고 집에도 거의 들어오지 않으면서."

"형, 부탁이 있어."

"뭔데?"

"혼인신고, 형이 해."

"뭐?"

형이 놀란 얼굴로 그를 쳐다봤다.

"형이 하는 게 맞는 것 같아. 난 아니야. 내가 해야 할 이유가 없어. 아버지가 모르게 진행하자. 그리고 이후 어른들한테 터트리는 게 부담스러우면 합의 이혼 절차를 은밀하게 밟으면 그만이야."

"그걸 들키지 않을 자신 있어? 아버지야 관심 없는 분이니 모른다고 쳐도 이하연의 아버지는 검찰청장이야. 어떤 식으로든 티가 날 거라고. 그걸 조사라도 해 보겠다 나서다가 이하연의 남편이 네가 아니라 나라는 걸 알면 그땐 어떻게 되겠어? 사기 결혼 운운하면서 날 죽이려 할 거야."

"그렇다고 해도 그땐 형이 다 감당해야지. 형이 저지른 죄를 내가 뒤처리를 한다는 거 좀 웃기지 않아?"

형은 아무런 말 없이 자신이 직접 술병을 당겨 잔을 채웠다. 그렇게 한참 동안 말을 아끼던 형이 머리를 신경질적으로 긁어 올리며 말했다.

"어째야 할지 생각할 말미를 좀 주라. 나도 갑작스럽다."

"뒷감당이 안 되면 내가 아버지 쪽은 어떻게든 해 볼게. 하지만 이 검찰청장 쪽은 나도 잘 모르겠다."

"골치가 아프네. 나도 아버지보단 그쪽이 걸려. 법적으로 걸고넘어질 가능성이 크니까. 괜히 그 일로 아버지와 그쪽의 관계도 껄끄러워질 게 뻔하잖아."

"검찰을 건드려서 좋을 게 없는데…… 형도 참 미련하다. 계산이 안 서? 왜 그 여자를 건드려?"

형은 마른세수를 한 차례 하더니 깊게 한숨을 내쉬었다.

"그러게. 왜 그랬을까?"

그렇게 위스키 한 병이 다 비워지고 두 병째가 반쯤 남았을 때, 형이 깊은 한숨과 함께 입을 열었다.

"어떻게 하면 돼?"

"아이가 태어나면 그쪽한테 이하연의 호적에 아이 이름을 올리라고 해 뒀어. 하지만 내가 얘기를 해 놓을 테니까, 그날 형이 직접 찾아가서 애의 이름은 형의 밑으로 넣겠다고 해. 그게 도리인 것 같다고."

"……내가 뒷감당을 잘할 수 있을까?"

"형이 영 두렵다면 내가 같이 가 주고."

"마음대로 해."

"그럼 날짜 잡아서 통보할게. 마음이나 꽉 잡아 둬."

"뭐가 이렇게 이상하게 되냐?"

"임지안은 이제 잊어."

"……계속 생각 중이다."

"생각 그만하고 임지안하고의 관계를 영영 끊어. 지안이 형 싫어해. 어릴 때 당한 게 있는데 그 공포와 증오심이 어떻게 사랑과 호감으로 바뀌기를 바라? 그건 하늘이 두 쪽 나야 가능한 일이야."

"그럴까?"

"당연한 소리 아니야? 지안인 형을 극도로 증오해. 그런 짓을 당하고 멀쩡할 사람은 없어. 정신 차려. 지안이 형을 좋아하게 될 거라는 것 자체가 상식 밖의 일이라는 얘기야."

"나라면! 나라면 가능할 거라 생각하는 거지."

"착각도 정도껏 해. 임지안도 이름깨나 알렸던 톱 배우야. 그랬던 사람이 형이 눈에나 차겠어? 그게 아니더라도 증오하고 미워하는 남자를 자신의 좋아하는 사람 카테고리에 넣어 줄 여자는 세상에 없어."

"넌 좋겠다."

"뭐가?"

"지안이가 좋아하니까."

"글쎄. 걔하고 나한테는 야릇한 벽이 존재해."

"왜?"

"내가 그 남매가 학대당하는 걸 보고도 못 본 체했던 날들이 있잖아. 그것 자체를 완전히 없었던 것으로 만들 수는 없는 거거든. 그때의 묵은 감정이 체증처럼 남아 있어서 둘 다 그 부분에서 완벽하게 해방된 게 아니야. 항상 떨떠름한 감정이 바닥에 깔린 채야."

"너희는 대체 어떤 관계인 거야? 연인이 맞기는 해?"

"모르지. 뭔지는 나도 딱히 정의 내리기 곤란해. 하지만 분명한 건 우린 뫼비우스의 띠처럼 서로를 부르고 있다는 사실이야."

"잘났다! 부럽네. 하여튼 난 아직 임지안에 대한 감정 정리가 잘 안 되니까, 너도 그 부분에 대해서는 이해해라. 꽤 오랫동안 집요하게 원했던 사람이다 보니 마음이 그렇게 쉽게 정리 안 된다."

"질척거리지만 마. 추잡하게."

"하! 무슨 소리를 하는 거야. 난 그냥 얼굴이 보고 싶어서 가는 것뿐이야. 그게 다라고. 그걸 지안이 끔찍하게 싫어하는 거라고."

"그러니까 그런 짓을 하지 말라고. 걔한테 형은 일종의 가해자라고. 가해자를 계속 만나야 하는 피해자의 심정을 헤아려 줄 필요가 있어."

형은 더 이상 대답하지 않았다. 자신이 가해자라는 사실을 쉽게 인정하고 싶어 하지 않는 눈치였다. 그래도 몰아붙일 때는 확실하게 몰아붙여야 할 필요가 있다. 싫은 소리긴 하지만 한 번쯤은 형에게 들려줘야 할 이야기이기는 했다.

"뭔가 하나라도 책임지는 사내다운 모습을 보였으면 좋겠어. 늘 이런 식으로 회피만 해서는 형의 인생이 너무 무책임하고 결실 없는 것들로 채워지지 않겠어? 후회하지 않을 자신은 있는 거야? 이런 인생에 대해."

"후회야 하겠지. 여러 가지를……."

"뭐라도 하나 매듭을 짓자. 이렇게는 정말 아니야."

"생각해 보자."

역시 또렷한 대답은 피했다. 이런 때 보면 형이 참 답답했다.

"하아, 하아……."

하연이 식은땀을 흘리며 시계를 쳐다봤다. 일정한 규칙을 갖고 진통이 시작되고 있었다. 그녀는 재빨리 엄마에게 전화를 걸었다. 그러자 잠시 후 정 여사가 방 안으로 뛰어 들어왔다.

"시작됐니?"

"네, 의사 선생님을 불러 주세요."

"그래."

출산은 집에서 하기로 했다. 아직 결혼도 하지 않은 여자가 산부인과를 들락거리는 게 아무래도 마음에 걸려 이미 만반의 준비를 해 둔 상태였다.

연락을 받은 주치의가 여러 응급 도구들을 가지고 서둘러 집으로 왔다. 그는 가장 먼저 하연의 상태를 체크하고 진통 주기를 살폈다.

주치의는 태아가 자리를 잘 잡았는지를 알려면 초음파를 해봐야 하지만 이미 이틀 전에 태아가 정상적으로 자리를 잡고 있다는 걸 확인했기 때문에 무리 없이 출신이 가능할 거라 말했다.

"하아, 하아…… 어, 엄마…… 너무 아파요."

하연은 정신없이 휘몰아치는 통증에 숨을 쉴 수가 없었다. 상상도 할 수 없는 통증이었다. 그녀는 거친 숨을 몰아쉬면서 아이를 낳을 때 도움이 된다는 라마즈 호흡을 연신 뱉어 냈다.

"아흑…… 너무 아파요."

하지만 의사는 더 참아야 한다고 했다. 내진해 본 결과 아직 아이가 밑으로 완전히 내려온 상태가 아니라고 했다. 그러다 의사가 산모의 배를 만져 보더니 고개를 갸웃거렸다.

"어? 이상하네?"

"왜요?"

"아이가…… 아무래도 거꾸로 누운 것 같아요. 원래는 아이 머리가 아래로 내려와 있어야 하는데 다리가 이쪽에서 만져지는데요?"

엄마와 하연은 동시에 패닉 상태가 되었다.

"안 되겠습니다. 구급차를 부를게요."

의사가 다급하게 구급차를 불렀다. 상황이 좋지 않게 흘러갔다. 놀라고 불안한 마음을 달래야 하기에 하연은 온 힘을 다해 호흡을 내쉬었다. 하지만 현기증이 나기 시작하면서 점차 그녀의 사위가 어질어질 휘돌기 시작했다.

"엄마…… 너무…… 어지러워…… 나…… 왜 이러지?"

그와 동시에 불이 꺼지듯 세상이 온통 새카맣게 물들었다.

#14

　새벽 5시, 태경에게 갑자기 전화가 왔다. 정 여사로부터의 전화였다.

　—태경 군, 정말 미안한데 당장 병원으로 좀 와 줄래요?

　정 여사가 울고 있었다. 불길한 마음에 그는 곧장 위치를 물어본 후 형을 깨웠다. 아무래도 같이 가 봐야 할 일이라고 직감했다.

　형을 깨워 차를 몰아 하연이 입원한 산부인과로 향했다. 그리고 도착하자마자 주차를 하고 서둘러 병실로 올라갔다. 하연이 중환자실에 들어가 있다고 했다. 정 여사는 하얗게 질린 얼굴로 두 사람을 쳐다보더니, 갑자기 태일을 향해 손을 날렸다.

찰싹!

태일의 몸이 기우뚱 무너졌다가 제자리로 돌아왔다.

"나쁜 새끼!"

태경이 정 여사를 쳐다보며 물었다.

"무슨 일입니까?"

"애기가 죽었어요."

"네?"

"거꾸로 들어섰더라고요. 이틀 전까지만 해도 분명히 머리를
아래로 하고 있었는데…… 위험하다고 해서 병원에 도착했을
땐 아기의 목이 탯줄에 감긴 채였고 태변을 먹은 상태였어요.
응급 수술로 태아를 빼내긴 했지만 얼마 버티지 못하고 사망
했어요."

태경이 기함한 얼굴로 정 여사를 쳐다봤다. 지금 이 상황에
서는 어떤 위로의 말도 할 수가 없었다.

"하연 씨는요?"

"의식을 잃어서 아기한테 산소가 제대로 전달이 안 됐다고
하더군요. 지금 수술의 여파로 잠들었는데, 아기가 그렇게 된
건 아직 몰라요. 혹시 알게 되면 난리를 칠 것 같아서 의료진
이 중환자실에 우선 두자고 했어요."

태경이 눈을 돌려 태일을 쳐다봤다. 태일은 맞은 빰을 손으
로 문대며 벽면에 등을 기대더니 천천히 미끄러져 바닥에 주
저앉았다. 정 여사는 눈물을 흘리며 한참 동안 말없이 중환자

실을 쳐다보다가 태일을 쳐다보며 말했다.

"네가 기도했겠지. 내 딸에게 이런 일이 생기라고."

태일이 잠시 정 여사를 쳐다보더니 유구무언이라는 듯 시선을 내리고 고개를 숙였다.

"그랬겠지. 네놈이 그랬으니 내 딸에게 이런 말도 안 되는 불운이 찾아온 거겠지. 이제 어떻게 할 기야? 이제?"

"……죄송합니다."

"말로 하는 거면 누구나 다 해! 쟤 인생의 시간을 어떻게 되돌려 놓을 거냐고! 아기를 낳아서 잘 키우고 싶다며 얼마나 좋아했는데! 왜 이렇게 되어야만 하는 건데?"

태일은 마른세수를 하더니 자리에서 일어나 정 여사에게 저벅저벅 다가갔다. 그러더니 그대로 무릎을 꿇고 엎어졌다. 정 여사와 태경이 동시에 놀라 입을 벌렸다.

"죄송합니다. 진심으로 사죄드릴게요. 원하는 건 뭐든 다 할 테니까 말씀하세요. 평생 혼자 살라면 그렇게 할게요. 하연 씨의 노예로 살라면 그렇게라도 하겠습니다. 저도 뭘 어떻게 해야 할지 모르겠어요. 이게 무슨 상황인가 싶고…… 전 이런 걸 바란 적이 단 한 번도 없었어요. 단 한 번도…… 그런 저주를 뱉은 적은 없었어요."

정 여사는 얼굴을 일그러트리며 그대로 주저앉아 오열했다.

"으흐흐흐흑…… 이제 어쩌면 좋아! 이제!"

태경은 여기서 뭘 더 이상 어떻게 해야 할지는 답을 찾을 길이 없었다. 출생하자마자 사망해 버린 가여운 생명을 좋은 곳으로 보내 주는 것 외에는 뭘 할 수 있단 말인가.

"시신을 수습하고 싶은데요."

정 여사가 울먹거리며 의료진에게 가서 아기를 달라고 하라 했다. 가족의 동의를 얻은 태경은 태일을 부축해 일으키고 의료진에게 아기의 시신을 어떻게 했는지를 물었다. 영안실에 있다는 얘기를 듣고 그들은 그곳으로 내려갔다. 담당 직원에게 산모의 이름을 대고 아기를 보고 싶다고 했다.

이름도 없이 일련번호만 달린 차갑고 작은 철제 상자가 열렸다. 그리고 꽁꽁 얼어붙은 새파란 생명이 눈앞에 모습을 드러냈다. 형은 망연자실해서 아기를 쳐다봤다.

태경은 가만히 아기를 내려다보다가 눈물이 차올라 더는 보지 못하고 고개를 돌렸다. 형과 닮았다. 어딘지 모르게 야릇하게 닮아서 가슴을 더욱 선뜩하게 했다.

"장례식까지는 아니더라도 제대로 화장해 주고 싶습니다."

"그럼 절차를 밟게 하겠습니다. 나가서 기다리세요."

형제가 나란히 하얀 복도에 준비된 철제 의자에 앉았다. 눈물이 하염없이 쏟아져 나왔다. 생명이, 그토록 작은 생명이 나오자마자 세상에 숨 한번 내뱉고 그렇게 떠났다.

형은 오래도록 울었다. 숨이 쉬어지지 않을 때까지 울었다. 장례 지도사가 나와 하얀 상자에 담은 아기 시신을 내밀며 화장터에 연락을 취했으니 바로 그곳으로 가라고 했다. 두 사람은 구급차를 타고 화장터로 향했다. 이미 뿌옇게 미명이 세상을 적시는 중이었다.

형은 작은 생명의 무게가 느껴지는 상자를 들고 한참 동안 울면서 사죄했다.

"으흐흐흑…… 미안해. ……미안하다. 내가 정말 개놈이다. 미안하다…… 아가야."

형의 울음이 가슴을 오래도록 두드렸다.

태경은 작은 관을 가만히 쳐다보며 깊은 한숨을 쉬었다. 이젠 이하연이 문제였다. 아기를 잃은 산모는 한동안 제정신을 유지하기 어려울 것이다. 뱃속에 품고 있던, 심장 뛰던 생명이 어느 날 물거품처럼 사라진 경험을 한 것이다. 얼마나 상실감이 크겠는가. 산후 우울증도 온다고 들었는데 앞으로 어떻게 해야 할지 모르겠다. 어떤 식으로든 이하연에게 형은 보상을 해야만 한다.

"형…… 앞으로 어쩔 거야?"

"흐으윽…… 뭘?"

"이하연 씨…… 아기가 없어져서 당분간 제정신으로 살지 못할 게 뻔한데……."

"……으흐흑…… 모르겠다. 내가 뭘 할 수 있겠어? 그 여자는 나한테 관심도 없는데……."

"관심이 중요한 게 아니라 형이 진짜 사과를 그 사람한테 해야 하는 거 아냐?"

그제야 형은 눈물을 닦으며 고개를 들었다. 그는 한참 동안 허공을 바라보며 끄덕거리다가 말했다.

"그래야지. 그렇게 해야겠지."

태경은 어린 생명을 안타깝게 바라봤다. 고작 몇 분도 채 숨을 쉬지 못하고 그렇게 떠난 가여운 생명을 마음 깊이 애도하면서 그는 눈을 감았다. 두 번 다시는 이런 비극을 보고 싶지 않았다.

* * *

6월 초순이 시작됐을 무렵, 태경은 정 여사에게서 전화 한 통을 받았다. 하연이 자살 시도를 했다는 것이었다. 아기의 사망 소식을 듣자마자 이틀을 내리 식음을 전폐하고 앓아눕던 그녀는 그 이후 한동안 입을 봉하고 누구와도 얘기하지 않았다고 한다. 그렇게 시간을 보내던 그녀는 어느 날 갑자기 자살 시도를 했다고 했다.

결혼은 모두 없던 일이 되었고, 모든 사실이 덮이기는 했지만 이후 형은 잠도 자지 못하며 점점 말라 갔다. 진심으로 아기에게 죄책감을 느끼는 것 같았다.

그리고 하연의 자살 소식을 들은 형은 정 여사를 만나 하연과 함께 섬마을에 들어가 같이 지내고 싶다는 말을 꺼냈다. 물론 정 여사는 안 된다고 난리를 쳤다. 하지만 딸이 죽는 걸 보는 바에야 그렇게 바람이라도 쐬는 편이 낫겠다 싶은 듯했다. 그녀는 이 검찰청장에겐 하연을 요양원에 보낸다 말해 두고 하연과 태일을 묶어 땅끝 마을 밑 어느 섬으로 보냈다.

형이 가기 전에 그에게 말했다. 자신이 해결해 보겠다고. 이 하연의 마음에 난 커다란 구멍을 자신이 어떻게든 다시 메워서 데리고 돌아오겠노라고 했다. 하룻밤 실수로 벌어진 일의 결말이 살인으로 끝났다. 아기가 죽었다.

그 전까지 형은 그 아기에 대해 관심 없다는 듯 수수방관하며 내버려 뒀다. 그리고 지금 형은 그에 대해 극도로 죄책감을 느꼈다. 시신을 본 이후, 더 큰 고통에 사로잡힌 것이다.

그나마 지금이라도 정신을 차려 다행이다 싶었다. 하지만 그 끝은 누구도 예측하기 어렵다.

형이 갑작스럽게 교수직을 그만두고 섬으로 떠나자, 아버지는 노발대발했다. 미친 거 아니냐고 했다. 제 동생과 결혼할 뻔한 여자를 데리고 섬으로 간다는 사실 자체를 아버지는 납득하기 힘들어했다.

그래도 어쩌겠는가. 형은 아버지의 통제력을 이미 넘어섰다. 더는 아버지가 어쩔 수 있는 사람이 아니었다.

그나마 다행인 건 형이 더 이상 지안을 신경 쓰지 않게 되었다는 점이었다. 결혼도 파투가 났고, 그는 이제 홀가분한 마음으로 사업에만 전념하면 되었다. 그렇다고 모든 문제가 해결된 건 아니었다. 결혼이 파투 나기 무섭게 7월 말경, 아버지가 또 하나의 카드를 내밀었다.

"이게 뭡니까?"

세 명의 여자 사진이었다.

"골라라."

형이 경고했다. 아버지의 앞에서 임지안의 이름을 말하지 말라고. 그 이름을 말하면 곧장 태경 역시 감금 생활이 시작될거라고 했다. 형의 말이 사실이라면 아버지가 추진하는 일에 깊은 관심이 있는 척하면서 뒤로는 지안을 만나면 될 일이었다. 물론 아버지는 언젠가 그걸 알아내고 어떤 식으로든 조치를 취할지도 모를 일이었지만.

그는 지안과 거리를 유지하면서 다시 사람을 고용해 지안의 부친인 임성운에 대한 뒷조사를 시작했다. 문 의원과 아버지와의 묵은 감정에 대해, 그리고 아버지가 갖고 있었을지도 모른다는 그 어떤 자료에 대해 알아봐야 할 필요가 있다.

그게 뭐였길래, 문 의원 측에서 경고조로 어머니를 살해한 것인가. 또한 아버지는 그 사실을 알고 있었으면서 모른 척 외면했던 것인가에 대해서도 알아볼 필요가 있었다.

아버지가 그런 이중적인 생각을 했다면, 아마도 그는 평생 아버지를 저주하며 살아가야 할지도 모른다. 알아봐야 그에겐 득이 될 게 없는 진실이었다. 하지만 지안이 너무도 억울한 인생을 사는 게 싫었다.

뭐가 됐든 진실을 밝혀 지안을 자유롭게 해 주고 싶었다. 그 일로 그가 큰 고통에 사로잡히게 된다고 해도.

아버지는 결국 그 자료를 세상에 드러내지 않고 덮은 것인가? 대체 그 자료가 무엇이고 지금은 누구의 수중에 들어가 있는 걸까? 아버지에게 물어봤자, 은폐하려고만 할 게 뻔했다. 그래서 그는 물어보지 않고 혼자 알아볼 작정이었다.

그리고 여전히 오리무중인 이순철의 행방에 대해서도 알아봐야 한다. 영채일보 사회부의 최 기자라는 사람이 임성운의 사건에 대해 깊이 파고 있다는 얘기를 전해 들었다.

가장 먼저 할 일은 최 기자를 만나 당시 사건에 대해 자세한 내막을 전해 듣는 것이었다. 지안이 편지로 최 기자를 만나 당시 사건에 대해 들은 내용을 간략하게 적어서 보내 주긴 했지만, 직접 들으면서 단서를 찾고 싶었다.

지안의 억울함을 해결해야만 아버지가 지안을 받아들일 근거가 마련된다. 그 일로 그는 마음이 바빴다. 아무런 대책도 없이 마냥 아버지가 시키는 대로만 하고 살 수는 없다.

하지만 지금 당장은 형도 아버지의 뜻을 거스르고 이하연과 지방으로 잠적해 버린 상황이었다. 거기다 아버지의 심기를 자칫 잘못 건드리면 그 불똥이 지안 남매에게 떨어질 수 있었다. 그러니 최대한 비위는 맞춰야 했다.

그는 사진 세 장을 유심히 보며 말했다.

"맞선입니까?"

"그래. 대학교 재단 이사장의 딸, 병원장 딸, 경찰청장 딸이다. 골라라. 누가 너한테 더 많은 혜택과 행복을 줄 사람인지를……."

어떤 혜택도, 어떤 행복도 가져다줄 수 없을 것이다. 이건 그저 눈속임일 뿐. 시간을 벌기 위한 작전일 뿐이다.

"좀 알아보고 나서 결정하겠습니다. 일주일 정도 시간을 주세요."

"싫다고는 안 해서 다행이구나. 알았다. 그럼. 셋 중 누구든 하나는 정해야 한다."

"노력하겠습니다."

그제야 아버지가 흐뭇하게 미소를 지었다.

"그래, 사업은?"

"괜찮게 되어 가고 있습니다."

"소문이 괜찮더라. 내 도움은 하나도 안 받고 혼자 버틴다며 다들 용하다고 하더라. 네가 보통 녀석은 아니지. 나한테서 좋은 유전자만 쏙쏙 빼다 가져간 녀석이잖아? 잘되는 건 너무도 당연한 거지. 그래, 오늘 수고 많았고. 올라가 봐라."

"네, 그럼 쉬십시오."

인사를 하고 침실로 돌아온 그는 노트북을 테이블에 올려 두고 작업 중이던 자료 파일을 열었다. 원래는 그의 집으로 갔어야 했는데, 할 얘기가 있으니 본가로 오라는 연락을 받는 바람에 여기로 오게 되었다.

늦게까지 일을 해야 하는 그의 직업 특성상 밤 11시가 다 되어 도착했고 대화를 나누다 보니 어영부영 자정에 임박했다. 그래도 새벽 2시까지는 일을 해야 한다. 하루라도 빨리 회사가 더 큰 이득을 창출하게 바꾸려면 손을 대야 할 것들이 널렸다.

그리고 지안에게 인정을 받으려면 마음이 다급했다. 그라는 사람이 항상 능력 있는 남자의 성공스토리가 따라다니는 사람이길 바랐다. 욕심이 많으니, 자꾸 지안을 찾아가는 날짜가 뒤로 밀려 나갔다.

*　　*　　*

차태전 감독이 갑자기 식당에 찾아왔다. 그나마 한창 바쁜 시간을 피한 터라 식당 내는 한산했다. 지안은 차 감독을 난감한 얼굴로 쳐다보았다. 그녀는 그가 가지고 온 대본을 어째야 할지 몰라 손으로 쥐었다 폈다만 반복했다.

"돌아올 생각이 정말 없는 거야?"

"죄송해요. 제 처지가 어떤지 잘 아시잖아요. 이 식당, 힘들게 열고 지금 이 정도 반열에 겨우 올려놓았어요. 그런데 그 모든 걸 버리고 다시 그 힘든 가시밭길로 들어가라는 거잖아요. 사실…… 전 자신이 없어요. 여전히 저한텐 살인자의 딸이라는 굴레가 짐처럼 따라다니고요."

"영화잖아. 드라마도 아니고. 영화는 볼 사람만 본다고. 이번한 번만 같이 해 주면 안 돼? 이 스토리는 정말 지안 씨를 위해 쓴 거야. 지안 씨가 아니면 할 수가 없는 역할이고…… 이거, 해외에서 주목받을 가능성이 정말 큰 영화야."

지안은 물끄러미 대본을 쳐다봤다. 욕심은 나지만 한꺼번에 두 가지 욕심을 다 채우기는 힘들다. 하나를 버려야 하나라도 온전히 지킨다. 두 가지를 동시에 다 할 수는 없다.

물론 배우 생활을 시작해 흥행이 된다면 이렇게 힘들게 돈을 벌 필요는 없다. 연기를 하고 아름다운 모습만 대중들에게 드러내며 인기를 꾸준히 유지만 하면 되는 일이었다. 하지만 한번 외면받은 연기자는 다시 정상의 궤도에 오르려면 꽤 오랜 시간이 걸린다. 그나마 그것도 죗값을 치른 경우에 해당되는 얘기였다.

그녀의 죄는 뭘까? 뭔데 모두에게 외면당했던 것인가. 아버지의 죄로 그녀의 인생도 파탄 났다. 되돌아간다고 대중의 싸늘한 시선이 다시 따뜻해질까? 전혀 그렇지 않다. 그럴 수 없다. 아버지가 살인자가 아니어야 인정받을 수 있다. 그녀는 망설였다. 그러다 긴 숨을 토하고 대본을 차 감독에게 내밀었다.

"못 하겠어요."

"지안 씨!"

"대중들은 이미 저에게서 등을 돌렸어요. 그걸 다시 되돌리려면 아버지가 살인자가 아니어야 해요. 그런데 아버지가 살인자예요. 돌아가 봤자, 다시 외면받고 저는 상처만 받은 채 다시 여기로 돌아와야 해요. 그때 이곳을 찾던 손님들이 절 기다

려 줄 것 같아요? 아니요. 안 기다려요. 다 떠나고 없겠죠. 전
이 가게를 지키겠어요. 죄송합니다."

"그래, 지안 씨 말도 일리는 있네. 영화를 했다가 안 되면 다
시 여기로 돌아와야 하는데, 그때는 지안 씨의 손맛을 기억하
던 손님들이 다 떠나고 없겠지. 영화도 나 이외에 지안 씨를
써 주겠다는 사람이 나타나지 않으면 아무 쓸모도 없겠지. 여
러 감독에게 다양하게 캐스팅되어야 배우도 좋은 경험을 많이
쌓게 되는 거니까. 하아, 정말 아쉽다."

지안은 힘겹게 입매를 휘어 올렸다.

그녀라고 돌아가고 싶지 않겠는가? 가고 싶다. 가서 연기가
하고 싶었다.

연기를 하는 게 즐거웠다. 사람들 앞에서 자신의 낯선 모습
을 드러내 보이며 연기력을 인정받는 순간도 좋았다. 그런데
또다시 대중들에게 싸늘한 외면을 받게 될까 봐 두려웠다.

상처받는 건 한 번으로 충분하다. 그 엄청난 걸 두 번이나
겪고 싶지는 않았다. 자신이 지은 죄도 아닌, 아버지가 지은
죄로 인해 구차하게 살고 싶지 않았다.

죽은 듯이 고요하게 살겠다. 이곳에서 자신만의 요리를 하면
서.

"가 봐야겠다. 이젠 누굴 알아봐야 할지 모르겠네. 지안 씨를
모델로 놓고 쓴 대본이라…… 안타깝다. 그래도 여전히 아름답
네. 지안 씨는……."

"감사해요. 하지만 관리를 늘 받는 게 아니라 어느 순간 폭삭 늙어 있을지도 몰라요."

"그래도 지안 씨는 아름다울 거야. 워낙 멋진 사람이었으니까. 이만 가 볼게."

"계속 응원할게요. 감독님."

"고마워. 갈게. 대박 나고!"

지안이 허리를 굽혀 그에게 작별 인사를 했다. 차 감독이 돌아가자 같이 일하는 홀서빙 담당 직원 유은혜가 곁으로 다가와 물었다.

"후회 안 하겠어요?"

지안은 착잡한 얼굴로 어깨를 으쓱했다.

"대중들이 날 버렸잖아. 더 이상 뭘 바라겠어."

"그렇긴 하죠…… 참 현실이 그래요."

"넌 내가 안 무섭니?"

"별로요. 사장님이 사람 죽였나요? 아니잖아요."

"다들 그런 아버지 밑에서 사람이나 죽이는 훈련이나 받으며 큰 줄 알더라고."

"허얼, 어이없어. 누가 그런 유치찬란한 생각을 한대요? 어이없어."

"나도 어이없어. 정말 그런 거……."

그런 게 아닌데, 그녀와 알게 되면 살인자 아버지가 달려와 자신도 죽일지도 모른다는 생각을 하는 사람도 있었다.

다양한 사람들이 살아가는 곳이다. 무슨 생각을 하든 그건 그 사람 자유다. 하지만 자신에 대해 말도 안 되는 편견으로 바라보는 짓만 하지 말아 줬음 좋겠다고 그녀는 생각했다. 끔찍하게 싫다.

태경이 달력을 쳐다봤다. 아버지가 말한 일주일이라는 기간이 지났다. 그는 깊게 한숨을 내쉬고 기지개를 켰다. 시계는 밤 11시를 가리키고 있었다. 그는 휴대폰을 들어 아버지에게 전화를 걸었다.

"아버지?"

—오늘까지 결론을 내기로 했는데, 연락이 없기에 별생각이 없는 건가 했다. 어떻게 할 생각이냐?

태경은 고심해 보다가 병원장 딸로 낙찰했다. 그녀에 대해 여기저기 수소문해 보니 소문이 별로 좋지 않았다. 방탕하고 사치가 심한 편인 데다 낙태설까지 도는 여자였다. 그런데 굳이 그 여자를 택한 이유는 하나였다. 그에게는 타협점을 찾기 편한 상대가 필요했다.

"연성대학병원 병원장 안치운 씨의 딸 안선주 씨를 만나 보고 싶군요."

—흠, 이유가 뭐냐?

"아버지도 어떤 목적이 있어서 그분의 딸을 제게 보였겠지요. 저 역시 마음을 달라고 요구하는 여자는 부담스럽습니다.

그보단 이 결혼의 정확한 핵심 요지를 간파할 만한 사람이 필요해서요. 그렇다면 말이 그나마 편하게 통할 대상이 필요했고, 그 사람이 안선주 씨입니다."

—역시 영리한 놈이라 그런 것까지 다 보이는 모양이구나. 그렇다면 이달 내로 그쪽과 맞선 자리를 만들어 보마. 나중에 딴소리나 마라. 일전에 있었던 케이스와 똑같은 일이 벌어지면 그땐 내가 가만 안 둔다.

"아버지 아들인데 뭘 어쩌실 수 있는데요? 사실 아버지의 의견을 존중해 그런 상대를 직접 만나 보겠다고 하는 것 자체가 대단한 배려라는 생각은 안 드십니까?"

—너만 이렇게 사는 게 아니야. 내 주변을 봐도 다들 이렇게 살아. 일일이 토씨 달지 말고 너희들은 내가 원하는 대로 해 주면 돼. 그간 내가 벌어다 준 돈과 명예 덕분에 너희가 편하게 살아왔다는 생각은 안 들어? 너희가 그냥 자랐다고 생각하지 마라. 이만 끊는다.

아버지는 바로 통화를 종료했다. 하여간에 뭐든 당신 뜻대로만 하려고 한다. 처음부터 끝까지 당신한테만 맞추라는 식의 아버지의 태도가 너무도 독단적이라 화가 치밀었다. 하지만 그의 입장에서 볼 때 지금은 아쉬움이 많은 상황이니 아버지가 하라는 대로 하는 수밖에 없었다.

그는 병원장의 딸 안선주의 사진을 가만히 쳐다봤다. 스물여섯 살, 그와 동갑이고 명문대를 졸업했다. 머리는 좋은데 이상

하게 트러블이 많다. 그 이유가 궁금해져서 알아봤지만 이렇다
할 만하게 드러난 게 없다.

그녀는 대체 왜 이렇게 매번 가족들과 연쇄충돌을 일으키는
걸까? 형과 어떤 의미에서는 상당히 닮은 길을 가는 사람 같았
다.

만나 보면 어떤 사람인지 알게 되겠지.

* * *

은혜가 계속 홀을 쳐다보면서 고개를 갸웃거렸다.

"왜?"

"아니, 저분은 거의 한 달째 출근 도장을 찍는데요?"

지안이 궁금해져서 고개를 빼꼼 내밀었다. 누군가 궁금해서
보니 말쑥한 정장을 입은 남자로 삼십대 후반쯤 되어 보였다.
그는 얼핏 보기엔 학식이 높고 부유해 보였다. 입고 있는 차림
이나 헤어스타일 그리고 값비싸 보이는 시계나 안경 등을 볼
때 그렇게 유추되었다.

"음식이 마음에 드는 거 아닌가?"

"아니에요. 제가 보기엔 사장님을 보러 온 것 같아요."

"왜 그렇게 생각해?"

"느낌이 오잖아요. 느낌이!"

"느낌?"

"네, 음식을 먹은 후엔 항상 주방 쪽을 뚫어져라 쳐다보기도 하고 저 사람 일부러 저 자리만 예약하는데요. 저 자리가 주방 안쪽이 대각선으로 들여다보이는 장소라 누가 보더라도 사장님을 의식하는 것 같거든요."

그렇다고 해도 지안은 피식 웃으며 무시했다. 지금 남자에 혹할 때도 아닌 데다, 관심도 없다. 특히나 손님과는 절대 스캔들로 얽히고 싶지 않았다.

무엇보다 그녀가 톱 배우였던 것과 아버지가 살인자라는 사실 때문에 호기심을 갖고 접근하는 자들이 있었다.

그래서 그녀는 사람을 만나는 것조차 쉽지 않았다. 항상 사람을 경계하면서 만났다.

그녀에게 조금이라도 사적인 호기심을 드러내면 바로 표정을 굳히고 거리를 뒀다. 그런 호기심은 그녀에게 그리 유리할 게 없었다. 어떤 식으로든 세상에 이상한 방식으로 왜곡된 채 내보내지기 때문이었다.

그래서 그녀는 모든 사람에게 친절할 수가 없었다.

지안은 금세 관심을 거두고 시계를 쳐다봤다. 아무래도 저 남자 손님이 마지막일 듯했다. 더 이상 들어오는 손님이 없는 걸로 봐서는 그렇다. 게다가 술안주로 제공할 만한 모든 재료도 동났다.

"은혜야, 가서 클로즈 푯말 걸어라. 아무래도 오늘은 그만해야겠다."

"네, 사장님."

은혜가 풋말을 뒤집고 들어오는데 남자의 말소리가 들려왔다. 잠시 후, 은혜가 그녀에게 명함 한 장을 내밀었다.

"뭔데?"

"저분이 드리라고……."

지안이 명함을 가만히 쳐다봤다. 인테리어 대표 회사의 임원이라는 남자의 이름은 백경식이었다.

"잠깐 얘기를 할 수 있느냐고 묻는데 어떻게 하죠?"

"내가 알아서 할게. 넌 주변 정리하고 이리 들어와서 설거지 마무리만 해 줘."

"네, 사장님."

지안이 하던 일을 잠시 멈추고 나가서 백경식 앞에 섰다.

"손님, 음식은 맛이 어땠나요?"

그러자 경식이 입가에 미소를 지으며 말했다.

"정말 맛있어요. 놀라울 정도로……. 미국식이라고 하면 대체로 느끼하고 좀 짠 경우가 많은데 여긴 짜지 않은 데다 매우 담백해서 맛있게 잘 먹고 있어요."

"다행입니다. 혹시 불편한 사항이라도 있으신가요? 명함을 주셨던데……."

"그런 게 아니라, 사실 한 달간 이 가게에 올 때마다 사장님을 유심히 봤어요. 사실 이렇게 미인이신 분이 요리사를 맡고 있다는 게 신기했거든요. 검색해 보니 한때 잘나가던 영화배우였다는 사실을 알고 좀 놀랐습니다. 그럴 만큼 아름다운 분이기도 하죠. 아! 잠깐 앉으시겠어요?"

"저…… 얼른 가서 마무리를 해야 돼서요."

지안이 어색하게 웃으며 말하자, 경식이 민폐가 되었다는 걸 깨달았는지 입가에 미소를 지으며 말했다.

"그럼 브레이크 타임에 잠깐 들러도 될까요?"

"그보다는 간단하게 지금 말씀하시는 게……."

"저하고 연애 안 하실래요?"

말을 꺼낸 경식의 볼에 홍조가 번졌다. 지안은 굳은 표정으로 딱 잘라 말했다.

"죄송하지만, 손님…… 불가능합니다."

"저…… 좋아한다, 뭐 그런 건 좀 식상한 거 같아서 하는 말이에요. 서로 만나다 보면……."

지안은 딱 잘라 말했다.

"전 연애할 만한 시간도 없고, 사느라 바빠요. 지금 낭만적인 감상에 빠져 있을 때가 아니거든요. 그래서 누구도 만날 마음이 없습니다."

"그럼 사업이 안정적인 기반을 다지면 그때는 만나 줄래요?"

지안이 고개를 저었다.

"좋아하는 사람이 있습니다. 죄송하지만……."

"아……."

"지금은 일 때문에 서로 만날 시간이 없어서 거리를 두고 있지만, 이 일이 기반을 다지면 서로 만나기로 약속을 했어요. 그래서 전 그 사람을 기다릴 생각이에요. 죄송하지만, 이미 손님은 한발 늦으셨어요."

그제야 그가 납득을 한 듯 쓸쓸한 표정을 지었다.

"진작 알았더라면 좋았을 텐데……. 그래도 임지안 씨랑 친구는 해도 될까요? 종종 남자가 필요한 일이 있을 때 언제든 연락 주세요. 무섭게 질척거리는 일은 없을 겁니다."

"괜찮습니다. 남동생이 있어서 그런 건 그 애가 다 해 주거든요."

"그렇구나…… 남동생이 있었구나. 새로운 사실을 알아서 기쁘네요."

경식이 천천히 일어서더니 그녀에게 악수를 청했다. 그녀가 손을 뻗어 그의 손을 잡았다. 그러자 경식이 웃으며 말했다.

"많이 거칠어졌네요. 텔레비전 속에서 보던 지안 씨의 손은 참 부드럽고 예뻐 보이던데……."

"그건 모델의 손이에요. 전 손이 안 예쁘기로 유명한 여자 배우 중 하나이고요."

지안이 천천히 손을 빼내면서 입가에 쓴웃음을 지었다. 그리고 그에게 허리를 굽혀 인사를 했다.

"식사하기 위해 여기 오시는 건 매우 환영하겠지만, 그런 의도가 아니라면 굳이 오실 필요는 없습니다."

"잘 알아들었으니까, 그렇게 무섭게 자르지는 말아요. 그럼 내일 또 올게요. 여기 와서 쉬는 게 습관이 된 건지 하루라도 거르면 이제 좀 이상하네요. 그럼."

그가 은혜에게 가서 계산을 하더니 밖으로 나갔다. 은혜가 슬며시 그를 쳐다보더니 고개를 갸웃거렸다.

"유부남은 아닌가 봐요?"

"모르지. 사람 속사정이야……. 가서 치우기나 하자."

"네, 비가 오려나…… 오늘은 하늘이 잔뜩 일그러져 있네요."

은혜가 블라인드를 내리며 검은 밤하늘을 쳐다봤다.

"오늘은 기분도 그런데 간단하게 안줏거리 해서 술이나 마실까?"

"좋죠. 나가서 소주 사 올까요?"

"그럴래?"

은혜가 카운터에서 돈을 꺼내 바로 인근 슈퍼로 향했다. 지안은 경식이 떠난 자리를 전부 치우고 주방에 들어가 간단하게 설거지를 했다.

설거지를 끝낸 뒤에는 내일 장사를 위한 식재료 파악을 시작했다. 없는 것들은 리스트에 적어 놓고 남은 재료 중 상태가 좋지 않은 것들은 추려서 한데 모아 버렸다.

안주를 만들기 위해 골뱅이 통조림과 고추장 등을 꺼내 손질을 해 놓고 은혜가 오기를 기다렸다.

잠시 후, 은혜가 소주병 달그락거리는 소리를 내며 안으로 들어왔다. 그녀는 소주병을 테이블 위에 놓고 문을 안쪽에서 잠갔다. 블라인드를 다 내렸기에 밖에서 안쪽을 볼 수는 없었다.

지안이 골뱅이 무침을 들고 나와 테이블 위에 놓자 은혜가 감탄사를 연발하더니 젓가락과 소주잔을 들고 왔다. 둘은 마주보고 앉아 술잔에 술을 주거니 받거니 하면서 이런저런 얘기를 나눴다.

은혜는 이곳에 처음 들어온 알바생이었다. 그녀의 인성이 마음에 들어서 아예 정직원으로서 일을 배워 보지 않겠느냐는 지안의 제안에 그녀는 기쁘게 웃으며 좋다고 말했다. 그렇게 지안에게도 가족이라는 게 생겼다.

은혜는 단 한 번도 그녀에게 비난 섞인 말을 꺼낸 적도 없고 그녀의 가정사에 대해 물어보려고 하지도 않았다. 종종 이렇게 술자리를 하게 되면 지안이 스스로 자신에 대한 이야기를 조금씩 꺼낼 뿐이었다.

처음엔 일에 대한 이야기로 포문을 열다가 시간이 지나 점점 배우로서 가졌던 꿈에 대한 이야기를 했다. 그리고 지금은 그에 대해 얘기한다. 도무지 채워지지 않는 극심한 갈증과도 같은 한 사람에 관한 이야기.

"와아, 그분은 사장님이 이렇게 좋아하는 거 아나요?"

지안이 고개를 저었다.

"우린 서로의 감정을 절대로 솔직하게 공유하려 하지 않아. 그래선 안 될 것 같은 기분이라고 해야 할까? 무언가가 그걸 막는 것 같아. 애초에 우린 좋은 결과가 나올 수 없다는 걸 너무도 잘 알고 있거든. 그래서 서로 말조심을 하려는 걸지도 모르지."

"그건 모르는 거잖아요. 먼 미래를 누가 어떻게 알아요? 그건 좀 더 두고 봐야 하는 문제라고요. 사장님의 나이는 이제 고작 스물네 살이잖아요? 뭘 포기하기엔 너무 젊어요. 아깝단 말이에요. 이미 연기를 포기했는데 이제 사랑하는 마음까지 포기해야 하는 건 너무 안타까워요."

지안은 술잔을 입가에 기울이며 고개를 끄덕거렸다.

"그것도 그러네. 포기는 좀 빠른 것 같지?"

"그렇죠. 하지만 지금은 온종일 이렇게 가게에 매여 있어서 옴짝달싹 못 하니 어쩌면 좋아요?"

"그것 때문에 그 사람이 당분간 보지 않는 게 좋다고 했어. 그 사람도 사업을 좀 더 크게 확장해야 하는 시기라 연애에 감상적으로 몰두할 때가 아니거든. 뭐든 시기라는 게 있잖아. 그 사람과 난 지금 일을 해야만 하는 순간인 것 같아."

"그나마 다행이네요. 동시에 같은 순간에 놓여 있다는 건, 얼마든지 긍정적인 가능성이 있는 거 아닌가요?"

"그런가?"

"물론이죠. 사장님이 좋아하는 분이라면 굉장히 잘생겼겠죠?"

"아주."

지안이 자랑이라도 하듯이 뻐기며 입가에 미소를 짓자 은혜가 쿡쿡 소리 내어 웃었다.

"되게 좋아하는 티가 많이 나네요. 그분이 서울에 있다면 얼마든지 가서 볼 수 있는 거 아닌가요?"

"음, 집도 잘 알아. 그런데 이건 서로 지켜야 할 불문율 같은 거야. 그걸 어기게 되면 돌이킬 수 없게 될 것 같은…… 그런 기분이 들거든. 그걸 먼저 깬 사람은 평생 그 사람에게 죄스러워해야 할 것만 같은 기분이지. 그래도 마음 한쪽에선 한 번쯤은 보러 와 줬으면 하고 바라게 되네."

"사람 마음이 그렇죠. 아무래도……."

"그래도 안 갈래. 난…… 일에 집중하는 데 내가 방해하는 기분이거든."

"서로 같겠죠."

지안은 다시 술잔을 입가에 대고 한 번에 비웠다. 술이 참 달다. 술술 빠르게 넘어가는 걸 보면 그렇다.

그는 지금 뭘 하고 있을까?

언제쯤 그들은 마음 편하게 만나 이런저런 얘기를 한가롭게 나눌 수 있게 될까?

그게 제일 안타까웠다. 보고 싶어도 이 그리움은 오롯이 그녀의 몫이었다.

"하아, 쓸쓸한 밤이네."

쏴아아아아.

금세 빗줄기가 폭포수처럼 쏟아지기 시작했다.

                    *   *   *

태경이 맞선을 나온 선주를 지그시 쳐다봤다. 마른 몸에 어
딘지 모르게 불안하게 흔들리는 검은 동공, 신경질적으로 비틀
린 입술을 가진 여자였다.

새빨간 원피스와 진갈색 코트가 시선을 사로잡았다. 길게 늘
어트린 머리카락은 등허리를 부채처럼 덮었고, 새빨갛게 바른
손톱이 간헐적으로 탁탁 소리를 내며 테이블을 두드렸다. 선주
도 이 상황이 마뜩잖아 보였다.

"식사는 어떻게 할까요?"

"마음대로 하세요."

"이 맞선, 별로인가요?"

선주가 그를 빤히 쳐다봤다.

"그쪽도 별로잖아요. 이런 거 재밌나요?"

"재미는 없죠."

"봐요. 재미없잖아요."

"그래도 전 이 맞선을 강행하고 안선주 씨하고 계속 만났으
면 하는데요."

"네?"

그녀가 가느다란 아치형 눈썹을 확 비틀듯 휘어 올렸다.

"선주 씨가 마음에 든다는 건 아닙니다. 그보다는 시간을 좀 끌고 싶어서요. 6개월만 시간을 지연시켰으면 합니다."

"그러니까 양쪽 집안에 결혼을 전제로 연애라도 하는 것처럼 보이자는 건가요?"

"네."

선주가 고개를 갸웃거리더니 붉은 입술을 슬며시 휘어 올리며 말했다.

"목적이 뭔데요?"

"일을 하고 싶습니다. 집안에 휘둘리기 싫어서요. 결혼도 하고 싶지 않고요."

그녀가 콧방귀를 뀌며 다시 물었다.

"솔직해지기로 하죠. 진의가 뭔데요?"

그는 눈치가 빠른 그녀를 빤히 쳐다봤다.

"다른 여자가 있습니다. 존재를 감춰야 하는 사람입니다."

"호오…… 놀라운데요?"

"어쩔 겁니까?"

"흠…… 나를 방패 삼아 다른 여자와의 즐거운 시간을 보장해 달라는 거군요. 그렇게 하면 저한테는 대체 뭐가 돌아오는데요?"

"적어도 이런 식으로 남자 쇼핑은 하지 않아도 되지 않나요?"

"호호호호, 재밌는 말을 하네요. 그 말도 일리는 있죠. 아버지 덕분에 요새 거의 일주일에 한 번꼴로 남자를 고르러 시장에 나오고 있거든요. 태경 씨도 그중 하나일 뿐이고요. 슬슬 귀찮아지긴 했어요."

"그러니 딜을 하자는 거죠."

"음…… 그런데 사실 따지고 보면 감태경이라는 사람도 아주 매력적인 사람이잖아요? 굳이 딜을 해야 하나요? 정말 진심으로 결혼을 전제로 밀고 나가도 그만 아닌가요?"

"그렇게 되지 않을 줄 알고 선주 씨를 만나러 왔어요. 소문 속의 하나를 찾아 얘기를 들었어요."

선주의 인상이 금세 차갑게 일그러지기 시작했다.

"무슨 소리를 하는 거죠?"

"남자가 많았죠?"

선주는 입을 다물고 그를 싸늘하게 노려봤다.

"뭘 알고 싶은 거예요?"

"사랑하던 사람이 있었죠? 그런데 그 사람…… 지독하게 가난한 남자였다면서요. 보다 못한 안 원장님이 그 사람을 군대로 내쫓았고 현재는 직업 군인이라는 얘기도 들었습니다. 지금은 결혼도 했다고……."

선주가 자리를 박차고 일어났다.

"사람의 기분을 잡치게 하는 게 목표라면 매우 잘됐네요. 지금 완전히 똥 씹은 기분이거든요."

"앉아요. 얘기는 다 안 끝났어요. 우린 좀 더 해야 할 얘기가 남은 것 같은데요?"

더는 못 듣겠다는 듯이 선주가 자리를 박차고 나가려는 찰나 그가 선주의 팔목을 움켜쥐고 말했다.

"얘기 들어요. 뭣하면 결혼도 가능해요. 쇼윈도 부부가 되어 살아 줄 수 있다는 말이에요. 아버지가 원하는 결혼이 뭔지 대충 알고는 있는데 진짜 목적을 난 몰라요. 아버지로서는 안선주 씨에 대한 소문을 익히 들었다면 며느릿감으로는 빵점이기 때문에라도 제게 결혼을 권하지 않았을 거예요. 그런데 왜 저한테 결혼을 권하는 걸까요? 뒤에 대체 뭐가 있기에?"

그제야 선주도 흥미로운 눈빛으로 그를 쳐다보더니 다시 자리에 앉았다.

"그 말도 일리는 있군요. 그게 뭘까요?"

그녀도 이해가 되지 않는 표정이었다.

"아버지와 안 원장의 딜이 있었을 겁니다. 난 선주 씨가 그걸 좀 알아냈으면 좋겠어요. 대체 어떤 거래가 있었기에 나와 선주 씨를 결혼시키려는지가 궁금한 겁니다."

"이상하군요. 저에 대한 소문도 당신이 알아낼 정도라면 감의원님도 이 모든 사실을 알 텐데 왜 그런 과거까지 다 덮어 가면서 아들을 저와 이어 붙이려 하는 걸까요? 갑자기 흥미가 생기는군요."

"진짜 결혼까지는 아니더라도 어른들의 음모를 알아낸 후에 흩어지자는 거죠."

"좋아요. 해 보죠. 전화번호나 줘요."

"식사나 하고 헤어지는 게 좋지 않겠어요?"

"술자리까지 가는 게 좋아요. 집안에 호감이 있다는 티를 내려면 되도록 감태경 씨와 오랜 시간 함께 있었다는 티를 낼 필요가 있죠."

"그러죠. 이젠 이 관계가 비즈니스라는 사실, 잊지 말아요."

"좋아요. 괜찮은 관계군요."

둘은 식사를 주문해서 간단하게 식사를 마치고 같이 인근의 술집으로 들어갔다.

백경식이 또 찾아왔다.

그는 어떤 때는 혼자, 어떤 때는 손님을 몇 명 데리고 같이 들어와 자리를 차지했다.

어색하지 않게 눈인사나 하는 정도로 선을 유지하는 중이긴 했지만 이미 백경식이 그녀에게 마음이 있음을 공표한 상황이라 영 거슬렸다.

그러다 그의 친구라는 사람이 그녀가 일하는 주방 근처까지 쫓아와 백경식에 대해 읊기 시작했다.

"괜찮은 놈이에요. 노래도 잘하고 잘 놀기도 하고요. 한 번 결혼을 했다가 실패한 전적이 있기는 하지만 애도 없는 깨끗한 놈입니다. 회사 내의 평판도 좋고, 아버지로부터 상속받은 재산도 좀 된다고 해요."

지안은 슬슬 짜증이 치밀었다. 굳이 이런 얘기를 대체 왜 듣고 있어야 하는지가 의문이 들었기에.

그녀는 목청껏 자기 친구를 홍보하는 남자에게 다가가 한마디 했다.

"손님, 다른 손님들에게 실례가 되니 목소리를 좀 낮춰 주셨음 좋겠고요. 여긴 주방입니다. 저와 스태프 이외에는 제한되어 있어서요. 죄송합니다만, 자리로 돌아가 주시겠어요?"

"아아, 이런! 미안해요. 괜히 저 때문에 제 친구 인상만 더 나빠진 거 아닌가 모르겠어요."

그때 풍경 울리는 소리가 들리고 익숙한 남자가 선글라스를 끼고 들어왔다. 안에 있는 몇몇 테이블에서 웅성거리는 소리가 들려왔다.

지안이 그를 보더니 입가에 미소를 지었다. 남자가 그녀에게 다가오더니 손을 내밀었다. 지안은 주방 밖으로 나와 그에게 손을 뻗어 악수를 했다.

"반가워요."

"오랜만이지? 임지안."

"이쪽으로 앉아요."

지안은 한쪽 자리로 안내하며 그에게 앉으라 권했다. 그녀도 그의 맞은편에 앉아 내내 입가에 미소를 지었다. 오랜만에 강종석이 그녀의 가게로 나들이를 나온 것이다. 종석이 선글라스를 빼더니 입가에 미소를 짓고 말했다.

"너, 가게 홍보를 해 준다고 여러 업체에서 찾아와도 무시한다며?"

"무시가 아니라 정중히 거절하는 건데요. 그걸 왜 그렇게 받아들이나 모르겠네요."

"그쪽 입장에서는 자기가 갑인데, 네가 갑질을 하니까 기막혀서 그렇게 폄하하고 다니는 거겠지. 배고프다. 뭐라도 해 줘."

"알았어요. 스테이크 아니면 햄버거?"

"네가 제일 잘하는 걸로 해 줘."

"네. 기다려요."

지안이 웃으며 일어서는데, 백경식과 눈이 마주쳤다. 지안은 묵례를 하고 주방으로 돌아가 정성껏 음식을 만들어 직접 들고 와서 종석에게 내놓았다. 그리고 맞은편에 다시 앉았다.

저녁 장사가 거의 끝나 가는 시간이어서 손님들도 거의 다 빠져나가고 백경식과 그의 친구 하나만 테이블을 차지한 채였다.

종석이 햄버거를 맛보더니 엄지를 세웠다.

"뭐야? 어떻게 이런 맛이 나지? 허투루 공부하고 온 게 아니구나."

"당연하죠. 대충 하고 왔으면 가게를 열겠다는 생각도 아예 안 했을 거예요."

"그러네. 네가 그런 마음으로 일을 시작했을 거라는 생각은 안 들어. 그렇게 좋아하는 연기도 그만두고 해야 하는 일이니 많이 신중했을 거야. 요새는 너 같은 여배우가 드물어서 네가 더 그립다."

"무슨 소리예요?"

"이제 여배우들이 제대로 된 연기를 안 해. 몸값만 상승시켜 놓고 CF만 찍으며 연명하는 거지. 그래서 연륜 좀 있는 배우를 찾으려면 다들 숨어서 나오질 않아. 덕분에 신인 배우를 써야 하는 거야. 그런데 인지도가 필요하다 보니 아이돌 가수 애들을 데려다 쓰게 되거든. 그런데 걔네가 연기가 되느냐고. 이십 대 중반의 배우가 정말 부족해. 네가 다시 나와 줬으면 싶을 때가 한두 번이 아니야."

그래도 이렇게 찾아 주고 그리워해 주는 사람이 있으니 얼마나 행복한가.

"그런데 그 사람하고의 연애는 잘되어 가?"

"잠시 쉼표를 찍었어요."

"왜?"

"나나 그 사람이나 일을 해야 하는 시기라……. 자리를 잡는 게 중요하니까요. 자리 좀 잡히면 그때 다시 보기로 했어요."

종석이 기막힌 표정을 지었다.

"그게 가능한가? 좋아하는 마음을 누르고 일에만 열중하는 게? 그사이 서로에게 다른 상대가 나타날 수도 있는데……."

"믿는 거죠. 의리!"

"신기한 커플이네. 그런 게 가능하다니."

"어릴 때부터 봤기 때문에 그 사람에 대해 누구보다 잘 아니까요."

"그렇다고 해도 사람의 마음은 정말 간사하단 말이야. 풍랑에 떠 있는 배와 다를 바가 없는데, 그 흔들림조차도 의심하지 않는다는 게 그저 신기하네. 나도 그런 믿음직한 상대를 좀 만나 봤음 좋겠다. 내가 종종 와도 되나?"

"물론이죠. 강 선배라면 대환영이에요."

지안이 입가에 미소를 짓고 말하는 사이 그는 햄버거를 다 먹고 샐러드까지 다 비운 후 배를 어루만졌다.

"모처럼 폭식했다. 내일은 평소보다 두 배로 운동해야 할지도 몰라. 그래도 정말 맛있게 먹었어."

"이제 뭐 하러 가요?"

"가서 좀 쉬다가 대본이나 보려고. 이번 드라마는 시대극하고 현대극이 섞여 있거든. 대사 톤 자체가 서로 달라 좀 어렵다."

"저도 구경하게 한 권 줘요."

"내 것 하나 놓고 갈게. 넉넉하게 여분이 있거든."

그가 대본을 그녀에게 내밀었다. 지안은 웃으며 그와 함께 카운터로 갔다.

"계산은 됐어요. 선배. 제가 살게요. 다음부터 와서 많이 팔아 주세요."

"그럴까? 오늘 정말 잘 먹었어."

그가 지안의 어깨를 툭툭 치며 인사를 하고 밖으로 나갔다. 지안은 밖까지 따라 나가 그가 밴에 탈 동안 뒤에서 기다렸다가 그가 떠나자 손을 흔들어 인사를 했다.

가게 안으로 들어오자 백경식과 지인도 일어나 계산을 하는 중이었다.

"아까…… 죄송했어요."

경식이 그녀에게 미안하다며 인사를 했다.

"무슨……."

"괜히 쓸데없는 소리를 하는 바람에 폐를 끼쳤다고 들었어요."

"아니에요. 모르고 그러셨겠죠. 다음부터는 조금만 주의 부탁드립니다."

그러자 친구라는 사람이 말했다.

"그런데 만나지도 않는 남자친구가 무슨 남자친구인가요? 그럴 바에는 차라리 제 친구와 만나 보세요."

그러자 경식이 친구를 나무라듯 등을 툭 치더니 어색하게 웃으며 얼른 밖으로 나갔다.

"그럼 안녕히."

인사를 해서 보내자, 은혜가 문을 잠그며 혀를 찼다.

"왜 저러나 모르겠어요. 친구가 저렇게 나대는 걸로 봐서는 아무래도 저 백씨 아저씨가 시킨 일 같지 않나요?"

"설마…… 그렇게까지 할 사람인가?"

"사람을 어떻게 단정 지어요. 멀쩡해 보이던 사람이 사기를 치기도 하고 금세 강도로 돌변하기도 하는 세상이잖아요."

"그러네. 강도 소리를 하니까 내 가슴이 괜히 뜨끔하네."

"사장님 들으라고 한 소리는 아니고요."

"이제 그만 뒷정리하자."

"네, 사장님!"

지안은 심란한 마음을 잠재우고 가게 뒷정리를 시작했다. 하루 벌이는 생각보다 많은 편이라 먹고사는 데는 크게 문제가 없었다. 단지 시간이 너무 없어서 이제 더 이상 아버지의 억울함을 풀 수 있는 기회마저 다 놓칠 것 같아 염려되었다.

그녀는 감 의원이 시킨 일을 제대로 성공했다. 그 때문에 문 의원의 아들 문창중이 마약 소지 혐의로 붙들렸다. 그는 조사를 받고 결국 수감까지 되었다가 문 의원이 손을 써서 보석으로 잠시 풀려났다는 얘기를 들었다.

집 내부에 CCTV가 없는 데다 틴 케이스를 누가 그곳에 갖다 놨는지를 알아낼 수가 없으니, 다들 속이 새카맣게 타들어가고 있을 것이다.

아니, 문창중은 은연중에 그녀를 의심하고 있을지도 모른다. 하지만 차마 그녀의 이름을 들먹거릴 수가 없는 입장이겠지. 그 얘기를 꺼내면 그가 그녀의 스폰서라는 둥 별의별 소리가 뒤따를 게 뻔했다.

게다가 그간 그와 만났던 여자 연예인들도 노출될 가능성이 크니 차라리 입을 다물고 죄를 뒤집어쓰는 쪽을 택했는지도 모를 일이다.

아버지도 그런 거였을까? 입을 다무는 편이 낫기 때문에 무기징역수가 되기를 스스로 선택한 것일까? 도무지 모르겠다. 본인이 입을 열려고 하질 않으니 알 수가 없다.

괜히 오기가 발동해 아버지의 누명 같은 건 밝혀내고 싶지도 않았다. 본인이 아쉬워야 이쪽도 힘을 내서 알아볼 텐데, 본인이 저리 입을 꾹 다물고 버티니 뭘 하고픈 의욕이 생기질 않는다.

분명히 뭔가가 있는데…… 미심쩍은 무언가가 분명히 있는데 그게 뭘까?

<2권에 계속>